NE TE FAIS PAS PRENDRE

#3 Décadence

D1662951

Noémie DARGAUD

Copyright © 2023 Noémie DARGAUD – Tous droits réservés.
Ne te fais pas prendre
#3 Décadence 1re édition
Dépôt légal : Octobre 2023
Imprimé par Kindle Direct Publishing
Correctrice : Charlotte Bouillon
Couverture : Dargaud Noémie
Crédit photo : @istockphoto
ISBN : 978-2-491942-67-0

DÉDICACE

Si quelqu'un vous dit que vous êtes bizarre,
répondez-lui : Merci.

De la même auteure

La Terre des Ancêtres

La terre des Ancêtres Nouvelle

IMPERIUM

Irish Coffee

Y en a marre ! Je me barre en Californie ! Signé : Baba Yaga

J'peux pas, j'ai licorne !

STORM UNIT

Ne te fais pas prendre

Cupidon Agency

MISSION CARABOSSE

Un été avec toi

REMERCIEMENTS

Je ne sais plus comment être originale. Alors, je vais être
barbante à mort.
Merci pour tout.

PS Je vous avais prévenus.
Noémie

AVERTISSEMENTS

Ce livre est plus sombre que les deux premiers. Ici, nous abordons des sujets pouvant heurter la sensibilité de certaines personnes (violence, viol, humiliation, etc.).
N'oubliez pas, nous parlons de démons et autres créatures cruelles.
Vous voilà avertis.

Prologue

Bjorn

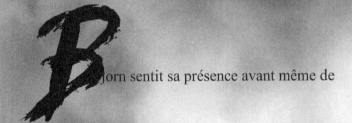

jorn sentit sa présence avant même de

le voir. Son aura était puissante, dangereuse, létale. Elle était empreinte de désir charnel, de possession et de cruauté, parce que c'était tout ce qu'éprouvaient les démons. Même si la créature dans son dos avait été autrefois si lumineuse et bonne qu'elle en aurait aveuglé l'incube, c'était une époque révolue depuis des milliers d'années. La déchéance de Fevesh s'était produite bien avant sa propre naissance, de sorte que plus rien de bienveillant ne définissait ce dernier.

Bjorn déglutit bruyamment et posa avec résolution sa tasse sur le plan de travail.

– Ton cœur bat si vite quand je te rends visite…

Le crissement de ses serres sur le carrelage lui indiqua que Fevesh s'approchait de lui. Bjorn ne se retourna pas, se contentant de fermer les paupières.

– Tu es si nerveux.

Cette fois, le timbre de l'ange se fit murmure. Ses lèvres frôlèrent le lobe de son oreille. Une longue griffe érafla sa mâchoire, faisant couler son sang.

– Tu as toujours aussi peur de moi… Combien de siècles encore me fuiras-tu ?

Les doigts aux extrémités charbonneuses de Fevesh le forcèrent à pencher la tête sur son épaule robuste, exposant ainsi sa gorge. Il avait au moins eu la décence de rétracter ses griffes pour ne pas lui crever un œil.

– L'éternité me semble une bonne idée, se rebiffa Bjorn.

Le regard de l'incube rencontra alors celui si hypnotique de l'ange déchu. Il n'essayait même pas de paraître plus humain en sa présence. Si ses iris exhibaient une couleur bleue lumineuse comparable à celle de certaines pierres précieuses, ses sclérotiques obsidienne reflétaient sa part démoniaque. Bjorn avait toujours adoré les yeux de cette créature dont il n'aurait jamais dû s'approcher. C'était ce qui l'avait attiré. Personne en Enfer ne possédait de telles prunelles, tous arboraient plutôt une teinte rouge et noir. Cette facette l'avait perdu.

La langue de Fevesh récolta la goutte écarlate qui caressait sa gorge et celui-ci ronronna de plaisir.

– Si sauvage.

De sa main libre, Fevesh parcourut le torse de Bjorn. Il longea la fine ligne de poils qui disparaissait sous l'élastique de son pantalon de sport. Sa paume glissa sous le tissu et vint empoigner son membre sans ménagement. Bjorn retint à peine son râle de désir.

Merde... Tiens le coup... Ne prends pas ton pied.

Bjorn devait résister. Il ne pouvait s'autoriser à apprécier ce que lui faisait Fevesh. Sauf que l'ange savait exactement ce que Bjorn aimait et comment le faire jouir. Il pouvait le torturer des heures pour son bon plaisir et cela le terrifiait autant qu'il adorait.

– Moi qui ne pensais plus te revoir avant l'apocalypse ! Je suis déçu. Finissons-en... C'est la dernière fois que tu me touches.

C'était ce dont ils étaient convenus. Maintenant que sa dette était payée, il ne voulait plus avoir Fevesh entre les cuisses.

– Nous ne nous croisons plus durant des mois et c'est ainsi que tu m'accueilles. Tu es si cruel.

Bjorn serra les poings sur le plan de travail alors que l'autre mâle le branlait durement. La main de Fevesh empoigna ses cheveux qu'il tira pour exposer de nouveau sa gorge. Bjorn n'aimait pas qu'il l'oblige à se rendre si vulnérable, parce qu'il avait conscience que s'il le décidait, Fevesh pouvait l'exécuter sans qu'il ait le temps de réagir. Leur différence de puissance était écrasante. Même Regal ne pouvait rien contre lui. En réalité, il n'y avait presque aucun démon capable de rivaliser avec l'un des juges infernaux.

Baiser avec Fevesh était l'expérience d'une petite mort[1] dont on n'était jamais certain de l'issue. Son pouls s'accéléra tandis que les canines acérées de la créature irritaient sa peau et que sa langue caressait sa jugulaire, son sexe toujours plus dur dans la poigne de Fevesh qui ronronna de plaisir.

— Tu ne peux pas me résister. Rien n'est terminé tant que je le décide et tu le sais. Bientôt, tu me supplieras de te baiser. Je te le promets.

La paume du mâle relâcha ses cheveux pour glisser sur sa nuque, puis entre ses omoplates. Bjorn lui lança un regard noir et lourd de sens.

— Si la vie d'Eden n'avait pas été si fragile, jamais tu n'aurais reposé les mains sur moi.

Fevesh le plaqua soudain contre le plan de travail, la joue de Bjorn heurta durement le marbre froid.

— J'ai été clément parce que tu t'es enfui de l'Enfer… mais nous connaissons tous deux la finalité.

— Je n'y retournerai pas. Jamais. Alors, tu peux te carrer l'idée dans le cul.

Un doigt étira brutalement son anneau de chair, le faisant crier sous la douloureuse innovation.

— Comme cela ?

Le sexe de Bjorn palpita, ce qui provoqua le rire bas et lubrique de l'ange déchu.

— Contrairement à ta langue, ta queue ne peut pas me mentir, incube. J'ai tant de mois à rattraper. Ne

---

[1] Cette expression érotique date du XVIe siècle. À l'époque d'Ambroise Paré, père de la chirurgie moderne, on étudiait beaucoup l'anatomie. On désigna alors l'orgasme comme une petite mort de par le court évanouissement ou les frissons qu'il peut provoquer.

souhaites-tu pas savoir ce qui est arrivé à ta demi-sœur ?

Un autre doigt étira ses chairs et un râle de plaisir lui échappa. L'énergie de Fevesh s'écoulait en lui, le rendant fou de désir. Il repoussa la culpabilité qui l'assaillait déjà, il lui ferait face bien assez tôt.

– Tu as raison… Je préfère t'entendre crier.

Chapitre 1

8 mois auparavant.

Fevesh

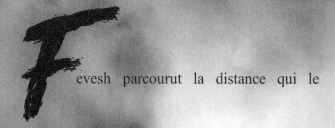 evesh parcourut la distance qui le

séparait de la petite chose médiumnique de Regal et s'accroupit au-dessus d'eux. Le regard de l'incube l'inquiétait… il ne l'avait jamais contemplé aussi vulnérable qu'en cet instant. Il dut peser le pour et le contre pour savoir si la vie de l'enfant nécessitait ou non son aide.

Le clairvoyant rendait Regal faible, et Beorth ne ferait qu'une bouchée de lui s'il continuait sur cette voie. L'amour n'était pas un don, mais une malédiction qui n'offrait que désolation. Il ne réussissait pas à saisir ce comportement autodestructeur, parce qu'il fallait être humain – ou l'avoir été – pour le ressentir ou pour en comprendre la subtilité. Enfin, cela le dépassait.

Il préférait le concret, comme le sexe, la jouissance, la souffrance. Il se servait des autres pour parvenir à ses fins, que ce soit éthique aux yeux du genre angélique ou démonique ne lui importait en rien. Seule sa personne était essentielle, raison pour laquelle il avait perdu son auréole. Son plaisir était de contempler la peur dans les yeux de ceux qui le rencontraient… à une ou deux exceptions près.

Il soupira et réajusta sa position. Ses serres glissaient sur le carrelage… Ce n'était pas pratique.

– Beorth ne me laisse pas le choix… Il a violé les règles que j'ai établies !

Tout le monde savait qu'il n'appréciait pas d'être désobéi. De plus, la petite chose médiumnique lui plaisait, elle l'intriguait. Cela ressemblait à un don qui magnétisait toutes les créatures dangereuses de ce monde. Fevesh souhaitait voir jusqu'où sa générosité l'entraînerait, jusqu'à quel point il s'enfoncerait dans les ténèbres au nom de l'amour qu'il portait à son incube. Pour couronner le tout, et s'il réfléchissait avec justesse, l'enfant devait vivre. Sa perte représenterait un trop grand déséquilibre sur terre. Il était le dernier de son espèce, ce qui le rendait rare et précieux. Tant pis pour Regal, il faisait du bon travail ici, cependant s'il périssait, quelqu'un d'autre prendrait sa place.

– Fais quelque chose, s'impatienta Bjorn dans son dos.

Oui, Bjorn serait parfait pour gérer le continent... mais cela contrarierait ses plans. Non, le jeune démon devait rentrer avec lui une fois la bataille terminée et cela dans le cas où Beorth mourait... Pour le moment, la balance penchait davantage du côté du mauvais frère.

La situation agaçait le juge, si Beorth gagnait, non seulement il ne pourrait plus jouer avec sa proie, mais en plus il croulerait sous le travail. Décidément... ses supérieurs se fichaient de sa tête. Il était hors de question qu'il recommence à parlementer avec les hautes sphères angéliques. Il se rappelait trop bien les croisades à répétition, l'inquisition médiévale et il en passait. Il ne dirait pas qu'il ne s'était pas amusé les premiers siècles, mais l'opération était devenue plutôt redondante. L'augmentation de l'athéisme lui avait fait un bien fou. Les humains n'apprenaient rien de leurs erreurs. La preuve avec les religions, peu importait le nom qu'ils leur donnaient. Il n'y avait aucun dieu, juste des anges et des démons qui gouvernaient le monde du haut et du bas astral. Le reste était chimère dont seuls les habitants de la terre se préoccupaient, et cela au nom d'une foi quelconque[2].

Si Beorth créait un nouvel Enfer, s'il gagnait le territoire de son frère, Fevesh n'en aurait pas fini des réunions démonico-célestes et de tout le blabla sur l'équilibre cosmique..., de la répartition de l'énergie[3] et il en passait. Rien que d'y penser, l'idée le fatiguait.

---

[2] Hop hop hop hop hop ! Avant de sortir les armes, cette œuvre est une fiction. Ne voyez aucune position dans cette explication de l'univers propre au livre. Thés, cookies et amour – avec ou sans « s », vous choisissez – pour tout le monde.

[3] Les êtres du haut et du bas astral se nourrissent des émotions émises par les êtres humains. La haine, la peine, la colère

Non, non, non, plus jamais.

Il devait faire quelque chose pour contrecarrer l'apocalypse sans intervenir directement... Plus facile à dire qu'à faire.

Fevesh étendit alors l'une de ses ailes et tira une plume sur le point de tomber. Il la plaça sur le torse de la petite chose médiumnique. À peine l'avait-elle effleuré qu'elle perdit sa couleur d'encre et devint immaculée. Il ne s'était pas trompé en affirmant que le gosse ne possédait aucune once de malveillance en lui. Sa propre infamie n'atteignait pas un être aussi pur.

– Captivant, déclara-t-il, plus pour lui-même que pour les autres.

Un sourire carnassier étira la commissure de ses lèvres.

– Fevesh...

Le timbre désespéré de Regal l'amusa beaucoup. Il désirait continuer ce manège.

– Il va mourir.

– Quoi ? s'égosillèrent les deux incubes.

Dans un coin de la pièce, une Ombre tentait d'examiner l'étendue des dégâts sans attirer son attention. C'était peine perdue. Fevesh était capable de repérer n'importe quel être vivant, peu importe où il se trouvait sur terre ou en Enfer.

– Les humains finissent toujours par trépasser. Je pensais que tu le savais, se moqua-t-il.

L'expression de Regal était un régal pour ses prunelles.

– Fais quelque chose. Je suis prêt...

alimentent le bas astral ; la joie, l'amour et la bienveillance, le haut astral.

L'incube jeta un rapide coup d'œil à la démone, mais décida qu'elle représentait un moindre mal.

– Je suis prêt à en payer le prix.

Fevesh secoua la tête négativement.

– La petite chose médiumnique sera sauve cette fois encore. Je ne peux te faire débourser quoi que ce soit pour mes services. Beorth réglera l'addition en guise de punition… Bjorn a de la chance. Il vivra donc…

Il braqua son regard sur le démon blond, parce qu'il était le seul à l'intéresser vraiment et que pour une raison évidente, ce dernier appréciait énormément l'amant de son demi-frère.

– Mais pour combien de temps… cela reste à voir.

L'ange pointa sa griffe noire en direction de la voleuse d'âmes[4].

– Bjorn, amène-la-moi.

Le jeune démon examina un instant sa demi-sœur, puis la saisit par le bras pour l'obliger à se lever. Elle se dégagea de sa poigne.

– Traître à ton sang ! Notre père et notre frère ont raison. Impuissant !

Le visage de son jouet s'assombrit. Ses lèvres pécheresses arborèrent un rictus mauvais. Si quelques secondes plus tôt Bjorn hésitait, sa réplique balaya les dernières traces de compassion. Il traîna la jeune femme jusqu'à Fevesh et la jeta à ses pieds.

– Tue-la s'il le faut. Sa vie ne vaut rien.

Le sourire de l'ange s'étira et la démone pâlit. La peur déforma les traits de son visage si semblable à

---

[4] Comme dit dans le tome 2, les Voleurs d'Âmes ne sont pas tout à fait comme les succubes ou les incubes, ils n'ont pas besoin de sexe pour se nourrir.

celui du mâle qui titillait sa curiosité depuis tant d'années.

– Tu ne peux pas… souffla-t-elle, comme si elle était hors d'haleine. Tu ne peux pas me tuer.

Fevesh tendit le bras, sa griffe se posa sous sa mâchoire.

– Bien sûr que je le peux. Je suis un juge infernal, je fais ce que bon me semble. Néanmoins, je ne t'exécuterai pas.

Le soulagement fut visible et son esprit de combativité redoubla. Son sourire triomphant l'énerva profondément. Alors, il poursuivit :

– Pas tout de suite.

Il planta sa griffe dans la chair tendre, celle-ci s'enfonça jusque dans le palais de la jeune femme. Elle cria sans vraiment pouvoir ouvrir la bouche. Elle essaya vainement de refouler ses larmes, mais ne le put guère. Les glandes lacrymales pouvaient être de sacrées traîtresses parfois. La peur l'empêchait de tenter la moindre riposte.

– Fevesh… Son rythme cardiaque diminue encore, l'avertit Regal.

– Patience. Ça vient.

Moins d'une minute plus tard, une minuscule boule d'énergie blanche finit par s'échapper d'entre les lèvres de la voleuse. Elle gémit sous la souffrance. Reprendre la partie de l'âme dérobée ne pouvait être que douloureux. Peut-être en mourrait-elle ? Ce qui n'arrangerait pas ses affaires.

– Te voilà.

L'orbe regagna de lui-même le corps de la petite chose médiumnique. L'humain inspira profondément, mais ne se réveilla pas.

– Il lui faut beaucoup de sommeil et du repos. Nous avons déjà eu cette discussion, mais il devient urgent que tu te nourrisses d'autres proies !

Fevesh rétracta sa griffe avec brutalité dans le but d'infliger un plus grand tourment à la démone. Son cri perça le lourd silence qui pesait sur la pièce. Ses mains couvrirent sa bouche et le dessous de sa mâchoire. La plaie ne mit pas longtemps à se refermer, ce fut dommage.

– Je vais te tuer, gronda Regal maintenant empreint de colère.

Les iris des trois démons étaient à présent aussi rouges que le bustier baigné de sang de la voleuse d'âmes.

– Non. Je vais l'emporter avec moi comme preuve. Beorth a envoyé quelqu'un pour bafouer les règles que j'ai mises en place. Soit ! Il obtiendra les châtiments adéquats !

Regal demeura silencieux, son regard allant de Fevesh à sa demi-sœur. Il n'était pas satisfait de sa décision, mais l'ange s'en fichait comme de sa première plume. C'était lui qui dirigeait. Il était tout-puissant et tous dans cette pièce en avaient conscience.

– Bien. J'espère que tu les tortureras jusqu'à ce que leurs voix se tarissent.

Fevesh acquiesça, mais ne lui donna aucune information. Il se tourna ensuite pour faire face à sa proie.

– Je reviendrai pour prendre ce qui m'est dû. Sois patient.

Bjorn eut un mouvement de recul instinctif, ce qui le fit sourire. Il aimait son esprit rebelle. C'était un démon conscient de sa puissance, sauf que Fevesh l'était encore plus.

La peau de son incube, légèrement bronzée, perdit de sa superbe. Il y était allé un peu trop fort…

Fevesh écrasa sous ses serres le corps de la démone et il disparut dans un brouillard de fumée noire.

night Corporation

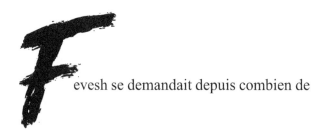

evesh se demandait depuis combien de

temps l'Enfer lui paraissait aussi ennuyeux. Pourtant, il appréciait ces paysages volcaniques où la lave ne s'éteignait jamais. S'il préférait la chaleur du Sud, il estimait tout autant les brasiers de feu glacé du Nord, ses sources d'eau brûlantes et la température extrêmement froide du climat. La torture des âmes damnées y prenait un tout autre sens, cela lui permettait de varier les plaisirs. Il s'y amusait beaucoup, même s'il ne s'agissait que d'une lubie pour évacuer le stress du boulot.

— Tu me désappointes. Je ne sais pour combien de temps je vais devoir rester par ta faute… Cela contrarie mes plans.

La femme chercha à se dégager de son emprise, ce qui augmenta encore son irritation. Il ferma plus fort ses serres autour de son corps. Le son des os se brisant et son hurlement de douleur le firent frémir de plaisir. C'était presque aussi bon que de percevoir les gémissements désespérés d'un certain incube qu'il aimait tant torturer.

— Sal… aaaaaaahhhhh.

Krata cracha alors une gerbe de sang.

— Trouvons ton frère, au lieu de parlementer.

Fevesh décolla pour survoler une ville aux allures de forteresse où perçait vers le ciel une gigantesque tour tout aussi noire que la pierre dont elle était faite.

La portée de Beorth et Regal devait avoir quelques problèmes avec la hauteur. Peut-être que Freud aurait eu son mot à dire sur la connotation phallique de leurs palais respectifs. Fevesh dénicha le balcon des appartements de Beorth. La voleuse ne pesait rien, mais puisqu'elle ne cessait de gigoter, elle parvint tout de même à perturber son équilibre. Il la balança alors sans vergogne, sachant qu'elle se briserait encore quelques os, puis se posa avec élégance. Son regard se dirigea à l'intérieur de la forteresse où, sans surprise, il trouva le démon en train de baiser une courtisane. L'incube au physique presque identique à celui de Regal tira sur la chevelure de la femme qui cria tout en se redressant.

— Puis-je savoir ce que tu fais sur mon territoire ? questionna le mâle avec colère.

Fevesh bascula sa tête sur le côté d'un mouvement vif et nerveux. L'agacement manqua de le faire sortir de ses gonds.

— Je viens rendre justice…

Les iris rouges de Beorth se braquèrent sur sa demi-sœur.

— J'ignore de quoi tu parles. Est-ce l'un de tes stratagèmes pour avantager mon frère ? Tout l'Enfer sait que tu baises Bjorn depuis des décennies. Cet impuissant t'a retourné la tête.

Les démons se fichaient de qui forniquait avec qui ou avec quoi du temps qu'une descendance était assurée. C'était d'autant plus vrai pour les incubes. Bjorn et Regal étaient les seuls à ne pas procréer d'engeance infernale. Lorsque le frère de Beorth possédait son empire dans le bas astral, tous les genres étaient les bienvenus dans son lit. Bjorn, lui, ne détenait aucune maîtresse, aucune cour sur laquelle gouverner. Certains mâles s'étaient vantés d'avoir couché avec lui, mais rien n'avait été prouvé. Le surnom d'Impuissant lui avait alors été étiqueté. Fevesh pouvait assurer qu'il ne l'était pas, mais il savait aussi que l'incube était incapable de bander pour une femme, ce qui revenait au même dans le bas astral.

— J'ai déjà demandé à Lucifer de te faire répudier de ta place de juge.

Une seconde suffit… Un instant, il était sur le balcon, l'autre d'après il plaquait Beorth sur son trône d'ossements et de métal.

– Ce que j'inflige à mon jouet ne te concerne en rien. Il paye ses dettes envers moi. Toi, tu envoies des assassins alors que les clauses que j'ai dictées l'interdisent.

Fevesh fit naître une perle verte luminescente entre la griffe de son pouce et celle de son index. Puis, il transperça la poitrine du mâle pour l'incruster dans son cœur.

– À partir d'aujourd'hui, tu ne pourras plus absorber d'âmes damnées. Qu'importe si Satan t'en a accordé le droit. En me désobéissant, tu as défié les hautes sphères démoniaques. Ton armée sera dissoute jusqu'au résultat du duel.

– Je ferai appel de ta décision !

Un feulement bas échappa à Fevesh. Personne n'avait jamais osé contester son autorité.

– Bien, faisons ainsi. Mais, si je gagne, je t'arracherai les parties pour t'apprendre qui est le maître ici.

Fevesh relâcha le mâle et quitta la salle du trône. Sur le balcon, il s'immobilisa à hauteur de la voleuse d'âmes. Cette dernière souriait. Pour faire bonne mesure, l'ange offrit un regard arrogant à Beorth et enflamma la démone.

Chapitre 2

Aujourd'hui

Bjorn

*I*l ne lui était pas difficile de voir dans la

nuit. En outre, les lumières de New York éclairaient suffisamment son appartement pour qu'il n'ait jamais à allumer. Bjorn ne se souvenait pas d'être arrivé jusqu'à son lit. Aucun spiritueux humain n'aurait pu lui faire oublier une partie de sa soirée. Malheureusement, il avait fini la bouteille de *deiimonicar verum*[5] il y a deux semaines et Fragnar ne lui en avait toujours pas rapporté de l'Enfer. En conclusion, sa perte de mémoire ne venait pas d'une bonne fête alcoolisée.

Il s'assit et s'aperçut au passage qu'il ne portait plus son jogging de sport. Il était nu comme un ver. Le mâle se frotta les paupières pour en chasser les dernières bribes de sommeil, cela aussi était inhabituel. Bjorn n'avait jamais vraiment besoin de se reposer. Cette fatigue ne pouvait signifier qu'une seule chose.

– Mon énergie vitale t'est montée à la tête. Tu as tellement pompé que tu en as perdu conscience. Petit gourmand !

Son regard dériva sur le coin le plus sombre de sa chambre, là où se trouvait le fauteuil qu'il avait choisi avec soin pour ses nuits de lecture… et/ou de baise. Ce soir, Fevesh y était installé, ses iris de turquoise luisaient dans la pénombre. Ses ailes avaient disparu et ses serres avaient muté en pieds humains. Ses doigts arboraient des extrémités « normales ». Fevesh portait même des habits à la mode, des vêtements qui lui appartenaient pour être plus précis. Au moins, l'ange semblait moins effrayant…

C'est ce qu'on appelle se faire enculer, et cela dans les deux sens du terme. Chier…

Maintenant qu'il se concentrait, il avait la rondelle en feu et ses cuisses collaient. Il devait prendre une douche rapidos.

– Pourquoi es-tu encore ici ? questionna-t-il en se frottant le visage comme pour chasser une gueule de bois.

---

[5] Pour ceux qui ont lu – ou pas –, c'est un petit clin d'œil au roman : Je peux pas, j'ai licorne. Le *deiimonicar verum* est un alcool – inventé par ma personne – qui arrache sa petite culotte.

Quand Bjorn s'alimentait de Fevesh, il lui fallait toujours un peu de temps pour redescendre de la transe dans laquelle la ponction le plongeait, la faute à la puissance démesurée du juge.

– Tu me fais tant de peine... Je pensais que tu serais content que je reste dans les parages. Cela fait tellement longtemps que nous ne nous sommes pas vus.

– Huit mois à peine ! Ce n'est pas assez... À moins que tu ne sois là pour me dire que Beorth a été puni et qu'il n'attaquera finalement pas la tour... je n'ai pas spécialement envie que tu prolonges ton séjour sur terre. Il y a toujours beaucoup trop de sang, de cris, de pleurs et de douleurs, quand tu t'y attardes.

Le sourire aux canines saillantes de l'ange fit naître un frisson dans le creux de ses reins. Le souci, c'était qu'il n'était pas assuré de le détester.

– Et de cordes, mais c'est un détail. C'est dommage ! J'aurais pourtant juré du contraire.

Bjorn se rembrunit.

– Tout est une question de point de vue, je suppose. Alors, pourquoi es-tu ici ?

Il ne reconnaîtrait jamais devant Fevesh que sa présence lui plaisait. Qu'il aurait souhaité qu'il reste.

Ma kryptonite[6]... Tu me tues autant que tu me rends fou. Et pourtant, je ne cesse de vouloir me rapprocher de toi.

C'était plus fort que lui. Fevesh faisait partie des trop nombreuses raisons pour lesquelles il avait fui le bas astral.

---

[6] C'est une roche imaginaire, radioactive et d'origine météoritique pouvant affecter Superman. Elle neutralise ses pouvoirs et l'affaiblit.

– Ne souhaites-tu pas savoir ce qui m'est arrivé en Enfer ?

Bjorn déglutit. En effet, il désirait l'appréhender, mais d'un autre côté, il redoutait ce que lui annoncerait le juge.

– Je t'écoute, à moins que ce ne soit pour me parler de la dernière victime que tu as culbutée dans ton antre de la douleur.

Fevesh émit un rire bas, tout aussi sensuel qu'effrayant.

– Serait-ce de la jalousie que je perçois là ?

– Il vaut mieux entendre ça que d'être sourd…

L'index de l'ange tapota l'accoudoir comme s'il s'impatientait.

– Il n'y a que toi pour te laisser aller à me défier ainsi.

Bjorn déglutit. Dans la bouche de n'importe qui, cette phrase n'aurait été qu'une réplique taquine. Dans celle de Fevesh, elle promettait autant de souffrances que de plaisirs, autant de peurs que de désirs.

– N'aimes-tu pas cela ? tenta-t-il, en bravant le destin.

Bjorn comptait sur son charme d'incube et surtout sur ses phéromones qu'il dispersait actuellement à travers toute la pièce. Fevesh inspira profondément pour inhaler son odeur.

– Tu sais toujours comment me convaincre… Me laisseras-tu te prendre alors que tu as enfin payé ta dette ?

Le timbre sensuel du juge l'électrisa, ses testicules se crispèrent, son membre palpita, et tout ce qu'il put faire fut de dissimuler comme il le pouvait sa demi-molle.

– Aurai-je le droit de m'amuser avec toi sans moi-même en contracter une ? continua Fevesh en sachant quel effet sa voix lui procurait.

Bjorn redoutait cette question, toutefois moins que la réaction de l'ange à sa réponse…

– Non.

– Il me semblait aussi. Ce n'est pas grave, ce n'est qu'une futilité qui sera bientôt réglée.

Bjorn se leva du lit, désirant ainsi mettre de la distance entre eux.

– Pourquoi ai-je l'impression que tu souhaites faire de moi ton esclave ?

Fevesh parut réellement surpris par son interrogation.

– Il n'a jamais été question de servitude.

Bjorn ne répliqua rien, ne voulant pas contredire le juge infernal. S'il était encore suffisamment précieux pour se permettre certaines choses, il n'était en aucune façon possible de le défier. S'aventurer sur ce terrain ne ferait que lui procurer plus de chagrin. Bjorn savait ce qu'il représentait aux yeux de l'ange déchu, il n'obtiendrait jamais rien de plus. Il lui fallait s'en accommoder et passer à autre chose.

– Beorth, reprit innocemment Fevesh, ne se nourrira plus d'âmes tant que le duel entre Regal et lui ne sera pas clos. Et dans le cas où il remporterait la victoire…

– C'est du pareil au même, répliqua Bjorn, mauvais. Avec toutes celles qu'il a déjà avalées, sa puissance est décuplée. Il nous reste à peine deux mois et demi pour trouver comment le terrasser.

Le juge se pencha en avant. Ses coudes prirent appui sur ses genoux et ses mains croisées devant son visage laissaient à penser qu'il réfléchissait.

— Parfois, il n'y a pas de solution.

Bjorn ouvrit la bouche pour lui proposer d'aller se faire foutre, mais aucun son ne sortit d'entre ses lèvres.

— Tu pourrais rentrer avec moi en Enfer et VIVRE. Tu sais que je prendrais soin de toi.

— Nous ne possédons pas la même définition de prendre soin de quelqu'un. Quand bien même j'y serais bien accueilli, c'est non. Je n'abandonnerai pas ma famille !

Fevesh fronça les sourcils sous l'incompréhension et certainement sous l'irritation.

— Ouais, c'est quelque chose que tu ne peux pas appréhender, se moqua l'incube blond avec rancœur. Je ne vais même pas essayer de t'expliquer. Juste, je ne rentre pas. Je suis bien ici. Je veux être présent pour mon frère.

Même s'il vivait dans une dimension parallèle où la vie de ceux qu'il aimait n'était pas en danger, il ne remettrait pas les pieds dans le bas astral. Il ne désirait pas finir captif d'une prison miteuse ou dorée, mais d'une cage quoi qu'il en soit.

— Soit, conclut Fevesh. Au fait, Krata est morte.

Bjorn opina du chef

— Bon débarras ! Je la détestais. Une si grosse salope ne pouvait pas mieux terminer sa vie. L'as-tu fait souffrir pour ce qu'elle a fait à Eden ?

Sa réplique amusa beaucoup Fevesh.

— Je suis rassuré que ta part démoniaque n'ait pas totalement disparu.

Bjorn haussa les épaules.

— Je pourrais bien recevoir l'absolution et gagner une auréole…

Fevesh fit mine de vomir.

– Tu t'ennuierais sans moi.

– Pas tellement. Tu sais, c'est pas mal de coucher avec des gens qui ne tentent pas de vous tuer. De temps à autre, c'est revigorant.

Le juge fit claquer sa langue contre son palais en signe d'agacement, lui signalant ainsi qu'il poussait le bouchon trop loin.

– L'armée de Beorth a été dissoute, continua-t-il pour changer de sujet.

Un poids sur les épaules de Bjorn s'allégea, voilà enfin une bonne nouvelle. Toutefois, la puissance des âmes qu'avait englouties son demi-frère pour attaquer Regal poserait tout de même un problème colossal.

– Je me suis beaucoup amusé à lui couper chaque membre… C'était distrayant.

L'intérêt de Bjorn redoubla.

– Comment ?

– Il a tenté de faire appel pour m'évincer. Lucifer s'est prononcé en ma faveur. Je n'aime pas les mutins. Beorth peut bien posséder la force de milliers d'âmes, il ne peut rien contre les déchus.

Bjorn acquiesça simplement. L'espèce de Fevesh était tout bonnement effrayante. Ses congénères avaient de la chance que les déchus ne puissent pas intervenir pleinement dans les affaires démoniaques.

Un liquide chaud longea alors son entrejambe. Il était temps d'aller prendre une douche bien méritée.

– Je suis content de l'apprendre, je transmettrai le message à Regal. Si tu veux bien m'excuser… j'ai un truc à faire.

Le mâle quitta prestement la chambre pour traverser le couloir et atteindre la salle de bains. Mettre de la distance entre Fevesh et lui lui procurait autant de mal que de bien.

Ne craque pas… ne craque pas… Il causera ta mort.

Bjorn pénétra dans la pièce. Au moment de refermer la porte, cette dernière percuta une masse imposante qui la repoussa violemment. L'incube recula par instinct ce qui permit à Fevesh de se glisser dans l'espace réduit.

— Pourquoi me fuis-tu encore ? Imagines-tu que je ne saisis pas l'urgence qui t'anime ?

Bjorn heurta la vasque en porcelaine froide, ce qui octroya le temps à l'ange de fondre sur lui. L'autre mâle possédait des muscles plus fins que les siens, mais dans leur monde la masse musculaire n'était en rien synonyme de force. En outre, Fevesh le dépassait d'une bonne tête.

Sa main droite emprisonna sa mâchoire, tandis que la gauche récoltait les preuves de leurs ébats torrides. Les iris noisette du démon se tintèrent de rouge sous la colère que l'attouchement lui provoqua.

— Ne me touche pas ! gronda-t-il en repoussant le juge qui ne broncha pas.

Fevesh effleura sa bouche de la sienne, un sourire carnassier illuminant son visage.

— Tu ne penses pas ce que tu dis… je n'aime pas quand tu me mens.

L'ange l'embrassa et la chaleur dans le creux de ses reins augmenta en réaction. Le corps entier de Bjorn répondait aux exigences du juge infernal. Cette idée le révolta. Il mordit alors fortement la lèvre inférieure de Fevesh. Quand ce dernier se recula, un filet de sang perlait jusqu'à son menton. Bjorn s'était attendu à de l'indignation, de la rage, voire du ressentiment, mais aucunement au désir fiévreux qui se reflétait dans les iris de saphir.

Fevesh accentua la pression contre son corps, le tissu du jean irritait la peau fragile de l'érection de Bjorn.

Merde…

Il ne voulait pas. Ce n'était pas ce qui était prévu au programme. Il devait absolument le repousser, ne plus tomber dans ce piège dont il avait eu tant de mal à se défaire quelques mois plus tôt. L'idée de payer sa dette par du sexe avait été suicidaire, parce que Fevesh était comme une drogue.

Résiste ! Putain ! Résiste ! Pense au Pakistanais.

Il en avait vu, des beautés de tous horizons, mais celle du restaurateur était cachée quelque part derrière sa plaque de cuisson et le four.

L'index et le majeur du déchu s'insérèrent entre ses fesses et jouèrent avec son anneau de chair. La pénétration le fit hoqueter de plaisir et il se sentit défaillir. Bjorn s'accrocha fermement à son biceps. Il ne se soucia pas de lui faire mal ou non. Sa tête bascula en avant et heurta la clavicule de l'ange.

– Tu vois.

– Arrête…

Il aurait voulu lui crier de continuer de le pénétrer plus fort. Il aurait souhaité lui faire l'amour, sauf que Fevesh ne faisait pas « l'amour », il baisait. Magnifiquement bien, mais sans plus de sentiments que la volupté qui allait avec. Alors, il se fixa à cette pensée tandis que l'autre mâle lui procurait du plaisir. Bjorn parvint par l'opération du mauvais esprit à débander. Un grondement mécontent s'échappa tout de suite des lèvres du juge.

– J'ai payé ma dette. Laisse-moi maintenant. Tu n'as pas le droit de me prendre sans mon consentement.

Fevesh se saisit de nouveau de son menton pour qu'il le regarde. La légère douleur qu'il lui procura ne fit que l'ancrer à la réalité, repoussant tout plaisir, tout désir, tout espoir. La rancœur, la peine, la rage s'enracinèrent à son âme.

– Je m'empare de ce que je souhaite, quand je le désire, incube !

La colère contenue dans son timbre l'effraya, mais il tint bon. Il devait se sevrer une bonne fois pour toutes. Bjorn renifla, moqueur.

– Pas sur terre. Tu as oublié ?

Fevesh le contempla sans qu'il puisse percevoir la moindre émotion. Ils demeurèrent longtemps ainsi. Puis, les doigts du juge délaissèrent son intimité, lâchèrent son visage où un hématome s'y étendait à présent.

– Soit, mais tu sembles toi-même omettre un point fondamental.

Il marqua une courte pause avant de lui rappeler :

– Je gagne toujours. Et quand je t'aurai pour moi seul, je t'assure que tu sentiras passer cette rebuffade.

L'ange quitta la pièce dans un nuage de fumée noire. L'incube se frotta la mâchoire pour en chasser la douleur.

– Je sais.

Chapitre 3

Au même moment

Eden

es draps étaient encore glacés quand

j'étendis le bras pour chercher mon amant démoniaque dans le lit. J'avais froid et souhaitais me blottir contre la chaleur ardente de son corps. Cela arrivait de plus en plus souvent. Mon être était constamment frigorifié ces derniers temps. Edward m'avait avoué que c'était à cause des ponctions d'énergie. Pourtant je n'avais pas perdu suffisamment de poids pour que ce soit visible. Maman n'avait rien remarqué de ce côté-ci en tout cas. Regal aussi développait de nouvelles habitudes, comme celle par exemple de m'abandonner au milieu de la nuit pour discrètement s'alimenter, non pas de sexe, mais de viande et de sang. Si quelques mois plus tôt la fréquence de ce besoin ne dépassait pas les trois fois par semaine, ces derniers temps, mon incube se levait chaque soir. Je mentirais si je disais que je ne m'inquiétais pas pour lui. L'échéance de Fevesh arrivait à son terme. La fin de l'été approchait à grands pas et au lieu de trouver une solution pour faire front, nous pataugions lamentablement devant de nouveaux problèmes, comme Crys et Ed qui devaient bien trop souvent affronter l'ancien clan de mon ami. Le Vatican ne cessait de revenir sur le plat sans que nous ayons pour autant des exorcistes de passage. En même temps, le dernier n'avait pas eu beaucoup de chance en tentant de m'assassiner…

Bjorn allait mieux depuis que Fevesh était reparti en Enfer, mais quelque chose en lui paraissait toujours « à vif ». Pour le moment, je ne parvenais pas à ce qu'il se confie. Il ne fallait pourtant pas sortir du trou du cul du paradis pour comprendre que certaines blessures n'étaient pas cicatrisées et que l'apparition de l'ange déchu avait fait resurgir ces dernières. Et pour finir…

Je repoussai les draps et me levai du lit. J'avais conscience que Regal n'appréciait pas quand je l'observais s'alimenter de cette façon. L'odeur me rendait souvent nauséeux et mon amant paniquait toujours en m'apercevant pâlir. Cependant, j'avais besoin de voir par moi-même. Il fallait que je me rende compte, parce que savoir et constater étaient deux choses différentes.

Je me glissai dans le couloir et trouvai Regal non pas dans la cuisine, qui soit dit en passant était toute propre, mais dans le salon. Sa tête posée sur le dossier du canapé, ce dernier se tenait face à New York. Comme toujours, le panorama était splendide. De ce côté du penthouse, nous avions une vue plongeante sur Central Park. Même après plusieurs mois de concubinage, je ne parvenais toujours pas à réaliser. Regal avait changé mon existence jusqu'au plus profond de mon être. Il y laissait sa marque chaque jour.

Néanmoins, alors que je l'observais, ses paupières fermées, l'air fatigué, je ne pus m'abstenir de croire que nos chemins devraient peut-être se séparer. Je réalisais combien je le rendais faible, du moins physiquement. Je n'étais pas sourd ni aveugle. J'entendais bien les chuchotements des créatures de la nuit. La plupart m'appréciaient et comme tout «monstre» se respectant, certains s'étaient montrés «sans filtre». Ils m'avaient avoué qu'ils ne comprenaient pas le comportement de leur patron. Qu'ils commençaient à se faire du souci pour la sécurité de leurs familles – oui, les démons aussi en possédaient, mais on parlait davantage de portées à faire grandir jusqu'à maturité et de l'envol des petits damnés.

– Et si tu réclamais ce câlin que tu désires tant, au lieu de rester planté dans mon dos.

Mon cœur se serra dans ma poitrine tout autant qu'il se gonfla de bonheur. Alors que j'aurais dû lui avouer toutes mes craintes, j'échouai dans ses bras puissants.

– J'ai envie de toi, dis-je en mordillant de façon taquine sa mâchoire.

Regal réclama mes lèvres sans pour autant approfondir notre baiser, la faute de la mixture qu'il avalait. Cette dernière se trouvait actuellement dans un shaker opaque.

— Pas ce soir, mon ange.

Je me redressai vivement en lui faisant les gros yeux.

— Comment ?

Mon amant explosa de rire.

— J'aime quand tu te montres si autoritaire.

Ce qui, d'une certaine manière, était ridicule. Je pouvais bien rouspéter, si mon incube ne daignait pas accepter mes caprices, j'obtiendrais Colchiques dans les prés[7].

— Parfait, je veux du sexe, maintenant !

Son sourire ne quitta pas ses lèvres.

— Nous l'avons fait hier. Nous en avons déjà débattu. Tant que tu ne te contrôles pas et que tu me donnes ton énergie vitale, nous devrons attendre que tu te sentes mieux.

— Et toi ? Tu as de plus en plus faim.

— Je vais bien. N'en parlons plus.

Au son de sa voix, je compris que la discussion était close et qu'il ne servait à rien d'insister. Mon démon pouvait se montrer incroyablement têtu quand il le voulait. En l'occurrence, Regal venait de se fermer comme une huître.

---

[7] Retour de la petite info : Colchiques dans les prés est une comptine pour scouts des années 1942/43 créée par Jacqueline Debatte et Francine Cockenpot. Mon grand-père en a fait une expression pour dire qu'on n'obtient rien, pas grand-chose ou qu'il ne reste plus rien. PS La colchique est une plante qui pousse à la fin de l'été quand il ne demeure plus aucune fleur dans les champs.

Le lendemain

Bjorn

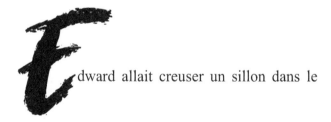

dward allait creuser un sillon dans le

revêtement de sol à force de faire les cent pas. Son Cormentis jouait avec sa prothèse en la faisant sautiller sur son genou valide et le tout sans quitter son amant des yeux. Crystal évacuait inconsciemment la nervosité de son partenaire, sans conteste un souci de gens unis par le lien maudit de la morsure.

Eden, lui s'était assis en face de son incube de compagnon et sur la droite du jeune vampire. Regal se contentait de l'observer, lui. C'était bien la première fois que Bjorn n'aimait pas être le centre de l'attention.

– C'est une bonne nouvelle, finit-il par lâcher. Cependant…

Edward s'immobilisa.

– Il n'y a rien que l'on puisse faire pour arrêter un démon avec autant de puissance. Peut-être que Fevesh peut s'amuser de lui, lui couper chaque membre sans que cela lui pose problème… mais Beorth a autant de vies à sacrifier que d'âmes ingurgitées, continua le bras droit de son frère avec calme.

Parce que le vampire ne sortait jamais de ses gonds… hormis pour son compagnon. Quand on osait ne serait-ce qu'examiner trop longtemps celui-ci, des têtes pouvaient tomber.

– Et la dernière fois que vous vous êtes affrontés… il a bien failli te buter, ajouta Bjorn.

Son demi-frère inspira, mais ne répondit rien.

– Et il n'avait pas ingurgité de Résidus d'âmes, renchérit Eden. J'adore ta cicatrice, tu le sais… mais j'apprécierais tout aussi bien qu'il ne t'en offre pas davantage.

– Je vais peut-être dire une connerie, poursuivit Crystal, mais… n'y aurait-il pas de créatures célestes rôdant sur terre ? Je veux dire, vous êtes là, vous… Ce n'est pas leur job de protéger les humains des démons ?

Edward vint se positionner en renfort derrière son amant et commença à lui masser les épaules. La prothèse bionique dernier cri de l'ex-chasseur avait tendance à lui faire mal en fin de journée. Ed se tenait donc en alerte constante, captant la moindre variation dans la posture de son homme.

Un minuscule sourire étira la commissure de ses lèvres. Bjorn ne pouvait s'empêcher de trouver leur attitude attendrissante. Que ce soit son frère et Petit Lapin ou Ed et Crissy Chéri, les deux couples lui implantaient de très mauvaises idées dans la tête. À cause d'eux, il espérait que, peut-être, lui aussi... rencontrerait le compagnon idéal.

Malheureusement...

Des trois créatures de la nuit – il n'englobait pas Crystal dans le lot, son immortalité trop récente n'était pas encore totalement inscrite dans ses veines – , il était celui qui saisissait le mieux les émotions humaines. Malgré tout, plus les jours s'écoulaient, plus la perspective de trouver un partenaire avec lequel passer l'éternité devenait un rêve inaccessible. La présence de Fevesh ici accentuait ce gouffre. Bjorn comprenait que les mois, les semaines, les heures lui étaient comptés.

La voix grave d'Edward le fit presque tressaillir, alors qu'il s'enfonçait toujours plus loin dans les ténèbres de ses réflexions.

– Les anges ont quitté la terre il y a des siècles. Si l'un d'eux s'est promené dans le coin depuis l'Exode, c'est qu'il a désobéi aux ordres célestes, expliqua Edward.

Crystal et Eden foncèrent les sourcils.

– Pourquoi ? demandèrent-ils en chœur.

– Parce que ce serait tricher s'ils poussaient les humains à la bonté, les informa Bjorn en rejetant ses frustrations le plus loin possible. A contrario, l'aspect le plus sombre de leur personnalité se forge au fil de leur vie. C'est là que nous jouons un rôle… pas tout le temps, mais parfois.

Eden se rencogna dans son siège en croisant les bras sur sa poitrine comme s'il boudait.

– Je ne comprends pas. Vous ne vous en préoccupez pas plus que ça… des humains… je veux dire…

Lui-même ne croyait pas ce qu'il disait lorsqu'il énonça sa phrase. Le sourcil de Crissy allait bientôt crever le plafond tant la réplique de son meilleur ami le laissait dubitatif. Joli Cul chercha de l'aide auprès de Regal, mais ce dernier semblait piquer un somme les yeux ouverts, alors il tenta sa chance avec lui. Bjorn pointa du doigt Crystal et Ed.

– Tu penses qu'Edward est né vampire ? Crys chassait les presque-immortels avec un pistolet à eau.

– Désolé, Petit Lapin, renchérit Ed. Mais, Crissy essayait vraiment de me buter.

Le concerné et Bjorn reniflèrent, amusés.

– Tu penses que les humains avec qui je couche sont tous des repris de justice ? D'ailleurs, tu es le seul humain que je connaisse à t'envoyer en l'air avec un démon sans devenir toi-même mauvais. Bien sûr qu'on se préoccupe de vous. Votre vie serait bien plus merveilleuse sans notre présence sur terre.

Joli Cul se mordit le côté de la lèvre inférieure.

– Merde ! J'ai peut-être dit une bêtise.

Crys ricana.

– Tu crois ?

– Pour la faire simple, continua l'incube blond, si un ange pousse une personne à être charitable avec autrui, son action n'aura aucune valeur. Elle a été prodiguée par intérêt pour recevoir la bénédiction céleste. En revanche, si l'individu aide sans rien attendre en retour, c'est ce qu'on appelle la vraie bonté.

Le jeune homme ne paraissait pas totalement adhérer au concept, ce qui n'étonnait pas vraiment Bjorn. Eden était la bienveillance incarnée. Il ignorait la définition des mots intérêt ou manipulation. Cet homme pouvait dénicher le meilleur en chaque être vivant, même les démons.

Beaucoup le pensaient naïf, presque niais, mais toutes ces personnes se trompaient lourdement. Eden avait conscience que le monde n'était pas une sorte d'île aux merveilles. Il voyait des morts en décomposition chaque jour depuis sa naissance. C'était juste qu'il avait redéfini à sa sauce l'expression « trop bon, trop con » en y ajoutant « mais toujours gagnant à la fin». Il donnait sans compter, il aidait sans rien attendre, il chérissait avec tout son être. Il comprenait que beaucoup se servaient de lui, mais cela lui importait peu. Ce qu'il prodiguait aux autres, il pouvait l'obtenir pour lui-même également. Petit Lapin n'avait besoin de personne pour se construire. C'était pourquoi il pouvait offrir entièrement son amour à Regal sans éprouver la moindre rancœur envers lui. Son demi-frère le lui rendait bien, même si pour le moment les mots demeuraient bloqués dans sa gorge.

– Bref, on oublie les anges.

– Cette bataille ne les regarde pas, finit par dire Regal. Ils ne feront leur apparition que si Beorth met le souk sur terre et bouleverse l'équilibre. Ce combat est le mien. Vous entraîner avec moi… reste déjà un trop grand sacrifice.

Le silence s'installa dans la pièce et ne fut rompu que par la sonnerie de téléphone d'Edward. Ce dernier fronça les sourcils et décrocha.

– Russel. Oui.

Il soupira avec lassitude.

– Nous arrivons.

Il mit fin à l'appel en braquant son regard sur son homme.

– Je peux y aller seul.

Crissy secoua la tête négativement, son sourire aimant peint sur son beau visage.

– Non, c'est mon ancien clan qui pose problème. On affronte ça ensemble.

Sans grand étonnement, le jeune vampire avait écouté la conversation. Edward et Regal ne se parlèrent pas, se contentant de se lancer un regard entendu.

– Faites attention à vous, encouragea Eden qui avait depuis longtemps abandonné l'idée de couver son meilleur ami.

– Si je n'arrêtais pas Edward, il aurait déjà saigné la moitié d'Ophiuchus, se marra Crystal

L'ex-chasseur les salua de sa prothèse bionique alors qu'il suivait son compagnon.

– Mon ange, tu peux nous faire un autre café ?

Eden fit la moue.

– Dis simplement que tu veux que je vous accorde un instant entre frangins. Ton astuce n'est discrète pour personne.

Bjorn pouffa, ce qui lui valut un regard noir de son aîné. Regal avait reporté son intérêt sur Eden, lorsque le groupe disparut. Une lueur rougeoyante traversa une fraction de seconde ses iris. Son frère pouvait se montrer vraiment susceptible parfois.

– Comment te sens-tu ? questionna soudain Regal.

Sa demande déstabilisa Bjorn. Regal n'avait pas pour habitude de se mêler de ses affaires. Il avait bien tenté de lui tirer les vers du nez une ou deux fois, mais voyant que Bjorn ne coopérait pas, son aîné avait abandonné.

— Parfaitement bien, pourquoi ?

Il mentait. Son moral n'était pas au beau fixe, mais Regal n'était pas de ces hommes à s'émouvoir ou à savoir quoi faire pour ceux qui n'allaient pas bien. L'autre incube se leva, contourna son bureau et combla la distance entre eux.

— Fevesh est de retour. Je ne suis pas aveugle. Je vois bien qu'il te terrorise. Pourquoi refuses-tu de me dire ce qu'il te réclame ?

L'agacement dans la voix de Regal était parfaitement audible, ce qui toucha profondément Bjorn, bien que ce ne soit qu'une illusion.

— Attention, je pourrais croire que tu te soucies de moi... ironisa Bjorn.

Il adorait son frère. Ce dernier lui donnait la liberté qu'il avait tant espérée. Il lui offrait un foyer, même si Regal ne s'en apercevait pas. Il se fichait qu'ils n'appartiennent pas à la même portée. Pour lui, Regal était sa famille. Bjorn aimait lui taper sur le système et la plus grande partie du temps, c'était son jeu favori. Alors, il se doutait que... si son aîné acceptait sa présence, les émotions que l'incube blond ressentait à son égard n'étaient pas partagées.

— Évidemment que je me soucie de toi, putain !

Ses yeux s'ourlèrent de surprise, il eut un léger mouvement de recul. Regal, lui, soupira.

— Merde... pourquoi Eden et toi me forcez à parler de sentiments à la con ? Je ne suis pas doué pour ça...

Bjorn le contempla se frotter la figure, s'il continuait ainsi, il allait s'arracher la peau.

– Tu es mon frère ! C'est… Ce n'est pas vraiment le sang qui compte, mais… bref, tu es ma famille au même titre qu'Edward et Eden… et Crystal. Il faut que je sache ce que je peux faire pour te mettre en sécurité.

Bjorn ne put cacher le sourire qui illuminait son visage. Sa joie était trop grande. Pour la première fois de son existence, il comprenait qu'il n'était plus seul. Bien sûr, sa mère l'avait aimé plus que tout… et elle avait été punie pour cet amour. Ils n'avaient jamais été autorisés à se revoir. Hormis ce jour fatidique, il n'y avait pas si longtemps, où tout avait basculé pour lui. Pour ce qu'il en savait, elle était encore en vie, enfermée dans le harem de Satan.

– Merci, mais je vais bien, ma dette a été payée. Je t'assure.

– Tu es sous ma juridiction… Je dois te protéger, insista Regal. Est-ce que tu comprends ? Ce rôle ne doit pas être inversé.

Évidemment, pour donner une logique à ce qu'il éprouvait, son aîné mettait tout sur le dos de ses responsabilités.

– Je ne te remercierai jamais assez d'avoir sauvé Eden… mais… je ne peux pas te demander de te sacrifier pour nous. Il faut que…

Bjorn profita de ce moment de faiblesse pour l'étreindre. Regal se figea, les bras de part et d'autre de son corps, ne souhaitant pas lui rendre son câlin au risque de paraître avenant.

– Ooooh ! vous êtes tellement choupinous ! se moqua Eden.

Regal se dégagea de la prise de Bjorn et reporta son attention sur Petit Lapin. C'est là que Bjorn le remarqua, le reflet pourpre de ses iris et l'invasion des ténèbres dans la sclérotique de son œil. Son frangin pouvait être impulsif et rapidement irritable, mais pas à ce point, pas avec son amant.

– Regal.

Le patron de Knight dressa un sourcil interrogateur, mais sa part démoniaque s'en était allée. Bjorn atermoya, parce qu'il n'était pas certain de ce qu'il avait vu.

– Quoi ? le défia Regal.

Le jeune incube secoua la tête négativement. Regal se détournait déjà de lui, perdant patience, mais Bjorn le retint par le poignet. Le craquement sinistre figea tout le monde dans la pièce. Le plateau d'Eden tomba dans un bruit fracassant.

– Oh Seigneur ! Tu lui as cassé le bras… Tu lui as carrément pété le bras !

Le silence s'installa, Bjorn et Regal examinant l'angle inquiétant du membre. Eden, lui, ne fit que paniquer davantage.

– Mais comment est-ce possible ? Oh mon Dieu ! Mais comment as-tu fait une chose pareille ? Tu as mangé un lion ou quoi ? Oh – mon – Dieu !

Bjorn relâcha son frère, sous le choc. Ce dernier saisit Eden et le plaqua si fort contre son torse que le pauvre Petit Lapin étouffait entre ses pectoraux.

– Ce n'est rien, mon ange. Bjorn n'a pas contrôlé sa force. C'est déjà en train de guérir, dans cinq minutes, on n'y verra que du feu.

Regal lui lança une œillade qui signifiait clairement : aide-moi ou je te tords le cou.

– Si je mangeais du lion… cela voudrait dire que je l'ai baisé… c'est inenvisageable !

Il faisait de l'humour pour rassurer son ami, mais dans son esprit, c'était Apocalypse Now[8]. O.K, il s'était alimenté de l'énergie de Fevesh, et oui, cela le rendait plus fort que d'ordinaire, mais pas à ce point... Cela ne signifiait qu'une seule chose.

— Tu ne te nourris pas assez, lâcha-t-il sans réfléchir.

Le feulement de Regal le fit sursauter, non pas de peur, mais parce qu'il revenait à la réalité.

— Je n'arrête pas de le lui dire ! s'égosilla Eden.

— Je vais bien.

Bjorn secouait la tête négativement lorsqu'un bruit dans le couloir attira leur attention. Il s'agissait de l'une des scientifiques démoniaques. Le visage de Regal se ferma davantage.

— Que puis-je faire pour toi, Loxam ?

Cette dernière tressaillit.

— Je venais vous donner mon rapport... Eden n'était pas à l'accueil.

Le patron opina du chef.

— Pose-le sur son bureau.

La chercheuse pivota, trop contente de pouvoir s'enfuir.

— Loxam.

Elle se figea.

— Oui, Sire ?

— Pas un mot sur ce qui s'est passé.

La femme aux cheveux bleu turquoise et au nez en trompette exécuta une petite révérence, puis détala.

— Je ne veux pas t'entendre, Bjorn ! Le sujet est clos.

---

[8] Je ne vous présente plus le film, hein...

La colère rongea l'incube, parce que si Regal continuait à s'affamer… ils mouraient tous.

Chapitre 4

Regai

Merde.

Ce mot lui semblait bien trop insignifiant pour décrire la situation dans laquelle il se trouvait. Ses doigts tâtèrent sa paupière inférieure comme si cela aiderait à améliorer sa condition. Il pouvait bien se concentrer de toutes ses forces, rien n'y faisait. La sclérotique de son œil gauche demeurait aussi noire que l'encre et son iris plus rouge que le plasma qui coulait dans ses veines. Sa part démoniaque ressortait et il ne parvenait plus à la refouler. La blessure à son bras droit avait empiré les choses et le processus de guérison avait pompé une trop grande partie de son énergie. Bjorn avait raison, ils savaient tous deux ce qui était à l'origine de ce phénomène et il n'y avait qu'une seule façon d'y remédier. Il devait s'alimenter… et pas simplement de viande et de sang. Il fallait qu'il baise…

La frustration l'envahit, la colère irradiait ses veines. Ses poings se refermèrent sur les côtés de la vasque qui se fendit sous la pression.

Bordel de merde… fait chier ! Par les couilles à papa, je suis maudit !

Eden allait le tuer… Qu'importe s'il s'agissait de l'appartement de l'incube et pas du sien. Son amant avait vécu dans la misère et il ne supportait pas que Regal casse bêtement le mobilier sans s'en préoccuper outre mesure. Avec un peu de chance, Petit Lapin ne s'en apercevrait pas – il comptait sur le fait qu'il n'était pas du matin –, et aurait le temps de la faire changer dans la journée.

Son reflet dans le miroir le bascula dans le présent et n'atténua en rien son insatisfaction. Il était un putain d'incube. Le sexe était sa raison de vivre, il n'aurait même pas dû éprouver du remords. Pourtant, il avait la sensation que son cœur allait sortir de sa poitrine. L'idée de coucher avec un autre humain que Joli Cul ne le dérangeait pas plus que ça. Il ne ferait que s'alimenter, le plaisir ne serait pas le même. Il ne tiendrait jamais à une simple proie. Eden était le seul dont il se préoccupait. En outre, il ne serait plus aussi affaibli. Certes, son frère était un mâle puissant, mais pas autant que lui. Il était le fils de Satan et de Lilith, un démon majeur malgré sa classification.

– Je pourrais m'y habituer.

Regal fit comme si de rien n'était, ouvrit le robinet d'eau froide et s'aspergea le visage. Des bras frêles comparés aux siens entourèrent sa taille, et le baiser que son amant déposa sur son épaule le soulagea... presque. Il se redressa pour s'essuyer et prendre Petit Lapin dans son étreinte. Dans cette position, Eden ne verrait peut-être pas la fissure de l'évier – actuellement dans son dos.

– Je ne pourrai plus me montrer publiquement. Ce serait trop risqué.

– Tu dois te nourrir.

Regal se pencha en avant pour s'emparer des lèvres de son partenaire. Ce dernier répondit au besoin de son corps par un gémissement lubrique qui fit tressauter son sexe.

– Pas aujourd'hui. Tu m'as déjà trop donné et ce serait dangereux.

– Allons nous installer dans le salon. Nous devons parler.

Les humains avaient raison, cette simple phrase pouvait remettre en question toute une existence et la sienne était longue. L'incube se demanda ce qu'il avait fait de travers pour qu'Eden veuille discuter. Regal abandonna presque tout de suite. Il était un démon, le fait d'être né était mal. Il suivit donc son amant dans le corridor jusqu'au salon où Eden s'installa sur le canapé confortable. Il n'alluma aucune lumière pour le bonheur de Regal. Le patron de Knight imita le jeune homme, s'asseyant en face de lui.

– Il est hors de question que je mette ta vie en péril. J'ai demandé à Ox de se renseigner sur les médiums. Il doit bien y avoir des archives qui nous indiquent comment vous transformer en vampire.

Eden posa sa main sur la sienne, un sourire timide étira ses lèvres.

– Il faut que tu te nourrisses d'autres individus… Promets-moi juste de faire attention et de ne pas les tuer. Tant pis si tu dois avoir une, dix, vingt, trente… personnes… avec qui coucher, je m'y ferai.

La voix résolue, mais douloureuse du jeune homme lui fit physiquement mal. Il faisait un piètre démon à se préoccuper de telles futilités. Sa nature lui dictait que ce n'étaient que des frivolités.

Des frivolités qui font une différence pour lui.

Voilà pourquoi il se refusait à baiser avec d'autres personnes. Il savait pertinemment qu'Eden se briserait sous le chagrin. Même s'il ne le montrait pas, son amant était si altruiste.

Regal ne voulait pas abîmer leur relation. L'incube tendit le bras au jeune homme qui le chevaucha.

– Non. Je vais continuer avec le sang et la viande.

Des iris aigue-marine se plantèrent dans son regard.

– Écoute-moi bien, Incube.

Eden

e chevauchai mon compagnon et

plantai mon regard dans le sien.

– Écoute-moi bien, Incube.

J'espérais me montrer convaincant, parce que tout ceci allait bien au-delà de ma propre volonté, de mon propre bien-être. Regal se laissait mourir de faim et je ne pouvais le permettre. Peu importait si je souffrais de la situation, ce n'était pas si grave. Je n'étais pas pressé de trépasser, mais mon compagnon était ma PRIORITÉ. Sa santé passait avant tout.

— Tu dois te nourrir d'autres hommes… ou femmes… qu'importe l'espèce…

Ses yeux s'ourlèrent de stupéfaction.

— Mais qu'est-ce que tu racontes ? Qui t'a mis un tel concept dans la tête ? demanda mon partenaire de sa voix râpeuse et grondante.

En cet instant, mon amoureux démoniaque pouvait tordre le cou de l'imbécile qui avait cafté. Je n'appréciais pas l'idée qu'il me cache des choses, même si je comprenais ses motivations. Au final, cela faisait huit mois qu'il évitait cette conversation. Ce n'était pas comme si je ne lui avais pas accordé du temps pour m'en parler. Un peu après l'attaque de sa demi-sœur, ma santé s'était grandement améliorée. La plume de Fevesh m'avait redonné un sacré coup de boost. Mon poids était revenu à la normale et maman ne s'était plus inquiétée de la pâleur de ma peau ou des cernes bleus et gonflés sous mes yeux. J'avais alors bêtement pensé que nous n'en arriverions pas à ce moment. Cet espoir avait été de courte durée.

— Dois-je avoir besoin d'aide pour parvenir à une telle conclusion ?

Il ouvrit la bouche, mais aucun son n'en sortit immédiatement.

— Non ! Non, en effet. Tu es bien trop perspicace pour ça, mais…

— Tu es responsable de milliers d'existences, le coupai-je en réajustant ma position sur lui, pas seulement celles des démons et des vampires sous tes ordres, mais également des vies humaines. Vous pouvez bien établir je ne sais quelle stratégie guerrière pour combattre Dark Regal, si tu continues de t'affaiblir, Beorth va t'abattre. Il fera bien pire à Bjorn, Ed, Crys et moi. Tu comprends ? Tu n'as pas le choix ! Tu DOIS te nourrir, tu DOIS tuer ton frère pour que la terre soit en sécurité.

Le regard démoniaque de mon partenaire me fit frissonner. J'étais habitué aux yeux rouges. Ses iris se dévoilaient souvent lorsque nous faisions l'amour, mais pas le noir de sa sclérotique. C'était tout nouveau. Les sourcils de Regal arborèrent une forme de vague. C'était étrange de contempler un incube peiné, parce que d'ordinaire rien ne l'ébranlait jamais... Excepté les fois où j'avais failli mourir.

Depuis ma transformation ratée et l'attaque de sa demi-sœur, mon homme se montrait surprotecteur. Nous ne faisions plus autant l'amour – malgré mon regain d'énergie – et cela me manquait. J'avais l'impression qu'il s'éloignait de moi, d'être un poids trop lourd à porter.

– Je ne souhaite pas te blesser.

Je lui offris un sourire que je voulus rassurant, mais ma lèvre était prise d'un tic nerveux. À mon avis, je devais juste donner la sensation de ne pas être sûr de moi et d'être sur le point de fondre en larmes.

– Mais, il n'est pas seulement question de moi. Évidemment que ça va me faire mal... Mais j'ai bien plus à perdre si tu ne t'alimentes de personne d'autre. Je ne peux t'offrir plus sans y laisser la vie, là-dessus nous sommes d'accord. Un peu de sexe n'est rien si cela te permet de vaincre Beorth.

Je sentis mes yeux me brûler, alors je fourrai mon visage dans son cou avant de me mettre à pleurer. Je faisais de mon mieux. Je ne voulais pas que mon compagnon culpabilise pour si peu. Malheureusement, je ne parvenais pas à rester rationnel. Mon esprit me disait une chose, mais mon cœur se brisait lentement. Indubitablement, j'aurais souhaité que nous n'en arrivions pas à cet extrême, mais il était trop tard. Regal commença à frotter mon dos pour me réconforter. Se rendait-il seulement compte combien il me comprenait ? Je n'en avais aucune idée.

– Cela nous offrira plus de temps pour trouver une solution, continuai-je, exposant tous les arguments que je me répétais depuis des mois en attendant cette discussion. Je ne veux pas te perdre. Je t'en prie… je ne veux pas te perdre.

Je pensais être prêt pour affronter cette conversation. Je croyais faire face fièrement à mon incube, le regarder dans les yeux sans m'écrouler et lui dire que tout irait comme sur des roulettes.

Ce n'était pas le cas.

Mon cœur se fissura un peu plus. J'arrêtai de parler par peur de craquer. Regal ne chercha pas à modifier nos positions pour s'assurer que je me sentais bien. Il avait conscience que dans une telle situation, c'était inenvisageable.

– Mon ange…

Ses bras puissants m'entouraient, me réconfortaient en attendant que je me calme.

– Je t'en prie. Dis-moi que tu vas te nourrir. Je n'ai pas besoin de savoir avec qui, je souhaite juste que tu guérisses. Je veux que tu sois prêt quand la bataille commencera. Je suis désolé du poids qui pèse sur tes épaules. Je désirerais l'alléger… Et la seule façon d'y parvenir est celle dont nous venons de parler. Je t'aime plus que quiconque, tant pis si cela te fait peur. Reviens toujours à la maison. Reviens-moi.

Ma voix chevrotait, mes prunelles étaient humides de larmes. Les lèvres de Regal se posèrent sur mon front.

– D'accord. Je le ferai. Mais ne pense jamais qu'ils auront une quelconque importance à mes yeux. Je ne les tuerai pas, mais je ne reverrai aucun d'eux une fois nourri. Ils ne sauront pas qui je suis et je ne saurai pas qui ils sont. Ils n'auront aucun nom, aucun visage.

Je reniflai en essuyant mon nez du dos de ma main, puis offris un sourire à Regal.

– Parfait.

Les pouces de mon amant vinrent récolter les larmes au coin de mes yeux.

– Mon ange, ne pleure pas.

– Je suis désolé, je ne peux pas m'en empêcher… mais tu sais, je suis rassuré. Quand Beorth sera hors d'état de nuire, j'exige que nous prenions des vacances aux Bahamas ! Je veux que tu m'épouses et je souhaite que tu me fasses l'amour chaque soir… On pourrait aussi payer le vol à maman.

– Oui… mais plus tôt. J'ai acheté les billets d'avion pour toi, Crystal et Kate.

Je fronçai les sourcils.

– Je ne suis pas certain qu'Ed accepte que Crystal parte avec moi… D'ailleurs, pourquoi MOI, je voyagerais sans toi ?

Regal prit mes lèvres d'assaut et une douce chaleur s'insinua jusqu'à mon entrejambe. Mon gémissement de plaisir fit naître un grondement appréciateur dans sa poitrine.

Seigneur, mon homme me manquait.

– Parce que je ne veux pas que vous soyez en danger lorsque Beorth se pointera. Edward est au courant, nous en sommes convenus.

Ce fut la douche froide, je repoussai alors mon amant pour contempler son faciès.

– Qu'est-ce que les créatures de la nuit n'ont pas compris dans le concept du couple ? Les décisions ne sont pas unilatérales, Regal. Je ne quitterai pas le pays pendant qu'éventuellement tu es en train de te faire éviscérer par Beorth.

Son visage se ferma sous la contrariété, mais je m'en moquais. Je ne désirais pas partir, je voulais rester et aider.

– Que voulez-vous faire de plus que nous gêner ?

La réplique me fendit le cœur. Je portai la main à ma poitrine comme si Regal la transperçait avec un poignard.

– Wooh… ouais ! Il n'y a pas à dire… tu as l'art et la manière d'énoncer les choses…

Je me levai sans plus attendre. Regal tenta de me retenir, mais je rejetai son contact.

– Non ! Non ! J'ai besoin de… j'ai besoin d'avaler la pilule… là, tout de suite.

– Mon ange…

– C'est bon… C'est bon ! Ce n'est pas comme si j'ignorais que j'étais un poids pour toi. Il fallait bien qu'un jour ou l'autre cela arrive sur le tapis.

Mon incube m'imita en tâchant de combler la distance qui nous séparait. En presque un an de vie commune – le temps d'un pet de lapin aux yeux de mon amant –, c'était notre première vraie dispute.

– Eden… s'il te plaît… je veux juste te mettre à l'abri. Tu n'es pas un poids, tu es ma force, mais Beorth cherchera à s'en prendre à toi. Tu seras sa cible première parce que tu ne peux pas l'affronter. Je dois te cacher, c'est aussi simple que ça…

Ses mots étaient authentiques, je ne pouvais les contester. Je n'étais même pas un ex-chasseur entraîné à me bastonner avec des vampires. Le dernier avait bien failli me manger tout cru si Ali n'était pas intervenu.

— Je partirai comme tu me le demandes.

— Eden… S'il te plaît, ne… ne fais pas ça.

Je fronçai les sourcils.

— Quoi ?

— Ne sois pas triste. Je t'en prie.

Je reculai d'un pas.

— Mais ça me fait vraiment mal ! Je saigne parce que je suis inutile, parce que je suis une épine dans ton pied ! Je souffre parce que même te nourrir est au-dessus de mes capacités ! À quoi ça rime de voir des morts partout si mon don ne sert à rien ! Peut-être que si tout ne tombait pas en même temps j'aurais la force émotionnelle de simplement sourire et de passer outre, mais ce n'est pas le cas. Je sais que ta nature ne le comprend pas, mais c'est ainsi ! Juste, laisse-moi un peu de temps…

Je me détournai lentement. Il me fallait un bain, parce que cela résolvait tout ou presque. L'eau lavait, l'eau purifiait. C'était ce que maman me racontait toujours, et depuis tout petit, j'avais gardé cette habitude.

— Tu devrais en profiter pour te trouver un buffet à volonté, dis-je de l'autre bout du couloir.

Je remarquai l'expression défaite de mon amant, mais repoussai cette image avant de craquer.

night Corporation

egal était un démon.

Un incube.

Le sexe était sa raison de vivre.

Tout ce qui importait restait de baiser, de se vautrer dans la luxure et de se gorger d'énergie vitale.

Depuis peu, Eden était devenu son monde.

En d'autres termes, Regal était un démon, certes…

Mais un démon fichu.

Le patron de Knight se servit un verre de bourbon qu'il dégusta en écoutant l'eau de la baignoire couler. Il souhaitait laisser un peu de temps à son amant pour respirer. La patience n'était pas son fort. Ce qu'il désirait, il l'obtenait. Offrir un peu de solitude à son homme lui coûtait, ce qu'il voulait maintenant était simplement de retrouver son sourire.

Alors, quand son téléphone sonna, il remercia le Mauvais Esprit de lui envoyer de l'aide.

– Oui.

– **Qu'est-ce qui ne va pas ?** questionna Edward.

Le patron de Knight soupira bruyamment.

– Comment s'est passée la rencontre avec le clan de chasseurs ?

– **Tu ne m'auras pas en me distrayant avec de si belles paroles. Je ne m'appelle pas Bjorn !**

Le mâle gronda, mauvais.

– Je préfère ne pas en parler.

– **... Comment va Eden ?**

Regal en avait assez que son second parvienne à lire entre les lignes de ses non-dits et ses silences, à croire qu'ils se connaissaient depuis un peu trop longtemps.

– **Bjorn n'a pas pu tenir sa langue. Il m'a expliqué ce qu'il s'était produit. Ton frère est inquiet pour toi. Je le suis également,** ajouta-t-il pour que Regal ne se téléporte pas chez son frangin diabolique et l'exécute sur-le-champ. **As-tu pris une décision ? Regal, personne à part toi ne peut faire face à Beorth !**

Regal ne répliqua pas tout de suite, mais seulement pour mettre la patience d'Edward au défi.

– Oui, Eden m'a convaincu de me nourrir d'autres proies. Je lui ai aussi parlé de l'envoyer loin de New York lorsque la bataille commencera.

– **Mumm.**

C'était quoi cette réponse ? Pourquoi ce ton réprobateur ?

– Quoi ? En as-tu parlé à ton chasseur à quenottes ?

– **Eden déteint sur toi... c'est... affligeant. Non, je ne lui ai encore rien dit. Je vais patienter... l'altercation avec Zoran ne s'est pas bien passée. Le sang n'a même pas coulé.**

– Déçu ?

– **Presque. J'ai hâte de voir mourir ce vieil orchidoclaste[9]. Assez parlé de moi, la situation est toujours sous contrôle. Comment a réagi Eden ?**

Le démon soupira.

– Pas bien, comme tu peux l'imaginer. Il se lave actuellement...

– **À trois heures du matin... ce n'est pas commun pour les humains.**

Regal mordilla sa lèvre inférieure, son regard tombant sur le panorama et son reflet aux iris sanglants. Le mâle prit une nouvelle inspiration.

– Je... je ne sais pas... Je crois qu'il pleure encore, mais il m'a demandé de le laisser seul. Il m'a dit qu'il se sentait inutile. Mais moi, je veux juste le mettre à l'abri. Tu comprends ça toi aussi.

Un silence lui répondit. Cela ne dura que quelques secondes, mais une éternité se passa dans son esprit.

---

[9] Petite info qui ne sert à rien, partie deux : un orchidoclaste n'est en rien le cousin de l'ornithorynque, mais simplement un homme casse-couilles.

— **Je suppose que ce n'est pas les mots qui ont franchi ta bouche. C'était déjà compliqué pour lui de te dire d'aller fourrer ta bite dans le cul d'un autre homme… Es-tu dénué de toute raison ? Bjorn, sors de ce corps.**

Regal se pencha en avant en se frottant le front.

— Merde… ce n'est qu'une transmission d'énergie… Il n'y aura rien de plus et Beorth s'en servira de cible si Eden se trouve à New York… tu le sais !

Ed se racla la gorge.

— **Une transmission où tu feras jouir un autre type qu'Eden, où des fluides seront éparpillés partout, et pour finir où tu prendras ton pied. Les humains ne sont pas tous prêteurs… Je suis conscient du reste. Mais, peut-être que ce sujet aurait pu être abordé un jour où ton amant se sentait moins démoralisé… Si je peux te conseiller quelque chose…**

Ed attendit son assentiment, ce que Regal apprécia.

— Je t'écoute.

— **Va te nourrir quand Eden sera absorbé par son travail. Après, récure-toi entièrement et mets les vêtements que tu portais dans la corbeille à linge sale. Puis enfile un costume identique. Il ne faut pas que votre vie de couple change radicalement à cause de tes besoins alimentaires…**

Ce n'était pas difficile, Regal était un incube, il n'allait pas être épuisé par deux ou trois parties de jambes en l'air. Ce qui l'était en revanche, c'était de faire comme si de rien n'était devant Eden.

– Et ne le laisse pas seul à broyer du noir. Retrouve-le, prenez un bain coquin et montre-lui que tu l'aimes.

À ces mots, le mâle se figea. Bjorn, Eden et Edward disaient sans cesse qu'il y était allergique. C'était peut-être vrai.

– Regal. Appelle ce que tu ressens pour Petit Lapin comme tu veux, mais occupe-toi de lui avant que sa tristesse n'affecte toute la tour Knight. Il peut lever à lui seul une armée de démons et de vampires et te renverser avant Beorth. Maintenant, je te laisse. J'ai mon propre serpent à dompter.

– Mumm. Edward.

– Oui.

– Merci.

Son bras droit ne répondit rien et raccrocha. Regal, quant à lui, se dirigea dans la cuisine où il prépara une piña colada pour son compagnon et quelques bols de chips et autres amuse-bouches. Il emporta le tout dans la salle de bains où il trouva son amant prostré dans l'eau chaude, les genoux contre son torse, ses bras entourant ses jambes. Le jeune homme renifla, ravala ses larmes sous une expression surprise.

– J'ai un gage de paix, déclara l'incube en montrant le plateau du regard.

Le sourire d'Eden atteignit enfin ses yeux et le soulagement gagna le démon.

Chapitre 5

Edward

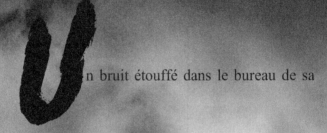

Un bruit étouffé dans le bureau de sa

vipère l'alerta. Son cœur se mit à battre plus rapidement et le besoin pressant de retrouver son compagnon devint bientôt implacable.

– Regal. Appelle ce que tu ressens pour Petit Lapin comme tu veux, mais occupe-toi de lui avant que sa tristesse n'affecte toute la tour Knight. Il peut lever à lui seul une armée de démons et de vampires et te renverser avant Beorth. Maintenant, je te laisse. J'ai mon propre serpent à dompter.

– **Mumm. Edward.**

– Oui.

Le presque-immortel traversait déjà le salon pour rejoindre son ex-chasseur.

– Merci.

Un léger sourire étira ses lèvres. Il était heureux de pouvoir venir en aide à son ami, surtout dans un moment pareil. Les prochains mois allaient devenir de plus en plus ardus. L'amour qu'entretenaient Regal et Eden allait être mis à rude épreuve. Edward plaignait Petit Lapin, il n'aurait jamais accepté que sa Vipère couche avec qui que ce soit d'autre que lui. Dans un second temps, il saignait pour son incube de patron. Qui pouvait dire si Eden supporterait une telle situation ? Leur relation pouvait se dégrader jusqu'à un point de non-retour. Le résultat serait alors le même qu'aujourd'hui. Eden mourrait prématurément et triste…

– Fait chier ! s'énerva Crissy.

Ed raccrocha sans rien ajouter de plus. Il accéléra le pas sans pour autant accourir, parce qu'il savait que sa Vipère le prendrait mal. Il poussa la porte avec précaution et son cœur chuta dans son estomac. Les vampires ne pouvaient tomber malades. Pourtant, la nausée l'assaillit en voyant son compagnon.

Crystal

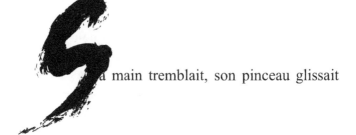

a main tremblait, son pinceau glissait

entre ses doigts de métal. Alors, quand il l'appliqua sur
la toile, la peinture s'étala comme une grosse fiente de
moineau et déborda du tracé sommaire. Sa rage prit le
dessus. Il sentit ses canines s'allonger. Ses iris devaient
arborer la même couleur que l'huile. Ses larmes lui
brûlèrent les yeux. Crystal explosa. Il gribouilla dans
tous les sens. De toute façon, le tableau était fichu. Le

pinceau cassa sous sa poigne et vint le frapper en plein visage avant d'aller s'échouer sur le carrelage haut de gamme.

– Fait chier ! s'emporta-t-il en se rasseyant sur son tabouret.

Sa voix n'était plus qu'un murmure rauque tant sa gorge était comprimée. Il entoura son corps de ses bras, ne pouvant plus retenir ses larmes. C'en était trop.

– Ma Vipère…

Crystal sursauta en entendant le timbre grave et empli de menace de son compagnon. Le jeune homme se redressa, essuya ses yeux et sourit en réajustant ainsi le masque qu'il s'était forgé depuis quelques mois. L'instant d'après, Ed était à ses côtés, ses paumes encadrèrent son visage, ses pouces récoltant les vestiges de sa tristesse.

– Ne te renferme pas, ma Vipère. Ce n'est qu'une toile, je t'en rachèterai autant que tu l'exigeras.

Les paroles de son vampire finirent de briser la carapace de Crystal. Il ne pouvait plus. Il s'était pourtant promis d'être fort.

– C'est par mon art que j'arrive à évacuer mon stress… ma frustration, ma colère… Je ne peux plus peindre. Regarde !

Crystal pointa le pâté rouge.

– Tout ce que je parvenais à faire avant… avant… ça…

Il montra sa prothèse bionique. Elle était parfaite, Regal ne s'était pas moqué de lui. Elle n'était pas juste à la pointe de la technologie, elle était résistante à sa force. Elle ressemblait au bras de Terminator. S'il était adroit dans les choses simples de la vie, s'il pouvait manipuler son couteau, il était incapable de ne pas briser de vases, de ne pas tordre d'objets et de peindre. Il ne pouvait plus expérimenter sa passion et c'était la goutte de trop. Il croyait pouvoir assumer le fait que Zoran souhaitait l'assassiner. Il pensait pouvoir affronter les regards réprobateurs de la faction de son père, et aussi ceux de la communauté de sa mère. Certes, Melicendre le soutenait et faisait barrage contre son ex-mari. Toutefois, elle ne pouvait continuellement prendre des risques pour lui. En conclusion, Serpentis le haïssait autant qu'Ophiuchus. Il aurait pu faire le deuil de toute cette merde si les deux clans ne cessaient de vouloir l'effacer de la surface de la Terre. Si Zoran ne menaçait pas Edward en proclamant à tout bout de champ qu'il allait faire appel au Vatican pour éradiquer la tour de toute vilenie. Crystal avait beau le nier, savoir que son père espérait sa mort et que sa mère ne le regardait plus de la même manière était une épreuve.

Ses larmes se mirent à couler de plus belle et Edward l'attira dans son étreinte. Il sentit que le bras droit du mâle bougeait sans pour autant comprendre ce qu'il lui cachait. Ensuite, son compagnon le souleva de son tabouret pour prendre sa place. Crys croisa ses jambes autour de sa taille.

– Si tu me le demandes, Ophiuchus n'existera plus d'ici demain.

Cela ne l'étonnait pas qu'Ed perçoive la racine du problème. Il le connaissait par cœur, bien que leur relation n'ait débuté que neuf mois auparavant.

– Je veux juste pouvoir relâcher la pression. D'ordinaire, je peins. J'ai besoin de cet art pour décompresser, pour me dire qu'il y a une chose dans ma vie que je maîtrise… Que je fais parfaitement !

Edward le repoussa délicatement pour qu'ils puissent se regarder l'un l'autre.

– Mais la peinture n'est pas ton seul don. Tu te bats avec force et talent. Tu détiens mon cœur, tu oses m'aimer, et je ne t'en remercierai jamais assez. Tu me rends heureux. Tu me fais rire.

Crystal détourna le regard, celui-ci tombant de nouveau sur la toile. Ses yeux se remplirent à nouveau de larmes.

– Très bien, ma Vipère. Tu ne me laisses pas le choix.

Un sourire tendre qui n'apparaissait jamais en public étira ses lèvres sensuelles. Ed se leva, déposa avec précaution son amant, s'assura qu'il était bien stable sur ses deux pieds et commença à pousser les meubles, dégageant un pan de mur complet.

– Il me semble que l'art peut être subjectif. Je me trompe ?

– Non. Pourquoi ?

Crystal pencha la tête sur le côté, dans l'expectative, mais le vampire ne répondit pas à sa question.

– Mais qu'est-ce que tu fais ?

– Tu verras.

Edward quitta la pièce avec la vélocité qui lui était propre. Quelques secondes plus tard, des voix s'élevaient dans le couloir, attisant la curiosité de Crys.

– C'est par là. Je vous ai fait de la place.

Huit hommes entrèrent sous les recommandations du presque-immortel. Crystal les regarda étendre une gigantesque bâche sur le sol. Certains apportèrent des pots de différentes teintes alors que d'autres mettaient les toiles sur tout le pan du mur vierge, offrant ainsi la possibilité d'un tableau immense. Une dernière pièce fut déposée sur la cloison voisine. Les mystérieux individus disparurent sans un mot. C'était ce qu'on appelait un service de livraison rapide. Le jeune homme n'avait jamais vu une chose pareille.

– Eeeeddd… je ne peindrai pas mieux.

Son compagnon retira son t-shirt, révélant son torse splendide, ses abdos en béton et sa peau dorée très alléchante. Si Crystal ne s'était pas senti pas aussi mal, il en aurait eu l'eau à la bouche. Il observa son amant se pencher pour ouvrir l'un des pots. Il attrapa ensuite un pinceau Splater, le trempa dans le liquide et projeta la couleur sur la toile unique et une bonne partie du mur derrière lui. L'ex-chasseur en demeura bouche bée.

– Les détails seront pour plus tard. Fais sortir toutes ces émotions en toi. Laisse-les s'exprimer à travers ton art.

Ed éclaboussa une fois encore le tableau, puis balança son bras, exécutant une sorte de « S ».

– C'est plus amusant que je ne le croyais…

Il abandonna son pinceau et immergea sa main dans la peinture avant de l'étaler sur la toile.

Le cœur de Crystal gonfla dans sa poitrine. Pour la première fois de son existence, il avait l'impression d'être irremplaçable pour quelqu'un. Bien entendu, Eden l'adorait de tout son cœur et il ne doutait pas un instant qu'il mettrait sa vie en danger pour lui. Mais cette façon qu'avait Edward de lui remonter le moral était la plus belle preuve d'amour qu'on lui ait jamais montrée.

– Ma Vipère.

Quand Crys revint à la réalité, Ed se tenait tout près de lui. De son pouce, il apposa une marque sur son front en disant :

— Crystal[10] !

L'ex-chasseur pouffa, et pour se venger posa la tête contre son épaule, étalant l'huile rouge.

— Seigneur, Eden vous a tous déteint dessus !

Les bras du vampire l'entourèrent. Edward embrassa le côté de sa tempe.

— Je sais que tu fais exprès de me salir.

— Je t'aime tellement…

— Quelques mois plus tôt, tu m'aurais dit : je te déteste tellement.

Crissy renifla avec amusement.

— Il n'y a que les idiots qui ne changent pas d'avis… même si je suis à peu près certain que tu m'as fait avaler une potion d'amour ou inhaler un gaz amourogène qui a grillé les neurones de mon cerveau.

— Je t'aime.

Crys ne put finalement pas retenir son sourire. Il ignorait quelle force divine ou démoniaque remercier pour avoir mis Edward sur sa route. Il se sentait tellement heureux soudain. Peut-être avait-il simplement oublié la chance qu'il avait d'être chéri aussi fort par l'homme que son cœur avait choisi.

— Peins pour moi, ma Vipère, murmura Edward d'une voix suave à son oreille.

---

[10] Pour ceux qui n'auraient pas la référence (honte à vous… je dis ça, je ne dis rien). Recommencez la scène avec un mandrill et un lionceau et exclamez-vous : SIMBAAAA ! Vous y êtes, c'est le Roi Lion.

Chapitre 6

Bjorn

– Je me suis fait une beauté coréenne du tonnerre. Je pense sérieusement que l'on ne devrait pas répandre toutes ses rumeurs sur la taille de leur bite. Je t'assure qu'elles sont archi-fausses. Cet homme était délicieux, et son cul…. Mumf, un nid chaud où…

– Bjorn… encore un mot et je t'exécute !

L'incube blond stoppa, plissa les yeux en observant son frère avec suspicion.

– Tu déconnes… Tu ne pourrais pas faire la moitié du travail que j'abats pour toi.

Regal ouvrit un dossier comme s'il n'était plus présent dans la pièce. Néanmoins, il déclara :

– C'est vrai que l'entreprise ne fonctionnait pas avant ton arrivée… Tu m'excuseras, mais je n'ai pas le temps pour tes âneries. Est-ce que tu peux me rendre ce service, oui ou non ? C'est pourtant une question simple, concise, avec une réponse qui ne nécessite qu'un seul et unique mot. Oui ou non… Pas besoin de me balancer une thèse, une antithèse et…

– Une prothèse… ha, ha, il faut que je la ressorte à Crystal celle-là.

Bjorn pouffait encore quand la sclérotique des mirettes de Regal se teinta de noir et ses iris de pourpre. Il se racla la gorge pour retrouver son calme. Heureusement pour lui, Eden et Crys faisaient un meilleur public que son demi-frère et son bras droit.

– Je vais peut-être paraître insistant…

– Nooon, sans blague !

Regal reposa le feuillet qu'il faisait semblant de consulter. L'incube blond leva les yeux au ciel.

– Toi ! Il faut que tu bouffes, je te sens tendu. Je vais t'aider, mais j'ai ma curiosité à satisfaire. Qu'a dit Eden ?

– C'est lui qui m'a demandé de me nourrir. D'où ma question, peux-tu me trouver un homme qui accepterait de baiser avec un inconnu, les paupières bandées ?

Bjorn dressa un sourcil inquisiteur. Petit Lapin ne paraissait pas franchement dans son assiette depuis quelques jours. Maintenant, il en saisissait la raison.

– Tu as des besoins fétichistes ardents à explorer et je le comprends. Moi-même, j'aime beaucoup le cuir et les jouets un peu dangereux…

– Bjorn…

Il leva le doigt et le pointa sur Regal pour l'arrêter. Il n'en avait pas fini avec son interrogatoire.

– Pourquoi ne pas faire jouer ton réseau ? Ce n'est pas comme si personne ne se pressait devant ton portail en criant ton nom comme une rockstar.

Son aîné se pinça l'arête du nez et soupira.

– Personne ne se marche dessus devant ma porte d'entrée.

Sauf que Bjorn n'était pas dupe, il savait très bien que son frère était un mâle convoité qui prisait la bonne chair – pas forcément celle que l'on mange – et cela, peu importait le genre. Beaucoup attendaient qu'Eden passe l'arme à gauche pour prendre sa place, même s'ils l'appréciaient, là résidaient les joies des créatures de la nuit. Tout le monde désirait être le prochain monsieur ou madame Knight, en partie pour le prestige, pour la classe sociale, mais aussi sa position dans la hiérarchie démoniaque.

– Je ne souhaite pas que celui ou celle dont je me nourris connaisse mon identité. Je ne veux pas que des rumeurs inutiles se répandent et que la vie d'Eden soit en danger. Elle le sera si l'un des nôtres croit à tort que je n'apprécie plus autant mon jouet. En outre, c'est déjà suffisamment dur pour lui sans qu'il entende des ragots qui pourraient à terme lui faire penser que je ne…

Le démon soupira une fois de plus.

– Que je ne tiendrais plus à lui ! Je dissimulerai mon aura maléfique pour plus de discrétion. Voilà, tu sais tout, Bjorn ! Il n'y a qu'à toi que je puisse demander un tel service.

Le concerné se rencogna dans le siège en cuir luxueux et commença à discuter par SMS avec un type louche qui adorait autant la violence que le sexe. Les deux en même temps étaient encore mieux. Parfois, il leur arrivait de baiser ensemble, mais la dernière sauterie datait.

— Bjorn ?

Sa réponse ne se fit pas attendre.

— Tu as rendez-vous avec…

— Pas de nom. Je ne veux pas le connaître.

Bjorn plissa les paupières avec réprobation. Regal leva les avant-bras, ses coudes toujours posés sur son bureau.

— Avec PlugandPlum au Lower East Side à seize heures vendredi. Il patientera le visage couvert. Il adore le BDSM et… les boas ?

Bjorn fronça les sourcils et relut plusieurs fois le message pour comprendre.

— Aaah oui… les boas à plumes. J'ai pensé au serpent. Je me suis dit que le délire était un peu bizarre.

— Moi, ce que je retiens reste que ton PlugandPlum aime les chambres très chères.

Bjorn sourit.

— Fais pas ton malin, le danger se paye. En l'occurrence, ta requête n'est pas aussi facile à combler et tu le sais.

Pour leur espèce, ne pas assurer ses arrières était prendre le risque de mourir. Plug appréciait vraiment les sensations fortes pour ne pas demander à qui il aurait affaire. Bjorn garantissait sa sécurité, mais quand même. Regal ne rencontrerait aucun challenge en l'exécutant une fois qu'il aurait terminé sa besogne.

— Je le sais… Je note. Merci.

— À ton service, frangin.

Bjorn sauta sur ses pieds et s'étira. Il n'était pas le meilleur pour rester assis toute la journée derrière un bureau.

– Avant que tu partes, j'ai un job pour toi.

L'incube blond dressa un sourcil.

– Mouais.

– Les rumeurs vont bon train depuis que tu m'as cassé le bras. Un petit groupe de nos chers collaborateurs a décidé que je n'étais plus assez puissant pour leur arracher la tête s'ils désobéissaient. J'ai beaucoup de travail. Je veux que tu les identifies et que tu me les amènes pour qu'ils servent d'exemples. Prends le temps qu'il te faut. Je m'occuperai des dossiers.

Bjorn exécuta un salut militaire peu vertueux.

– Aucun souci, cette tâche ne devrait pas être très longue. Tu en as parlé à Ali, il est meilleur que moi pour ce genre de boulot.

– Il surveille Eden. Je ne veux pas qu'il le quitte d'une semelle.

Le sourire de Bjorn s'élargit. Il était si facile de choper les perches que lui tendait son frangin.

– Je pourrais remplacer Aligarth le temps qu'il les trouve.

Regal lui montra les crocs en grondant méchamment.

– Ali n'essaie pas de mettre mon compagnon dans son lit et de le baiser. Casse-toi de mon bureau avant que je ne te coupe la bite !

Bjorn éclata de rire et s'exécuta, mais avant de refermer la porte, il ajouta :

– Compagnon, hein ? Petit Lapin a pris du grade.

Un coupe-papier se ficha alors dans le battant, là où se trouvait son œil gauche quelques secondes auparavant.

Chapitre 7

Bjorn

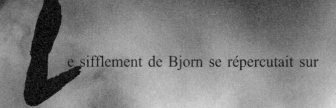

e sifflement de Bjorn se répercutait sur
les parois du corridor et s'amplifiait à cause du manque
de mobilier et de l'effet de grandeur. Il créait ainsi une
atmosphère oppressante, même si sa seule présence
incarnait déjà un mauvais présage. Il ne mettait jamais
les pieds à ce niveau, c'était Edward qui le gérait, mais
il ne venait pas pour les affaires.

La dernière fois qu'il s'était aventuré à cet
étage, les vampires de Livia se rebellaient. Il n'y avait
eu que peu de mutins en réalité, beaucoup préféraient
obéir à la plus puissante créature du territoire. Dans le

coin, c'était Regal le big boss. Toutefois, certains doutaient. Alors, il fallait leur remettre les pendules à l'heure, les points sur les « i » et les barres sur les « T »[11]. Bien entendu, Fevesh ne comptait pas, il n'était qu'un spectateur des événements. D'ailleurs, cela faisait un moment que Bjorn ne l'avait pas vu rôder dans les parages, plus d'une semaine en fait… L'incube espérait qu'il ne reviendrait pas de sitôt. Il se savait trop faible pour résister à son charme et il ne voulait surtout pas craquer. L'ange déchu représentait à la fois tous ses désirs et toutes ses craintes.

Il pénétra dans le laboratoire Lost365, celui où Loxam travaillait. Quand la jeune femme le vit, cette dernière se tassa derrière son atelier. Ce n'était pas très malin de sa part, car ses gestes parlaient pour elle. Elle était fautive et ils le comprenaient tous. Bjorn s'avança, se planta sur sa droite en l'observant un moment. Si la femelle possédait la capacité de réduire sa taille à celle d'un confetti, elle aurait procédé immédiatement à la dématérialisation.

– Regal t'attend dans son bureau, trancha-t-il sèchement. Je te conseille de ne pas te perdre en route.

Bjorn vit son visage se décomposer et son cœur faiblit. Il savait que s'il affichait la moindre compassion, ce serait terminé pour Knight Corporation. Son frère avait besoin qu'il se montre fort et sans pitié. Pourtant le faciès de la démone n'était pour lui que l'écho d'un passé qu'il aurait tant souhaité oublier.

---

[11] Non, il n'y a pas de souci de majuscule et de minuscule dans cette phrase. Si je mets un « i » majuscule (ex. : I), il n'y a pas de point sur le « i », et si je mets un « t » minuscule, bah il n'est pas sur la lettre, mais de travers… Gros dilemme existentiel d'une auteure…

Sa mère avait eu la même expression lorsqu'elle avait été châtiée. Elle avait eu la même expression lorsque ensuite on les avait séparés. Il se souviendrait toujours de cet instant, parce qu'on l'avait obligé à contempler, à écouter les cris et les pleurs. On l'avait battu. On l'avait contraint à tuer pour sauver sa propre vie. Certains étaient ses demi-frères et sœurs, d'autres de simples inconnus.

Il avait été exilé dans les méandres du harem de Satan où il avait été forcé à regarder les favorites se faire violer pour certaines – ne comprenant plus où était la limite entre le jeu de rôle et l'asservissement total.

Enfant, il en avait trop vu.

Il était même allé discrètement requérir au diable de faire de lui son fils pensant bêtement qu'il pourrait ainsi échapper à son code génétique. Il avait prié, espéré ne pas hériter de sa mère, parce qu'il l'avait vue s'affamer avant de céder à ses besoins en se traînant aux pieds de son géniteur. Malencontreusement, il était devenu un incube et arrivé à l'adolescence, quand sa capacité démoniaque s'était révélée, lui aussi avait commencé à se restreindre. Il ne trouvait aucun corps féminin à son goût. Puis, il avait noté son attirance pour la gent masculine. Satan ne baisait pas de mâles. Il avait compris sans doute à tort que s'il couchait avec des hommes, ce serait toujours de manière consentante, car ils posséderaient la force de repousser ses avances. Puis, il avait eu la malchance de croiser le chemin de Fevesh.

Et sa vie avait pris un tournant de sang, de mort, de malheur et de peine.

– Ils m'ont obligée à parler.

Entendre la voix de Loxam le fit revenir dans le présent, le sortant d'une sorte de transe malséante qui lui donnait la chair de poule.

– Je vous en prie, j'ai des petits…

Il ignorait ce qui n'allait pas chez lui. Si la décision n'avait tenu qu'à lui, il aurait passé l'éponge. Pourtant, cette attitude lui avait valu tant de tyrannie en retour.

– Nous n'apprécions pas ceux qui osent répandre de fausses rumeurs…

– Je vous en prie, ils ont besoin de moi. Ils… ils mourront si je ne suis plus là.

Bjorn manqua de grimacer, les petits seraient sans aucun doute parqués dans des centres d'éducation démoniaques. L'incube saisissait mieux que quiconque que ces endroits ne ressemblaient en rien à ceux que les humains avaient créés. Quand il ne se trouvait pas au harem, c'était dans ces établissements qu'il était envoyé, car Satan le jugeait trop faible… Sauf que, en Enfer, on se fichait de savoir si vous surviviez ou non. En fait, ceux qui quittaient les centres à l'âge adulte étaient pour la plupart très respectés. Pour mille petits y entrant, seulement cent en ressortaient.

C'était en ces lieux qu'il avait rencontré Aligarth. À cette époque, leur amitié avait pris racine et depuis ils ne s'étaient jamais séparés, même quand Bjorn s'était enfui direction la terre. Ali avait renoncé à une énorme partie de son existence pour lui. Sa notoriété n'avait pas été entachée tout de suite, mais il supposait que l'épisode Krata et sa décision de protéger un humain avaient terminé de creuser sa tombe.

– Tu expliqueras ça à Regal.

La femme baissa les yeux sur son projet, posa la seringue qu'elle tenait en main et suivit Bjorn jusqu'à la porte sécurisée.

– Va, j'ai encore à faire ici. Ne fais pas de bêtise.

Il attendit que la scientifique soit suffisamment loin du laboratoire pour s'adresser au chef.

– Trouve quelqu'un pour la remplacer. Elle ne reviendra pas.

Quoi que Regal décide de faire, elle ne reprendrait pas sa place au sein de l'équipe. Loxam avait la langue bien trop pendue et ils avaient besoin de collaborateurs de confiance.

– Bien, monsieur Rix[12], acquiesça le mâle fébrilement.

– Dois-je être averti d'éventuels déserteurs dans ton groupe ?

Le démon hyperventila.

– Pas à ma connaissance, monsieur… Je ne peux parler que de mon labo.

Bjorn opina et quitta la pièce.

S'étant suffisamment attardé, il regagna l'ascenseur. À présent, tous étaient prévenus, la prochaine fois qu'il se montrerait, des têtes tomberaient.

Pour l'instant, il devait attendre que Regal en ait fini avec Loxam et qu'il lui donne ses instructions. Du coup, il fit un détour par la cafétéria pour acheter un chocolat viennois avec tellement de chantilly et de sucre, que si un mort en avalait par mégarde, il ressusciterait et deviendrait diabétique. Enfin, il

---

[12] Rix est le nom de famille qu'a choisi Bjorn en arrivant sur terre. Il n'a pas osé prendre celui de Regal parce qu'il ignorait si son frère l'accueillerait sur son territoire ou non.

regagna l'étage où il bossait avec Ed et son frère. Il rejoignit alors Petit Lapin dans l'idée de lui remonter le moral.

– Taaaadaaaaammm

Les prunelles d'Eden lorsqu'ils se posèrent sur le gobelet s'illuminèrent, mais très vite, le jeune homme plissa les paupières, sceptique.

– Ça cache un truc ! Qu'est-ce que tu as encore fait et que je dois réparer avant que Regal ne le remarque ?

Bjorn agita les sourcils avec malice. Il adorait emmerder Eden. C'était presque trop facile.

– Tu sais, la Porsch…

La bouche de Petit Lapin s'ouvrit en grand, tout comme ses yeux.

– Tu n'as pas fait ça… Bjorn. Qu'as-tu fait à la Porsche ?

L'incube n'eut même pas le temps d'enquiquiner davantage le jeune homme qu'il recevait déjà une liste avec les noms des rebelles.

– Elle n'a rien, je te fais marcher. C'était pour te faire plaisir, c'est tout.

Eden zieuta le chocolat et la chantilly, mais hésitait encore.

– Je ne compte toujours pas coucher avec toi, même si tu m'offres plus de boissons chaudes que Regal…

Bjorn pouffa du nez.

– Tu ne supporterais pas mes câlins.

Eden leva les avant-bras devant son torse en signe de protestation, puis le snoba.

– Je ne veux même pas entendre d'anecdotes.

Bjorn se détourna.

– Je dois y aller, à plus.

– Bjorn ? l'interpella l'humain.

Le mâle se contorsionna pour apercevoir le visage d'Eden.

– Mumm.

– Est-ce que… Tu crois que je pourrais faire quelque chose pour… je ne sais pas, aider…

Bjorn fronça les sourcils, ne comprenant pas où Petit Lapin voulait en venir. Il en faisait déjà beaucoup pour l'entreprise et son frère chaque jour.

– Pour… quoi ? Tu penses ne pas en faire suffisamment ?

Il le regarda secouer la tête tristement.

– N'y a-t-il pas une solution pour se transformer… je ne sais pas… en un démon ?

Les yeux de Bjorn s'ouvrirent sous l'étonnement. Il revint sur ses pas pour se rapprocher d'Eden.

– Hééé, mais c'est quoi cette idée ? Pourquoi voudrais-tu devenir une créature de la nuit ?

– Est-ce possible ? s'entêta le jeune homme.

Son expression résolue décida Bjorn.

– Non, on naît ainsi. Seuls les anges peuvent choir, et ils ne sont pas de VRAIS démons, juste des êtres célestes maudits par leurs congénères. Pourquoi cette question, Petit Lapin ?

– Je veux aider lorsque Beorth arrivera. Je ne souhaite pas partir me terrer dans le trou du cul du monde. Je désire vous prêter main-forte. Je…

– Tu en fais déjà beaucoup. Tu as donné l'envie à mon frère de se battre pour ce en quoi et à qui il tient. Tu as semé des émotions qu'il ne connaissait pas. Tu ne te rends pas compte du pouvoir que tu possèdes. Seulement, tu n'es pas prêt à faire face à cette tempête.

Malgré ses paroles, le visage d'Eden se fermait de plus en plus.

— Même Crystal parvient à vous soutenir… et il lui manque un bras et une jambe… moi, je suis juste inutile. Ça me frustre… je ne veux plus être cette chose futile.

Le jeune homme détourna le regard, mais ne parut pas le moins du monde convaincu. Bjorn soupira.

— Ma mère me disait toujours que chacun de nous avait sa propre place dans ce monde. Elle peut nous paraître insignifiante, ne pas changer grand-chose dans l'univers où nous nous trouvons, mais nous y apportons notre contribution. Ta présence importe, Eden. Sans toi, les choses seraient différentes.

Le visage du jeune homme reflétait sa surprise. Au moins, son attention ne semblait plus aussi maussade.

— Tu ne parles jamais de ta mère.

— C'est vrai.

— Pourquoi ?

Bjorn haussa les épaules. Il aurait aimé dire la vérité, mais alors Eden serait triste pour lui, et ce n'était pas ce qu'il souhaitait.

— Va savoir.

Quelques heures plus tard

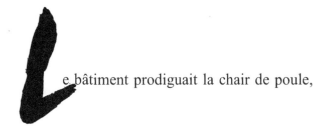

e bâtiment prodiguait la chair de poule,

lugubre, froid, peint dans des tons de gris et de blanc pour donner un côté propre aux locaux. Le dernier artisan ayant mis les pieds ici était certainement mort depuis trente ans. La morgue d'Ellis Island était close depuis les années 1950 environ. Une grande partie de l'île était encore ouverte aux visites, mais pas ce bâtiment. La mousse y régnait en maître et ce territoire était devenu le repaire du trafic illégal de viande humaine. Pour le moment, Regal fermait les yeux sur les agissements de certains de leurs congénères, du temps qu'aucune vague ne viendrait agiter les médias.

Suivant les dires de Loxam, ses « amis » qui l'avait forcée à parler de son patron se rendaient souvent chez RainBlood. Rain était LE plus grand fournisseur et le meilleur thanatopracteur de la ville. Si quelqu'un savait où trouver leurs rebelles, c'était bien lui. Bjorn s'étonnait encore qu'aucun d'eux ne fasse partie de l'entreprise. En fait, Loxam avait simplement eu le malheur de faire confiance à son « compagnon ». Ce dernier avait pris la grosse tête et avait entamé une petite mutinerie contre la main qui le nourrissait. Regal avait donc laissé le choix à Loxam, sa vie ou celle du père de ses enfants. La démone avait vite pris sa décision. Elle avait toutefois été condamnée à demeurer avec ses rejetons enfermés jusqu'à ce qu'ils atteignent l'âge adulte ou qu'ils soient capables de se débrouiller seuls. Durant ce temps, elle continuerait de travailler pour Regal. Sa famille serait logée et nourrie dans l'un des nombreux sous-sols de la tour sans voir la lumière du soleil ou avoir la moindre interaction sociale. Puis, elle serait exécutée. C'était une punition miséricordieuse en comparaison de ce qu'aurait fait Satan et elle l'avait acceptée avec dignité.

Le murmure d'un chant chuchoté arriva jusqu'à ses oreilles. La voix était douce, masculine et agréable. Quand il tourna à l'angle d'un couloir pour ouvrir une porte battante, il se figea.

D'un, la pièce était propre, presque aseptisée, avec des frigos en état de marche. La décomposition des corps ne sentait pas si fort une fois vides de leurs viscères. De deux, la beauté de l'homme en parti penché sur une carcasse le fit stopper net. Le mâle redressa la tête, l'interrogeant du regard. Le sexe de

Bjorn tressauta et il eut l'impression que son calbar allait prendre feu.

– Les horaires d'ouverture sont affichés sur la porte. Revenez vendredi…

Bjorn ne broncha pas, se contentant d'observer l'inconnu. Il était grand et possédait de longs cheveux blancs et raides, son visage était fin et délicat, sa peau d'un bleu si foncé qu'elle en était presque noire, ses yeux étaient fendus comme ceux d'un serpent et arboraient une couleur verte splendide. Quelques secondes s'écoulèrent et son assurance vacilla.

– … S'il vous plaît…

Ce fut alors qu'un autre type déboula dans la salle mortuaire, il ressemblait trait pour trait au premier, mais en négatif. Sa crinière était sombre, ses iris violets, son épiderme plus pâle que la porcelaine. Ce dernier fronça les sourcils quand il l'aperçut.

– Je sais qui vous êtes… Vous êtes Bjorn Rix, le frère cadet de Regal Knight.

L'incube blond opina du chef.

– Je suis Blood, et voici mon jumeau Rain. Je ne crois pas que vous fassiez appel à nous pour vos besoins personnels…

Bjorn leur offrit un sourire aimable, ce qui eut pour effet de détendre considérablement l'atmosphère.

– Pas encore, avoua-t-il, mais cela pourrait bien changer sous peu.

Il n'avait jamais été contre un plan à trois.

Le mâle à la chevelure immaculée déposa ses outils sur un plateau métallique à côté de la table et rejoignit son frère d'un pas chaloupé. Il cala sa tête sur l'épaule de ce dernier en bouffant Bjorn des yeux. Le démon ténébreux lui offrait un regard lubrique qui en disait long sur ce qu'il désirait. Ses crocs jouèrent avec sa lèvre inférieure et la faim dévorante lui fit perdre de vue son objectif. Après tout, il pouvait tout aussi bien commencer par le plus amusant. Il n'avait encore jamais essayé de baiser des jumeaux… n'était-ce pas le fantasme de tout homme gay ? Peut-être pas, mais cela convenait à Bjorn. Le coin de sa bouche s'ourla, il l'humecta avec appétit.

— Blood, j'ai très, mais alors très envie que tu me suces.

Pas besoin de passer par quatre chemins. Il ne souhaitait pas leur faire la conversation. Il voulait les entendre crier de plaisir.

Chapitre 8

Bjorn

Bjorn libéra plus de phéromones, et si les deux Pišācas[13] n'étaient pas de fins limiers, ce n'était pas très grave. Ses phéromones ne possédaient pas d'odeur particulière, du moins le cerveau de sa proie l'assimilait à une senteur qui l'attirait et l'excitait au point d'en perdre l'esprit. En relâcher autant alors que les jumeaux étaient plus que consentants n'était qu'un réflexe inconscient pour s'assurer leur obéissance.

---

[13] Les Pišācas sont des démons mangeurs de chair dans la mythologie hindoue.

– Blood, j'ai très, mais alors très envie que tu me suces.

Les yeux du mâle ténébreux se mirent à luire de désir. Bjorn descendit l'escadrin pour combler la distance entre eux et alla s'appuyer contre l'une des tables de dissection. Rain libéra son sosie, n'osant pas se mêler à la fête puisque l'incube ne l'y avait pas invité. Son air déçu toucha Bjorn en plein dans l'entrejambe. C'était sa faute, alors il devait se racheter. Le mâle tendit la main.

– Viens.

Un rire timide s'échappa de sa gorge, tandis que le Piśācas albinos le rejoignait lui aussi. Bjorn entoura sa hanche de son bras et le regarda déboutonner son jean alors que le démon ténébreux s'agenouillait. L'incube glissa habilement sa paume sous le t-shirt bleu sombre de Rain et trouva un mamelon dressé par le désir. Bjorn inclina la tête sur le côté, cherchant de sa langue le point sensible sous la mâchoire de l'homme. Le gémissement de Rain sonna comme du cristal à ses oreilles et fit tressauter son membre dans la bouche de Blood qui l'avalait sur toute la longueur. Le râle qu'il émit était plus bas, mais tout aussi sensuel. Ses doigts s'emmêlèrent dans les cheveux du Piśācas ténébreux et l'amenèrent à suivre le rythme qu'il dictait.

– Je veux t'avoir en moi… murmura Rain.

Il baissait déjà son pantalon sur ses cuisses pour offrir à l'incube l'accès à son intimité. L'érection gracile du mâle frotta contre l'os de sa hanche. Bjorn hésita une fraction de seconde à relâcher Blood pour s'occuper de son jumeau, mais le torturer en titillant son anneau de chair l'excitait bien plus. Le démon blond ferma les paupières lorsque Rain réclama ses lèvres. Il rua dans les profondeurs humides de la gorge de son frère quand il joua avec son méat. L'énergie vitale de l'homme le suçant s'écoulait en lui. Elle avait le goût de la dépravation, du luxe, avec un petit quelque chose de médicamenteux. Leur dernier repas était sans doute un drogué quelconque.

– Plus fort.

Un bruissement d'ailes le fit rouvrir les yeux, puis le cri de terreur de Rain s'éleva. Les deux Piśācas battirent en retraite tandis qu'une masse sombre tombait sur Bjorn.

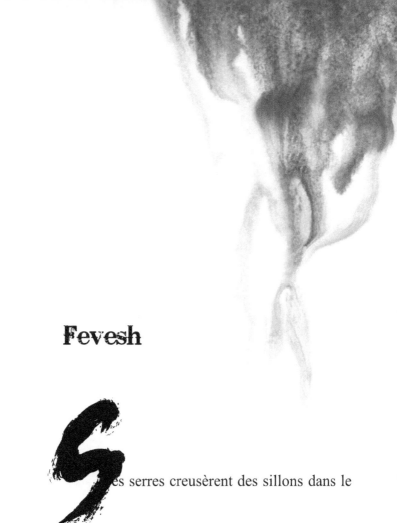

Fevesh

es serres creusèrent des sillons dans le métal tandis qu'il se posait violemment au-dessus de son giton. Sa paume ceignit la gorge du mâle, l'obligeant à s'allonger en travers de la table. Son érection dévoilée palpita contre son nombril alors que leurs regards se croisaient. Un sourire en coin étira ses lèvres, parce que Fevesh était le seul à pouvoir lui donner ce qu'il voulait.

– Depuis quand m'es-tu si infidèle ? gronda le juge avec agacement.

– Je ne crois pas avoir accepté d'être asservi.

Son sifflement à l'encontre de son amant fit hoqueter de terreur l'un des démons mangeurs de chair. Fevesh tourna son regard en direction du Piśācas albinos. Ses ailes déployées dans son dos, ses serres d'aigle enfoncées dans le métal, lui chevauchant son incube, il savait quel genre d'image il renvoyait. Le mâle ténébreux rampa jusqu'à son frère pour le protéger, il osa même lui feuler dessus. Fevesh comprenait que ce n'était qu'un réflexe d'autodéfense mû par la peur qu'il leur inspirait. De ce fait, il ne lui en tint pas rigueur.

De toute façon, il ne possédait pas d'accréditation pour faire justice lui-même sur terre en dehors du conflit qui opposait Beorth et Regal…

– Fevesh…

Il relâcha un peu de pression pour que son incube puisse de nouveau respirer. Il ne pourrait rien faire de lui s'il était plongé dans l'inconscience.

– Vous devriez rapidement sortir avant que je ne vous éviscère pour le plaisir ! gronda l'ange.

Les jumeaux ne se le firent pas répéter. Fevesh ne les regarda même pas quitter la pièce, reportant sa totale attention sur l'homme sous lui. Il prit le temps de s'imprégner de ses phéromones délicieuses, de graver les traits de son visage rude. Regal et lui se ressemblaient légèrement, en partie à cause de leur mâchoire carrée, leur barbe épaisse, mais bien taillée, et c'était tout. Les iris noisette de Bjorn reflétaient des émotions que Fevesh ne comprenait pas. Lui qui était blasé par son existence, ennuyé de son travail. Lui qui n'éprouvait rien de particulier depuis des siècles.

Quand il se trouvait en compagnie de cet être si jeune à ses yeux, plein de vie et de joie, il ressentait l'envie de se fondre en lui. Il voulait voir à travers ses prunelles ce que lui admirait avec tant d'émerveillement. Mais il ne saisissait pas, qu'importe ce qu'il faisait, il ne comprenait pas. Il était conscient de ce que Satan avait fait endurer à Bjorn, il savait combien l'homme sous lui était fort, son esprit puissant…

Si seulement il avait accepté son marché. Bjorn aurait pu jouir d'une vie confortable en Enfer. Au lieu de cela, il risquait de mourir pour un frère qu'il ne connaissait qu'à peine.

– Et toi, n'es-tu pas censé travailler ?

Bjorn lui offrit un sourire malicieux, sans tenter de se soustraire à sa poigne.

– Je peux le faire après m'être nourri. Le problème reste que tu as fait fuir mes informateurs, et que sans eux… je ne peux retrouver les rebelles qui fomentent une mutinerie contre Regal.

Fevesh descendit de la table dans un crissement sinistre. Ses pattes mutèrent en pieds. Bjorn s'assit en se frottant la gorge, l'hématome s'y étendant commençait déjà à s'estomper.

– Je te donnerai ce dont tu as besoin. Arrête de coucher avec n'importe qui !

Bjorn se figea, la stupéfaction se lisait sur son visage superbe.

– Attention, je pourrais penser que tu me déclares ta flamme.

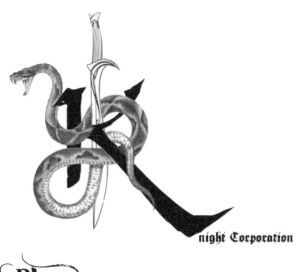

night Corporation

ttention, je pourrais penser que

tu me déclares ta flamme.

Ne laisse pas cette idée s'incruster dans ton esprit, ne laisse pas cette idée s'incruster dans ton esprit.

Fevesh caressa du revers de sa main la joue de Bjorn. L'incube déglutit quand sa griffe effleura sa gorge. Il inspira fébrilement, imaginant que sa réplique n'obtiendrait aucune réponse. Il espéra même un instant que l'ange déchu y réfléchissait vraiment, qu'il se demandait le temps d'une seconde ce que Bjorn représentait à ses yeux.

Ne laisse pas cette idée s'in...

Il ne le put point, car de nouveau Fevesh refermait sa poigne sur son cou. Il le tira vers l'avant en l'obligeant ainsi à descendre de la table. Son jean baissé sur ses cuisses lui fit perdre pitoyablement l'équilibre. Il ne parvint pas à tout assimiler, mais soudain son corps tournoya, puis heurta brutalement le métal froid. La paume du juge maintenait son visage contre la table et l'empêchait de se redresser. Puis, ses lèvres caressèrent la courbe de sa nuque. Un frisson parcourut son échine, mais Bjorn ignorait si ce dernier naissait de son désir ou de sa crainte.

– Tu m'appartiens, Bjorn. Il n'a jamais été question de plus que de te posséder. Tu es le clou de ma collection.

Le cœur de Bjorn se fissura dans sa poitrine. La douleur physique n'était rien, il pouvait l'endurer. Il s'y était accoutumé au cours de sa longue existence. La souffrance qui broyait ses côtes au point de rendre ses yeux humides, de cela, il ne s'y habituerait jamais. Entendre la dure réalité le brisait. Il voulait s'enfuir loin, très loin du juge, parce qu'il ne serait jamais plus qu'un insecte que l'on épingle dans un cadre.

– Pourquoi repousses-tu indéfiniment ma proposition ? Penses-tu que je ne me lasserai jamais de toi ? Pourquoi ne pas te nourrir de moi ? Tu as faim, je le sens.

Bjorn relâcha sa respiration dans un son étouffé, il faisait vraiment de son mieux pour ne pas craquer.

– C'est ce que je veux… que tu te lasses de moi. Je ne deviendrai pas ton pantin. Je ne coucherai plus avec toi. Je préfère encore crever la dalle.

Malgré ses paroles, le majeur du juge s'inséra entre ses fesses pour s'enfouir dans son intimité. Bjorn rua, de douleur, de colère, de désespoir, mais aussi de désir brisé. Il brûlait de l'intérieur. Il souhaitait que Fevesh lui procure la libération.

Bjorn pouvait bien être conscient que le déchu le détruisait, il ne pouvait s'empêcher de le vouloir en lui, de grappiller quelques caresses, un moment de tendresse. Ses pensées faisaient naître un certain dégoût de lui-même. Il se donnait l'impression d'être un chien réclamant les miettes d'attention de son maître.

– Ton corps parle pour toi.

La voix triomphante de Fevesh embrasait sa peau alors qu'il empoignait son sexe de son autre main pour le branler. Le jeune démon poussa un gémissement de satisfaction. Réprimer sa nature lui était trop difficile. Il allait craquer. Il allait se perdre et sombrer.

Il se força alors à se souvenir. Il s'obligea à revoir les images des femelles qu'il avait pour tâche de garder enfermées. Il se remémora leurs cris, leurs pleurs.

– Arrête… Je veux que tu arrêtes !

Bjorn invoqua ses pouvoirs démoniaques. Un bras fait de chair, de muscles et de tendons apparents déchira sa peau et jaillit de son dos. Fevesh, ne se doutant aucunement d'une telle rebuffade, prit l'attaque de plein fouet. L'ange heurta violemment la table de dissection d'en face. Ses ailes firent chavirer la dépouille qui tomba sur le carrelage dans des bruits humides et d'os brisés. Les yeux de Fevesh s'ourlèrent de stupéfaction. La respiration saccadée, Bjorn n'en revenait pas de ce qu'il avait osé. Il remonta rapidement son pantalon dans l'expectative que la colère de Fevesh exploserait. Cette fois, il était allé trop loin.

Je vais crever ici.

Pourtant, la peur ne contrecarra pas sa rage.

– Je – ne – serai – plus – jamais – ton – pantin ! Je préfère mourir dans les prochaines semaines en démon libre plutôt que de finir ma vie dans ton harem ! Je n'accepterai jamais ! JAMAIS !

L'incube s'écroula, vidé de toute énergie, pas qu'il en ait consommé beaucoup dans son attaque, c'était juste qu'il était fatigué de fuir, anéanti par la réalité.

– Tant que je serai sur terre, tu ne pourras pas m'obliger à l'intégrer ! Tu n'as même pas le droit de me toucher sans mon consentement ! À moins que tu ne veuilles briser les règles !

Être un ange déchu comportait énormément d'avantages. En Enfer, ils étaient tout-puissants et l'insolence dont faisait preuve Bjorn aurait été punie avec enthousiasme. Cependant, dans le monde des humains, Fevesh ne pouvait agir à sa guise. Les lois du bas astral étaient claires. À moins que cela n'ait d'influence sur le cours de la mission pour laquelle il avait été dépêché, il ne possédait aucune autorité pour le châtier.

Le mâle se releva, réajustant ses ailes dans son dos. Il ne semblait nullement irrité, ce qui inquiéta tout de suite le démon blond.

– C'est vrai. T'aider à passer les portes a été ma plus grosse bévue ! J'ai fait l'erreur de croire que tu ne te plairais pas ici.

Bjorn s'était attendu à tout, sauf au calme dont faisait preuve le juge infernal.

– Notre pacte n'est valable que si tu rentres, et je ne possède pas le pouvoir de t'obliger à le faire. Je ne peux réclamer ton corps bien qu'il m'appartienne déjà… Pas tant que tu fouleras ce territoire.

Le démon crut un instant qu'il était tiré d'affaire, que Fevesh renoncerait et s'en irait.

– Je ne briserai pas les règles, parce que la loi, c'est la loi. Toutefois, tu ne détiens pas le pouvoir de me faire partir non plus.

Un sourire victorieux étira les lèvres sensuelles de Fevesh, révélant des crocs acérés.

– J'ai hâte de voir combien de temps tu tiendras avant de me supplier de te prendre.

L'estomac de Bjorn se retourna.

Sa vie allait prendre fin. Si ce n'était à cause de Beorth, alors il crèverait bientôt de faim.

Chapitre 9

Vendredi

Bjorn

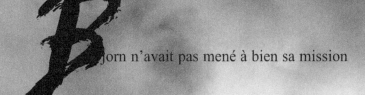

Bjorn n'avait pas mené à bien sa mission

et il s'en voulait. Fevesh avait tant effrayé Rain et Blood qu'ils s'étaient tout simplement volatilisés. Il retrouverait peut-être leur trace dans les Bas-Fonds, cependant ce serait utiliser une cartouche de son artillerie à mauvais escient. Beaucoup de démons commençaient à le connaître, si ces derniers apprenaient qu'il traquait les jumeaux, Bjorn éveillerait les soupçons.

La malencontreuse altercation avec Fevesh l'obligeait à reprendre ses recherches depuis le début. De plus, ce fils de pute angélico-diabolique s'était barré après l'avoir menacé et l'avait laissé comme une merde. Il ne perdait rien pour attendre celui-là.

Mieux vaut un petit canard dans sa baignoire qu'un gros connard dans son plumard.

Bjorn quitta son bureau dans l'idée d'aller fouiller l'appartement de Loxam. Alors qu'il appuyait sur le bouton de l'ascenseur, il rencontra le visage translucide d'Eden. Ce dernier raccrochait avec un client important. L'incube blond perçut une mélancolie inhabituelle dans la voix du jeune homme. Son cœur se serra instantanément, parce que quand Petit Lapin était triste, la tour entière pleurait avec lui.

– Le Pakistanais était mauvais ? le taquina Bjorn pour lui tirer un sourire.

Eden, toute créature adorable qu'il était, lui offrit un rictus aimable qui n'atteignit jamais ses yeux.

– C'était un Japonais hier soir. Son sushi était pile à la bonne taille, il rentrait parfaitement dans la bouche.

Bjorn eut un moment d'hésitation horrifié. Si Petit Lapin n'éprouvait plus de gêne à l'évocation du « repas de famille » qu'il avait organisé quelques mois plus tôt, alors le monde s'écroulait. L'incube se souvint tout à coup que son aîné avait rendez-vous avec son buffet à volonté dans quelques heures et qu'Eden devait simplement faire en sorte de ne pas s'effondrer sous la tristesse.

– On devrait refaire un repas tous ensemble, proposa Bjorn, en compagnie de Crissy et d'Ed.

Eden hocha la tête.

– Oui… ce serait bien.

C'en était trop. Bjorn rebroussa chemin et pénétra dans le bureau de son frangin sans frapper. Il surprit alors

Regal en grande conversation avec son bras droit. Les deux mâles eurent pour seule réaction de lever un sourcil.

Edward inspira bruyamment.

– Houlà, il est temps pour moi de me retirer. Je sens que tu vas en avoir pour un moment et je préfère éviter d'entendre des balivernes.

Le vampire se détourna de son patron et se dirigea vers la porte.

– Dis à Zoran que si Ophiuchus dépasse les bornes, je m'occuperai moi-même de lui trouver un endroit en Enfer pour qu'il y passe sa retraite.

En réalité, Regal ne pouvait plus vraiment retourner en Enfer, alors à proprement parler, il ne ferait qu'exécuter le père de Crystal. Ed renifla quand il contourna Bjorn.

– Je n'y manquerai pas.

Le presque-immortel lui lança un regard amusé.

– Ne nous l'énerve pas trop, il est déjà assez pénible comme ça.

Quelques secondes plus tard, Bjorn et Regal étaient seuls. Son aîné soupira avec lassitude.

– As-tu encore perdu la trace de ta proie, mon frère ?

C'était un tacle mi-moqueur, mi-irrité.

– Eden est au fond du gouffre, au cas où tu ne l'aurais pas remarqué.

Le visage de Regal s'assombrit et ses iris océan se teintèrent de rubis. Il ne pouvait plus rien faire pour les sclérotiques qui demeuraient à présent aussi noires que l'encre.

– Merci de me préciser une chose aussi évidente… Es-tu venu m'éclairer d'une quelconque façon de ta merveilleuse sagesse mon frère ou te contentes-tu de me rappeler que je suis dans une impasse ? C'est Eden qui me demande de me nourrir de quelqu'un d'autre. Je préfère encore lui faire du mal plutôt que de le tuer.

Bjorn se mordit la lèvre inférieure. Il s'était laissé dicter par ses émotions instables, car au fond, il ne s'agissait pas que d'Eden et de Regal, mais aussi de son propre vécu.

– N'aurais-tu pas simplement pu le lui cacher ?

Sa voix n'était presque qu'un murmure. Regal baissa le menton, son regard braqué sur son frère.

– Je ne lui mentirai pas, Bjorn… il me l'a fait promettre. Peut-être que tu comprends mieux les sentiments d'Eden. Peut-être aurais-tu fait un bien meilleur partenaire pour lui… Mais, c'est MON amant, et je m'interdis de le décevoir. Je ne lui cacherai pas la vérité parce qu'elle fait mal. De plus, Eden n'est pas assez bête pour ne pas remarquer les changements de mon corps. Il se sentirait encore plus blessé s'il s'apercevait que je fais les choses dans son dos. Je perdrais sa confiance, et je le refuse tout bonnement.

Les paroles de son frère ne le réconfortèrent pas. Il ne connaissait que trop bien Regal, il minimisait les événements.

– Que comptes-tu faire pour le rassurer ?

– Ce n'est qu'une baise rapide, rien de plus. Pourquoi devrait-il se sentir en danger ?

C'était ce qui s'appelait faire l'autruche. Bjorn se redressa alors, carra les épaules et bomba le torse fièrement. Il n'avait pas pour habitude de se montrer si sérieux.

– Il n'y a pas si longtemps… lui aussi n'était qu'une baise rapide.

L'expression sur le visage de Regal se modifia, la colère laissant place à la compréhension.

Bjorn n'attendit pas de réponse et se détourna.

– Je vais chasser.

– Bjorn ! Prends soin d'Eden pour moi cet après-midi, je ne veux pas qu'il reste seul. Il a refusé de mêler Crystal à... je cite, « nos problèmes de couple ».

Un coup d'œil rapide lui fit entrevoir combien son frère se souciait de son amant. Regal semblait avoir pris dix millénaires dans la gueule.

– D'accord. J'espère juste que ça ira.

– J'arrêterai après Beorth. Je partirai de l'entreprise s'il le faut et confierai les rênes à Ed ou à toi. Je peux me permettre d'être faible si Beorth n'est plus de ce monde, mais pas avant.

Bjorn comprenait. Il aurait certainement agi de la même façon que Regal. Alors, il n'ajouta rien, parce qu'il savait qu'il ne pouvait pas en demander plus. Il devait arrêter de se projeter.

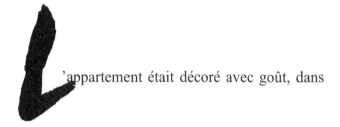

'appartement était décoré avec goût, dans

les pièces à vivre en tout cas. La cuisine fonctionnelle
pouvait accueillir au moins quatre personnes. Les
chambres des petits – il en avait compté trois – étaient
quant à elles dans un état peu glorieux, la faute aux
nombreuses marques de griffes et de brûlures sur les
cloisons. Un extincteur se trouvait même dans chacune
des piaules pour prévenir d'éventuels accidents. Ce
n'était pas inhabituel pour de jeunes démons de tester la
limite de leurs pouvoirs en l'expérimentant sur leurs
frères et sœurs. Le problème restait que les habitations
humaines n'étaient pas prévues pour leur résister. Le
salaire de leur mère ne devait pas être suffisant pour

payer Malphas[14]. Ses services coûtaient un rein, un bras et sans doute un œil. C'était encore plus onéreux s'il devait envoyer ses laquais sur terre. Si Bjorn se fiait à ce qu'il voyait, Hemrald, le soi-disant compagnon de Loxam, ne mettait pas beaucoup la main à la poche.

– Il n'est pas ici, se plaignit Fevesh. J'aurais senti sa présence.

Bjorn ne sursauta pas. Il avait l'habitude de se faire surprendre par l'ange et à force, il connaissait les signes de son approche. L'aura maléfique qu'il dégageait était lourde et terrifiante. De plus, le son que produisaient ses plumes quand il se matérialisait lui était trop familier. Bjorn se figea cependant en voyant Fevesh accroupi sur la table et bataillant pour extraire ses cornes noires et massives du lustre. Ce crétin avait mal jaugé l'endroit où il s'était posé. L'ange claqua ses ailes et feula à l'encontre du luminaire. L'incube, lui, éclata de rire, ne pouvant s'abstenir. Le juge s'immobilisa un moment pour l'observer. Irrité, il arracha l'applique.

– Ce genre de chose te fait rire ?

Bjorn ne sut dire si Fevesh le menaçait ou lui adressait une véritable question. Sachant qu'il ne risquerait pas d'être exécuté sur-le-champ, l'incube décida de jouer un peu. Quoi qu'il fasse, Fevesh le suivrait partout où qu'il aille. Il devait apprendre à faire avec, sans craquer.

– Évidemment, toi qui soignes systématiquement tes entrées pour être le plus effrayant possible, tu te retrouves avec des ampoules autour des cornes. Nous en avions pourtant parlé, ta taille est trop imposante pour les maisons humaines.

---

[14] Malphas est un démon bâtisseur. Il aurait en partie l'apparence d'un corbeau. Il est issu des croyances de la goétie (ou l'art et la pratique d'invoquer des démons).

L'ange fronça les sourcils tout en essayant de retirer les fils électriques qui pendouillaient toujours.

– C'est assez vaste chez toi… et chez Regal également.

Le mâle baissa soudain la tête, manquant de l'éborgner.

– Enlève-les-moi.

– Le principe d'un penthouse, c'est que ce soit grand justement. Tout le monde ne bénéficie pas d'autant de chance. La preuve ici. Ne bouge pas ou tu me crèves un œil.

Le démon blond entreprit de dénouer les câbles puis les posa sur la table. Fevesh demeura silencieux tout au long du processus.

– C'est bon, tu es libre. Mais je te conseille de modifier ton apparence pour éviter d'autres désagréments.

Bjorn allait reculer, mais la main de Fevesh glissa sur ses reins et l'attira à lui. Il eut de la chance que l'ange rétracte ses cornes au moment où il plaçait sa tête sur son épaule. L'incube se figea, ne sachant quoi faire. Il n'était pas certain que Fevesh réagirait aussi bien qu'hier s'il le repoussait de la même manière.

– Que… que fais-tu ?

– Chut.

Le juge infernal huma son odeur, emplissant avec avidité ses poumons du parfum de Bjorn. Ce dernier n'osa rien répliquer, en partie parce que les doigts de Fevesh ne dérivaient absolument pas.

– Je pourrais aider Eden, tu sais… si tu m'en fais la requête. Je pourrais lui offrir mes plumes mourantes, ainsi, Regal pourrait se nourrir de lui.

Le cœur de Bjorn gonfla dans sa poitrine. L'espoir se ravivait, puis il réalisa à qui il s'adressait.

– Si je te le demande, je suppose qu'il y aura une contrepartie…

Le nez du mâle effleura son oreille.

– Toujours.

Bjorn laissa tomber sa tête en arrière, mais ne se recula pas. Il était las de tout cela. Fevesh ne comprendrait jamais ce qu'il ressentait, c'était impossible pour un être tel que lui. On aurait pu croire que des réminiscences de son passé l'aideraient à assimiler, pourtant l'ange déchu semblait n'avoir rien retenu de sa vie avant sa chute. Il était dénué de toute émotion, de toute notion de gentillesse. Il était juste froid et calculateur.

– Ils ont trouvé un moyen de se débrouiller. Je ne plongerai pas plus loin dans l'abîme. Je ne le pourrais pas.

Fevesh le libéra.

– Très bien.

Des bruits de pas se firent entendre.

– Voici ton homme.

night Corporation

Fevesh

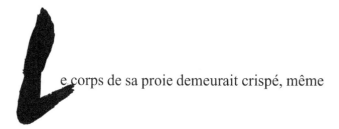

Le corps de sa proie demeurait crispé, même

s'il ne le touchait pas intimement. Ce comportement ne lui plaisait pas. Il préférait l'époque où Bjorn se laissait aller contre lui. Il n'y avait pas si longtemps… Il ne saisissait pas d'où venaient ces changements. D'ailleurs, il n'en voulait pas.

Néanmoins, et comme beaucoup de batailles qu'il avait menées en secret, il devait changer sa flamberge[15] d'épaule. Bjorn comprenait qu'il pouvait utiliser les lois contre lui, et être répudié du conflit Beorth/Regal porterait bien trop de préjudices. Il exploiterait donc une meilleure tactique pour obtenir ce qu'il désirait de son incube, quitte à avorter chacune de ses coucheries. Fevesh était prêt à l'affamer. Bjorn finirait dans ses draps, et un jour proche, au centre de son harem. Chacun de ses amants était une perle parmi les plus magnifiques trésors du bas astral. Le jeune démon serait alors la plus splendide de ses acquisitions. Le mâle possédait un éclat brut, il était différent des « fleurs » s'épanouissant dans son jardin. Il n'était pas beau au sens propre du terme, ses muscles étaient trop épais, sa mâchoire trop carrée, ses iris noisette n'avaient rien d'exceptionnel… hormis cette lueur étincelante qui ne s'éteignait jamais et qu'il n'avait jamais remarquée chez aucune autre créature de la nuit. Avec Bjorn, il pouvait se montrer entier. Son corps résistait à ses assauts, les accueillait même. La douleur ne lui faisait pas peur, du moins pas jusqu'à il y a deux ans…

– Ils ont trouvé un moyen de se débrouiller. Je ne plongerai pas plus loin dans l'abîme. Je ne le pourrais pas.

Voilà, qu'est-ce qu'il disait… depuis quand cet homme si fort craignait la décadence dans laquelle il l'avait entraîné ? Regal lui donnait de mauvaises idées avec ses roucoulades.

---

[15] Sorte d'épée à deux mains, à lame fine, ayant une garde à coquille ajourée, un long pommeau et des quillons retournés en spirale, utilisée pour les duels.

Butor[16] d'incube !

L'aura d'un démon aqueux entra dans son champ de détection et il sut immédiatement à qui Bjorn allait avoir affaire.

Fevesh releva la tête et libéra le mâle blond, non sans observer sa réaction. Puisque Bjorn ne voulait pas être touché intimement, le juge lui offrirait ce qu'il désirait. Il fut cependant satisfait de la surprise sceptique qui se dessina sur son faciès.

– Très bien.

Des bruits de pas se firent entendre, ce qui alerta sa proie.

– Voici ton homme.

Bjorn l'examina un instant de plus, puis reporta son attention sur l'entrée qu'ils apercevaient de l'intérieur de la cuisine. Un homme ressemblant à un humain lambda avec une petite bedaine pénétra dans la maison. Le démon se tenait sur ses gardes, car un shuriken d'eau voltigeait dans sa paume. Un léger sourire étira la commissure de ses lèvres.

La puissance du mâle était si faible qu'il n'était pas capable de repérer leur présence ni de la sentir de toute évidence. La mission qu'avait confiée Regal à Bjorn n'était pas à la hauteur de sa proie. Elle ne représentait même pas un défi. Fevesh observait Bjorn avec attention, ce dernier était concentré sur l'autre démon qui démontait les tiroirs d'une commode.

– Cette salope… elle l'a mis où ?

– Je ne suis pas certain que ta femelle et tes petits se trouvent dans les tiroirs.

---

[16] Un butor désigne une personne lourde, stupide, grossière. Un peu comme mon ex… synonyme de balourd ou lourdaud.

 emrald pivota si rapidement qu'il glissa

sur un tas de documents. Le compagnon de Loxam propulsa son shuriken sur Bjorn sans prendre le temps de s'assurer s'il était un ami ou un ennemi. Le jeune incube ouvrit la main devant lui et réceptionna l'attaque aqueuse dans sa paume. Elle ne trancha pas son épiderme, ne se ficha pas dans sa chair, ne le chatouilla même pas.

Pour être honnête, cela l'étonnait qu'un mâle aussi faible tente une mutinerie contre Regal... C'était incompréhensible... à moins qu'il ne soit qu'un rabatteur pour un plus gros poisson.

– Hemrald, salua Bjorn.

Le démon chercha à ramper loin de l'incube, mais son dos rencontra la commode qu'il saccageait un instant auparavant. Bjorn s'avança lentement.

– Va crever, putain de larbin de merde ! suppôt de Satan !

Bjorn dressa un sourcil, tandis que Fevesh poussait un reniflement amusé. Il se contorsionna pour contempler avec ébahissement et stupeur le juge.

– Par les couilles à papa, tu as bouffé un clown aujourd'hui...

L'incube observa le luminaire arraché du plafond.

– Tu as pris un coup de jus et ça t'a grillé quelques neurones.

Fevesh, qui n'avait pas quitté son poste sur la table de la cuisine, laissa tomber sa tête sur le côté. Il lui faisait penser à un oiseau de proie quand il agissait ainsi.

– Je trouvais juste hilarant que l'on t'insulte de suppôt de Satan alors que tu es son fils... Tu connais mal leur histoire de famille, petit cancrelat.

Hemrald poussa un gémissement strident en apercevant Fevesh. Cela irrita Bjorn, quand l'ange demeurait dans les parages, il pouvait simplement dire adieu à sa notoriété. D'un autre côté, le compagnon de Loxam ne semblait pas au courant de qui il était. L'humeur de Bjorn se dégrada davantage.

L'incube fit claquer ses doigts pour que l'attention du démon aqueux se reporte sur lui.

– Allez, Hemrald ! On se concentre cinq minutes. Je veux des réponses.

– Va te faire foutre.

Un nouveau reniflement s'éleva dans son dos. D'ordinaire, c'était son domaine, les blagues. Maintenant, il comprenait son frère…

Merde, je deviens comme lui…

– Très bien, alors je vais directement te donner à Fevesh pour qu'il t'emporte dans les geôles du Poena.

Personne ne voulait finir là-bas, parce que personne n'en était revenu. Les geôles du Poena ou geôles du châtiment servaient à expier ses fautes. C'était certainement le lieu où aurait atterri Bjorn s'il était resté en Enfer et que Fevesh n'avait pas souhaité sa présence dans son Harem. Ses congénères étaient tous soit bi, soit hétéros. Aucune histoire ne relatait un démon homosexuel. Si d'autres existaient, ils devaient être rayés de la surface de l'Enfer. Pour Satan, Bjorn était une hérésie.

En entendant la menace, Hemrald commença à balbutier.

– Ce… ce… ce n'est pas ce que vous croyez, on m'a obligé !

– De toute façon, je ne peux pas intervenir. Ce n'est pas dans mes attributions actuelles.

Le démon aqueux en fut si soulagé qu'il en soupira.

Bjorn lança un regard noir au juge infernal.

– Tu ne connais pas le sens du mot « équipe » ? Je ne te demande pas de m'aider ou même de mentir… Juste, ne signale pas à mon suspect que tu ne lui feras rien.

Fevesh haussa les épaules avec nonchalance, ce dernier s'était installé un pied sur le rebord de la table, son bras posé sur son genou plié, son autre jambe pendante. Il ne put résister à l'envie de le contempler dix secondes de trop. Dans cette position, son ex-amant ressemblait à un dieu, une divinité de la mort. Comme à son habitude, le juge portait un chiton[17] élaboré en soie. Le tissu tombait parfaitement pour ne rien dévoiler de son intimité. Le galbe de ses cuisses puissantes ainsi exposé lui donnait des désirs peu décents.

– Il m'est bien plus amusant de te regarder suer. Ce que tu admires te plaît ?

Bjorn leva les yeux au ciel.

– Non. Mets un slip ! Hemrald, ne m'oblige pas à te torturer gratuitement.

L'autre mâle lui offrit un sourire narquois.

– Petite fiot…

Le poing de Bjorn s'abattit sur son nez qui se cassa dans un bruit sec. La tête d'Hemrald frappa la commode qui se brisa en partie.

– J'ai mal entendu. Tu me donnais le lieu où se cachent tes petits copains ? Je veux aussi le nom de celui qui fomente la révolte contre mon frère.

Le démon aqueux tenta de respirer par le nez, mais cela n'eut pour effet que de l'étouffer.

– Je ne te dirai rien ! Les faibles n'ont pas leur place au pouvoir.

Bjorn soupira avec lassitude.

– Je n'ai pas pour habitude de côtoyer les démons mineurs. Sont-ils tous aussi bêtes ? questionna Fevesh.

Le jeune incube hésita un instant, se demandant si l'ange posait une vraie question. À son expression intéressée, c'était le cas.

---

[17] Tunique de la Grèce antique portée aussi bien par les hommes que par les femmes. Avec l'apparition du lin, le chiton remplace progressivement le péplos qui se différencie, car il ne retombe pas en plis sur la poitrine et se porte bouffant à la taille grâce à une ceinture. Fevesh porte une version Deluxe.

– Non, beaucoup sont comme toi ou moi. La puissance n'est pas toujours synonyme d'intelligence ou d'utilité. Si notre hiérarchie… non, rien.

Bjorn n'allait pas entrer dans ce débat, parce que les Enfers ne seraient jamais dirigés par des créatures justes. Les plus puissantes se contentaient simplement d'écraser les autres et s'appropriaient leurs biens. Regal était le seul démon majeur de sa connaissance à protéger et à se soucier du bien-être de ses sujets. Jusqu'à présent, il n'avait jamais eu besoin de « montrer l'exemple » pour être respecté.

– C'est intéressant… Même si je ne comprends pas ce que tu leur trouves.

– Bon, tu ne me laisses pas le choix. J'aurais préféré ne pas te torturer pour obtenir des infos, mais si tu aimes ça…

Bjorn retira sa veste, puis il déboutonna sa chemise d'un blanc immaculé. Elle coûtait un bras et il n'avait certes pas envie de la salir.

– Mummm, quelle vue splendide ! Je ne te savais pas aussi entreprenant.

Bjorn lui jeta ses vêtements, juste pour le faire chier. Fevesh porta le fin tissu à ses narines et le huma sans le quitter du regard. Ses pupilles fendues comme celles d'un serpent s'élargirent pour se rétracter de nouveau. Bjorn se força à se focaliser sur le mutin pour ne pas craquer. Ses oreilles le chauffaient, ses joues étaient en feu et son sexe se tendait d'anticipation.

Concentre-toi.

– Tu sais, Hemrald, je suis un incube.

– Une pédale ! cracha-t-il en même temps que le molard qui manqua de peu son visage.

– Aussi… Si ça te fait plaisir. Mais surtout, je n'ai pas seulement hérité du code génétique de ma mère…

Des os couverts de chair, de muscles et de tendons sanguinolents sortirent de ses omoplates. De prime abord, on pouvait penser que des ailes lui poussaient, mais aucune plume n'ornait ses pieux démoniaques.

Le compagnon de Loxam pâlit et son corps commença à trembler de peur.

– Segour... Le créateur de lames.

Oui, c'était le nom qu'on lui donnait quand il forgeait. Avec l'aide d'Ali, il s'était créé une autre identité pour pouvoir vendre ses armes. Bjorn était l'Impuissant, Segour, lui, était reconnu pour son travail, bien que personne ne sache qui il était vraiment.

– Qui est derrière la mutinerie ?

– Si je dis quoi que ce soit, il me tuera.

– Je m'en moque. Parle !

L'une de ses armes se sépara en deux, une mâchoire aux dents saillantes se matérialisa et un œil unique braqua son regard sur le démon pris pour cible.

– Elle a faim... Mes armes n'ont jamais rechigné pour de la chair fraîche. Qu'importe si nous sommes de la même espèce.

– Je vais parler ! Je vous en prie, je vais parler.

Chapitre 10

Regal

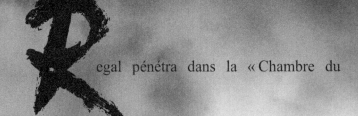 egal pénétra dans la « Chambre du

Capitaine » du « The Jane[18] ». Son aura réduite à néant pour que PlugandPlum – putain, quel pseudonyme de

---

[18] The Jane, du côté de Greenwich Village, est un vrai hôtel. La nuitée coûte entre 160 et 350 dollars, parfois plus suivant la saison ou la chambre demandée. Personnellement, je suis totalement emballée par la décoration.

merde[19] – ne puisse la reconnaître. La suite était comme le reste de l'hôtel, c'est-à-dire bloquée dans les années 20. Elle n'en demeurait pas moins bien décorée si l'on aimait la tapisserie jaune à plumes de paon, la moquette et le style de mobilier qui allait avec l'ensemble. C'était un endroit qui aurait plu à Eden. Il aurait apprécié le design et lui aurait certainement crié dessus parce qu'il avait trop dépensé pour une seule nuit – bien que trois cents dollars ne soient franchement pas le bout du monde.

Un souvenir terrifiant traversa son esprit et le fit frissonner. Regal avait découvert ce qu'était un motel alors qu'Eden lui avait offert une virée en « amoureux » un week-end – il avait payé avec son propre salaire puisqu'à présent les dettes de son père étaient recouvertes. Regal n'avait pas réussi à dormir dans les draps râpeux de l'établissement et avait traîné Joli Cul jusqu'à un VRAI hôtel.

Merde...

Regal devait se sortir Petit Lapin de la tête cinq minutes et se concentrer sur ce qu'il avait à faire. Il parcourut le corridor minuscule en une enjambée pour pénétrer dans le « coin nuit ». Il y trouva PlugandPlum, un collier de chien incrusté de piquants autour du cou. Il était attaché au lit. Son visage était couvert d'une cagoule de cuir, arborant la forme d'une gueule de clébard et qui comme promis obstruait sa vue. Le mâle était déjà nu, son corps parfaitement dessiné, quoique pas assez svelte à son goût. Autrefois, Plug aurait tout à fait été son style, mais maintenant qu'il connaissait Eden… C'était lui… son genre.

---

[19] Oui, bah rien d'autre ne m'est venu à l'esprit… C'est mieux que Batardu69666. Pas la peine de regarder le code postal, je ne suis pas de ce bled.

– Mumm, je t'entends, maître. Je n'ai pas été sage pendant que je patientais, punis-moi ! Fais-moi mal !

Le démon agita alors ses fesses pour le narguer, mais le plug queue de canidé qui pendouillait de son cul n'offrit pas du tout l'effet attendu. L'incube avait été averti pour les plumes… pas pour autant de fourrure.

Regal grimaça et manqua de faire demi-tour. Ce genre de pratiques n'avait jamais fait partie de ses préférences sexuelles. Il aimait ce qui était brusque, mais n'appréciait pas de blesser ses conquêtes outre mesure.

– Dis-moi ce que tu désires, maître, et je m'exécuterai.

Son regard tomba sur une coupole de fruits, et il remercia intérieurement le Mauvais Esprit ou plutôt le room service pour l'attention. Regal s'empara ensuite d'une orange qui en cette saison devait leur avoir coûté un rein, même la Floride n'en récoltait pas durant la période d'été.

Regal posa un genou sur le lit, de son pouce fit ouvrir la bouche à Plug et enfonça l'agrume. La voix de l'incube était trop reconnaissable et il était hors de question qu'il lui fasse la conversation… et puis, il ne voulait pas l'entendre non plus. Regal tira sur la queue de loup qui obstruait la voie, parce qu'il avait d'autres choses à faire que d'offrir des préliminaires au démon. Il jouirait de toute façon. Le gémissement exagéré et rauque se répercuta contre les cloisons et le désappointa. Ne pouvait-il pas juste la fermer ?

Regal l'observa un instant, caressa la courbe de son échine jusqu'à ses fesses rondes et musclées. Il aimait ce qu'il voyait.

night Corporation

-Eden.

Une brise caressa mes cheveux et m'offrit un peu de fraîcheur bienvenue. Les oiseaux de Central Park pépiaient comme des malades et semblaient être les seuls à posséder un peu de joie de vivre… Non, en fait, tout le monde autour de moi riait et passait un bon moment, soit en famille, soit dans son coin, à profiter du beau temps.

Mes yeux se posèrent sur l'heure affichée sur l'écran de mon portable. Je notai qu'il n'était que seize heures cinq, cela ne faisait que cinq minutes…

Cinq minutes au cours desquelles Regal devait s'abîmer dans un homme quelconque.

Cinq minutes durant lesquelles « son repas », pour ne pas dire amant… crierait de plaisir sous ses coups de reins.

– Eden.

Une main chaude se posa sur la mienne, me sortant de mes pensées. Je levai les yeux sur ma mère et son expression inquiète.

– Mon cœur, qu'est-ce qui ne va pas ?

Je déglutis, il n'y avait pas beaucoup de sujets sur lesquels je cachais des choses à maman. Bien entendu, je ne pouvais lui parler de tout ce qui se passait à la tour, je ne voulais pas la mettre en danger. Elle ne devait pas apprendre la présence des démons. Quoiqu'elle n'ait sans aucun doute pas besoin de moi pour y croire. Ma mère était complètement déjantée. Elle était persuadée que l'énergie circulait, que le bas et le haut astral existaient, et surtout, elle croyait en ma malédiction, celle de voir les Résidus d'âmes. Malgré tout, je me voyais mal confirmer ses croyances.

– Rien. Je suis juste un peu fatigué. J'ai eu beaucoup de taf cette semaine, alors je suis distrait.

Un air sceptique se dessina sur son visage déjà nerveux.

– Y a-t-il un problème avec Regal ?

Ouais, les chats ne font pas des chiens et l'intuition de ma mère était un fin limier.

– Tout va bien, il avait encore du travail. Il m'a demandé de ne pas l'attendre.

C'était un mensonge, mais une fois de plus je ne pouvais révéler la vérité à maman. Elle n'invoquerait pas des pouvoirs divins pour que Regal n'ait plus à se nourrir d'inconnus après tout.

– Alors, pourquoi ? J'ai l'impression que tu es si triste.

Parce que je ne peux aider personne et que je me sens inutile.

– Je ne le suis pas, ça ne te dérange pas si l'on rentre ?

Elle serra simplement ma main, un sourire réconfortant aux lèvres, mais n'insista pas.

– Ça va aller, tu verras.

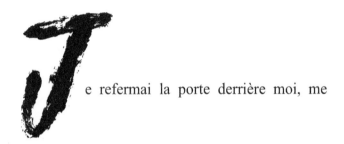

e refermai la porte derrière moi, me

plongeant dans le silence de l'appartement. Je me rendis compte que... eh bien... j'y entrais seul pour la première fois. Il n'y avait pas Regal pour m'y accueillir alors que je revenais du logement de maman situé tout à côté. Il manquait mon incube pour me tenir la porte, et cette toute petite habitude bafouée me rendit triste.

Le vide déchira mon cœur, broya mes côtes au point que je ne puisse plus respirer.

Le penthouse devait faire presque huit cents mètres carrés, je crois que j'ignorais encore l'existence de certaines pièces et pourtant, une impression de claustrophobie m'assaillit.

Je me sentais abandonné, écartelé entre la raison et mes émotions. J'avais beau me dire que Regal couchait avec de simples repas, qu'il n'y aurait jamais une quelconque valeur affective à ce comportement, je ne parvenais pas à me rassurer.

Parce qu'il n'y a pas si longtemps…

Je n'étais moi aussi qu'un buffet à volonté. Je n'étais qu'un humain ordinaire qui le rendait faible. J'étais un poids pour tout le monde. Bjorn pouvait bien me remonter le moral, je savais qu'il disait toutes ces choses pour me faire plaisir. Au fond, n'aurait-il pas été plus simple pour Regal de se lasser de moi ?

Je réussis à rejoindre le salon, puis m'écroulai sur le sofa luxueux, ouvrant dans la foulée les vannes à mes larmes. Je les retenais depuis si longtemps ! Maintenant que j'étais seul, je pouvais m'autoriser à craquer.

Mon téléphone sonna, me coupant dans mon élan. Je ne voulais pas répondre, mais il n'y avait que peu de personnes qui prenaient la peine d'un appel… Et ces trois individus étaient capables de défoncer la porte d'entrée pour s'assurer que je n'étais pas mort noyé dans mon verre d'eau. Je décrochai donc, non sans m'être mouché avant.

– Crys… Tu as besoin de quelque chose ?

– **Moi non… mais toi ? Je me fais du souci. Pourquoi tu n'as pas voulu passer la soirée avec nous ?**

Mon sourire triste s'élargit, même s'il n'atteignit pas mes yeux. Crys était comme un frère, nous n'avions que six mois d'écart et pourtant, c'était lui qui prenait toujours soin de moi.

– Je vais bien. Pourquoi est-ce que je vous dérangerais ? En plus, Ed n'est jamais tout à fait lui-même quand quelqu'un le regarde te bécoter.

Un silence s'installa.

– **O.K ! J'arrive.**

– Quoi ? Mais non ! Pourquoi ?

– **Pourquoi ? Parce que tu ne vas pas bien ! Putain d'incube de mes couilles.**

– **Elles vont très bien pourtant,** se moqua Edward.

Je ris à la blague qui me mettait un peu de baume au cœur. Crys avait enfin trouvé l'homme de sa vie. Après tout ce qu'il s'était produit avec le clan Ophiuchus – bien que ce ne soit pas encore une affaire classée –, j'étais heureux pour eux. Ils avaient vaincu tant de difficultés tous les deux… C'était beau.

– Crys, je t'assure que je vais bien. Profite de ton week-end tranquille. On se voit lundi, d'accord ?

– **… Eden… ne me mets pas à l'écart si tu ne te sens pas bien… Ce n'est pas parce qu'il me manque une jambe et un bras que je ne peux plus être là pour toi.**

– Je sais, mais tout va bien. Ce n'est pas comme si Regal avait le choix ou qu'il le faisait parce que je ne l'intéresse plus. Donc… tu vois… tout va bien.

Ma gorge était si serrée que j'en avais du mal à déglutir. Ma salive s'accumulait dans ma bouche et me donnait la nausée.

– **… Mouais.**

– Je te laisse, je vais me laver.

Je coupai la communication, ne pouvant plus faire front. Je n'aimais pas mentir à mon ami. Néanmoins, mon besoin de faire le tri dans mes pensées, de demeurer seul était plus oppressant encore.

Le soleil de la fin de journée tapait les baies du salon et répandait sa douce chaleur sur mon visage. Malgré tout, je me pelotonnai dans le plaid que Regal m'avait offert pour Noël[20] et qui ne s'accordait même pas avec le reste de la décoration. J'avais froid, je me sentais vide et en même temps je me détestais pour ce que je ressentais. Je me dégoûtais pour mon égoïsme.

– Petit Lapin, pourquoi tu pleures ?

Je sursautai si fort que je tombai du divan et en partie sur Ali qui se matérialisait de mon ombre.

Le démon me souleva de terre et me replaça sur le canapé. Il donnait l'impression de nager dans une flaque sur le carrelage. Je m'essuyai les yeux rapidement.

– Es-tu blessé ?

– Non. Ne te fais pas de souci… Pardon, je ne savais pas que tu étais là.

Il secoua la tête négativement.

– J'ai senti que ton aura vacillait. Elle n'est plus aussi lumineuse. J'ai cru que tu t'étais fait mal. Pourquoi pleures-tu si tu ne souffres pas ?

Je reniflai, histoire de ne pas avoir de la morve qui me coule du nez.

– Je ne souffre pas physiquement.

Je vis combien le concept lui paraissait saugrenu, et cette réaction m'arracha un rire bref.

– Tu ne comprends pas ? Hein ?

– Non, comment peut-on avoir mal si l'on n'est pas blessé dans sa chair ?

– N'as-tu jamais perdu quelqu'un que tu aimais ?

– Non.

Il me fallait un autre exemple, car le terme « aimer » pour Aligarth était trop abstrait.

---

[20] Je vous raconterai peut-être l'histoire un jour, parce qu'un démon qui fête Noël… c'est grandiose !

– Que ressentirais-tu si tu ne pouvais plus jamais revoir Bjorn ? Je sais que vous traînez souvent ensemble.

Ali fronça les sourcils, réfléchissant sérieusement à ma question.

– Je serais en colère.

– Et triste, tu serais blessé parce que tu l'apprécies beaucoup.

– Je ne crois pas que je l'apprécie.

– Tu ne veux pas le voir mourir.

– Non.

– Tu ne veux pas qu'il s'éloigne de toi.

– Non.

– Donc, tu l'aimes comme un ami sans aucun doute, ou comme un frère.

À ma connaissance, Ali et Bjorn n'avaient jamais eu de relation d'ordre sexuel, mais je pouvais me tromper.

L'Ombre se frotta le menton.

– Je… ne savais pas. Alors… je t'aime aussi.

Je reniflai, attendri, mais pas d'humeur à me laisser aller à l'enthousiasme.

– Quelqu'un que tu aimes est mort ?

– Non, mais la personne fait quelque chose qui me fait du mal.

– Regal ne veut pas te faire du mal. Bjorn m'a dit que la situation te pesait. Mais, le sexe, c'est juste du sexe, peu importe le partenaire.

Je lui offris un sourire que je voulais aimable, mais finis par me mettre à pleurer de nouveau.

– Je sais… Je sais tout ça…

– Eden, ne pleure pas ! Ne pleure pas ! Ton aura est toute grise ! Je n'aime pas ça ! Arrête de pleurer !

J'essayais vraiment fort. Je n'y parvenais pas.

– Je suis désolé, Ali… Est-ce que… tu peux me laisser seul ? J'ai besoin d'être seul.

Je ne vis pas son visage derrière mes paumes et mes larmes, mais l'atmosphère se fit imperceptiblement plus légère et je sus alors qu'il était parti.

Bjorn

Le sang colora l'eau de la douche, se laver

fut une bénédiction. Bjorn se souvint de certains rites nécessitant de se baigner dans le plasma de ses victimes et manqua de vomir. Il ignorait comment Regal arrivait à se nourrir de viande crue. Bjorn, lui, n'y était jamais parvenu. Maintenant qu'il connaissait les saveurs de la nourriture humaine, il ne pourrait jamais plus retourner en Enfer.

En parlant d'enfer, il s'interrogeait encore de ce qu'il s'était passé cet après-midi… Fevesh n'était pas un mâle patient, il n'était pas plus taquin. Rien que de s'emmêler les cornes dans le lustre aurait dû faire éclater sa colère. Au lieu de cela… il lui avait demandé de l'aide… Bjorn soupira, cela ne ressemblait pas à l'ange d'agir de cette manière. Il avait aussi plaisanté avec lui.

– N'y pense même pas…

– Penser à quoi ?

Bjorn sursauta. D'instinct, il projeta un pieu dans la direction du démon avant de se rendre compte que ce n'était qu'Aligarth. Par bonheur, l'Ombre était douée pour esquiver les attaques. Cependant, lui allait certainement se faire buter par Regal pour les dégâts causés dans l'appartement.

– Merde, ça va ? demanda Bjorn. Je… je peux savoir ce que tu fous là ? Je vais voir Eden dans trois minutes.

– Tu te trimbales encore les bourses à l'air, ronchonna l'Ombre.

Bjorn montra de l'index le jet d'eau.

– Sous une douche, oui… Et puis, tu as qu'à prévenir avant d'entrer chez moi. Je me promène dans la tenue qui me sied le mieux ici. C'est mon territoire.

La porte s'ouvrit sur un Fevesh en colère. Une fois de plus, il le surprit, car son apparence était celle d'un humain – bien qu'il ne puisse rien faire pour ses yeux.

– Démon, si tu ne quittes pas cette pièce très vite, je trouverai le moyen de te faire regretter d'être né, avertit l'ange.

Aligarth grimaça en s'enfonçant dans l'ombre de Bjorn. Il prit cependant son courage à deux mains pour en resurgir jusqu'au cou.

– Eden pleure et son aura est grise.

– Ce n'est rien, ça passe rapidement chez les humains.

– J'arrive ! s'exclama Bjorn en sortant de la douche italienne. Tu peux partir devant.

Fevesh combla la distance qui les séparait, ce qui fut le signal de départ pour Ali qui battit en retraite. Le démon était tout l'opposé du juge et détestait qu'on le remarque. Il n'appréciait pas vraiment les interactions avec les autres. La plupart du temps, il demeurait muet et écoutait en toute discrétion… Qu'il vienne le chercher était vraiment un mauvais présage.

– Reste avec moi, demanda Fevesh.

Bjorn n'était pas certain que sa requête en soit réellement une. L'ange ordonnait la plupart du temps.

– J'ai promis à mon frère que je veillerai sur Eden, et je suis déjà en retard.

Les prunelles de serpent de Fevesh tombèrent sur ses abdominaux puis sur son sexe.

Les canards ont des pénis qui ressemblent à des chewing-gums étirés et écrabouillés. Le paresseux ne défèque qu'une fois par semaine… Putain, n'imagine pas ce qu'il pourrait te faire… Eden a besoin de toi.

Cette dernière pensée avorta tout désir. Il contourna Fevesh dont le sourire disparut et attrapa une serviette avant de rejoindre sa chambre pour se changer.

Chapitre 11

Bjorn

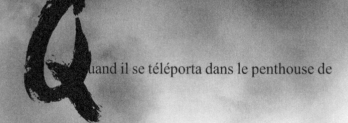

Quand il se téléporta dans le penthouse de

son frère, il trouva le jeune médium emmitouflé dans un plaid. La clim ne semblait pas fonctionner. Il avait l'impression qu'il était de retour en Enfer, tant il faisait chaud.

Seul le nez rougi d'Eden dépassait de la couverture et un instant il pria pour qu'il ne soit pas mort rôti dans sa papillote pelucheuse. En cet instant, Eden lui faisait penser à une darne de saumon avec sa tranche de citron sortant du four. Un son étouffé qui ressemblait à des sanglots asphyxiés lui brisa le cœur. Il était rare de voir Eden dans cet état. En outre, Ali avait raison, l'aura si lumineuse du jeune homme s'était ternie sous le chagrin.

— Hééé… Petit Lapin… l'interpella-t-il en frottant sa jambe à travers le plaid.

Bjorn regarda Eden sursauter, se recroqueviller sur lui-même et s'enfouir plus profondément dans les abîmes de sa couverture. Peut-être était-elle enchantée comme le sac de Mary Poppins et que s'il se cachait bien une sorte de dimension parallèle s'ouvrirait pour l'emporter dans un terrier aménagé… S'il y avait une salle cinéma, Bjorn voulait bien l'accompagner.

— Ali s'est fait du souci pour rien. Je me sens bien. Je pète le feu.

Pourtant, Eden demeurait inéluctablement dissimulé sous son plaid. Bjorn l'entendait parfois renifler.

— Eden, tu ne vas pas bien. Je le vois dans ton aura. Ce n'est pas comme si tu pouvais me mentir.

Le jeune homme balaya la couverture par-dessus sa tête, tout en s'asseyant. Ses sourcils étaient froncés et ses yeux rouges, bouffis à force de pleurer.

— Et alors ? Ça changera quoi ? Rien ! Donc stop ! Je vais bien ! Parce qu'il FAUT que ça se passe bien ! Parce que si ça ne va pas, eh bah nada… Ça ne changera R-I-E-N !

Bjorn glissa sa main sous le tissu pelucheux et se saisit de la cheville d'Eden pour la caresser du pouce. Si Regal l'apercevait, il lui couperait la tête et l'embrocherait sur une pique.

— Mais, tu as le droit d'être triste. Ce n'est pas grave si…

— Ça l'est, car si Regal me voit comme ça… Il ne voudra plus se nourrir et Beorth le tuera. Je suis conscient que mon chagrin est irrationnel… et cela me frustre. Je n'ai pas la possibilité d'être « mélancolique ». C'est tellement égoïste de ma part. Je ne souhaite pas qu'il souffre. Je ne désire pas qu'il soit faible ou vulnérable à cause de moi ! Tout est ma faute, Bjorn !

Ils avaient déjà eu cette conversation. L'incube ne se répéterait donc pas, en partie parce que ça n'aiderait pas Eden.

— Je le suis souvent, avoua-t-il.

Eden se figea net, stupéfait par l'information.

— Toi ? Triste ? Tu n'es pas… Pourquoi je ne suis pas au courant ? Qu'est-ce qui s'est produit ?

Bjorn baissa la tête sur le pied d'Eden et ses doigts enroulés autour de sa malléole.

— Je n'aime pas en parler. J'ai l'impression de rouvrir une plaie. Alors, je m'efforce de ne pas y penser. Tu sais, la plupart des êtres démoniaques ne comprennent pas le concept d'amour, de fidélité ou d'attachement. Je suis différent de mes congénères, et Regal prend le même chemin, même si certaines notions lui sont encore étrangères.

Bjorn se mordit la lèvre inférieure. Parler de sa vie passée était compliqué.

— Je suis l'unique enfant de ma mère, ce qui est exceptionnel pour un succube[21]. Lilith a eu tellement de chiards qu'ils ne se connaissent pas tous.

— Elle n'a voulu que toi ? Je croyais que vos congénères avaient des portées.

En effet, il n'était pas rare que les démones aient des jumeaux ou des triplés. Elles pouvaient donner naissance jusqu'à huit petits aisément. La reproduction était extrêmement importante parce que beaucoup

---

[21] Les succubes sont juste les femelles des incubes.

mouraient avant l'arrivée de l'âge adulte. Le fratricide était presque un sport chez eux.

– Tous les autres sont mort-nés. Alors, tu penses bien qu'elle m'a chéri de tout son cœur après en avoir perdu autant. Le problème, c'est qu'on n'apprend pas à aimer en Enfer. C'est contre-productif. Je te passe les détails… mais je n'ai pas fui seulement pour échapper à mon père et mes responsabilités en tant que mâle reproducteur. J'ai aimé un homme… je l'aimais vraiment… et j'ai fait d'énormes erreurs par amour. J'ai songé qu'il comprenait mes sentiments… puis il…

Bjorn se racla la gorge, ne pouvant continuer sur ce chemin. Il était trop glissant, et le but n'était pas de partager le même plaid qu'Eden et de pleurer tous les deux comme des limaces sous perfusion d'eau salée. Il voulait juste retrouver le sourire d'Eden.

– Bref, c'était une bêtise de croire qu'il ressentait la même chose que moi.

– Je suis désolé, je me sens encore plus con.

Bjorn serra plus fort sa cheville.

– Ne le sois pas, Petit Lapin, chaque chagrin est différent. Ce que je voulais dire, c'est que je comprends ta peine. Elle n'est pas égoïste ou irraisonnée, elle est compréhensible. Malheureusement, je ne possède pas les mots pour te réconforter, je pense d'ailleurs qu'il n'y en a aucun. Ce que je peux te dire en revanche, c'est que tu peux compter sur moi si tu te sens triste. Crissy doit se faire du souci également.

Bjorn relâcha la cheville du jeune homme pour tapoter sa cuisse et se lever.

– Je vais chercher de la glace. On va regarder un film bien mélancolique et on s'en servira d'excuse.

Eden émit un rire bref, mais sans trop de surprise, le cœur n'y était pas.

Bjorn le quitta quelques instants pour trouver des pots de crème glacée dans le congélateur. Il se figea en percevant l'aura orageuse dans le penthouse.

night Corporation

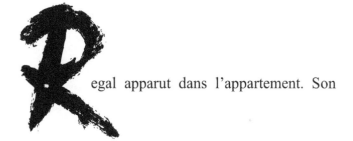

egal apparut dans l'appartement. Son

humeur n'était pas au beau fixe, principalement parce qu'il éprouvait intensément la peine de son amant. Il avait passé tellement de temps à faire taire la connexion qui les liait… il s'en voulait tellement de ne pas l'avoir davantage écouté. Il prenait de plein fouet les émotions de Joli Cul… mais pas seulement.

– Eden ?

Regal parcourut le corridor sans faire attention à la présence de son frère dans la cuisine. Quand il pénétra dans le salon, il trouva son amant sur le canapé, il se contorsionnait pour lui faire face. Son regard à la fois surpris et coupable ne cachait pas ses paupières gonflées et rouges. Regal réalisa alors qu'Eden avait beaucoup pleuré et pour la toute première fois de sa vie, il comprenait vraiment l'ampleur des sentiments du jeune homme.

– Mon ange.

– Regal ? Mais… mais qu'est-ce que tu fais là ? Tu devrais être avec…

Le démon contourna le canapé pour prendre Eden dans ses bras. D'instinct, il enroula ses jambes autour de sa taille.

Regal l'embrassa comme si c'était la première fois.

Il l'embrassa comme si c'était la dernière aussi.

Eden répondit à son baiser comme s'il s'agissait du plus beau cadeau qu'il puisse lui offrir.

– Mon ange. Je suis désolé… ne sois plus triste. C'est fini.

Les yeux du jeune homme s'emplirent de larmes.

– Tes yeux… ils sont toujours noirs.

– Je ne peux pas… Je ne peux pas coucher avec quelqu'un d'autre que toi. Je n'y arriverai pas.

L'inquiétude transparaissait sur le visage de son compagnon.

– Il n'est pas toi. Il ne peut pas me satisfaire.

Eden le saisit alors par son t-shirt.

– Pour… je ne comprends pas… tu as dit que ce n'était pas… important du temps qu'il te rassasiait.

Regal posa son front contre le plexus de son homme, puis redressa la tête pour observer ses réactions.

– Je le pensais, mais quand le moment est arrivé… je n'ai même pas réussi à bander. Je n'avais pas envie de cette personne. Je ne désire que toi. Uniquement toi. Je t'aime, Eden, plus que tout au monde.

La surprise statufia son Petit Lapin. Eden écarquillait de grands yeux complètement ébahis. Sa bouche s'ouvrait et se fermait sans qu'aucun son en sorte.

– Tu… tu as dit quoi ?

Ses paupières clignèrent, chassant de grosses larmes.

– Je t'aime. Je suis désolé de ne comprendre que maintenant ce que cela représente. Je saisis enfin les subtilités de ce sentiment que je ne connaissais pas et que tu m'as fait découvrir. Je peux détruire New York pour toi s'il le faut… mais aussi, je peux sauver tous ses habitants pour toi. Je suis prêt à réaliser le pire comme le meilleur. Pour toi. Et seulement toi.

Eden étouffa un gémissement, puis cacha son visage dans ses paumes.

– Mon ange… pourquoi pleures-tu ?

Regal tira délicatement sur les poignets de son compagnon.

– Parce que je suis heureux. Je suis tellement soulagé. J'avais peur… de ne pas être à la hauteur. Je t'aime tant.

Les lèvres de Regal s'ourlèrent d'un sourire en coin. Il déposa un baiser sur la mâchoire d'Eden.

– C'est moi qui n'ai pas été à la hauteur. Savoir que tu souffres de mes actes m'est trop douloureux. Je ne pouvais aller plus loin.

Les bras de son compagnon s'enroulèrent autour de sa tête. Puis, il posa la sienne au sommet de son crâne.

– Je suis tellement désolé… Je ne voulais pas t'enchaîner.

Regal éclata de rire et réclama ses lèvres.

– C'est mon pouvoir qui t'a enchaîné à moi… Ne l'oublie pas. Je ne peux en vouloir qu'à moi-même. Mon ange. Si lumineux… mais si triste.

Regal investit farouchement sa bouche. Il joua avec sa langue en savourant son goût exquis. En réponse à sa propre excitation, celle d'Eden frotta contre son membre, trop de tissu les séparait.

– Souris-moi, mon ange. Je ne veux que toi.

– Mais, tu vas devenir vulnérable ! s'angoissa son Petit Lapin.

– Il dit vrai.

La voix de Bjorn sonna comme une injure dans l'intimité de ce moment. Regal ne chercha pas à regarder son cadet. Il savait qu'ils avaient raison tous les deux.

– J'ai une idée… Je dois juste… prendre certaines responsabilités.

– Comme ? insista Bjorn.

L'agacement commença à le gagner, ce qu'il désirait, c'était profiter de son homme. À partir d'aujourd'hui, il ne négligerait plus Eden. Il l'aimerait comme il se devait.

Edward n'avait eu de cesse de lui rabâcher combien il était différent de faire l'amour à son compagnon. Un simple amant ne pouvait offrir toutes les subtilités du plaisir. Regal aspirait plus que tout à y goûter.

– Je m'entretiendrai avec Fevesh.

– C'est trop dangereux !

– C'est ma décision. Il est le seul à pouvoir aider Eden… Je payerai le prix qu'il me réclame.

Regal pouvait percevoir l'aura inquiète de son cadet.

– Tout se passera bien, Bjorn… Merci d'avoir veillé son mon compagnon.

L'incube blond prit une profonde inspiration, et Regal pria pour qu'il parte avant qu'Eden ne panique lui aussi.

– Bien.

Bjorn se dématérialisa, les laissant enfin seuls. Le soulagement que ressentit Regal fut presque palpable, mais c'était avant qu'il ne croise le regard de son Petit Lapin.

– Tu ne peux pas continuer à t'enfoncer dans les ténèbres à cause de moi. Je te l'interdis.

– Je ne sais pas ce que me réclamera Fevesh. Ses actes sont toujours imprévisibles, mais je suis conscient qu'il possède la puissance nécessaire pour te garder en bonne santé. Si je dois vendre mon âme pour cela, je le ferai.

Eden secoua la tête négativement, et le cœur de Regal se serra à la pensée qu'il puisse refuser.

– Cela servirait à quoi si je dois te perdre ?

L'incube glissa ses doigts en dessous du t-shirt d'Eden, mais ce dernier se saisit de ses poignets comme s'il pouvait le retenir.

– S'il te plaît.

– Je ne lui donnerai rien qui mette nos vies en danger. Cela te convient-il ? Mon ange.

Regal plongea dans les iris aigue-marine de Joli Cul. Il attendit patiemment qu'il prenne sa décision.

– D'accord.

Un sourire étira ses lèvres, et celles d'Eden les imitèrent, pourtant une touche de chagrin demeurait greffée à son visage.

– Parle-moi.

– Je me sens nul.

– Tu ne l'es pas.

Eden posa son front contre le sien.

– Je te fais prendre des risques inconsidérés.

– Parce que je t'aime.

– Oui.

Ce n'était pas une question, mais son compagnon y répondit comme tel.

– J'ai choisi ma voie, mon ange, tout comme j'ai choisi de quitter mon territoire en Enfer pour m'établir sur terre. Mon père veut me voir mort, depuis des siècles déjà.

– Je te fais ressentir des émotions qui te portent préjudice.

Regal ricana tout bas.

– Quand tu as une idée en tête, tu ne l'as pas ailleurs, toi.

– Ce n'est pas drôle.

– Tu me rends meilleur... Toi, un humain... Mon medium... Mon ange. Je ne suis pas certain qu'un an auparavant je me serais battu pour protéger Bjorn. Je l'aurais sûrement renvoyé en Enfer en contrepartie d'un peu de répit. Edward... oui, je l'aurais couvert, mais parce qu'il est un second idéalement dangereux et efficace. Je n'aurais même pas levé le petit doigt pour les habitants de New York, car ils n'étaient personne pour moi. J'ai appris ce qu'était la valeur d'une vie grâce à toi. Je ne serai jamais irréprochable, je n'expierai jamais mes fautes, mais tu fais de moi quelqu'un d'acceptable d'un point de vue humain. Pardonne-moi, je t'ai dit des mots qui ne sont pas justes. Je veux tellement te protéger.

Eden demeura silencieux un trop long moment. Puis...

– Embrasse-moi, ordonna Joli Cul.

Regal contracta ses abdominaux pour atteindre la bouche de son homme. Eden assaillit ses lèvres avec une passion qui fit naître un brasier en lui. Ses phéromones se libérèrent et Eden gémit en réponse. Les joues de son amant s'empourprèrent.

– Comme ça ? murmura Regal.

– Oui. Donne-moi du plaisir, incube. Fais-moi jouir jusqu'à l'épuisement.

À ces mots, l'esprit de Regal déconnecta. Eden ne se doutait pas du pouvoir qu'il possédait sur lui. Tout ce qu'Eden désirait, il lui offrirait.

Après tout, il venait de déposer son cœur à ses pieds.

– Je t'aime, Eden White.

Des larmes se mirent à couler sur ses joues, et Regal pensa avoir fait encore quelque chose de travers.

– Pour…

– J'ai attendu ce moment depuis si longtemps ! Je t'aime ! Seigneur… comme je t'aime.

Eden

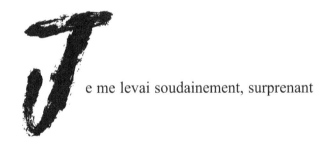

e me levai soudainement, surprenant

mon incube alors qu'il s'apprêtait à me basculer sur le canapé. L'océan bleu de ses iris prit une teinte pourpre, assombrissant encore son regard. Je connaissais trop bien mon partenaire pour avoir peur de ses yeux démoniaques.

— Tu comptes me faire un effeuillage ? Il manque de la musique.

Sa voix rocailleuse me frappa directement à l'entrejambe. J'éprouvai mes joues s'échauffer. Je ne me sentais pas suffisamment à l'aise avec mon corps pour faire ce genre de chose. En outre, ma coordination était plus que sommaire, c'était déjà bien quand je ne me prenais pas les pieds dans mes propres chaussures. Je me voyais tout à fait tomber la tête la première en essayant de paraître sexy.

Je me souvenais de cette fois où je sirotais une grenadine et avais tenté d'attirer la paille avec ma langue dans le but de séduire un date. J'avais mal calculé la distance et elle avait fini dans ma narine. Inutile de préciser que je n'avais jamais revu le type après l'incident…

– Non… mais…

Je me débarrassai de mon pantalon et lui jetai mon caleçon à la figure. L'interrogation traversa son visage, lui donnant un air sceptique et étonné à la fois. Il ouvrit la bouche, et j'en profitai pour m'enfuir.

– Je ne compte pas m'offrir aussi facilement ! Incube.

Ce qui était bien dans un penthouse de huit cents mètres carrés, c'était que l'on trouvait toujours un coin où se cacher, une porte pour fuir. Néanmoins, je n'avais pas réfléchi à un truc… Courir sans caleçon n'était pas très agréable ni pratique… ni sexy putain ! Heureusement que mon t-shirt était trop grand et dissimulait les mouvements de pendule.

J'entrai dans la salle de billard en sachant que Regal me rattrapait déjà. J'avais toujours eu envie que l'on inaugure cette salle. Chaque fois que j'y pénétrais, j'avais l'impression de remonter le temps.

J'atteignais le billard lorsque le corps massif de mon compagnon se plaqua contre le mien.

– Canaille… susurra Regal à mon oreille.

Il suçota mon lobe, cette simple attention provoqua une tempête de plaisir qui ravagea tout mon être. Lui résister était impossible. Regal éveillait en moi des désirs inavouables.

Sauf que… je n'avais pas besoin de les énoncer à voix haute pour qu'il s'exécute. Sa grande main se refermait déjà sur mon sexe érigé.

– Si dur.

Sa langue titilla ma nuque, ses dents éraflèrent ma peau sensible. Ses doigts glissèrent sous mon t-shirt pour s'emparer de l'un de mes tétons, m'arrachant ainsi un cri de bonheur.

– Tu aimes ça, n'est-ce pas ?

– Ouiii… soupirai-je. Oui.

Ses va-et-vient langoureux se firent plus exigeants.

– A… attends. Prends-moi en même temps. J'ai envie de t'avoir en moi.

Un grondement bas et appréciateur résonna contre mon dos. Je frissonnai. J'aimais tellement entendre ce son, c'était comme une récompense. Quand mon incube vibrait ainsi, je savais qu'il perdait pied lui aussi.

– J'ai une meilleure idée.

Regal me retourna, ce qui me fit perdre l'équilibre. Il me souleva pour m'asseoir sur le billard et m'écarta les cuisses pour plonger entre ces dernières. Je le contemplai alors m'engloutir comme un affamé, me suçant avec appétit. Il prit son temps en jouant avec sa langue. Un frémissement de délices monta de mes reins jusqu'à la pointe de mes oreilles.

– Oh mon Dieu ! Regal…

J'emmêlai mes doigts dans ses cheveux. Je bloquai sa tête pour l'empêcher d'aller plus loin. J'allais basculer, le plaisir était trop intense. L'orgasme menaçait de m'emporter.

– Attends… je vais…

Mon incube plongea son regard d'encre et de sang dans le mien, puis me relâcha.

– Jouis dans ma bouche !

Sa langue traça un chemin de la base de mon sexe au sommet de mon gland et joua avec la fente, récoltant la perle transparente. Je me cambrai tandis qu'il m'engloutissait goulûment de nouveau. Mes testicules se contractèrent alors que la jouissance brûlait chacun de mes muscles et que mon cœur gonflait de bonheur.

– Regal !

J'explosai, l'orgasme m'emporta dans une tempête d'extase. Je jouis puissamment dans la bouche de mon compagnon. Regal avala tout jusqu'à la dernière goutte. Je sifflai entre mes dents lorsque sa langue lécha une dernière fois mon gland sensible.

Mon démon d'amant me couvrit alors de son corps. Sa paume caressa ma joue.

– J'aime t'entendre crier mon nom comme tu le fais. Je ne m'en lasserai jamais.

Je ris, mon bonheur était enfin complet. J'étais si chanceux. Mon cœur allait exploser. J'étais tant reconnaissant. Regal m'aimait, il me l'avait avoué. Il ne voulait que moi et rien au monde ne pouvait être plus beau. C'était un cadeau, un miracle. J'étais si heureux. Je désirais le crier à l'univers entier.

– Je t'aime tellement, Regal Knight.

Un sourire énorme étira ses lèvres.

– Je l'espère bien… parce que nous n'en avons pas fini tous les deux.

Chapitre 12

 Bjorn

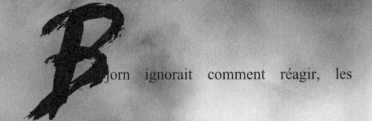jorn ignorait comment réagir, les émotions qui l'assaillaient s'embrouillaient en lui. Il était heureux pour son frère et Eden. Il était temps que son aîné s'aperçoive de ce que représentaient ses sentiments. Malheureusement…

Il pénétra dans son salon pour rencontrer le dos massif de Fevesh. Depuis qu'il s'était emmêlé les cornes dans le lustre, il n'avait pas repris sa forme originelle. Ainsi, il ressemblait à n'importe quel humain, un humain mesurant plus de deux mètres dix, un humain bloqué dans l'Antiquité. Son chiton noir détonnait dans son appartement à la pointe de la technologie.

Bjorn s'autorisa un instant à l'observer. Le corps du déchu incarnait ses fantasmes les plus inavouables. Ses muscles étaient certes plus fins que les siens, mais le juge infernal le dépassait tout de même d'une bonne tête. Il n'était pas étonné que les humains aient pris les anges pour des sortes de dieux miséricordieux.

L'incube aurait souhaité que Fevesh pivote et l'admire comme son frère contemplait Eden… Parce que même s'il ne l'avait confié que maintenant, les yeux de Regal avaient toujours parlé à sa place. Il vouait une adoration sans limites à son Petit Lapin. Pour ce qui était de Fevesh, son regard n'exprimait que de la convoitise ou de la colère. Il était vrai que contrairement à beaucoup de créatures de la nuit, Bjorn éveillait de l'intérêt chez l'ange… mais rien de plus.

– Comment ta fin d'après-midi s'est-elle passée ? questionna trop gentiment le mâle pour que cela soit innocent.

– Presque bien… Eden était anéanti que Regal couche avec d'autres hommes.

Il fit exprès de ne pas mentionner que son frère n'avait en fin de compte pas baisé avec son rendez-vous. Il souhaitait savoir ce que Fevesh mijotait. Bjorn s'avança pour rejoindre le déchu, celui-ci n'avait pas daigné lui offrir son attention, se contentant d'observer la vue sur New York et les dernières lueurs du crépuscule.

– Que comptes-tu faire à présent ?

Bjorn fronça les sourcils.

– Pardon ?

L'incube fit mine de ne pas comprendre la situation.

– Regal n'a pas réussi à coucher avec le mâle que tu lui as choisi. N'est-ce pas ?

Bjorn libéra sa respiration, il ne s'était pas aperçu qu'il la retenait jusqu'à présent.

– Comment es-tu au courant ?

– C'était très prévisible. La petite chose médiumnique le rend faible.

– Tu as tort ! Eden n'est pas insignifiant ! s'énerva Bjorn.

Les iris turquoise de Fevesh plongèrent dans les siens, la commissure de ses lèvres s'étira en un sourire narquois.

– Je n'ai pas dit que l'humain était négligeable… bien qu'il le soit de mon point de vue. Je notifie qu'il rend Regal vulnérable.

Ils se regardèrent un moment, puis comme il s'y était attendu, Fevesh fit un pas dans sa direction. Bjorn, lui, recula, ce qui fit naître une moue mécontente sur le visage de l'ange.

– N'agis pas ainsi, incube.

Le démon se figea, bombant le torse pour lui donner tort.

– Pardon ?

– Tu me repousses.

– Oui.

Bjorn s'exprima avec résolution. Fevesh l'examina, longtemps, très longtemps.

– Cela ne sert à rien.

– Qui sait ? se renfrogna Bjorn pour la forme.

– Ne veux-tu pas que j'aide Eden ?

Bjorn ferma les paupières, pris au piège. Il pouvait toujours refuser et laisser son aîné pactiser avec Fevesh. Regal était suffisamment grand pour prendre ses responsabilités comme il l'avait décidé, sauf que contrairement à lui, Regal ne possédait rien que Fevesh convoite. En outre, Bjorn était presque certain qu'il le réclamerait en échange de la santé de Petit Lapin. Il ne désirait pas que son frère ait à choisir entre eux. Et puis…

C'est le moment d'être utile une fois dans ta vie.

– Que veux-tu ? demanda Bjorn.

Des doigts brûlants caressèrent sa joue.

– Ne te nourris que de moi. Plus d'extra, juste moi ! Je t'offrirai tout ce dont tu as besoin.

Bjorn ouvrit les yeux et rencontra ceux aux pupilles fendues de Fevesh. Maintenant que le soleil ne répandait plus aucune lumière sur le penthouse, leurs couleurs luisaient. Le démon blond en fut totalement hypnotisé. Une douce chaleur naquit dans sa poitrine, les souvenirs d'un passé qu'il avait cru heureux au début remontèrent à la surface.

La première fois qu'ils s'étaient croisés, c'était dans une partie des terres obscures. Comme jadis, ses iris brillaient dans la pénombre et c'était ce qui l'avait poussé à avancer dans sa direction. Puis, Bjorn avait remarqué les ailes de l'ange déchu et il en avait été terrorisé. Peu de démons rencontraient les juges infernaux, hormis les esclaves sexuels de ces derniers ou les mutins. Se sachant déjà sur la sellette, Bjorn avait cru que Fevesh était venu pour lui. Toutefois, Fevesh avait pris sa joue en coupe comme il le faisait actuellement. Tout comme maintenant, il possédait cette odeur agréable de bois brûlé, de cuir, de champagne et de fourrure. Bjorn pouvait bien être un démon sexuel, Fevesh était pour lui l'incarnation de la luxure. Lust, le VRAI démon du péché originel, pouvait bien aller se rhabiller.

– Je veux que tu sois mien.

C'était exactement les mêmes mots qu'il avait prononcés, mais autrefois, Bjorn n'avait pas compris le sens véritable de sa phrase. Il ne s'était pas douté que Fevesh le courtiserait jusqu'à ce qu'il lui propose de vivre avec lui. Il s'était alors figé devant les lourdes portes de son harem. Lui qui avait imaginé bêtement qu'il partagerait ses draps à la citadelle, il avait eu tort. Sa place n'avait jamais été aux côtés de Fevesh, mais dans les tréfonds sombres de son harem. Bjorn n'était en rien son égal, il le savait à présent. L'incube posa sa tête sur la clavicule de Fevesh, rendant par ce geste les armes.

– Je t'avais dit que je trouverais le moyen de t'avoir pour moi seul.

– Oui, tu me l'avais promis.

– Je tiens toujours parole.

– Soit ! Je ne coucherai avec personne d'autre que toi. En compensation, je veux que tu fournisses assez d'énergie vitale à Eden pour qu'il vive éternellement.

Fevesh posa sa main droite sur ses reins, la gauche caressa ses cheveux.

– Certainement pas ! Le marché ne serait pas équitable. Jusqu'à l'arrivée de Beorth… ensuite, Regal devra se débrouiller pour trouver une solution.

– Y en a-t-il une ? le questionna-t-il.

Fevesh resta muet, et Bjorn n'escompta pas obtenir une réponse. Le pouce de l'ange caressait distraitement le bas de sa colonne vertébrale. Ce simple geste anodin remplissait son cœur d'espoir, ce qui était une très, très mauvaise chose.

– Pas à ma connaissance, les humains ne sont pas créés pour vivre indéfiniment. Ce n'est pas dans leur nature.

La poitrine de Bjorn se comprima plus fort en écrasant ses poumons, peu importe ce que Regal tenterait, rien ne sauverait Eden de la mort. Un jour ou l'autre, il le perdrait. Quand cela arriverait, son aîné disparaîtrait de la surface du monde.

– Que veux-tu en échange d'une éternité d'énergie vitale ?

– Rentre en Enfer, et deviens mon Favori. Je ferai alors parvenir régulièrement mes plumes à la petite chose médiumnique, ainsi il vivra un millénaire de plus.

Les jambes de Bjorn flanchèrent, et sa gorge se serra au point que l'air lui manquait. Son corps glissa soudain aux pieds de l'ange. Ce dernier ne tenta pas de le retenir, il garda juste sa main dans la sienne, comme s'il acceptait la patte de son clébard.

Le pacte qu'il lui proposait était si horrible, Bjorn était capable de presque tout pour Eden et Regal… Mais pas ça. Il était trop égoïste.

– Je ne peux pas… je ne peux pas faire ça…

Jamais auparavant il n'avait connu la vraie peur. Il s'en rendait compte maintenant. Pénétrer dans le harem de Fevesh, c'était s'oublier lui-même.

– Pourtant, c'est inévitable.

Au fond, une part de lui le savait déjà. Cependant, il ne partirait pas sans se battre.

Il préférait encore mourir plutôt que de rejoindre sa terre natale. Il ne deviendrait pas comme sa mère.

Il préférait encore crever !

Le lendemain

Fevesh

onne-moi ce que je désire,

ordonna-t-il alors que Bjorn traversait le couloir pour rejoindre la boîte métallique qui lui permettrait de descendre les étages. Rien qu'à la pensée de s'y enfermer, Fevesh sentit ses ailes – bien qu'elles ne soient pas matérialisées – frissonner.

– Non. Merci, mais je n'ai pas faim, le défia Bjorn, un sourire accroché aux lèvres.

Fevesh feula sous la contrariété, ce qui fit se retourner l'amant du bras droit de Regal. L'ex-chasseur – tout comme la petite chose médiumnique – ne semblait pas avoir peur de lui, ce qui était une idiotie… Toutes ces sottises commençaient à l'agacer profondément.

– Je n'offrirai rien à l'humain si tu ne te montres pas coopératif.

Bjorn s'arrêta net. Fevesh le percuta, mais ce dernier demeura bien campé sur ses pieds, signe qu'il s'y était préparé. Le démon rapprocha alors son visage du sien, comme s'il désirait l'embrasser.

– Tu m'as demandé de ne me nourrir que de toi. C'est ce que je fais. Je ne prends plus aucun repas.

Putain d'incube… il le ferait souffrir pour l'audace dont il faisait preuve.

– Tu seras bientôt en manque. J'obtiendrai ce que je veux un jour ou l'autre, Bjorn. Ne complique pas les choses. En outre, notre pacte impliquait ta coopération.

Bjorn se redressa pour embrasser la commissure de ses lèvres.

– Je remplirai ma part du contrat. Mais, là tout de suite, je n'ai pas faim. Merci de proposer.

Bjorn allait se détourner, mais Fevesh lui saisit le poignet pour l'empêcher d'avancer et l'attira contre son torse. Fevesh regarda sa pomme d'Adam déglutir et fut satisfait de la légère rougeur qui s'étala sur la nuque du mâle. Il semblait déjà excité. De plus, il était certain que tous les prétendants de Bjorn avaient fui et cela depuis presque quinze jours. Son incube bourru ne tarderait pas à crier famine.

– Tu sais que je ne suis pas patient. Si tu me fais attendre trop longtemps… je t'apprendrai ce que c'est que de supplier.

Bjorn baissa les yeux sur son torse, un sourire nostalgique accroché à ses lèvres.

– J'en prends note…

Le démon blond récupéra son bras puis recula d'un pas.

– Comptes-tu venir avec moi pour dénicher Brook ?

– Je ne capte pas sa présence. Il doit se trouver dans les Bas-Fonds ou en Enfer.

Les Bas-Fonds étaient une sorte de cité sous la ville de New York. Elle était protégée par un pouvoir ancien – c'était lui qui contrecarrait le radar de Fevesh – et repoussait les humains qui s'aventuraient dans les égouts. Beaucoup d'entre eux avaient quitté l'Enfer en espérant y construire une vie plus radieuse. Bien entendu, tous n'étaient pas ici par contrainte, de rares démons étaient aussi choisis pour « orienter » les hommes vers la décadence et la débauche, voire le crime. Les « envoyés » n'appréciaient pas vraiment Regal, mais ne chassaient pas sur son territoire.

Ceux qui trouvaient refuge dans les Bas-Fonds ne reconnaissaient pas l'autorité de Regal. Ils étaient les parias des parias. Son frère ne s'était jamais préoccupé d'eux avant ce jour. Mais Raken, le chef des égouts, n'allait pas tarder à se joindre à la mutinerie maintenant que le vent tournait. Ils allaient bientôt devoir agir.

– On verra ça à un autre moment, Rain et Blood ont bien voulu me communiquer une de leurs dates de marché. Ça se passera ce soir au cimetière de Woodlawn dans le Bronx. On pourrait se retrouver là-bas. Non, parce que pour la première fois de ma vie, je comprends Regal et il ne doit jamais apprendre que cette phrase est sortie de ma bouche. Je n'en peux plus de t'écouter souffler toutes les cinq minutes, j'ai des dossiers à traiter.

– Ravi d'entendre que quelqu'un puisse t'exténuer comme tu m'épuises… Fevesh, tu fais fuir mes clients, rouspéta Regal dans leur dos.

Le juge infernal reporta son attention sur le frère aîné de Bjorn.

– Je m'en vais, alors. Je serai à l'appartement, informa-t-il.

– Super.

Son incube en profita pour se faufiler dans le couloir. Ainsi il le laissa seul avec l'autre mâle. Fevesh se concentra pour appeler son pouvoir.

– Je ne sais pas quel passé vous partagez, ce qu'il s'est produit entre vous…

Fevesh examina le patron de Knight Corporation. Il avait beau être affilié à une race de démons mineurs, il était le digne héritier de son père, issu de la première portée de Lilith, l'un des plus puissants fils qu'ils aient eus ensemble.

– Parle, je t'écoute.

– Je tiens à mon frère. Il m'a dit qu'il avait payé sa dette envers toi. Ne devrais-tu pas retourner en Enfer ?

Fevesh ne prit même pas le temps de réfléchir à la question. D'un, Bjorn venait tout juste de contracter un nouveau pacte avec lui. De deux…

– Il est mien.

Regal fronça les sourcils avec scepticisme.

– Très bien… alors, permets-moi de te donner un conseil.

– À moi ?

Il opina du chef. Ce qui était étrange, c'était que le mâle ne semblait pas vouloir le défier. Il n'en avait pas la posture.

– À toi.

– Je suis trop laxiste avec toi et Bjorn… mais, soit.

Fevesh vit la lueur de mécontentement, pourtant, il ne répliqua rien au sujet du comportement de l'ange.

– Une fois qu'un jouet est cassé, il ne fonctionne plus. Tu auras beau le réparer, il ne marchera plus pareil. Combien de fois penses-tu pouvoir te servir de mon petit frère sans qu'il se brise complètement ? La plupart des démons ne supportent même pas la puissance de ton aura. Ce que tu lui demandes, qu'importe ce que c'est... c'est déjà trop. Tu le tues à petit feu, Fevesh.

Un sifflement reptilien lui échappa, mais cela ne fit pas broncher Regal.

– C'est insignifiant, conclut Fevesh.

– C'est crucial pour moi. Et je suis certain que ça l'est pour toi aussi.

Fevesh invoqua son pouvoir, cette conversation l'ennuyait. Il disparut dans un brouillard de fumée noire et de plumes.

night Corporation

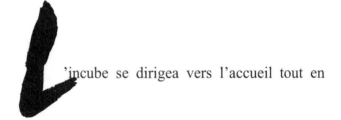

L'incube se dirigea vers l'accueil tout en

repensant aux paroles de Fevesh.

Il est mien.

Il s'inquiétait vraiment pour Bjorn. Regal avait toujours eu conscience que quelque chose s'était produit entre eux. Toutefois, il ne s'était jamais intéressé à la vie de son demi-frère avant son arrivée ici. Il avait bien entendu des rumeurs, des bruits de couloir, mais cela ne l'avait pas interloqué outre mesure. Ils ne possédaient pas la même mère, et Regal avait déjà bien assez de mal à ne pas buter sa fratrie. Ces imbéciles ne cessaient de le défier, cela l'ennuyait, alors il avait requis l'autorisation pour quitter l'Enfer. Il avait renoncé à son royaume d'en bas pour tout reconstruire parmi les humains. Bjorn était venu le voir à cette époque, il lui avait demandé son aide. Regal l'avait envoyé paître. Satan n'aurait jamais approuvé cet écart et il ne désirait pas prendre le risque de braquer son père. En fait, pour être tout à fait franc, il n'aurait pas levé le petit doigt pour Bjorn, qu'importe la raison. À présent, il comprenait son erreur. Satan avait accepté qu'il parte seulement pour que son territoire revienne à Beorth. Il avait eu dans l'idée de l'affaiblir afin que son aîné le terrasse un jour.

Il ignorait si quelque chose aurait changé s'il avait tendu la main à son cadet. Il ne saisissait pas l'impact qu'avaient engendré ses actions, pourtant Bjorn ne lui en avait jamais tenu rigueur. Regal voulait se rattraper, il souhaitait vraiment que Bjorn obtienne la famille dont il avait désespérément besoin. Même s'il lui tapait sur le système la plupart du temps.

Il atteignit le comptoir et trouva Eden. Mais, au lieu de le voir s'agiter partout ou en train de torturer énergiquement son clavier, il le découvrit endormi. De gros cernes bleus marquaient ses yeux. Regal fit la moue, il se sentait tant coupable. C'était sa faute si Eden était dans cet état. En outre, il avait loupé sa chance de négocier avec Fevesh aujourd'hui…

Espèce de crétin…

– Eden… Mon ange.

Il contourna rapidement le bureau pour le rejoindre. Regal palpa son cou pour trouver son pouls.

– Il va bien. Son rythme cardiaque est constant et tout à fait normal pour un humain, l'informa Aligarth en sortant de l'ombre de la chaise d'Eden.

Regal opina du chef, mais ne put s'empêcher de caresser la joue de son compagnon. Bjorn aurait dit que c'était un moyen de se rassurer. C'étaient des conneries, selon lui.

– Ali, j'ai un rendez-vous avec Ox pour trouver une solution à la mortalité d'Eden. Tu veux bien le ramener à la maison. Essaie de ne pas le réveiller. Je n'en aurai certainement pas pour longtemps.

Le démon émergea totalement de l'obscurité pour soulever Eden avec précaution. Regal réprima un grognement.

– Désires-tu… l'emporter chez vous ? hésita Ali.

– Non… je te fais confiance.

L'Ombre acquiesça silencieusement tandis que Regal se morigénait mentalement. Puis, il se fit violence pour quitter son homme et son garde du corps. D'ordinaire, Crystal les aurait accompagnés, mais Edward et lui étaient bien trop occupés avec Ophiuchus.

Regal soupira avec lassitude quand il entra dans l'ascenseur. La sensation de ne jamais sortir la tête des emmerdes commençait sérieusement à lui peser. Entre les ennuis que provoquait l'ancien clan de Crys, la rébellion et Beorth, il allait bientôt péter une durite.

En tout cas, c'était ce qu'aurait dit Eden.

Ed l'exhortait à la patience, cependant, il n'en possédait plus beaucoup. Ils devaient trouver des solutions rapidement, car lorsque Beorth arriverait, ils devraient l'accueillir comme il se devait.

Chapitre 13

jorn était déçu.

Pas le moins du monde surpris.

Mais déçu tout de même.

Pour une raison qui le dépassait, il s'était imaginé que Fevesh viendrait au rendez-vous. Il avait espéré qu'ils formeraient une équipe et que le temps d'une heure ou deux, ils pourraient faire comme si leurs différends n'existaient plus.

C'était peine perdue et y avoir même pensé était une nouvelle erreur qu'il pouvait inscrire dans son palmarès. Il soupira avec exaspération et un certain dégoût de lui tout en tournant au coin de la rue pour y trouver le lieu de rassemblement.

Le dôme démoniaque protégeait le cimetière de Woodlawn. Sa lumière obscure ondulait comme une mare d'huile sur le bitume par un jour de pluie. Elle servait à repousser les humains, mais aussi à maintenir l'illusion que personne ne se tenait dans la nécropole. Le point négatif à ce style de barrière restait que ceux l'occupant étaient isolés du monde extérieur. Elle formait comme une bulle séculière où le temps et l'espace n'existaient plus. S'il le désirait, Bjorn pouvait entrer et raser entièrement les lieux. Lorsque le dôme serait levé, il n'y aurait aucune trace de la destruction. Il y avait une raison toute simple à ce genre de pratique. C'était un moyen comme un autre de protéger leur secret et il était efficace. En outre, ses congénères se montraient parfois… souvent très agressifs, surtout quand ils n'obtenaient pas ce qu'ils convoitaient. La viande humaine était un mets délicat pour certains démons. Ceux qui pouvaient s'en offrir possédaient un statut assez élevé dans la hiérarchie du territoire ou étaient mandatés par leur maître – en échange d'un morceau de chair.

Son aîné lui avait expliqué qu'après plusieurs incendies et incidents divers qu'il avait couverts lors de la construction de New York…, Regal avait soumis une requête à Lucifer pour qu'un juge infernal crée ces barrières – seul être capable de les confectionner. À l'époque, les humains avaient commencé à croire que Dieu les punissait ou que le diable les avait maudits. Lucifer avait donc accepté sans pour autant mettre l'un de ses subordonnés en position dans la cité naissante. C'est pourquoi les dômes ne se manifestaient jamais au même endroit ni à la même heure et que leur puissance n'était pas spécialement impressionnante.

Une nouvelle « fonction » était apparue, les Limiers. Ces démons étaient capables de sentir la création d'une barrière quelques jours avant qu'elle ne soit complète. Blood et Rain travaillaient certainement avec l'un d'eux et divulguaient l'information à leurs acheteurs potentiels.

– Regal nous avait dit qu'un marché s'ouvrait ce soir et que l'on t'y débusquerait.

Bjorn pivota pour avoir Edward et Crys dans son champ de vision. Le jeune incube fronça les sourcils, il ne s'était pas imaginé les trouver là.

– Je savais casser les couilles de mon frère, mais pas avoir brisé sa confiance. Je pense pouvoir me débrouiller seul avec les rebelles.

Les muscles de son dos se tendirent bien malgré lui, il ne souhaitait pas leur montrer sa déception, mais…

– Rien à voir, l'informa Crys en balayant sa remarque du revers de la main. Mon clan nous a encore menacés. Ophiuchus désirait s'en prendre au dôme en dépêchant des exorcistes.

Crissy donnait l'impression de vouloir buter quelqu'un, ses iris revêtaient la couleur de la soif de sang. Bien qu'il soit jeune, l'ex-chasseur contrôlait parfaitement ses émotions. En même temps, il fallait avouer que peu de bébés vampires pouvaient se vanter de se nourrir au plasma des démons et presque-immortels les plus puissants du pays. Cette manœuvre n'était pas totalement désintéressée, car Regal espérait que le bras et la jambe de Crystal repousseraient plus vite. Pour le moment, aucun résultat concluant n'était visible. Malheureusement, les membres de l'ex-chasseur avaient été sectionnés avant sa mutation. De ce fait, ils pouvaient tout aussi bien ne jamais se régénérer. Le jeune homme semblait s'y être accoutumé, ou du moins, ne montrait jamais sa peine. En outre, il se débrouillait très bien avec ses prothèses.

– Merde... vous pensez qu'ils auront les compétences nécessaires pour percer le dôme ?

– Cela n'a plus été le cas depuis ma transformation, ronchonna Ed. Nous sommes là par prévention.

Il y a quelques siècles de cela, les exorcistes – ou qu'importe le nom qu'on leur attribuait à ce moment-là – possédaient de vraies facultés spirituelles, pas seulement des relents de foi quelconques. Il était alors périlleux pour les démons de croiser ces êtres humains capables de les blesser fatalement. Aujourd'hui, leurs pouvoirs n'étaient plus que des résidus de la bénédiction d'un ange les appréciant encore un peu.

Le silence qui s'était installé entre eux fut rompu par Bjorn.

– Ils n'ont pas compris la leçon...

Quelques mois auparavant, le Vatican leur avait envoyé un exorciste pour tuer Eden, qu'ils avaient déclaré comme étant nuisible. Bjorn ignorait en quoi Petit Lapin était un danger, parce qu'à part apercevoir des morts partout et faire un café du tonnerre, il ne voyait pas. Quoi qu'il en soit, le conjurateur n'avait pas survécu, contrairement au collègue qui l'accompagnait. Regal s'était montré clair avec Ophiuchus, mais l'ancien clan de Crystal continuait de leur poser problème. Jusqu'à présent, beaucoup de menaces avaient été proférées. Cependant, la Knight Corporation demeurait aux aguets dans l'éventualité où les chasseurs passeraient à l'action et décideraient de faire un carnage.

– Zoran est obtus et orgueilleux, il ne s'arrêtera jamais. Il voue une haine sans bornes aux presque-immortels. Maintenant que je suis devenu l'un d'eux, et que la tour a pris position... il fera tout ce qui est en son pouvoir pour que le Vatican mène une campagne d'éradication.

Ça n'arrangeait pas vraiment leurs affaires.

– Pour le moment, Maman a fait le tampon, elle dément les propos de Zoran avec ardeur. Je ne sais pas si le Vatican est prêt à se lancer dans une guerre avec Regal.

Edward se pinça le nez avec lassitude.

– On verra bien… mais si ton père continue de détériorer notre vie sexuelle, je vais le pendre par les burnes quelque part dans le Grand Canyon et le laisser en pâture aux vautours et aux chacals.

Crystal rigola un peu jaune.

– Je ne sais pas si cela me fait flipper ou plaisir…

Le bras d'Ed entoura la hanche de son compagnon et dans un réflexe adorable, il l'attira à lui pour embrasser sa tempe. Il était rare d'observer le vieux vampire aussi tendre. Toutefois, et comme chaque fois que cela arrivait, le cœur de Bjorn se serrait. C'était égoïste, mais souvent, il les enviait.

L'incube se pinça le nez en agitant la main devant son visage.

– Ça pue l'amour mièvre, par ici ! Allez, je vous laisse. J'ai un démon à interroger. Prenez soin l'un de l'autre.

Bjorn ne pouvait s'attarder plus longtemps à leurs côtés sans se noyer dans tant d'affection. Il traversa la route sans regarder, délaissant les amoureux transis.

Le portillon en fer forgé était, tout comme le trottoir, en très mauvais état. Des travaux avaient débuté et la terre était retournée çà et là. L'une des portes métalliques paraissait avoir subi un petit incident de parcours, car elle était tordue et ne demeurait fermée que par un nœud de banderoles blanc et rouge. Bjorn fit apparaître dans sa main une lame démoniaque qui coupa sans difficulté le lien de fortune. Le portail de droite vacilla avant que sa charnière ne lâche sous le poids et tombe dans un bruit fracassant. L'incube observa autour de lui pour voir si un humain avait été alerté par le boucan, mais l'endroit semblait dépourvu de toute vie, même Ed et Crys avaient disparu. Il était trois heures du matin. En semaine, les fêtards ne devaient pas vraiment passer dans cette rue. Heureusement, les hommes de Zoran ne se promenaient pas en ces lieux non plus.

Bjorn pénétra dans le dôme. La sensation l'électrisa. La tension sous la barrière de protection était palpable, l'énergie démoniaque suffisamment présente pour lui rappeler de mauvais souvenirs qu'il repoussa le plus loin possible dans un recoin de son esprit. Pour plus de discrétion, l'incube couvrit sa tête avec la capuche de son sweat à l'effigie des *Giants*[22].

Il lui fallut plusieurs minutes pour parvenir au point de rendez-vous. Le cimetière de Woodlawn était particulièrement grand. Lorsqu'il arriva sur place, la vente avait déjà commencé. Les acheteurs n'étaient pas si nombreux, peut-être une vingtaine, tout au plus, leur attention entièrement braquée sur les carcasses trimbalées sur des portiques à vêtements. Blood orchestrait lui-même les enchères.

Rain, qui possédait un caractère plus effacé que son frère, demeurait en retrait. Lorsqu'il l'aperçut, le mâle à la tignasse immaculée lui offrit un simple signe de tête en guise de salut. Bjorn hésita un instant à le rejoindre pour l'interroger, mais le pauvre Piśācas était encore traumatisé par le petit jeu de Fevesh. De plus, le

---

[22] Les New York Giants sont une équipe de football américain de New York. Les Giants ont été la seule équipe à être toujours dans le jeu depuis 1925. Ces géants du football américain ont remporté 8 titres NFL et comptent parmi leurs joueurs phares 15 « Hall of Fame Players ». Leurs ennemis jurés sont les Phildapelphia Eagles, et ce, depuis 1933.

démon blond ne désirait pas que ses informateurs soient démasqués par leurs acheteurs. La confiance devait perdurer s'ils voulaient continuer de travailler ensemble. Faire couler RainBlood n'était pas une perspective envisageable.

Il décida donc de débusquer Brook sans son aide. Bjorn pivota et pénétra dans la foule. Accomplir le boulot seul, il en avait l'habitude depuis qu'Aligarth surveillait Eden quand Regal ne se trouvait pas à ses côtés.

Bjorn repéra le démon qu'il cherchait en un rien de temps. Dans sa manœuvre pour le rejoindre, il heurta un ogre qui lui bloquait le passage. Au même instant, Blood apporta un nouveau lot. Le mâle mugit en signe de menace protestataire. Son congénère comptait l'impressionner pour obtenir la moitié de buste humain pendu au crochet de boucher. Bjorn allait continuer sans s'en préoccuper, mais le hurlement rageur avait attiré l'attention de Brook sur eux. Ce dernier écarquilla les yeux en les apercevant, puis détala comme un lapin. De toute évidence, il connaissait le visage de Bjorn. Lui avait recueilli l'information en offrant à ses armes démoniaques l'occasion de se repaître du compagnon de Loxam et plus précisément de sa matière grise.

Bjorn le poursuivit, s'éloignant de la foule. Il était impossible pour eux de se téléporter hors du dôme, ce qui l'arrangeait fortement. Pour le quitter, il fallait gagner les parois et les traverser.

Quand il jugea lui avoir suffisamment couru après, Bjorn invoqua une chaîne infernale qu'il lança aux chevilles du mâle. Ce dernier chuta comme une fiente et se cogna le crâne contre une pierre tombale. Bjorn grimaça en entendant le bruit lugubre. Sentant l'odeur du sang frais, une goule se jeta sur son fuyard avec une rapidité impressionnante. Il ne l'avait même pas vue venir.

– Recule ! ordonna Bjorn avec autorité.

La femelle fit le dos rond tandis que son allure de femme fatale s'estompait pour laisser ressortir une peau décharnée et grise, une chevelure éparse et des yeux noir et rouge. Elle feula, exhibant ses dents pointues et quelque peu espacées. Dans les dômes, l'apparence que les siens revêtaient importait peu. Peu d'humains parvenaient à pénétrer les barrières et ceux qui y arrivaient savaient quoi chercher. La goule allait de nouveau bondir sur Brook, mais Bjorn invoqua son pouvoir et lança un pieu qui transperça la jambe de la démone. Cette dernière hurla de douleur, c'était comme écouter plusieurs voix éraillées en même temps.

– Il est à moi ! s'imposa-t-il.

Elle arracha la pique et la jeta sur le côté avant de battre en retraite. Bjorn s'approcha de sa proie avec prudence. À présent, il sentait le regard des autres démons dans son dos. Les carcasses exsangues des humains devenaient soudainement moins attrayantes. Si Bjorn ne se dépêchait pas, son gibier finirait par se faire grignoter un mollet. Il s'accroupit pour retourner le mâle et constater l'ampleur de sa blessure à la tête. Toutefois, Brook était déjà mort, son crâne enfoncé d'un côté. Ce phénomène lui parut totalement invraisemblable. À sa connaissance, aucun démon ne pouvait crever aussi facilement, à moins qu'il ait été la victime d'un autre congénère avide de puissance. Tous n'étaient pas regardants sur ce qu'ils graillaient après tout.

Des grondements agressifs commencèrent à s'élever. Bjorn se redressa, faisant front à la horde. Il ne pouvait leur offrir le corps de Brook avant qu'il ne sache pourquoi le mâle était si faible. Définitivement, quelque chose clochait et il devait en apprendre davantage.

– La vente est terminée. Dégagez !

L'ogre qui l'avait menacé quelques minutes plus tôt avança d'un pas en lui montrant ses crocs pointus. De tous les acheteurs, il était le plus imposant, quoique pas forcément le plus dangereux. Bjorn remarqua qu'une fois de plus, Blood et Rain s'éclipsaient en douce, il les comprenait. Les Piśācas n'étaient pas une espèce très redoutable. Tout comme les goules, ils s'apparentaient à des charognards.

— Cette carcasse est à moi, l'incube, le provoqua l'ogre.

Bjorn n'appréciait pas son comportement, il n'en était pas moins habitué, beaucoup le sous-estimaient. Lorsqu'ils s'apercevaient de leur erreur, il était généralement trop tard pour eux.

— Je ne crois pas, c'est ma proie. Si tu veux de la viande, contacte RainBlood.

L'ogre fit un pas en avant, les acheteurs reculèrent quand il fit mine de les attaquer. C'était une bonne nouvelle pour Bjorn, le mâle venait de lui assurer qu'il n'y aurait pas besoin d'un bain de sang pour calmer tout le monde.

— Je n'ai pas envie de me battre, alors rebroussez chemin et personne d'autre ne mourra. Je suis mandaté par Knight Corporation.

L'ogre éclata de rire.

— Qu'est-ce que j'en ai à foutre ?

Bjorn leva les bras au ciel avant de les replacer le long de son corps avec découragement.

— Tu n'es pas le couteau le plus aiguisé du tiroir, toi…

L'incube secoua la tête négativement. Il se demandait pourquoi ces conneries tombaient toujours sur lui.

Son ventre se tordit douloureusement. Il avait la dalle.

Voilà, ça commence...

Ce n'était pas une très bonne nouvelle, cela annonçait de nombreux jours de souffrance à venir... Et il ignorait s'il tiendrait le coup avant que Beorth se pointe.

Sûrement pas.

Ce qui signifiait qu'il devrait soit mourir de faim, soit se perdre lui-même dans l'espoir d'être utile à son frère le moment venu.

– Allez, casse-toi.

L'ogre mugit et s'élança. La terre tremblait sous chacun de ses pas. Malheureusement pour son adversaire, il était bien trop lent. Les armes démoniaques de Bjorn transpercèrent la peau de son dos, se déployant telles des ailes sanglantes. Son assaillant dérapa dans l'herbe parfaitement entretenue du cimetière. La terreur traversa son visage hideux. La panique s'installa parmi les acheteurs et tous se mirent à fuir. Même pour les siens, son pouvoir était effrayant.

Bjorn ne connaissait qu'un seul être capable de créer les mêmes appendices létaux, et il ne s'agissait de personne d'autre que son père, Satan. À présent, tous connaissaient son identité, ou au moins sa filiation.

Les lances meurtrières filèrent sur son adversaire. Il pouvait bien tenter de s'échapper, elles trouvaient toujours leur cible. Dans un espoir vain d'esquiver les pieux, l'ogre se servit d'une Andrase[23] pour faire bouclier. Les armes modifièrent instantanément leur trajectoire, mais finirent par empaler son ennemi.

La femelle Andrase retomba sur ses pieds avec aisance, mais l'agression devait l'avoir choquée, car elle

---

[23] Les Andrases (race inventée) sont des démons des rêves qui poussent les humains au suicide. Leur créateur est Andras, il ressemble à un homme à tête de hibou et monte un loup.

arborait son apparence démoniaque – celle d'une femme à visage de hibou. Elle se secoua, comme pour retrouver ses esprits. Puis, l'illusion qui la faisait passer pour humaine se matérialisa de nouveau. Bjorn l'examina tout au long de sa transition, puis déclara :

– Tu ne comptes pas me défier, n'est-ce pas ?

L'Andrase mit un genou à terre et baissa la tête en signe de soumission.

– Non. Je veux juste partir.

– Alors, va, et emporte le corps de l'ogre en compensation.

De celui-là, il n'en avait pas besoin.

– Merci… Fils de Satan.

– Bjorn.

Il la regarda plisser les paupières avec incertitude.

– Je m'appelle Bjorn, et je n'agis pas au nom de mon père.

Elle exécuta une révérence gracieuse. L'incube la quitta, entraînant le cadavre de Brook avec lui. Il ne comptait pas aller bien loin. Il se trouvait dans l'endroit parfait pour dissimuler sa dépouille, mais avant, il devait en apprendre plus sur lui.

Chapitre 14

Quelque part dans les terres d'Opale

Fevesh

Fevesh était mécontent. Cela ne changeait

pas vraiment de son humeur habituelle, il devait l'avouer. Néanmoins, la convocation de Lucifer tombait mal. Il avait rendez-vous avec son incube et il voulait profiter de leurs instants ensemble, en partie parce qu'il était rare que Bjorn soit l'instigateur d'une rencontre. De plus, il devait sûrement louper le meilleur moment de la soirée, celui où le sang coulait et où la peur aurait nourri sa part sombre et avide de sauvagerie.

En y réfléchissant, il y avait bien trop longtemps qu'il n'avait torturé personne... peut-être un mois. Il devait se programmer une séance un de ces quatre, ces moments de détente lui manquaient.

Les bruits réguliers et stridents de ses serres griffant la pierre apaisèrent un peu son irascibilité. La demeure de Lucifer était somptueuse et gigantesque, éclatante et chatoyante, chaque paroi possédait des halos nacrés. En définitive, elle endossait à merveille son nom, la citadelle d'Opale[24], érigée au centre des territoires revêtant le même nom. Elle ne ressemblait en rien à la cour de Fevesh... ni à celle d'aucun déchu. Elle était le reflet « du porteur de lumière[25] ». Contrairement aux autres, Lucifer n'avait jamais « égaré » sa flamme originelle. Cela ne faisait pas de lui un être bon pour autant. Après tout, il n'avait pas atterri en Enfer pour rien.

Les terres d'Opale étaient un endroit hostile pour beaucoup de démons. Trop ensoleillées, ici la nuit n'existait pas, d'ailleurs c'était l'unique territoire où l'on pouvait admirer les trois étoiles solaires. Ce n'était pas la destination favorite pour passer des vacances en famille.

---

[24] Retour de l'info qui va juste te servir à briller aux repas de famille (mais c'est tout) : L'opale est une pierre précieuse, certaines d'entre elles possèdent une couleur laiteuse avec des reflets bleus ou roses, voire verts. La plus connue, mais aussi la plus chère est noire. Autrefois, on disait qu'elle portait malheur, mais on soupçonne que c'était parce que la pierre est très délicate et que les joailliers ne détenaient pas les techniques appropriées pour la sculpter. Étant destinée au roi, il arrivait que les artisans aient les mains coupées parce qu'ils avaient cassé l'opale. La rumeur a été confirmée grâce aux propriétaires peu soigneux qui brisaient également la « précieuse ». De nos jours, la tendance s'est inversée. La pierre porte à présent bonheur et suivant la couleur est associée à différentes vertus.

[25] Lucifer signifie porteur de lumière.

Les geôles du Poena[26] se trouvaient justement sur le domaine de Lucifer.

Même à l'ombre dans les corridors de la citadelle, le déchu sentait ses plumes d'un noir d'encre roussir. C'était désagréable. Il se demanda cependant si son amant se plairait ici. Il n'avait aucun souci avec le soleil terrestre. Peut-être que sa peau ne brûlerait pas comme celles des démons coincés sur le territoire de Lucifer. Bjorn aimait tellement le désappointer depuis peu, qu'il était bien capable de s'y accoutumer…

Sa proie devenait un maître dans l'art de le contrarier et il ignorait s'il appréciait ce soudain esprit rebelle ou s'il préférait l'incube docile qu'il avait rencontré.

– Fevesh-ekran[27] ! annonça un garde en faction.

Les doubles portes s'ouvrirent sans un seul bruit, elles n'engendrèrent qu'un courant d'air qui les fit passer pour des illusions. Fevesh pénétra dans la salle d'audience. Lucifer, comme la plupart du temps, ne se trouvait pas sur son trône de pierre, mais sur le grand balcon, en pleine lumière. Ses ailes se tenaient légèrement évasées dans son dos comme si elles tentaient d'accaparer toute la chaleur. Le plumage des déchus ne revêtait qu'une unique teinte, le noir, en association avec la nuance de leur âme. Lucifer étant le premier déchu de l'histoire, il ne faisait donc pas exception. Toutefois, ses plumes reflétaient la luminosité, elles brillaient. Celles de Fevesh détenaient une couleur sombre et mate qui absorbait toute lueur.

Lorsque Lucifer pivota pour lui faire face, et dès qu'il remarqua son sourire, un grognement mauvais échappa à Fevesh.

---

[26] Ou les geôles du châtiment.
[27] Titre honorifique propre à l'Enfer. Se traduit par sire ou maître.

– Je ne te demande pas si tu souhaites me rejoindre, nargua Lucifer en déployant davantage ses ailes.

Ce petit connard se la racontait beaucoup trop. Fevesh fit un pas en avant, entrant ainsi dans la lumière des trois étoiles. Il préférait encore rôtir comme un putain de poulet plutôt que de montrer combien la puissance de Lucifer et la sienne divergeaient.

Un rire bas et sensuel lui revint à l'esprit, celui d'un temps où la crainte n'existait pas.

Parfois, je me dis que tu as un sacré complexe de supériorité.

Cette voix lui était aussi familière qu'étrangère. Cette époque où Bjorn lui parlait d'égal à égal était révolue depuis fort longtemps.

– Ce n'est pas parce que je n'apprécie pas la luminosité de ton territoire que je ne peux m'y acclimater.

La piqûre douloureuse ne faisait que l'incommoder, rien de plus.

– Je reconnais là ta puissance ! Peu d'entre nous me rejoignent sur le balcon.

– Pourquoi m'avoir convoqué ? Beorth a-t-il une nouvelle revendication ?

Lucifer ricana tout bas.

– Non ! Bien qu'il manigance encore en croyant que je ne le vois pas agir. Il est le digne héritier de Satan… Si ce dernier désirait céder sa place, ce qui n'est pas le cas.

L'intérêt du juge infernal n'en fut qu'attisé.

– N'a-t-il rien appris de notre entrevue ? se moqua Fevesh.

– Si… À se montrer discret. Et éventuellement à porter préjudice à Regal sans enfreindre les lois.

– Comment ça ?

– Le territoire sous celui de Regal s'agite.

Voilà qui était passionnant. Le silence s'insinua entre eux, rapidement rompu par Lucifer.

– Sinon ? Comment se passent les affaires, là-haut ?

Fevesh fit claquer ses ailes, les réajustant dans son dos pour éviter que ses rémiges primaires ne balayent la pierre brûlante et s'abîment. Lorsqu'il retournerait sur terre, plusieurs de ses plumes tomberaient, elles seraient promptement remplacées cependant. Lucifer se détourna de la vue spectaculaire sur sa cité et pénétra dans la citadelle. Le juge infernal n'était pas dupe, son congénère le prémunissait avec tact de plus de brûlures. Il connaissait l'ampleur de son orgueil, Fevesh n'aurait pas craqué. Une part de lui se froissa, mais l'autre n'oublia pas que Lucifer était l'être le plus puissant du bas astral, le contrarier ne semblait pas une option viable.

– Pas aussi bien que nous le souhaitons. Si les vampires ne sont plus une menace, Regal refuse de se nourrir, si ce n'est de son médium. Cette obstination crée une discorde entre les démons et une mutinerie germe au sein de New York. À ce rythme, Beorth n'aura pas besoin de se déplacer.

Lucifer s'approcha d'une table sur laquelle trônaient deux coupes, une cruche d'hydromel et une coupole de fruits de la terre de l'Hydre. Il lui tendit un verre dans lequel il avait versé le liquide sombre et épais. Beaucoup auraient vu en ce geste une sorte de faiblesse. Seuls les domestiques servaient leur maître.

– J'ai pourtant averti Satan des retombées que la guerre entre ses fils pouvait engendrer. Les anges ne doivent pas remettre les pieds ici avant un millénaire. Contrairement à ce que beaucoup pensent, leur dernier émissaire a foulé le monde des humains il n'y a pas si longtemps. Regal maintient actuellement un climat favorable, ce ne sera sans doute pas le cas de Beorth.

Fevesh but une gorgée d'hydromel.

– Nous risquons une guerre démonico-céleste. Ne serait-il pas temps d'agir ? questionna Fevesh.

Parce qu'il n'allait pas se mentir, s'il pouvait éviter de se fatiguer bêtement, il n'allait pas se priver.

– Nos lois nous l'interdisent pour le moment. Ce n'est pas le conflit entre Regal et Beorth qui menace l'équilibre, mais ce qui en découle... De toute façon, je sais que tu as placé tes pions.

Fevesh ne nia pas.

– Rien d'illégal, ajouta-t-il simplement.

– Je n'en doute pas.

Les lois, lorsqu'on les maîtrisait bien, pouvaient être contournées.

– Y a-t-il autre chose dont je dois prendre connaissance ?

Lucifer l'observa un moment sans rien dire ni exprimer la moindre émotion. Fevesh s'exhorta à la patience.

– Comment se porte l'incube que tu désirais tant exhiber dans ton harem ?

– Plutôt bien. Il rentrera après le conflit et alors il sera à moi.

– Satan désire l'exécuter.

– Il a un contrat avec moi.

Fevesh ne l'avait accepté que parce qu'il pensait que Bjorn ne se plairait pas sur terre et que Regal le rejetterait. Il avait mal calculé son coup, mais ce n'était pas très grave. Au moins, il s'amusait un peu plus longtemps.

– Bien, Luci[28]… si tu veux bien m'excuser…

Fevesh se dématérialisa au moment même où l'ange déchu lui faisait un doigt d'honneur.

---

[28] Lucifer est un personnage récurrent dans mes différentes sagas et son petit nom est Luci.

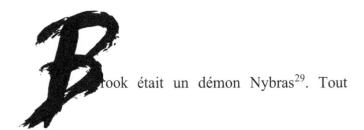ook était un démon Nybras[29]. Tout

comme le compagnon de Loxam, ce dernier n'était pas un individu dont il se serait soucié en temps normal. Malheureusement, il avait attiré l'attention des mauvaises personnes. Pourtant, Bjorn n'était pas au

---

[29] Les Nybras (race inventée) découlent du démon originel Nybbas. Il est un démon inférieur, traité avec peu d'égard par ses semblables. Il est considéré comme un parasite de la cour infernale. Il a l'intendance des visions et des songes.

courant de l'arrivée d'une créature suffisamment puissante pour infliger pareils sévices à l'un de ses pairs.

Il n'y avait que Regal et lui pour détenir un tel pouvoir. Pourtant, son frère ne baisait plus avec les autres démons depuis qu'Eden partageait sa vie. Bjorn, quant à lui, avait toujours fait attention à ne pas ponctionner plus d'énergie qu'on ne pouvait lui en offrir. En outre, il n'avait jamais rencontré Brook auparavant.

– Ça pue…

– Je ne sais comment prendre cette remarque, déclara Fevesh avec moquerie.

Bjorn laissa échapper un cri de stupeur, son pied glissa sur l'herbe et il manqua de tomber la tête la première dans la fosse creusée pour enterrer Brook.

– Bordel de merde ! Tu ne peux pas t'annoncer comme tout le monde ! Tu es arrivé par derrière le caveau pour me surprendre, c'est ça ? Tu trouves ça drôle ?

Fevesh, qui était perché sur une pierre tombale, ricanait silencieusement, ses épaules étant la seule partie de son corps à révéler son hilarité.

– Je suis un juge infernal, je peux me téléporter directement dans le dôme… Je vois que tu ne m'as pas attendu pour t'amuser.

Bjorn se détourna, se saisit des chevilles de Brook et il le tira pour le jeter par-dessus le cercueil.

– C'est toi qui m'as posé un lapin.

– Tu as l'air déçu.

Le pouvoir de Bjorn se manifesta sous la forme de pattes d'araignée pourvues de mains griffues, sortant de son dos. Il aurait mis un temps fou à déblayer la terre autrement.

– Pourquoi le serais-je ? Ce n'est pas comme si je pouvais compter sur toi…

Des doigts agrippèrent son poignet et l'obligèrent à se retourner. Le regard de serpent de l'ange plongea alors dans le sien.

— Tu as raison, je suis désolé.

Le choc poussa Bjorn à reculer.

— Qu'est-ce que tu… as dit ?

— Que je suis navré de n'avoir pas honoré mes engagements. Je voulais venir, mais Lucifer m'a convoqué et je n'ai pu faire autrement que de répondre à son appel. Pense bien que j'aurais amplement préféré m'amuser avec toi. Je peux sentir l'odeur du sang imprégner les lieux. Tu sais combien j'aime te regarder combattre.

Il fallut quelques secondes à Bjorn pour retrouver ses esprits. Il n'avait jamais entendu Fevesh s'excuser pour quoi que ce soit auparavant.

— Qui êtes-vous, imposteur…

Le juge ricana, exhibant de magnifiques canines. Fevesh était trop loin de lui pour tenter de le toucher, mais Bjorn ne put s'abstenir de se demander si le déchu en aurait profité dans d'autres circonstances.

— Improbable, n'est-ce pas ? Pour me faire pardonner, je vais t'offrir gratuitement une information à son sujet.

L'ange pointait le corps sans vie de Brook.

— Je ne crois pas me tromper en affirmant qu'on lui a pompé tellement d'énergie qu'il en est mort. C'est rare pour un démon de succomber à une telle ponction. Je pense que tu as affaire à un incube, un succube ou un voleur d'âmes.

— J'étais déjà arrivé à cette conclusion. Au cas où tu l'aurais oublié, je suis l'un d'eux.

— Comment le pourrais-je ? Nos parties de baise sont les meilleures que j'ai connues.

Les paupières de Bjorn papillonnèrent. Le mâle ne savait comment réagir au comportement de Fevesh. Ces derniers jours, il agissait trop… étrangement. Presque… humainement, et cette attitude l'inquiétait.

– Et… et puis… à proprement parler… il s'est tué en tombant sur une stèle, rétorqua l'incube pour retrouver ses esprits. Son crâne s'est écrasé comme du beurre.

Fevesh opina avec amusement. Le regard avide qu'il lui offrait en disait long sur ce qu'il désirait. Bjorn se détourna. Il humecta ses lèvres, tout en s'exhortant à ne pas penser à la faim qui commençait déjà à le ronger. Il n'était pas aussi résistant que Regal. De plus, il était incapable de se nourrir de viande crue, quand bien même son organisme le digérerait mieux que les plats cuisinés.

– La réponse se trouve dans les Bas-Fonds.

L'attention de Bjorn se reporta sur l'ange. Ses sourcils se froncèrent.

– Attends, tu es en train de m'annoncer que Raken est derrière tout ça ? Il a un contrat avec Regal. Ce n'est pas un incube… ni un voleur d'âmes d'ailleurs. Si tu trouves ça drôle de me voir patauger dans les égouts, tu…

Fevesh déploya ses ailes. Il les inclina comme s'il voulait les emprisonner tous deux dans un cocon de plumes noires. Ce fut le cas, car leur envergure était si impressionnante qu'elles dissimulaient une grande partie du cimetière.

– Je n'ai jamais affirmé une telle ineptie… J'ai juste entendu dire que les Bas-Fonds s'agitent. Si tu cherches des réponses sur les mutins, c'est en ces lieux que tu dois fouiller.

Bjorn ne sut pas tout de suite quoi faire du renseignement. Puis, la colère gronda dans ses tripes, si ce que Fevesh disait était vrai, alors la tour devait agir rapidement.

Soudain, un cliquetis rompit le silence qui régnait sur le cimetière. Fevesh replia étroitement ses ailes dans son dos et se contorsionna pour toiser les importuns qui osaient les déranger.

– Putain de créature du diable ! Cornu ! Suppôt de Satan !

Bjorn examina les deux humains, l'un était maigre et de taille moyenne, l'autre arborait un ventre de buveur de bière – chacun sa drogue – et paraissait un peu trop petit pour sa corpulence. Il était évident à leur façon de s'habiller qu'ils appartenaient au même ordre. Pourtant, ces gens n'étaient pas affiliés au clan Ophiuchus. Fevesh éclata de rire, alors que l'un des hommes agitait un chapelet en bois au bout duquel pendait une croix. Aucun des deux ne semblait vraiment confiant. La main du chétif tremblait si fort que son rosaire se balançait. Bjorn les comprenait, Fevesh ne s'était pas donné la peine de modifier son apparence en revenant des Enfers. Le juge exhibait fièrement ses pattes d'oiseaux de proie, ses grandes ailes noires, ses cornes telle une couronne au-dessus de son crâne et ses iris turquoise fendus.

– Des exorcistes ! Il y a une éternité que je n'en avais pas croisé…

Fevesh rencontra son regard et la malice qui l'habitait fit luire ses prunelles.

– Que s'est-il passé au recrutement d'après toi ? Le temps où ils nous envoyaient de vrais guerriers est déjà révolu ? Non, parce que les chapelets…

Fevesh fit mine de frissonner, ses plumes émettant un bruissement amusant alors qu'elles se gonflaient. L'image d'un moineau ébouriffé par le froid lui vint à l'esprit. Bjorn se pinça les lèvres pour ne pas se marrer lui aussi. Il voulait calmer la situation, pas attiser les troubles. Il ne foulait pas la terre depuis assez de temps pour savoir qui le Vatican mandatait à l'époque. Cependant, aux dires d'Edward et Regal, ce temps ne leur manquait pas. Puis, il se souvint tout de même que ces deux crétins étaient parvenus à pénétrer la barrière.

– Fevesh, ils ne devraient pas être là.

Quelque chose clochait... le juge ricana, pas le moins du monde impressionné.

– Et alo...

– Nous sommes la voix du Vatican et nous sommes envoyés pour prendre conscience de l'infamie qui se joue ici. Ophiuchus avait raison. Nous constatons qu'il est temps que ces terres soient purgées de la gangrène qui la ronge de l'intérieur.

Bjorn hésita en scrutant les lieux à la recherche d'Edward et de Crystal. Il espérait qu'il ne leur était rien arrivé. Ce n'était pas lui qui traitait le dossier d'Ophiuchus et par extension du Vatican... Du coup, il ignorait comment parlementer avec l'exorciste chétif et son gorille aux arcades sourcilières prononcées.

– New York se porte très bien sans que vous et vos pairs y foutiez vos saintes teubs. Regal gère le territoire et n'interfère pas avec Ophiuchus. Ceux qui doivent être châtiés le sont... Ce n'est pas au Vatican d'interve...

– Pour qui te prends-tu ? Cornu ! intervint le petit enveloppé pour soutenir son compagnon.

Bjorn se pinça l'arête du nez. Il en avait sa claque. Un rire nerveux agita ses épaules.

– Mumm... Je crois que vous me l'avez cassé ! C'est malin, se moqua Fevesh.

Le regard du chétif ne se posait sur aucun des deux, il n'avait sans doute jamais rencontré d'individus comme eux. À sa réaction, il semblait plus probable que les démons fuyaient leur présence. Bjorn se demandait s'ils avaient conscience de faire face à un juge infernal. Connaissaient-ils même leur existence ?

– Je me prends pour le fils de Satan, Ducon...

La voix de Bjorn n'était plus qu'un grondement rauque.

– Fevesh ! Barre-toi ! hurla Edward au loin.

Le vampire s'était élancé dans leur direction, deux sabres à la main. Le soulagement fut la première émotion que Bjorn ressentit. Toutefois, cet instant fut de courte durée, car un troisième conjurateur sortit de derrière le caveau, une arme braquée sur Fevesh et lui. Bjorn comprit alors que les deux hommes avaient fait diversion et que son entêtement à négocier la paix allait leur coûter quelques heures de rétablissement. Le vrai exorciste fit feu, Bjorn s'interposa devant Fevesh.

En tant que démon, il se devait de protéger son supérieur hiérarchique. Pourtant, et contre toute attente, de grandes ailes sombres firent irruption dans son champ de vision. Fevesh émit un bruit étouffé lorsqu'une balle frappa sa poitrine. L'ange porta sa main à sa blessure comme s'il en était étonné. Du sang noir imprégnait sa paume quand il la retira.

Bjorn se dit alors que c'était la fin pour les émissaires du Vatican. Le juge infernal allait tous les pendre avec leurs intestins et les laisser mourir dans d'atroces souffrances.

Quand Fevesh s'écroula devant ses yeux, son monde s'effondra.

Chapitre 15

Edward

a Vipère s'accroupit, sortant soudainement de son champ de vision. Ed crut tout d'abord que son homme avait encore glissé à cause de sa prothèse, puis il fut obligé de constater que Crystal recueillait un truc sur le bitume.

– Tu collectionnes les immondices maintenant ?

Son compagnon lui offrit une œillade entendue.

– C'est qui le chasseur ici ?

Ed dressa un sourcil, tout en tentant de dissimuler son sourire malicieux.

– Plus aucun de nous, à ma connaissance.

– Joue sur les mots si tu veux… je m'en fiche ! Regarde plutôt.

Sa Vipère lui tendit une petite fiole transparente.

– C'est une bouteille d'alcool miniature.

– Avec ce genre de bouchon ? Allez ! Fais un effort.

À bien l'examiner, Edward remarqua la gravure en forme de croix.

– Je suis à peu près certain que c'est de l'eau bénite.

Ils ne se trouvaient pas très loin de l'enceinte du dôme.

– Les exorcistes… Merde… Bjorn.

Edward sauta par-dessus la haute clôture. Les émissaires n'étaient sans doute pas entrés par là, mais il devait gagner du temps.

– Retourne à la voiture !

– Ne te fous pas de ma gueule ! Viens me chercher, espèce de sangsue égocentrique ! Ed ! Bordel ! Ed ! Va te faire mettre pour que je te suce durant le prochain siècle !

Le presque-immortel ricana dans sa barbe. Son amour pour sa Vipère était si grand que son cœur allait imploser de l'intérieur. Malheureusement, il n'y avait pas de temps à perdre, et si les émissaires du Vatican attaquaient, son compagnon serait à leur merci. Crystal était encore un trop jeune vampire.

Ed pénétra dans le dôme, puis utilisa son odorat pour tracer l'effluve de Bjorn. À tous les coups, il dénicherait les exorcistes au passage.

Edward arriva sur place en moins de quatre minutes.

Toutefois, il était trop tard.

Ces maudits exorcistes étaient déjà passés à l'action et plusieurs détonations s'étaient fait entendre. Le vampire lança son sabre sur l'homme armé. La force de Ed couplée au tranchant de la lame sectionna net les deux bras de leur ennemi. Ce dernier s'écroula en hurlant. Son sang giclait de ses moignons coupés.

Fevesh, qui s'était interposé entre le demi-frère de son patron et l'émissaire, était touché en pleine poitrine par une balle bénite. Il perdit immédiatement connaissance et tomba à genoux. Bjorn demeurait comme immobile, sous le choc.

L'homme menu et le bedonnant sortirent leurs propres armes de dessous leur veste. Crystal les intercepta avant qu'ils ne s'en prennent à Bjorn. La fierté du vieux vampire gonfla dans sa poitrine. Sa Vipère lui réservait toujours plus de surprises.

– Bjorn ! Bordel ! Fais quelque chose ! s'énerva Crys. Et toi…

Son ex-chasseur prodigua à son adversaire malgré sa prothèse la plus belle droite jamais vue de l'histoire. Le choc fut si puissant que deux dents volèrent hors de la bouche du bedonnant.

– Je vais te botter le cul quand on rentrera à la maison !

Ed se joignit à son compagnon avant que le maigrichon n'imagine pouvoir le blesser.

Le presque-immortel jeta un rapide coup d'œil à Bjorn, tandis qu'il déviait le flingue et que l'exorciste tirait dans la cuisse de celui aux avant-bras coupés.

– Bjorn ! s'exclama Ed.

L'intéressé ne répondit pas.

– Bjorn !

Son attention entièrement focalisée sur Fevesh, Bjorn demeurait immobile. Il semblait sur le point de s'écrouler lui aussi.

– Incube de merde ! Bouge !

Bjorn

C'était un cauchemar. Un songe dont il

allait se réveiller, parce que rien sur cette terre ni ailleurs
ne pouvait venir à bout de Fevesh.

C'était… invraisemblable.

Pourtant, l'ange tomba à genoux, sa paume
compressant sa poitrine, avant de finalement s'écrouler.
Son esprit l'exhortait à intervenir, mais son corps ne lui
répondait plus. Il ignorait quoi faire.

Fevesh saignait tellement.

Ce n'était pas… possible.

– Bjorn ! Bordel ! Fais quelque chose ! s'énerva
Crys. Et toi…

La voix familière lui parvint sans pour autant l'ancrer dans la réalité. C'était comme si son âme se séparait de son enveloppe physique. Des piques embrochaient son cœur, ses poumons n'inhalaient plus assez d'air, sa gorge était comme compressée, ses yeux le brûlaient comme s'il allait chialer.

– Bjorn !

Il ne pouvait plus détacher son regard du corps étendu du déchu. Il tentait vainement une connexion, mais n'y parvenait pas.

Fevesh était blessé…

Gravement.

Et il ne savait que faire.

Il ne possédait pas les capacités nécessaires pour soigner le mâle.

Il n'était pas un guérisseur…

Il ne pouvait rien faire.

– Bjorn !

Il détestait l'homme qui se tenait à ses pieds.

Il le haïssait.

Toutefois, il l'aimait également.

Il le chérissait si fort qu'il avait sacrifié une bonne partie de son existence pour lui.

Il l'adorait au point de se mentir en se faisant passer pour le gentil frère altruiste. Au fond de lui, n'appréciait-il pas se persuader que les pactes qu'il contractait avec Fevesh n'étaient pas le fruit de sa volonté ? Ne faisait-il pas exprès de se leurrer ?

– Incube de merde ! Bouge !

La rage explosa, labourant son cœur. Quand il tourna son regard sur les exorcistes, même Edward s'immobilisa. Son pouvoir s'exfiltra de ses veines, ne prenant aucune forme solide.

– Oh… putain ! laissa échapper Crystal.

– Fils de pute ! gueula Bjorn.

Parce que si Fevesh était dans cet état, c'était à cause d'eux. Regal et les démons qui marchaient sur ce territoire s'efforçaient de suivre les règles. Qui étaient-ils pour les juger ?

Les entités inconsistantes émirent un son strident ressemblant à un hurlement avant de passer à l'assaut.

Les yeux d'Edward s'écarquillèrent, il repoussa son adversaire sur le côté et bondit sur son compagnon quelques secondes avant que deux armes sanglantes ne s'attaquent aux émissaires. Les humains tombèrent à genoux. Ils tentèrent de crier, mais les corps astraux de Bjorn maintenaient leur bouche ouverte pour s'insinuer en eux. Les deux exorcistes se tordirent de douleur un moment encore. Puis, la souffrance cessa et tout revint à la normale.

– Toi, dit-il au maigrichon. Retourne au Vatican, ton ami demeurera auprès de Zoran. Transmettez mon message.

Edward et Crystal regardèrent le spectacle, médusés, ignorant ce qu'il se passait réellement. Les émissaires se levèrent comme un unique homme, la peur trop profondément ancrée en eux pour qu'ils puissent émettre le moindre son.

– On les laisse partir comme ça ? questionna Crystal sans s'adresser à quelqu'un en particulier.

Edward jaugea Bjorn une seconde puis posa la main sur l'épaule de son compagnon. Leurs yeux se croisèrent et une conversation muette que seuls deux êtres qui s'adorent infiniment pouvaient entendre.

Bjorn les envia. Il leur en voulait aussi parce que lorsqu'il les regardait, il avait l'impression d'être l'unique personne à ne pouvoir obtenir un tel amour. Il était maudit.

Il s'écroula auprès de Fevesh. Ce dernier s'était à un moment donné redressé pour s'adosser à la stèle. Le constat l'affligea, la plaie ne se refermait pas, elle saignait abondamment.

– Souris, tu pourrais bien te débarrasser de moi finalement.

Bjorn tendit une main tremblante jusqu'au visage du déchu sans oser le toucher.

– Comment est-ce possible ? chuchota-t-il, comme si faire trop de bruit emporterait l'ange.

– Bjorn, emmène-le maintenant ! Regal saura peut-être quoi faire.

L'incube sursauta sous la surprise. Il allait reprendre son bras, mais Fevesh se saisit de son poignet, attirant son attention.

– Pourquoi n'es-tu pas content de te débarrasser de moi ? Je croyais que… tu me détestais.

– Bjorn, bouge de là ou il va crever !

Les mots d'Edward lui donnèrent le coup de fouet dont il avait besoin. Il n'autoriserait pas Fevesh à mourir ici. Bjorn retira son bras de la poigne de l'ange pour le prendre dans son étreinte, sortir du dôme et se téléporter dans l'appartement de son aîné. Les exorcistes avaient quitté les lieux, ses amis ne risquaient plus rien. Ils pouvaient se débrouiller sans lui.

Bjorn se matérialisait dans le penthouse

de Regal, lorsqu'un hoquet de stupeur lui fit redresser la tête. Eden tira sur les cheveux de son compagnon.

– Sa grand-mère la mouette ! Arrête ! Arrête ! Y a ton frangin dans le salon !

Regal se tenait accroupi devant Petit Lapin et lui écartait les cuisses pour atteindre sans grande surprise son érection. Sous cet angle, Bjorn ne voyait rien et il s'en fichait. Tout ce qu'il désirait c'était qu'on vienne en aide à Fevesh, parce que ce connard ne devait pas crever ici… pas par sa faute !

– Fevesh est en train de mourir ! Fais quelque chose ! s'égosilla-t-il en détresse.

Regal pivotait déjà en s'essuyant le coin de la bouche. Eden, lui dissimula prestement ses joyeuses sous un plaid pelucheux.

La colère d'être interrompu en plein milieu de leurs préliminaires était sans doute un motif d'exécution valable. Toutefois, lorsque son aîné constata par lui-même que Bjorn était couvert du sang de Fevesh et que ce dernier pendait, inerte, dans ses bras, la fureur de Regal s'envola.

– Que s'est-il produit ?

– Il m'a protégé des exorcistes. Ils lui ont tiré dessus.

Son frère quitta sa chemise déjà ouverte, la roula en boule et la plaça sous la tête de l'ange tandis que Bjorn l'allongeait.

– Je ne comprends pas… Lorsque tu as été blessé, la lésion s'est guérie en moins de deux minutes.

Regal grimaça, taisant une information qu'il semblait ignorer.

– Qu'est-ce que tu me caches ?

– Je suis un déchu… soupira douloureusement Fevesh en reprenant ses esprits.

L'ange avait perdu connaissance durant la téléportation. L'entendre fut un soulagement, mais sa gorge se pressa aussitôt que son regard se posa sur la plaie béante. Autour de l'impact s'étendait un réseau de veines gonflées et noires, comme si le projectile infectait son plasma.

– Justement, tu es plus puissant que nous. Tu ne devrais pas…

– J'ai perdu la bénédiction des cieux il y a longtemps…

Fevesh serra les dents alors qu'il endiguait une vague de douleur.

– Je ne comprends pas, putain ! Sois clair !

La sensation d'étouffer l'empêchait de penser avec calme. Bjorn repoussait les larmes qui embuaient ses yeux avec tout le courage dont il pouvait faire preuve.

– Il est allergique à tout ce qui est béni. C'est logique étant donné qu'il a été viré de là-haut, lâcha Eden en pointant le plafond de l'index.

Fevesh renifla avec amusement.

– La petite chose médiumnique semble avoir plus de jugeote que toi…

Bjorn n'avait pas du tout envie de rire ou de subir ses moqueries.

– La ferme, putain !

Fevesh poussa un feulement strident et la panique le gagna. Bjorn chercha du soutien auprès de son frère, mais ce dernier paraissait aussi démuni que lui. Eden observait la scène, les paumes plaquées sur sa bouche.

– Eden, appelle la tour et fais venir un médecin au plus vite, ordonna son aîné.

Eden se précipita hors du canapé – le plaid autour de sa taille – pour s'emparer de son portable dans la poche de son jean égaré.

– Regal ! Fais quelque chose !

La voix de l'incube était à présent éraillée et douloureuse. Il savait ses paupières humides, mais peu lui importait, les autres pourraient bien le narguer plus tard, quand il aurait sauvé Fevesh.

– Il faut qu'il tienne le coup jusqu'à l'arrivée d'un docteur. Je n'ai aucune compétence dans ce domaine… tu es au courant pourtant.

Cette fois, Fevesh rit tout bas.

– Quelle ironie… La seule façon pour que je guérisse… koff… est de me ramener en Enfer.

Le juge infernal prit une respiration tremblante.

– Tes démons ne pourront rien pour moi…

L'expression de Regal s'assombrit

– Mais aucun de nous ne peut mettre les pieds là-bas sans être exécuté…

Le juge rit plus fort et s'étouffa avec son propre sang. En prenant la défense de Regal et Eden, même Aligarth ne pouvait entrer dans le bas astral sans subir de préjudices. Les partisans de Beorth et de leur père auraient tôt fait de s'attaquer à lui.

Les iris de turquoise fendus ne le quittèrent pas un seul instant.

– Tu… sais ce que cela signifie.

Le cœur de Bjorn se fractura à ces mots. Regal, qui tentait de retirer la balle, stoppa pour l'étudier.

– Qu'est-ce qu'il veut dire ?

– Je…

Bjorn avait du mal à l'énoncer à voix haute, dans son esprit tout s'embrouillait. Qu'était-il capable de faire pour sauver Fevesh ?

– Je dois choisir entre sa vie et ma liberté.

Regal attrapa les épaules de Bjorn et le secoua vigoureusement comme s'il désirait lui remettre les idées en place.

– N'y pense même pas ! Si papa apprend que tu es revenu, il t'exécutera.

L'incube blond détourna le regard. Il se sentait si mal. La douleur irradiait dans tout son corps.

– Je ne mourrai pas… Il ne m'abattra pas…

– Comment peux-tu en être certain ?

Un court silence s'installa, seulement rompu par la respiration sifflante du juge infernal.

– Je veillerai sur toi, assura Fevesh avec le sourire, à moins que tu ne me laisses périr ici… Je comprendrais… ceci dit.

Le regard de Bjorn se braqua sur le visage de celui qu'il avait considéré comme l'homme de sa vie, celui dont il était tombé éperdument amoureux, celui qui lui avait brisé le cœur en tant de morceaux qu'il ne parviendrait jamais à tous les rassembler.

C'est notre destin. Inutile de se battre contre le courant.

Le souvenir des derniers mots d'une mère résignée. Il aurait préféré se remémorer un autre moment…

Fevesh prit une grande inspiration pour cracher encore plus de sang. Bjorn craignait que le tapis hors de prix non loin soit à présent fichu. Eden, qui était revenu à leurs côtés, posa sa main sur l'épaule de son compagnon.

– Personne ne veut se présenter… ils ont trop peur de Fevesh… Bjorn… je… je suis désolé…

La douleur, l'appréhension et la tristesse contenues dans le timbre de Petit Lapin lui firent du bien. Il sut qu'au moins une personne comprenait ce qu'il ressentait.

– Je vais y aller… Je vais le ramener.

– Ne fais pas ça ! le conjura Regal. Je ne veux pas perdre mon frère. Tu m'excuseras, mais tu es moins important à mes yeux que Bjorn.

Fevesh opina avec le sourire.

– Je n'en attendais pas moins de toi.

Bjorn serra le bras de Regal, celui-ci n'avait pas bougé de son épaule, alors il le déplaça délicatement.

– Je ne peux pas… faire autrement, conclut-il. Il… il est…

– Je… j'ai une idée.

Bjorn redressa la tête, observa Eden froncer les sourcils, puis le regarda s'asseoir sur ses genoux. Son plaid avait disparu, remplacé par un pantalon. Les mains du jeune homme repoussèrent le chiton ensanglanté loin de la plaie comme s'il voulait l'examiner. Les gestes d'Eden étaient peu assurés et tremblants.

– Que fais-tu, petite chose médiumnique ?

– Si je peux absorber l'essence de tes plumes... ne peux-tu pas faire la même chose avec moi ?

– Je ne vois pas...

Le visage d'Eden se métamorphosa et la colère se dessina sur ses traits.

– Il est hors de question que je te laisse mourir sans rien faire ! Je ne veux pas que Bjorn se sacrifie une fois de plus. Je t'interdis de l'emporter ! Tu m'entends !

Fevesh sembla ébahi par la réplique d'Eden. Bjorn déglutit avec difficulté, à la fois reconnaissant et désespéré. Regal, lui, paniqua.

– Tu m'as déjà donné beaucoup de vitalité ! Ne fais pas n'importe quoi...

Bjorn n'avait plus une minute à perdre. Il devait emporter Fevesh au plus vite. L'incube blond s'inclina pour prendre l'ange avant qu'Eden n'offre inutilement son énergie au juge. S'il trépassait par sa faute, il ne se le pardonnerait jamais.

Regal repoussa alors Bjorn.

– Attends !

Bjorn contempla son frère avec scepticisme.

– Regarde.

night Corporation

egarde, lui ordonna son frère.

Les doigts d'Eden effleurèrent le pectoral de Fevesh avec une délicatesse qui lui était propre. L'urgence de la situation le faisait néanmoins trembloter. C'est pourquoi lorsque la pulpe rencontra la peau sensible de l'ange, ce dernier feula de douleur. C'est alors qu'il remarqua l'impensable.

La balle fichée profondément dans la cage thoracique du juge gigotait pour s'en extraire elle-même. Fevesh serra plus fort la mâchoire, ses dents crissèrent les unes contre les autres.

– Tiens bon… je crois que… je crois que je peux la sentir venir… c'est étrange.

Fevesh se cambra, sa peau maintenant couverte de sang, mais aussi de sueur. Ses serres griffaient le carrelage alors qu'il tentait de prendre appui quelque part. Bjorn prit sa main dans les siennes, espérant que cela l'aiderait à surmonter ce moment. La peur le tiraillait, il ne pouvait s'empêcher de se demander s'il faisait le bon choix.

– Tiens bon…

La poigne de Fevesh se resserra autour de sa paume, lui montrant qu'il était conscient de sa présence malgré la douleur.

Le projectile pointa finalement le bout de son nez. Soudain, et comme s'il y était attiré, il alla directement se lover dans le creux de la main du Petit Lapin. Regal observa la scène avec stupéfaction. Bjorn ne parvenait plus à parler. Son cœur battait trop fort, ses émotions écrasaient sa trachée.

– Comment est-ce possible ? questionna Regal.

Eden fronçait les sourcils, semblant réfléchir.

– Je ne sais pas. J'ai juste l'impression que je peux… l'aimanter ? Je ne sais pas comment le décrire.

Il laissa tomber la balle sur le côté, mais assez loin de Fevesh pour qu'il ne se meurtrisse pas avec. Ensuite, Petit Lapin apposa ses paumes au-dessus de la plaie. Rien ne se produisit.

– Merde…

– Tu es humain, comment veux-tu soigner ce genre de blessure ?

Cette fois, l'ange ne résista pas à la souffrance et sombra dans l'inconscience. Bjorn se rapprocha de lui, posant le revers de sa main sur son cœur.

Ne meurs pas… ne meurs pas.

– Je n'en sais rien. Maman me parle tout le temps de magnétisme et d'ouverture des chakras et de je ne sais quoi… je me suis dit que ça allait marcher.

Regal secoua la tête négativement. C'est alors que l'illumination le frappa.

– Appelle l'infection.

– Quoi ?

– Appelle l'infection comme tu as fait avec la balle… ne cherche pas à le guérir. Ce qui le tue c'est la consécration, le pouvoir céleste qui a imprégné le projectile.

Eden opina. Il ferma les yeux, inspira puis expira. Il ne fallut pas plus de quelques secondes pour que la poitrine de Fevesh se soulève, que les veines dégonflent et que le sang cesse de s'écouler de la blessure. Trois gouttes de plasma lévitèrent entre le juge et la paume d'Eden. Ce dernier les emprisonna dans sa main avant de les essuyer contre son jean. Regal se leva pour prendre son compagnon dans ses bras. Bjorn, lui, ne pouvait détacher son regard du corps inerte de Fevesh.

La peur qui le rongeait menaçait d'engloutir les ultimes traces d'espoir, parce que Fevesh ne respirait plus. Sa poitrine ne se régénérait pas. Bjorn invoqua ses facultés dans une tentative désespérée de sauver l'homme qu'il aimait de tout son cœur.

J'accepterai que tu me détruises, mais je t'en prie… vis.

Son pouvoir se manifesta sous la forme d'une mygale famélique et sanguinolente. Eden leva les bras pour que la créature ne lui saute pas dessus pour l'attaquer.

– Euuuuh, tu fais quoi ? demanda le jeune homme d'une voix un peu trop aiguë.

– J'espère reconstituer ses chairs et faire repartir son cœur.

Au même instant, l'araignée s'engouffrait dans la plaie et la refermait grâce à une toile de tissus mous. Petit Lapin émit une sorte de gémissement dégoûté.

– À présent… reste plus qu'à prier les mauvais esprits pour qu'il…

Le monde autour de lui tangua. C'était comme s'il était en train de perdre connaissance.

– Regal… Regal.

Des mains l'empoignèrent.

– Merde, Bjorn. Regarde-moi, qu'est-ce qui se passe ? Tu ne te sens pas… Merde… Eden, rappelle le médecin. Il est blessé. Bjorn ! Bjorn ! Tiens…

Il aurait souhaité obéir, mais son esprit partait en couille. Il ne parvenait plus à réfléchir. Bjorn avait trop donné.

Sans grande surprise, sa vision se troubla. Étrangement, il était conscient de voguer « ailleurs ». Ses forces l'abandonnèrent.

Puis, ce fut le néant.

Chapitre 16

Il se frotta les yeux pour chasser

l'impression étrange de voir à travers le cul d'une bouteille. Il ne se sentait pas très bien après cette fameuse nuit où il avait bataillé sous le dôme démoniaque. Fichues vermines… Ils ne perdaient rien pour attendre. Lorsqu'il ferait son rapport… les foudres de Dieu tomberaient sur leur tête. Il ne laisserait pas la mort de son ami impuni. Il combattrait de nouveau s'il le fallait. Pour le moment, il devait se concentrer sur sa mission première, rapporter les événements à ses supérieurs hiérarchiques.

Le bruit de ses chaussures frappant le sol richement décoré de mosaïques anciennes lui faisait mal au crâne. C'était comme ressentir chaque pas qu'il faisait. Il mit ce malaise sur le compte du vol et du décalage horaire. À son habitude, il suivit le long couloir pour bifurquer à droite puis à gauche, avant de trouver la porte dissimulée au vu et au su de tous. Sa section ne pouvait être découverte par un touriste quelconque. Il actionna le levier qui n'était autre qu'un des nombreux livres de la bibliothèque rudimentaire se tenant là. Ce n'était pas le système le plus ingénieux, il devait le reconnaître. Néanmoins, il faisait son travail.

Plus il s'enfonçait dans les entrailles du bâtiment, plus la chaleur se faisait étouffante. Il ne se sentait pas très bien. Il tenta de s'éponger le front, de réajuster son col à la recherche d'un peu d'air frais, mais n'en trouva aucun. Sa peau collait à ses vêtements et commençait à le gratter. Lorsqu'il pénétra dans la salle de réunion, il était en nage.

Sept hommes l'attendaient, un cardinal, deux archevêques et quatre évêques. Le pape ne se déplaçait pas pour ce genre d'opération, leur branche étant secrète, aucune affaire surnaturelle ne devait lui être associée. Tous assis derrière une longue table, les représentants de l'institution ecclésiastique l'observaient avec ce qui lui semblait beaucoup de mécontentement.

Comme un peu plus tôt, il se frotta les paupières plus vigoureusement. Sa vision se faisait obscure, son champ périphérique lui donnait l'impression de regarder à travers un écran de téléviseur vieillissant.

Le cardinal lui montra un cercle sur le sol dans lequel se trouvait une croix.

– Veuillez vous avancer, Romano.

Il s'exécuta sans mot dire. Désappointer le dirigeant le plus gradé après le pape ne lui causerait que plus d'ennuis, déjà qu'il rentrait sans avoir terminé sa mission... D'ailleurs, il ignorait la raison qu'il l'avait poussé à faire une telle chose. Pourquoi avait-il laissé Silvio et Andrea derrière lui ?

L'un des archevêques croisa ses doigts devant sa bouche comme s'il réfléchissait, puis déclara :

– Nous sommes... surpris. Nous ne vous attendions pas aussi tôt et seul, qui plus est.

Il avait si chaud, il se sentait si mal. Peut-être aurait-il mieux fait de se reposer un peu plus... mais il avait quelque chose à faire de très important... vraiment très important.

– J'ai un message... un message que vous ne pouvez ignorer.

Il promena son regard sur l'assemblée. Les murmures allèrent bon train. Certains n'étaient pas satisfaits de son comportement. Il les comprenait, lui-même ne l'était pas. Pourtant, c'était plus fort que lui. Il DEVAIT leur délivrer cette missive.

– S'il vous plaît, calmez-vous ! ordonna le cardinal d'une voix pompeuse, mais tolérante. Je vous en prie, parlez librement. Nous sommes tout ouïe.

Il ouvrit la bouche, mais alors qu'il allait s'exprimer, les mots restèrent comme bloqués dans son œsophage. Il se racla la gorge, se la massa, mais rien n'y fit. Puis soudainement, il éprouva comme un malaise. Une chose malsaine gonflait en lui, il la sentait. Ses lèvres bougèrent dans une tentative vaine d'enjoindre aux pontifes de fuir.

Une boule obstrua sa trachée. La douleur fut si fulgurante qu'il tomba à genoux. Il avait si mal, son crâne allait exploser. Son corps entier le brûlait. Il entendit alors les exclamations paniquées, les chaises grinçantes tandis que leurs occupants se levaient brusquement. Il les écoutait s'interroger.

Sa tête se renversa soudain en arrière. Il ressentit plus qu'il ne vit des mains griffues et sanglantes sortir de sa bouche ouverte en un cri muet. Sa mâchoire se déboîta en un bruit sinistre. Il voulut hurler, mais une fois de plus, il ne le put.

Une entité jaillit. Son énergie fut comme aspirée hors de son corps. La fatigue fut alors trop forte et le néant l'engloutit.

Aaaaahhhh, il était si bon d'enfin s'extraire

de cette carcasse rachitique. C'était un vrai délice de récupérer sa liberté. Néanmoins, une partie d'elle manquait. Tout comme sa jumelle se trouvant en ce moment même dans le corps de l'autre exorciste, elle devait rapidement retrouver son maître. Il l'attendait. Elle pouvait sentir qu'il était blessé. Il fallait qu'elle regagne son enveloppe originelle.

Mais avant…

– Ce message s'adresse à toutes ces catins d'ecclésiastiques. New York est sous la juridiction du fils de Satan. Si le Vatican souhaite une guerre, il sera annihilé. Vos exorcistes ne font pas le poids contre nous.

L'entité s'empara du cadavre flasque et démembré de l'émissaire rachitique. Pour sortir de son corps, elle s'était nourrie de lui, le suçant jusqu'à la moelle. Plus aucun os n'habitait son enveloppe, plus aucun organe. Il ne demeurait que la peau. Elle l'agita devant leur nez. Une détonation retentit et une balle traversa son crâne inconsistant. Sa gueule s'ouvrit en un ricanement moqueur. Elle ne quitta pas les représentants du clergé des yeux un seul instant. Ces derniers avaient entamé des psaumes pour la répudier. De cela aussi elle en rit. Elle était l'incarnation de l'essence de l'un des démons les plus puissants. Elle ne craignait pas de vilaines prières. Sa patte griffue se métamorphosa en pieu qu'elle lança sur l'inconscient qui avait tiré et l'empala.

– Je pourrais tous vous décimer ici et maintenant !

Le chef des soutanes leva la main comme si un pouvoir psychique pouvait venir à bout d'elle.

– Cesse ce massacre !

– Je ne suis pas ici pour vous tuer…

Son regard tomba sur l'embroché et le flasque.

– Pas tous… Vous êtes prévenus.

– Des représailles doivent-elles être attendues ? questionna le cardinal avec un calme surnaturel.

Ses confrères les moins courageux se cachaient sous la table, d'autres continuèrent de prier, mais aucun ne tenta de la combattre. Ils apprenaient vite.

– Si vous laissez New York en dehors de vos affaires… Mon maître ne fait que vous prévenir. Il n'y aura pas d'autre sommation.

Le bras du vieux retomba le long de son corps.

– J'entends vos menaces, démon, mais…

– Je ne suis qu'une réminiscence de pouvoir, même pas une forme de vie à part entière. Ma conscience naît de l'intention de mon créateur, ma jumelle se trouve dans les locaux d'Ophiuchus et doit déblatérer un discours identique au chef du clan… Je vous donne le temps d'évaluer rapidement ce que vous pensez pouvoir défier impunément.

Le cardinal ne laissa rien transparaître, ce ne fut pas le cas pour les autres membres de l'assemblée.

– New York est perdu pour le Vatican.

Un sourire fendit sa face informe.

– Bien, je vois que vous êtes un homme avisé.

L'entité gonfla, gonfla, gonfla.

Soudain, elle explosa en répandant sang, chair et os partout dans la salle de réunion.

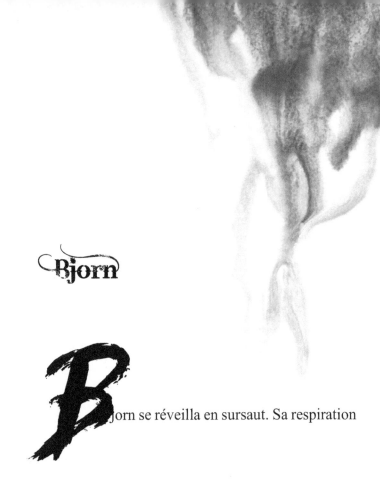

Bjorn

Bjorn se réveilla en sursaut. Sa respiration était courte, ses poumons en feu, la douleur l'élançait par vagues régulières et la fatigue rendait ses paupières lourdes.

– Tu reprends enfin connaissance.

Son regard tomba au pied du lit. Regal se trouvait non loin, dans un élégant fauteuil en cuir, les jambes croisées, son coude gauche en appui sur l'accoudoir, sa tête contre son poing. Il paraissait plus ennuyé qu'autre chose.

– Qu'est… ce qui s'est passé ? interrogea Bjorn, se souvenant surtout de ce que son entité démoniaque lui avait transmis plutôt que des dernières heures.

Son estomac gargouilla, la faim se faisait plus pressante. Le regard de Regal se posa sur son ventre puis retrouva son visage.

– Tu l'aimes.

Bjorn imita la grimace de Regal. Ce n'était pas une question, mais il y répondit comme telle.

– Oui.

– Pourquoi ne suis-je pas au courant ?

– Parce que je n'en ai pas le droit.

Sa ride du lion s'accentua, signifiant qu'il n'appréciait pas ce qu'il entendait.

– Pas le droit de me le dire ?

Son démon de frère semblait en être attristé.

– Non, d'éprouver des sentiments à son égard.

Regal opina.

– Il te détruira, Bjorn.

– C'est déjà fait… c… comment va-t-il ?

Son aîné se pencha en avant, son visage se métamorphosa et l'inquiétude déforma ses traits.

– Bjorn ! Tu as failli mourir ! À cause de lui !

– Quoi ? Non, il m'a protégé.

Regal secoua la tête négativement.

– Tu as pris une balle toi aussi, mais tu étais si angoissé pour Fevesh que tu n'y as même pas prêté attention. Ton corps n'arrivait pas à se régénérer. Ça fait une semaine que tu dors… que VOUS dormez tous les deux !

Une vague de soulagement envahit l'incube blond. Fevesh s'en était sorti, et c'était tout ce qui comptait pour lui.

– Comment est-ce possible ? reprit Regal. Et ne me raconte pas de conneries ou je te broie le crâne.

Bjorn détourna le regard, il ne pouvait affronter celui de son frère.

– Même quand tu me brises les lucioles, je tiens à toi. Ne meurs pas inutilement. Je t'aime toi aussi, d'accord ?

La sincérité de son aîné le désarçonna.

– J'ai trop honte pour te narrer ce qu'il s'est passé avec Fevesh, mais mes sentiments pour lui sont destructeurs, notre relation toxique et ses besoins cruels.

– Mais qu'en est-il des tiens ?

Bjorn ne répondit pas tout de suite.

– J'avais besoin de rédemption.

Il renifla.

– C'est con pour un incube…

– Assez, oui.

Regal se leva pour s'asseoir sur le lit.

– Ne le laisse pas te dévaster, tu es le démon le plus honorable que je connaisse. Je ne veux pas te perdre, et cela ne concerne en rien tes capacités à faire ton travail. Je sais que je suis accaparé par Eden, mais je ne t'abandonnerai pas. Juge infernal ou non. Ne passe plus de pactes avec lui… Et nourris-toi, on ne peut pas être deux affamés ici.

– Je vais gérer.

Regal ne se leurrait pas.

– Tu n'es pas seul, Bjorn.

Un sourire naquit sur ses lèvres, l'entendre de la bouche de Regal lui faisait du bien.

– Merci.

– Pourquoi es-tu si faible ? O.K, tu as faim, mais la balle n'aurait pas dû te meurtrir autant.

Bjorn se racla la gorge.

– J'ai lancé deux entités sur les exorcistes. La première vient tout juste de revenir du Vatican. Nous serons tranquilles pour un moment maintenant. La seconde ne tardera pas. Elle est chez Zoran.

Les yeux de Regal s'écarquillèrent.

– Tu as…

Il se pinça l'arête du nez, ce qui ne signifiait rien de bon. Alors, quand il explosa de rire, Bjorn ne sut comment l'interpréter.

– Merde alors… j'ai été aussi nul que ça ?

– Non, tu dois te soucier d'Eden.

– Merci d'avoir fait mon travail. Edward m'avait parlé de ton attaque, mais il n'avait pas compris à quoi servaient les choses que tu as créées. Je suis content que tu sois dans mon camp.

C'était la première fois qu'un démon reconnaissait sa valeur. Le compliment remplit Bjorn de joie. Il avait le sentiment d'être utile, à sa place, et c'était bon.

– La révolte vient des Bas-Fonds, lui annonça-t-il.

– Je vais m'en charger.

– Non. J'aimerais terminer le travail que tu m'as donné. Ça me tient à cœur. S'il te plaît.

Regal réfléchit, puis opina.

– Entendu, mais repose-toi avant. Il nous reste encore un peu de temps.

Il fit un rapide calcul de tête et comprit que le « peu » n'était pas une figure de style.

– As-tu avancé dans tes recherches ? demanda Bjorn pour faire la conversation.

Le mâle soupira.

– Non… mon seul moyen de maintenir Eden en vie… c'est Fevesh. Le seul moyen de vaincre Beorth, c'est moi-même épaulé de mes alliés. Je dois me nourrir pour triompher et Eden s'épuise. Je ne vais pas avoir le choix.

Bjorn hésita à lui dire qu'il avait fait le nécessaire. Fevesh leur donnerait ses plumes et donc assez d'énergie pour qu'Eden demeure en bonne santé, du moins jusqu'à l'arrivée de Beorth. Ensuite, ils devraient aviser.

– Ne vends pas ton âme à Fevesh. Il te prendra tout. J'en sais quelque chose…

Bjorn bâilla à s'en décrocher la mâchoire. La fatigue le rattrapait, et maintenant qu'il était certain que tout le monde était en sécurité… il pouvait se détendre. Regal tapota sa cuisse.

– Repose-toi et ne te fais pas de soucis pour moi. Je vais organiser une rencontre pour que tu te nourrisses.

– Non, le coupa Bjorn. Je me débrouille.

Regal hésita en l'examinant un instant.

– Soit, je respecte ta volonté. Mais fais-moi plaisir… Baise rapidement.

Chapitre 17

Regal

Lorsque son téléphone sonna, Regal ne fut

que peu étonné de constater qu'il s'agissait de son bras droit. Avec ce que lui avait annoncé son crétin de petit frère, il n'était pas au bout de ses surprises.

– Laisse-moi deviner. Un exorciste est mort devant Zoran et il nous cherche la merde.

Un silence de quelques secondes lui répondit.

– Je ne vais même pas te demander comment tu le sais. Toutefois, je ne vais te contredire qu'à moitié, il n'a pas fait que crever… il a littéralement explosé.

Regal put distinguer une note d'amusement dans la voix de son second. Eden dirait que ce n'était pas bien de se réjouir de la mort d'un individu. Regal, lui, dirait plutôt qu'ils étaient des créatures de la nuit avec un humour approximatif. Normalement, ils n'auraient pas dû attendre qu'il explose, ils auraient dû lui enfoncer eux-mêmes un pétard dans le cul et entamer une danse de la joie sous une pluie de sang.

– Oui, l'entité de Bjorn lui a délivré un message pour le moins limpide apparemment.

– Comment se porte notre empêcheur de tourner en rond ?

Regal arpenta le couloir pour se rendre dans la cuisine où il trouva Eden en train de touiller son café au caramel, nouvelle lubie odorante et un peu désagréable tant l'odeur saturait l'air. L'incube entoura les hanches de son compagnon. Ce dernier posa sa tête contre sa poitrine tandis que lui plaçait son menton au sommet de son crâne.

– Presque bien. Fatigué. Il me fait des cachotteries…

– Il est incapable de nous trahir.

– Je ne parlais pas de ce genre de mystères, plutôt de secrets qui le mettraient en danger.

Eden embrassa sa mâchoire, ce qui lui permit de se rendre compte qu'il avait commencé à se balancer de droite à gauche comme s'il voulait les bercer. De l'autre côté du téléphone, Ed soupirait.

– Chaque chose en son temps. Nous verrons ce qu'on peut faire pour lui après. Petit Lapin va devoir veiller sur nos convalescents. Zoran demande une entrevue. Il se trouve actuellement à l'accueil. Rose est en train de paniquer.

– J'arrive. Fais-le venir dans mon bureau. Ne le désarme pas.

Regal raccrocha, les yeux d'aigue-marine lui brûlaient la peau sous le regard insistant d'Eden.

– Je t'écoute, mon ange.

– Bjorn t'a parlé ?

Il lui raconta brièvement sa conversation, mais tout ce qui en résulta fut de la colère. Eden aimait énormément son frère, il le considérait comme un membre de sa famille.

– Je dois partir, je te laisse les surveiller… mais s'il te plaît, ne défie pas Fevesh s'il se réveille.

– Mumm.

Eden embrassa avec passion son amant.

– Fais attention à toi. S'il manque ne serait-ce qu'un bout de ta personne à ton retour, je te coupe les testicules.

– Ça promet.

Lorsqu'il quitta Joli Cul, il nota que ce dernier ne lui avait rien promis.

night Corporation

Crystal

Crystal détestait cet instant. Le bureau de

Regal était plongé dans le silence le plus total. Personne ne voulait faire l'effort d'entretenir la conversation, quoique ce soit sans doute pour le mieux. Il avait revu son père et sa demi-sœur depuis sa transformation, mais aucun d'eux n'avait eu l'audace de se présenter directement à la tour.

Apparemment, ni Mirabelle ni Zoran n'avait apprécié le petit cadeau de Bjorn. Enfin, leurs œillades meurtrières pouvaient tout aussi bien lui être adressées par dégoût.

– Je vois que tu te portes bien, finit contre toute attente par lancer son père.

Crys chercha du regard son vampire, mais Edward ne quittait pas un seul instant le chasseur des yeux. Il pouvait presque éprouver sa colère. Il détestait le voir aussi sombre. L'ex-chasseur s'était habitué à le voir sourire pour lui.

– Allons, ne peux-tu pas t'exprimer sans le concerter ? trancha le chef d'Ophiuchus. N'es-tu donc pas doté d'un minimum d'intelligence ?

Mirabelle renifla, moqueuse. Cette ruse ne prit pas, Crystal connaissait par cœur leurs méthodes. Ed ne semblait pas encore l'avoir compris en revanche. Crystal s'adossa à la baie vitrée en croisant les bras sur sa poitrine.

– Je m'étonne seulement que tu prennes de mes nouvelles. Tu ne t'inquiétais déjà pas pour moi avant que je devienne un vampire, alors maintenant… mais oui, comme tu peux le constater, je me porte à merveille.

Son père le toisa.

– Je n'ai jamais dit que j'en étais satisfait.

Un grondement bas échappa à son compagnon. Zoran le foudroya inutilement. Le sourire de Crys barra son visage d'une oreille à l'autre.

– Ce qui est prodigieux avec les prothèses bioniques dernière génération de Knight Corporation reste qu'elles me permettent sans difficulté de bouger l'entièreté de mon bras et de ma jambe. Tiens, regarde.

Zoran reporta son attention sur Crystal qui lui faisait un doigt d'honneur métallisé. La colère déforma les traits de son géniteur. Il fit mine de porter sa main à son holster d'épaule, mais Regal apparut dans une sorte de déformation de l'air. Il se saisit de la main du chef de clan, l'arrêtant avant même qu'il n'ait pu mettre Crystal en joue.

— Je ne ferais pas une chose aussi stupide si j'étais vous.

Zoran recula comme si le démon l'avait brûlé, mais ne dégaina pas son pistolet.

— Ne me touche pas, suppôt de Satan !

Il devait l'avouer – bien qu'il ne le ferait jamais devant Ed sous peine d'une crise de jalousie –, mais l'incube possédait une certaine classe.

— Je trouve que vous exigez beaucoup… pour un humain. En outre, me traiter de suppôt de Satan alors que je suis son fils revient à traiter un chien de bâtard… Vous noterez la subtilité.

Regal continua sa route pour rejoindre son bureau. Tourner le dos à Zoran ne lui posa aucun souci. Là encore, il devait saluer la performance. Regal ne craignait pas son géniteur, il s'amusait même de sa présence.

— Je ne vous propose pas de rafraîchissements, poursuivit-il une fois installé derrière son secrétaire. Je suppose que vous n'y toucherez pas.

— Non, en effet.

— Soit. Nous gagnerons du temps. Que faites-vous donc ici ?

Zoran redressa la tête et bomba le torse.

— J'ai reçu votre message, et je viens moi-même vous en délivrer un.

— Je vous écoute, puisqu'il semblerait que vous ayez pris la peine d'entendre le mien.

Un sourire narquois étirait les lèvres du démon, Edward ne put s'empêcher d'exhiber le même sourire. Zoran les jaugea à tour de rôle.

— Je ne suis pas enclin à accepter votre autorité. Pliez-vous à Ophiuchus et aucun mal ne vous sera fait.

Regal en demeura soufflé.

– Non, mais tu n'es pas sérieux ! s'énerva Crystal. Qu'est-ce qui se passe dans ta putain de tête ? Tu veux faire tuer le clan tout entier ?

L'incube se contorsionna sur son siège pour le regarder. Crys crut qu'il allait le réprimander, mais il n'en fit rien. En fait, il semblait trouver cette conversation très drôle.

De son côté, Zoran émit un « tss » bref et agacé.

– Ne parle plus en ma présence ! Ne t'adresse plus à ceux qui te sont supérieurs en tout point.

La colère de Crys bouillonnait au fond de ses tripes. Il aurait souhaité juste un instant les pouvoirs de Bjorn et lui éclater la cervelle. Il détestait tellement cet homme. Il voulait le voir mort. Le fait qu'il respire était un outrage à la vie.

– Je peux le descendre maintenant ? demanda avec calme son compagnon.

Regal se rencogna dans son siège.

– Crystal, qu'en penses-tu ?

Que l'on requière son avis alors qu'il n'était qu'un bébé vampire le désarçonna. Cela lui fit même oublier que Regal avait utilisé son nom complet. Sa bouche s'ouvrit et se ferma comme s'il manquait d'air.

– Ça change quelque chose ?

– Oui.

Le regard de Crys se posa sur son géniteur qui le foudroyait avec dégoût. Sa demi-sœur quant à elle ne paraissait pas du tout rassurée. Des deux, Mirabelle était celle qui comprenait le danger qui les menaçait.

– Vous parlez comme si vous possédiez le moindre pouvoir sur mon autorité. Vous n'êtes qu'un petit incube de bas étage ! Ployez le genou et retournez en Enfer. Je me montrerai alors peut-être clément avec les vampires qui se trouvent sous votre coupe.

Regal agita la main comme pour balayer sa réplique. Il ne l'avait pas quitté des yeux, et soulignait ainsi où allait son intérêt.

– Crys, deux options s'offrent à toi. Soit je décime la totalité des chasseurs d'Ophiuchus et offre la vie sauve à ton…

– Il n'est pas mon père, seulement mon géniteur.

Un énorme sourire étira ses lèvres.

– En effet. La seconde éventualité est que je tue Zoran et ta demi-sœur. Quoi qu'il arrive, Ophiuchus sera démantelé pour que tous les autres clans de chasseurs comprennent une bonne fois pour toutes que je suis clément de les accepter sur mon territoire. Le Vatican ne les suivra plus maintenant qu'ils ont reçu le même message.

L'ex-chasseur reporta son attention sur ces gens qui partageaient son sang, son ADN, mais aucunement ses convictions. Zoran dégaina finalement son arme et la braqua sur Regal. Ed eut un mouvement d'hésitation pratiquement imperceptible lorsqu'il crut que le chef de clan visait Crystal.

– Je te descendrai avant.

– Je vous en prie, faites-vous plaisir… Que je m'offre le loisir de vous faire souffrir.

Mirabelle posa sa main sur le bras tendu de son père.

– Papa… nous ne sommes pas… ici pour nous battre.

Zoran étudia sa fille. Ses yeux se plissèrent et le mécontentement fit tressauter sa paupière gauche.

– Tu as raison, nous sommes juste venus délivrer notre message.

Son regard s'ancra à celui de Regal.

– Je vous laisse deux jours pour quitter New York. Nous allons donc…

Zoran décala légèrement la trajectoire de son arme et tira sans sommation. Regal, qui se trouvait quelques mètres devant lui, intercepta la balle avant que cette dernière se fiche directement dans son épaule. Le démon broncha à peine. Les chasseurs le contemplèrent avec ébahissement, ils n'auraient jamais pensé qu'un démon se donnerait la peine de protéger un « sous-fifre ». Puis, son géniteur reprit ses esprits et rangea son arme.

– Ce sera la compensation pour la vie de l'exorciste que vous avez tué.

Les deux humains se détournèrent pour quitter le bureau. Crystal ne sut pas à quoi ils s'étaient attendus en agissant de cette manière, parce qu'évidemment Edward leur barrait la route.

– Ophiuchus est dissout, annonça son vampire.

Zoran fit mine de se saisir de nouveau de son arme, mais Regal fut sur lui en un rien de temps, se téléportant d'un bout à l'autre de la pièce. Le mâle exécuta une prise d'étranglement sur son géniteur tandis que Mirabelle dégainait son Glock. Edward s'en empara sans la moindre difficulté.

– J'attends de pouvoir te buter depuis un petit moment déjà. Je vais y prendre beaucoup de plaisir.

– Non ! Arrêtez.

Crys se figea, comme l'entièreté des personnes présentes dans la pièce.

– Ma Vipère…

Il eut un instant d'hésitation ébahie.

– Je… je ne crois pas vouloir les voir mourir.

Edward renifla avec amusement.

– Je le sais.

La balle qui avait touché Regal chuta en rebondissant sur le carrelage. Zoran, quant à lui, tentait de tirer sur le bras du démon afin de pouvoir respirer.

– Dois-je éradiquer Ophiuchus de l'intérieur ?

En d'autres termes, exécuter Glen et tous les autres. Même s'ils n'étaient plus collègues et que la plupart d'entre eux le détestaient à présent, il ne désirait pas leur trépas, pas à cause des décisions débiles de Zoran.

– Non, le bâtiment suffira.

– Zoran continuera à nous menacer. Je ne peux le tolérer.

– La mort est une délivrance. Il doit vivre pour regarder son clan disparaître.

Regal chercha dans son regard une sorte de réponse, il dut la trouver, car il déclara :

– Soit.

Regal relâcha son géniteur. Alors que ce dernier perdait l'équilibre, le démon posa son index et son pouce juste au-dessus des vertèbres cervicales et exerça une légère pression. Le craquement sinistre sembla se répercuter sur la paroi des murs. Le corps flasque de Zoran bascula et chuta dans un bruit sourd.

– Pèèèèèèrrrreeee ! Mon Dieu, non !

Crystal contempla son géniteur, s'il n'avait été un vampire, il n'aurait pas capté son pouls et n'aurait pas su tout de suite qu'il était toujours vivant.

– Il regardera le déclin d'Ophiuchus comme tu l'as demandé, conclut Regal. Maintenant, que faisons-nous d'elle ?

Mirabelle, qui s'était jetée sur Zoran, redressa la tête, la peur marbrait ses traits. De grosses larmes se mirent à couler, hormis leur lien de sang du côté paternel, elle ne possédait rien en commun avec Crystal. Ils ne s'étaient même jamais appréciés.

– N… n… ne fais pas ça… dis-leur… Si je meurs, le clan cherchera à se venger !

De la morve pendait de son nez, ce qui lui parut assez pathétique.

– Combien de fois as-tu essayé de me tuer pour obtenir ma place auprès du clan ? questionna-t-il pour faire durer un brin le plaisir.

Ed lui déteignait peut-être un peu trop dessus.

– Ce… ce n'était pas pareil.

– Non, en effet, parce que si je le veux, tu mourras ! Moi ? J'ai survécu.

Crys fit tourner sa prothèse devant ses yeux, comme s'il l'examinait.

– Difficilement, j'en conviens.

– Alors, prends tes responsabilités et tue-moi de ta main ! Sale traître à ton sang.

L'insulte ne lui fit ni chaud ni froid. Il aurait fallu qu'il se sente concerné pour cela.

– Tu vas démanteler Ophiuchus toi-même. Tu as deux jours, ensuite les locaux brûleront. Si nous entendons que le clan se reconstruit, tu pourras dire adieu à la vie. Je viendrai moi-même avec ma dague et te trancherai la gorge. Je laisserai ton corps à la vue de tout le clan. Si cela ne suffit pas… Regal fera ce qu'il désire de vous tous.

La porte du bureau s'ouvrit sur Mex[30], leur agent de sécurité.

– Ramène mademoiselle Fuller et son père chez eux, je te prie.

Le mâle se plia en une révérence élégante, puis exécuta les ordres de son patron.

– Voilà une affaire de réglée, conclut Regal avec satisfaction. À la suivante.

---

[30] Je sais que vous ne vous souvenez pas de lui, mais je vous assure, il apparaît au début du tome 1.

Chapitre 18

Eden

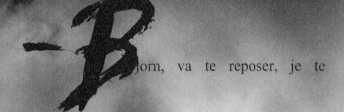

—Bjorn, va te reposer, je te préviendrai lorsqu'il sera réveillé.

Je lui tendis l'un des shakers opaques de Regal. Depuis quelques mois, ces trucs moches comme la peste remplissaient un placard entier de la cuisine. Pour plus de fun, j'en avais commandé des rigolos sur Internet et celui-ci affichait fièrement « Chantilly de licorne maison », en dessous de l'inscription une licorne rose à la chevelure arc-en-ciel se tenait sur ses pattes arrière, l'avant droite dissimulait à moitié son sourire, l'autre tenait une petite bite mignonne sous laquelle pendaient ses deux olives. Ce n'était pas le préféré de mon homme, mais moi je trouvais l'idée hilarante. Bjorn, dont le teint se rapprochait du livide, voire du mort-vivant, me sourit avant de s'en saisir.

– Merci, qu'est-ce que c'est ?

Je grimaçai.

– Tu n'as pas l'air de vouloir quitter l'appartement pour te nourrir, alors je t'ai fait ce que Regal mange quand il a faim.

Bjorn imita ma moue.

– Je ne…

– Je sais… C'est dégoûtant, mais ça m'a vraiment coûté de te préparer ça. J'ai l'impression d'avoir commis un meurtre, même si au final c'est de la viande de bœuf et du sang humain récolté par l'entreprise. S'il te plaît, bouche-toi le nez et mange. Au moins, tu retrouveras un peu de forces.

Je le montrai dans son entièreté.

– Tu vas bientôt tomber dans les pommes. Tes mains tremblent comme si tu étais un toxico en cure, mais surtout… tu ne fais plus de blagues. Je m'inquiète vraiment. Ou alors, je te commande un Pakistanais ?

– Tu dois réellement te faire du mouron pour me tendre la perche comme ça.

Je savais pertinemment que cette anecdote resterait ancrée pour l'éternité, autant que je m'en accoutume. Le petit frère de mon compagnon examina le shaker puis renifla à la vue du logo.

– C'est toi qui l'as acheté ?

– Mouais, évidemment.

Bjorn prit une grande inspiration, décapsula le bouchon rattaché au récipient et avala plusieurs gorgées sans mâcher ni respirer. Une fois fait, il claqua sa langue contre son palais comme si le goût y demeurait imprégné.

– Je pensais vraiment que ce serait mauvais. Que je détesterais… mais ce n'est pas le cas et… je ne sais pas quoi en penser. Qu'est-ce que ça fait de moi ?

– Euhm, un démon, je suppose. Si cela peut te rassurer, je n'ai égorgé personne pour te le préparer, alors…

Le sourire de Bjorn s'élargit, mais je ne me leurrais pas, ce dernier n'atteignit jamais ses yeux. Puis, l'incube se leva et me serra l'épaule.

– Merci de me remonter le moral, Petit Lapin. Je vais avaler ça et dormir un peu. Tu veux bien le surveiller pour moi ?

– Je ne bouge pas.

Je regardai Bjorn sortir de la chambre d'ami avec inquiétude. Plusieurs minutes s'écoulèrent durant lesquelles je me demandai s'il n'aurait pas été plus simple de laisser mourir Fevesh. Je n'avais jamais vu Bjorn aussi malheureux…

Je soupirai, parce qu'au fond de moi, j'étais incapable de désirer son décès. D'un autre côté…

– Je ne pensais pas qu'un humain me sauverait la vie.

Je me redressai sur la banquette matelassée qui longeait la baie vitrée.

– Remercie plutôt Bjorn. J'ignorais que j'étais capable de faire une telle chose.

– Remercier ? Pour quoi faire ?

Je haussai les épaules, tout en tentant d'endiguer l'agacement que je ressentais. Les mots de Regal me revenaient à l'esprit et la colère gangrena petit à petit mon cœur.

– Peut-être parce qu'il t'est si attaché qu'il était prêt à retourner en Enfer pour toi. Il était prêt à se sacrifier… N'en es-tu pas reconnaissant ?

Fevesh déploya ses ailes dans le lit et renversa la lampe se trouvant sur la table de chevet. J'adorais cet objet. J'ajoutai donc une nouvelle croix rouge dans le tableau nommé : « Dois-je apprécier ou non Fevesh ? » Sans mentir, il commençait à avoir plus de mauvais points que de bons. Après tout, le juge ne m'avait pas sauvé la vie par gentillesse. D'ailleurs, ressentait-il ce genre de sentiment ?

– Ce sont des émotions humaines qui ne me concernent pas. Ce sont ses choix, des choix qui impliquent des responsabilités. Il doit les endosser.

Ma poitrine me serra si fort que je crus étouffer. Moi qui pensais que ma relation avec Regal était compliquée, je n'osais imaginer ce que Bjorn endurait.

– Je croyais que tu tenais à lui… Que se serait-il passé s'il était retourné en Enfer pour te sauver ?

L'ange arracha l'une de ses plumes mourantes. Puis, ses ailes partirent en fumée, ses cornes et ses pattes d'oiseaux de proie firent de même, ce ne fut qu'ensuite qu'il s'adossa à la tête de lit.

– Satan aurait demandé son exécution.

J'écarquillai les yeux parce qu'entendre une telle absurdité sortir de la bouche du juge me rendait fou de rage.

– C'est la première fois que je vois ton aura s'obscurcir autant, c'est adorable.

– Ce… Ce n'est pas adorable ! Je suis en colère.

Je tentai vraiment très fort de ne pas hurler. Les cris alerteraient Bjorn et je voulais terminer cette conversation.

– Comment peux-tu demander à Bjorn qu'il accepte de mourir pour toi ?

– Je suis son supérieur hiérarchique. Il y a des milliers de démons, mais qu'une poignée de déchus. C'est son devoir.

Son sourire s'agrandit.

– On aurait dû te laisser crever dans le salon.

– Je t'assure que vous l'auriez regretté.

Je plissai les yeux.

– C'est une sorte de menace ?

Fevesh rit avec un amusement sincère.

– Non. Tu sais… aucun humain n'avait jamais osé me réprimander comme tu le fais.

Je haussai les épaules.

– Bjorn est un membre de ma famille et je l'aime, alors je parlerai franchement. Ne lui demande plus de s'abandonner pour toi. Arrête d'écraser son cœur, de bafouer ses sentiments.

– Dit celui qui a le plus profité de son sacrifice.

Je sentis mes joues chauffer. Je ne pouvais le contredire sur ce point.

– Je n'ai pas voulu qu'il le fasse.

– Mais, il a pris ses responsabilités. C'est le même principe. Prends.

Eden observa la plume mourante et noire comme l'encre.

– Pourquoi ?

Fevesh lui sourit.

– C'est la contrepartie.

– Alors, je n'en veux pas.

Fevesh fronça les sourcils, il fit tournoyer la rémige entre son pouce et son index.

– Tu as raison. Le prix de ma vie est bien plus élevé qu'un camp…

– Je n'en veux pas parce que je n'aide pas les autres en attendant une contrepartie. Je le fais parce que j'en ai envie. Parce que leur vie compte à mes yeux. Est-ce que tu comprends ? Tout n'est pas qu'intérêt.

Fevesh demeura un long moment silencieux et je lui accordai ce temps de réflexion. Je ne voulais pas perdre espoir. J'espérais qu'il comprendrait mon point de vue.

– C'est infructueux ! Si tu ne prends pas ma plume, Regal te tuera.

– Je ne la prendrai que si tu me l'offres de toi-même et pas parce que je t'ai sauvé la vie. On va peut-être plus vite avec ta façon de penser, mais avec la mienne, on va plus loin. Parce qu'on est ensemble pour affronter les difficultés. On est unis et soudés. C'est pour ça que je ne veux plus voir Bjorn souffrir par ta faute.

Fevesh hésita.

– Une fois la sentence de Satan prononcée, je l'aurais réclamé en tant que Favori. Il ne serait pas mort.

Il me fallut plusieurs longues et interminables secondes pour enregistrer l'information.

– F… fa… Favori comme… Comme le statut d'Edward pour sa reine ?

L'ange laissa tomber sa tête sur le côté. Le geste me fit penser à une chouette.

– Presque, chez les vampires, le Favori siège aux côtés de sa reine même s'il ne possède aucun pouvoir exécutif. Les nôtres sont juste la pièce maîtresse de notre harem. Ils changent au gré des envies de leur…

– Ne te fous pas de ma gueule ! le coupai-je en hurlant cette fois.

Mon souffle se fit court, mon cœur battait la chamade.

– Tu le prends pour ta pute ! Comment peux-tu le considérer avec aussi peu de respect !

Les pupilles de Fevesh s'arrondirent pour retrouver leur forme en un éclair.

– S'il était resté en Enfer, son destin d'incube était tout tracé. Je ne comprends pas ce qui te perturbe.

Mes yeux se remplirent de larmes. Je ne voyais plus très bien l'expression de l'ange et je m'en fichais. Je m'étais trompé, Fevesh était une cause perdue.

– Parce que tu lui réserves un sort pire que la mort !

Je quittai la pièce, ne pouvant supporter une minute de plus sa présence. Mon âme hurlait pour mon ami. Mon Dieu, je n'avais pas réalisé à quel point Bjorn souffrait. Lui qui était toujours souriant, qui remontait le moral de tout le monde avec ses blagues et qui agaçait prodigieusement mon compagnon… Comment pouvait-il porter une telle peine sur ses épaules ?

– Eden ?

Bjorn se tenait dans le couloir.

– Bjorn… je suis si désolé.

Son expression inquiète me fit détourner les yeux. L'incube parcourut la distance qui nous séparait, me saisissant par les épaules.

– Qu'est-ce qui ne va pas ?

Je reniflai pour éviter que de la morve ne coule de mon nez.

– Ne le laisse pas te détruire, s'il te plaît.

– Qu… quoi ?

Son regard se tourna vers la chambre qu'occupait Fevesh. Il me lâcha et s'y engouffra.

– Feve… Merde…

Je restai dans le couloir, les bras ballants. Lorsque mon ami ressortit, il tenait une plume entre ses doigts.

– Je crois qu'il a laissé ça pour toi.

Je fronçai les sourcils.

– Il est parti ?

Bjorn acquiesça. Je baissai la tête, mon regard se braquant sur mes pieds.

– Ne t'en fais pas, il reviendra bien assez tôt ! Ce type est un peu comme la poisse, elle finit toujours par te revenir dans la gueule à un moment ou à un autre.

Chapitre 19

Quelques jours plus tard

Bjorn

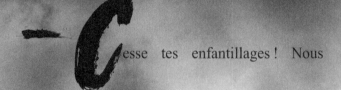

—Cesse tes enfantillages ! Nous

avons un accord.

Bjorn s'empara du shaker qu'Eden lui avait offert deux jours auparavant. Il n'était pas décidé à satisfaire Fevesh. Il avait bien conscience que résister à la faim dévorante deviendrait de plus en plus dur, qu'il finirait bien par craquer. Mais avant ça, il ferait languir le déchu un maximum. Qu'importe ce qu'il adviendrait ensuite. Il voulait qu'il l'ait dans la peau. Il désirait que Fevesh ressente la même frustration que lui, le même besoin. Il voulait l'entendre le supplier – quand bien même ce serait une prière vaine.

– Tu n'as pas besoin de moi pour te satisfaire. Je dois partir pour les Bas-Fonds, alors si tu veux bien… me foutre la paix, ce serait génial.

Bjorn pivota pour quitter la cuisine, mais Fevesh lui bloquait le passage. Son corps immense percuta le sien si fort que cela le fit reculer contre le meuble. L'ange s'inclina, ses mains se saisirent de ses cuisses pour le soulever et l'asseoir sur le plan de travail.

– Ne te moque pas de moi, incube… Tu ne peux pas y aller dans cet état. Regarde.

La main de Fevesh glissa jusqu'à son membre qui – ce sale traître – s'éveilla à son contact. Bjorn renifla, posa sa tête sur son épaule, las de tout ça.

– S'il te plaît, retourne en Enfer.

– Pourquoi ferais-je une chose pareille ?

Les doigts de son ex-amant trouvèrent le pan de son t-shirt, lorsqu'ils entrèrent en contact avec sa peau, cette dernière s'électrisa. Une douce chaleur naquit au creux de ses reins, ses testicules se contractèrent et il manqua de jouir sous ce simple contact.

– Parce que contrairement à ce que la plupart des gens pensent, ma bite n'est pas l'hémisphère de mon cerveau qui fonctionne le plus.

Fevesh se recula légèrement. Il prit son menton en coupe, puis se rapprocha de façon que leurs lèvres s'effleurent.

– Mais tu as envie de moi.

Bjorn sourit.

– Oui.

Il ne le nierait plus jamais. Parce que c'était inutile. Pas après ce qu'il s'était produit sous le dôme. Tout le monde était au courant de ce qu'il ressentait.

– Alors, arrête de me repousser ! gronda l'ange avec irritation. Je te veux maintenant. Tu es faible, tu ne pourras pas combattre s'il arrive quoi que ce soit dans les Bas-Fonds.

Bjorn contempla le visage de l'ange, mais n'y trouva aucune expression. Comme à son habitude, Fevesh n'exprimait rien, pas l'ombre d'une angoisse, d'une moquerie ou de colère.

– Parfois, j'aimerais me dire que tu dis de telles choses parce que tu tiens à moi.

Fevesh ouvrit la bouche, mais Bjorn le coupa net en l'embrassant chastement. Il ne pourrait se torturer de la sorte sans en payer les conséquences.

– Et pas seulement parce que tu me veux comme trophée. Mais c'est une illusion dangereuse qui finira par me tuer quoi qu'il arrive.

Bjorn poussa doucement Fevesh, conscient que s'il ne désirait pas bouger, il ne le ferait pas. L'ange se décala, lui offrant la possibilité de se soustraire à son étreinte. Il descendit du plan de travail.

– Je craquerai sans doute quand la faim me rongera. Tu n'as plus qu'à être d'une patience sans faille.

Bjorn décapsula son shaker estampillé « J'peux pas… j'ai pas envie » et but une grande rasade de sang et de viande mixée. Il s'y était fait, un peu parce qu'il n'avait pas le choix. Si Regal apprenait qu'il ne s'était pas nourri convenablement, il allait le gaver avec trois kilos de grains de maïs, l'enfermer dans un sauna jusqu'à ce que son estomac explose et que du pop-corn remplisse la cabine.

Je me demande si j'y survivrais…

– À plus dans l'bus.

Il sentit la présence de Fevesh dans son dos jusqu'à l'entrée. Il sortit également du penthouse et attendit que Bjorn ferme à clé.

– Il est préférable que tu te téléportes dans un endroit où tu ne risques pas de te faire repérer.

– Je ne compte pas me téléporter.

Bjorn promena son regard sur le chiton noir et rouge de Fevesh.

– Tu vas où comme ça ?

– Je te suis. Si quelqu'un te tue, je serai bien avancé. Je ne voudrais pas que ma chance de te baiser me soit enlevée.

Bjorn demeura un moment sans broncher, calculant s'il serait plus amusant de laisser Fevesh se ridiculiser dans les rues de New York.

Sauf qu'avec le corps qu'il se tape, il va créer une vague de combustion spontanée de petites culottes, voire d'érections incontrôlables.

Et si par malheur un crétin venait le chauffer, par jalousie Fevesh serait bien capable de couper la tête de l'importun. Bjorn soupira, toujours plus fatigué.

– Tu ne me lâcheras pas les basques même si je te le demande ?

Un énorme sourire étira les lèvres de l'ange. Bjorn sentit presque l'odeur de fumée émaner de son boxer.

– Très bien, tu vas te changer avant.

Fevesh jaugea sa parure.

– On ne porte plus ce genre de tenue depuis tttttttrrrrèèèèèèsss longtemps.

– Mais, vos vêtements ont l'air vraiment inconfortables… se plaignit le déchu.

Bjorn renifla.

– Tes grelots risquent d'être moins bien aérés, c'est vrai.

Fevesh

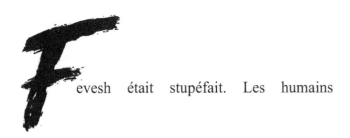

evesh était stupéfait. Les humains

paraissaient bien plus astucieux qu'il ne l'avait imaginé. D'un autre côté... cet endroit ressemblait un peu à l'Enfer, en plus cloisonné, étroit, roulant et... puant. Il inspira à pleins poumons pour s'imprégner des lieux, se plonger tout entier dans l'expérience du moment. Il n'y avait pas à dire, ce lieu devait être une sorte de cachot pour ceux ayant enfreint les lois de la terre.

– Comment appelle-t-on ce… ça ? questionna-t-il en montrant les parois métalliques autour d'eux.

Bjorn le regardait avec ce qui lui semblait de l'amusement. Pas étonnant qu'il se plaise ici avec de telles attractions. Combien en existait-il comme celle-ci ?

– Le métro ?

– Le métroooo… Qu'ont fait ces gens pour mériter cette punition ?

Cette fois, Bjorn pouffa du nez.

– Le métro est comme un chemin de fer électrique en général souterrain. On se trouve dans un train qui nous conduit d'un endroit à l'autre de la ville, pas dans une geôle ou quoi que ce soit s'y rapprochant. Personne n'est châtié ici.

Fevesh fronça les sourcils avec incompréhension.

– Mais, ces gens puent.

Un mec qui fleurait l'alcool, la pisse et la cigarette en face d'eux se redressa subitement.

– Tu dis ça à cause de moi, connard ?

Fevesh lui offrit un sourire sauvage.

– En partie, oui, mais tu n'es pas le seul.

L'ange reporta sa curiosité sur Bjorn.

– Ils sentent tous le malheur, la dépression, la peine et la colère. Je suis tout excité.

Une dame bien habillée détourna les yeux, non sans lui adresser un regard mauvais. Fevesh s'en amusa.

– Quel malotru !

– Ba te per voutre ! balbutia l'ivrogne. Elle a raisssson la grognasse.

La réplique tendit tellement la femme qu'elle changea de place. C'était une technique de torture que Fevesh ne connaissait pas… et qui ne lui semblait pas très efficace. S'il s'était agi de lui, il lui aurait arraché les ongles un par un.

– Je n'aime pas ça, et il me le refuse, riposta Fevesh

Il pointa son incube de l'index. Bjorn se saisit de son poignet.

– Arrête. On n'est pas là pour se faire remarquer…

Fevesh ne comprenait pas pourquoi son démon murmurait si fort. Quel était l'intérêt de chuchoter si c'était pour que tous entendent ?

– Cet endroit me fascine. Les humains aiment souffrir ?

– En quelque sorte, ils n'ont pas le choix pour se rendre au travail.

Fevesh promena son regard sur ce qui l'entourait. La plupart des gens tiraient une sale tête, même si l'un d'eux chantait assez bien au fond du tube métallique.

– Nous ne sortirons pas à la prochaine station, l'informa Bjorn. Ni l'autre d'après.

– À la prochaine… quoi ?

– Station… O.K., laisse tomber… juste, ne te lève pas.

Pourtant, beaucoup d'humains descendirent à la seconde. Il ne demeurait même personne d'autre dans la boîte roulante.

Bjorn

ous y sommes. City Hall.

Bjorn se téléporta de l'intérieur de wagon au quai. Fevesh l'imita sans tarder. City Hall était l'ancien terminus du métro 6.

De grandes verrières en forme de demi-arches laissaient pénétrer les rayons du soleil New-yorkais au-dessus de leur tête. Les parois de briques ocre contrastaient avec le carrelage crème, noir et vert. C'était un très bel endroit propre puisque les gens n'y mettaient pratiquement jamais les pieds. Des visites étaient organisées une fois par mois seulement, mais il n'était pas difficile d'éviter cet horaire[31].

– Pourquoi le… train ne s'est-il pas arrêté ici ?

– Car City Hall est fermée au public depuis 1945. Les humains croient que la ligne ne peut être allongée, mais en réalité les démons y sont pour quelque chose. Raken a eu la merveilleuse idée de creuser une entrée jusqu'aux Bas-Fonds dans cette station. Ça évitait que certains se demandent pourquoi des individus empruntaient les bouches d'égout. Sans trop de surprise, un crétin a déniché le portail par hasard et a commencé à parler. Regal a trouvé une solution pour que plus personne ne tombe sur la ville dissimulée. Il y a toujours des téméraires bien entendu, mais la voie est maintenant close aux humains.

Bjorn gravit les quelques marches bétonnées pour arriver à un premier palier qui se divisait en plusieurs bras. L'un d'eux était fermé par une plaque métallisée verte. Tout comme pour les dômes des juges infernaux, les Bas-Fonds possédaient une enceinte de protection, raison pour laquelle il ne pouvait y pénétrer en se téléportant directement.

– Tu en sais beaucoup sur le territoire de Regal, bien que tu n'y aies pas passé beaucoup de temps.

– J'ai mis un point d'honneur à en apprendre un maximum. Je voulais lui être utile, pas être un boulet à qui il aurait besoin de tout expliquer.

---

[31] City Hall est vraiment un lieu de visite. Je vous conseille même de réserver, les billets peuvent être écoulés en moins de quinze minutes. Bjorn et Fevesh sont restés dans le wagon après la dernière station, car le métro fait demi-tour à City Hall. Cependant, il n'est pas très légal de procéder ainsi. Alors, s'il vous plaît, ne le faites pas.

Il posa la main sur la plaque et la surface de cette dernière vacilla comme une étendue aqueuse dont on aurait perturbé la tranquillité.

– Je ne suis jamais venu dans les Bas-Fonds, mais je préfère te prévenir… Raken sera sans doute au courant de notre apparition. Je ne pense pas que cette barrière ne serve qu'à empêcher les humains d'entrer ici.

Fevesh opina du chef.

– S'il est toujours sur son trône…

Bjorn plissa les paupières avec suspicion.

– Sais-tu des choses que j'ignore ?

– Rien que je n'aie déjà sous-entendu. Les démons sont ce qu'ils sont.

L'attention de Bjorn se concentra sur la porte de métal liquide. Il n'allait pas faire demi-tour maintenant. Il espérait vraiment qu'ils n'en arriveraient pas aux mains. Dans son état actuel, il ne pourrait peut-être pas faire face. Il ne pouvait s'en prendre qu'à lui-même. S'il n'avait pas lancé deux entités démoniaques sur de simples humains… il n'en serait pas là. D'accord, il reconnaissait que la blessure infligée par la balle bénite lui avait également causé du tort.

– Bon ! Allons nous amuser alors.

Une poigne ferme se referma sur son poignet.

– Tu n'es pas en état si les choses dégénèrent.

– On verra, je ne suis pas venu ici pour me battre, mais pour prendre la température des Bas-Fonds.

Fevesh hésita.

– Tu as conscience que je ne pourrai pas intervenir ?

– Se pourrait-il que tu te fasses du souci pour moi ?

L'ange se contenta de l'observer sans rien dire. Bjorn frappa dans ses mains comme pour s'ancrer lui-même dans le présent.

– O.K, c'était une blague, n'allons pas plus loin. Tu n'es pas obligé de m'accompagner si tu ne le souhaites pas.

Le juge infernal effleura à peine la surface que les ondulations calmes changèrent et devinrent des frémissements courts et vibrants. Cela confirmait que le portail n'était pas qu'une simple barrière anti-humains. Fevesh se recula, déploya ses ailes qu'il avait pourtant dissimulées avant de sortir de son appartement.

– Il ne va pas être aisé de se déplacer avec. Tu risques de heurter les autres.

– Ce n'est que pour un instant.

L'incube le regarda s'arracher une nouvelle plume.

– Un de ces jours, tu vas ressembler à un poulet à rôtir.

Fevesh agita les sourcils avec malice, son sourire amusé serra le cœur de Bjorn.

– Se pourrait-il que tu te fasses du souci pour moi ?

Le démon grimaça.

– Tu sais bien que oui…

– Intéressant…

Fevesh s'approcha de Bjorn, mais alors qu'il pensait que l'ange l'obligerait à l'embrasser, il le piqua de la pointe de l'ombilic[32] inférieur. L'incube recula en se frottant le bras.

– Tss… Pourquoi tout chez toi finit-il par me faire mal ? Héééé ! Elle a bu mon sang ou je rêve ?

---

[32] Retour de l'info qui ne sert pas à grand-chose : l'ombilic inférieur, c'est la pointe de la plume, la partie rigide en kératine.

Une teinte pourpre colorait le rachis[33] et le centre des barbes[34], repoussant l'encre de la plume.

– Elle s'en est imprégnée, en effet.

Bjorn en demeura bouche bée. Fevesh était la plupart du temps effrayant, le reste du temps il était une énigme cosmique. Il n'y avait que Fevesh pour comprendre les actes de Fevesh. Toute personne saine d'esprit ne tenterait pas d'interpréter le but de ses actions. Bjorn n'allait pas bien dans sa tête.

– Pour quoi faire ?

Fevesh ouvrit sa paume et souffla sur la plume. Celle-ci s'envola au gré du vent, un vent qui n'existait point. Elle disparut à l'angle du couloir comme si elle cherchait son propre chemin.

– C'est quoi l'arnaque ? insista-t-il.

– Il n'y en a pas…

Néanmoins, le grand sourire de Fevesh ne lui disait rien qui vaille.

– Je veux manger ce Pakistanais dont tu parles tout le temps.

Bjorn leva les yeux au ciel en appréhendant qu'il n'obtiendrait rien du juge, ce qui ne changeait pas leur habitude.

– C'est un plat, pas une personne à part entière.

Fevesh pencha son visage sur le côté.

– Je désire goûter quand même.

– En échange de quoi ? se moqua Bjorn pour le prendre à son propre jeu.

Le déchu devint rayonnant.

– Je constate que tu commences à comprendre comment le monde fonctionne.

---

[33] Le rachis est l'axe central des plumes, il maintient les barbes.

[34] C'est grossièrement le côté de la plume, chaque barbe contient des barbules et des crochets, comme une toile.

Il secoua la tête négativement.

– Comment TU fonctionnes ! Rien à voir. Alors ?

Il pénétra à l'intérieur du portail et tomba sur le même décor que la station de City Hall. En revanche, le brouhaha s'élevant d'en bas des marches lui indiquait qu'ils se trouvaient sur le bon chemin.

– Pourquoi pas une surprise ?

– Je n'aime pas tes cadeaux, ils sont trop souvent sanglants et à mon désavantage.

Il descendit l'escadrin bétonné, se rapprochant toujours plus de son but. Dans son champ périphérique, Fevesh faisait disparaître ses ailes et croisait les bras sur sa poitrine.

– C'est totalement injustifié.

– La dernière fois que tu m'as offert une « surprise », c'était un ballstretcher[35] et des pince-tétons en dentelle, putain.

Fevesh respira profondément, inspiré.

– Aaaah, le bon vieux temps…

– J'ai bandé pendant quarante-huit heures !

– Tu es un incube. Normal que la compression te fasse tenir beaucoup plus longtemps.

– J'ai eu mal pendant des jours après ça. Ce n'est pas un cadeau quand je suis obligé de régénérer mon corps !

– Je t'ai donné du plaisir pendant des jours.

C'était un autre temps, une époque où il n'avait pas encore le sentiment d'être un simple jouet sexuel

---

[35] Ballstretcher ou anneau de testicules. Sert à enserrer les testicules pour maintenir l'érection, obtenir une turgescence plus marquée en faisant barrage au reflux sanguin. Il possède deux variantes : l'arab strap et le cockring (qui prend aussi la base de la verge).

pour Fevesh. Cette période n'avait duré que quelques siècles tout au plus, puis tout avait dérapé. Bjorn claqua sa langue contre son palais et accéléra le pas. Il ne pouvait contredire Fevesh sur ce point.

Bjorn arriva à la fin du tunnel et les Bas-Fonds s'ouvrirent à lui. La ville sous la citée de New York ne ressemblait en rien à ce qu'il connaissait. Elle ne possédait aucun niveau, les « maisons », s'il pouvait dire ainsi, étaient greffées à la paroi des égouts. Des ponts en corde et en planches comme ceux qu'ils avaient aperçus dans Indiana Jones reliaient des portions de quartiers les unes aux autres. Les étals des marchands cohabitaient avec les bicoques de résidence.

Bjorn se surprenait à trouver l'endroit convivial. Les démons présents arboraient aussi bien leur apparence humaine qu'originelle. La ville était étonnamment propre… enfin, si l'on faisait abstraction de certains étals de bouchers qui jetaient les boyaux et les viscères à même le sol pour le plus grand bonheur des gobelins.

Bjorn se serait cru dans un décor d'Aladdin mixé avec les Gardiens de la galaxie – à cause des créatures aux formes et allures qui n'existaient nulle part sur terre. La vente d'animaux démoniaques était pourtant prohibée. Regal n'avait pu que constater l'ampleur des dégâts qu'avaient engendré le Blobfish et le glaucus atlanticus[36]. Bjorn s'étonnait donc du nombre de marchands qui les commercialisaient.

---

[36] Le glaucus atlanticus est une limace de mer pélagique qui se rencontre en eaux tempérées et tropicales. Les papilles dorsales qui s'étirent de part et d'autre de son corps central lui donnent l'aspect d'un lézard dont les membres se termineraient en formes étoilées. Les couleurs qu'il arbore sont le blanc et le bleu. Dans la nature, ces beautés sont souvent dangereuses.

– Oh, oh, oh… du corcalidiumus[37] ! Ça fait une éternité que je n'ai pas voyagé sur les terres d'Ondoras. Tu en veux ? proposa Fevesh.

Bjorn dressa un sourcil.

– Tu te fous de ma gueule ? Ne devrais-tu pas être en colère que ces crétins ne respectent pas nos lois ?

– Messires, des takoyakis de corcalidiumus ! Les meilleurs du monde, je peux vous le garantir.

Fevesh s'inclina au-dessus de l'éventaire pour renifler les effluves.

– Cent pour cent japonais, messires ! Dites, on se connaît ? demanda le commerçant pour engager la conversation.

Fevesh lui offrit un sourire aux canines saillantes.

– Heureusement pour vous, ce n'est pas le cas…

Le cuistot eut un léger mouvement de recul, ne sachant pas si la réplique de Fevesh était ou non une menace.

Bjorn se saisit du poignet de l'ange et l'éloigna de l'étal.

– Ne me dis pas que tu n'aimes pas ce plat.

– Il est hors de question que je mange ce truc illégal.

– Es-tu un vrai démon ? se moqua Fevesh.

Bjorn leva les bras au ciel.

– Ne nous faisons pas remarquer… O.K.

Fevesh laissa tomber sa tête sur le côté et sourit, mais pas le genre de rictus narquois ou amusé, plutôt celui qui disait « trop tard ».

– Je constate que Regal envoie encore ses larbins pour faire le sale travail.

Bjorn ferma les paupières sans se retourner. Il connaissait trop bien cette voix.

---

[37] Créature inventée juste à l'instant. Se prononce corcalidioumous.

Merde.

Chapitre 20

Bjorn

—Henrik, cracha presque Bjorn tandis qu'il se retournait.

Il leva les bras au ciel en arborant un sourire totalement hypocrite à la Jack Sparrow tout en se disant que si cela marchait pour le capitaine, il n'y avait aucune raison pour que l'expérience ne fonctionne pas avec lui.

– Fils de pute !

Bjorn pensait pourtant détenir un peu plus de charisme que Johnny… Il s'était sans doute fourvoyé. Il plaqua sa main sur son cœur.

– C'est ta tante que tu insultes si ouvertement…

Sa réplique fit cracher Onrik à ses pieds. Fevesh renifla. Bjorn l'ignora.

– J'ai une petite question qui me chatouille la prostate et pas de façon agréable. Qu'est-ce que ton cul de lépreux hémophile fait sur terre ? Tu sais, les égouts sont les meilleurs endroits pour choper une infection... Tout ça, tout ça.

Son demi-frère et cousin[38] était, tout comme sa sœur Krata, un dévoreur d'âmes – ces deux-là étaient de la même portée. Bjorn ne l'avait jamais vu revêtir une apparence humaine qu'il considérait comme dégradante. De ce fait, sa face ressemblait à celle de Freddy les griffes de la nuit, en plus rouge et suintante.

– Je ne crois pas que cela te regarde, l'Impuissant.

Ses cinq sbires se mirent à ricaner. Ces crétins pouvaient bien faire les malins, dans pas longtemps certains d'entre eux finiraient avec la tête enfoncée dans le cul d'un autre.

– Toujours aussi moche...

Il pouffa du nez.

– Et méchant ! À partir d'aujourd'hui, je te renomme Gru[39].

Bien entendu, il fut le seul à trouver sa réplique hilarante. Dommage qu'Eden n'ait pas été présent, lui aurait compris... Pour faire bonne mesure, Bjorn pivota pour regarder Fevesh.

– Tu ne connais vraiment pas ?

– Non... Qui est ce démon ?

---

[38] Même Regal ignore le nombre exact de demi-frères et sœurs qu'il possède, entre les femmes du harem, les coups d'un soir et les filiations douteuses pour gagner les faveurs de Satan... Il est impossible de les dénombrer.

[39] En référence à « Moi, moche et méchant » des studios *Universal Pictures* et *Illumination Entertainment*. Le titre québécois est « Déteste-moi ».

Bjorn soupira.

– C'est un dessin animé… Je te ferai voir à l'occasion.

L'incube reprit sa position initiale. Bjorn ne détestait pas grand-chose, mais toute cette impassibilité que les créatures de la nuit se donnaient pour avoir la classe le débectait. Onrik ne le connaissait pas assez bien, mais Regal pouvait l'attester… Bjorn était le meilleur des enquiquineurs.

– Oh ! pardonne mon impolitesse… Comment va Krata ?

– Plutôt bien, étant donné qu'elle est morte… Ce fils de pute déchu l'a assassinée !

Aaah ! Bah en voilà, un joli rictus !

Bjorn pivota pour lancer un regard appuyé à Fevesh.

– Tu entends ? Il te traite de fils de pute.

Fevesh haussa les épaules.

– Je ne peux le contredire… je ne me souviens plus d'elle.

L'ange taisait également que comme il se trouvait sur terre, il ne pouvait donc exercer de justice sans motif valable. Une petite injure ne méritait pas de prendre le risque. Son demi-frère contempla avec colère le juge infernal.

– J'ai la preuve que tu aides le camp de Regal… Lucifer en sera informé.

Fevesh ne sembla pas le moins du monde inquiet de la menace. Son faciès avait perdu toute expression, ce qui dans son cas n'était pas vraiment bon signe. Il n'était pas un homme qui avait besoin de se forcer pour faire peur.

– Je t'en prie, amuse-toi. Toutefois, je ferai la même proposition qu'avec Beorth.

Cette fois, ses iris fendus s'arrondirent avant de retrouver leur forme originelle. Ses lèvres dévoilèrent un sourire de jubilation et des ailes commencèrent à se déployer dans son dos.

– Si ton accusation n'est pas retenue, je te démembrerai lentement... oui, je prendrai mon temps. Pas comme avec ta sœur, la malheureuse... elle avait enfreint les lois.

Le corps entier d'Onrik tremblait de rage.

– Je suis venu voir Raken, pas pour tailler la bavette avec toi, coupa Bjorn pour tenter de contrecarrer le duel de regards entre les deux mâles.

– Ça ne va pas être possible.

Les sbires d'Onrik les encerclèrent soudain.

Pas la peine de se voiler la face, Bjorn était dans une merde noire. Il ne craignait absolument pas son demi-frère, mais son corps se trouvait toujours dans un état critique. L'utilisation des deux entités avait requis beaucoup trop de son énergie et sa faim constante lui donnait la nausée. Bjorn avait conscience qu'il ne lui faudrait plus beaucoup de temps avant que les sclérotiques de ses mirettes s'assombrissent. Dans sa forme actuelle, Onrik pourrait bien réussir à le tuer.

– Pourquoi ça ? Je viens m'entretenir avec le dirigeant des Bas-Fonds.

Onrik recula de trois pas en levant les bras, son expression victorieuse déplut à Bjorn.

– Tu l'as devant tes yeux ! Raken a pris sa retraite.

En d'autres termes, Raken était mort[40]. Cela ne l'étonnait plus vraiment que la mutinerie ait pris racine ici même. Onrik, tout comme la plupart de leurs demi-

---

[40] Je ne ferai aucune blague sur la réforme des retraites. Ne me cherchez pas.

frères et sœurs, détestait Regal et Bjorn. Ils étaient des parias pour leur espèce, bien que trop puissants pour que n'importe quelle créature de la nuit tente de les défier ouvertement. La guerre entre les démons n'existait pas. Ils passaient déjà une bonne partie de leur temps à s'entre-tuer pour des broutilles.

Bjorn fourra ses mains dans ses poches. Il allait une fois de plus bousiller un t-shirt. À ce rythme, il se demandait pourquoi il achetait encore des vêtements de marque.

– Cela explique bien des choses… Mais peu importe. Ton autorité n'est donc pas reconnue. Regal se chargera de mettre un nouveau chef à la tête des Bas-Fonds. Tu devrais rentrer chez toi ou trouver un autre territoire à détruire.

Comme il s'y était attendu, Onrik éclata de rire.

– Parce que tu penses que j'ai peur de Regal ou de toi ?

– Tu devrais.

Son demi-frère rigola comme si Bjorn venait de lui raconter une blague. Franchement, son humour était à chier.

– Le déchu ne vous attaquera pas, il n'en a pas l'autorisation. Butez l'incube !

Tous se mirent en mouvement en même temps. Sur sa droite, « Râpe à fromage » abattait déjà une masse sur lui. Il para l'assaut en créant un bouclier de chair. Les tissus mous commencèrent à engloutir l'objet, ce qui obligea « Râpe à fromage » à la lâcher. « One chico », « Nez tordu » et « Face de fion » attaquèrent à l'unisson. Bjorn les esquiva en exécutant une superbe roulade sur le côté. Malheureusement, il tomba aux pieds de « Putain, tu es trop beau pour faire partie de la bande » – qu'il renomma PBB pour faire plus court. PBB tenta de l'empaler de son javelot créé à partir d'os sortis de son bras... Lui qui pensait que son pouvoir était dégoûtant...

Fevesh se tenait en retrait, à l'opposé d'Onrik. Il suivait avec attention le déroulement du combat. Une présence dans le dos de Bjorn l'interpella juste à temps. Il s'inclina en avant et évita ainsi la masse que « Râpe à fromage » devait avoir récupérée. Au lieu de toucher l'incube, l'arme s'écrasa sur la tête de PBB qui trouva enfin sa place parmi ses amis affreux.

Un de moins.

Bjorn était à peu près certain que PMB – à présent renommé « Putain, tu es aussi moche que le reste de la bande » – ne se relèverait pas tout de suite, faute à l'enfoncement d'une partie de son visage à l'intérieur de son crâne.

Et de deux.

Puis, ce fut le tour de « Face de fion » d'intervenir. Son assaillant bondit comme une saleté de chèvre satanique au-dessus de lui. Il allait l'empaler de ses dagues, l'enfoiré.

– Tu sautes trop haut, se moqua Bjorn. Je t'ai vu.

Il imita une arme à feu avec son index et son pouce, puis fit mine de tirer. Son pouvoir transperça la cage thoracique du type et explosa une fois logé dans son cœur.

Trois. Plus que trois...

L'incube arrêta à mains nues une seconde offensive de « Râpe à fromage ». Son corps commençait sérieusement à le faire souffrir, ses muscles le brûlaient sous l'effort demandé. La bataille venait tout juste de débuter, pourtant il était épuisé. Il aurait dû écouter Fevesh et accepter de se nourrir de lui, sauf que bien entendu, Bjorn était une tête de mule et qu'il ne voulait pas céder à ses pulsions... Une erreur qui pourrait bien lui coûter cher. Le regard de Bjorn croisa celui de

Fevesh. Lorsque l'ange vit à quel point sa respiration était courte, son expression changea.

Le temps d'un battement de cils, l'incube se demanda s'il l'avait imaginée, si cette inquiétude était réelle ou s'il s'agissait d'une illusion fabriquée par son esprit fatigué.

Bjorn fut obligé de reporter son attention sur « Nez tordu » tandis que « Face de fion » tentait de le poignarder. Il invoqua alors son pouvoir démoniaque et une sorte de patte d'araignée sanglante pénétra la mâchoire du mâle et ressortit par le sommet de son crâne.

– Ha, ha ! Eh bien, mon frère, un point de côté peut-être ?

– Simplement de l'ennui…

« Râpe à fromage » appuya davantage sur la masse et Bjorn sentit son bras tressaillir sous la pression que ce connard exerçait. Il ne possédait plus beaucoup d'énergie, juste assez pour deux attaques. En comptant Onrik, il lui restait trois adversaires… Il ne parviendrait pas à ses fins. Il était lessivé. « One chico » choisit ce moment précis pour s'engager dans la bataille. Bjorn donna juste l'impulsion nécessaire sur l'arme de « Râpe à fromage » pour qu'elle se soulève puis s'abatte là où il se trouvait trois secondes auparavant. La masse rencontra la tête de « One chico » et cette dernière alla faire un home run dans l'un des étals de marchands quatre niveaux plus hauts.

– Woooh… Bien jou…

– Bjorn !

Le timbre vibrant de Fevesh fit pivoter l'incube. Malheureusement, il était trop tard pour éviter la salve de lames de glace que lui lançait Onrik. Ce connard profitait de ce qu'il soit occupé par ses deux gardes du corps pour tenter de le tuer. Ce n'était pas fair-play. C'était…

Démoniaque.

La première le heurta dans les côtes et trancha net dans sa chair avant qu'il concentre son pouvoir pour protéger ses organes vitaux. L'air contenu dans ses poumons fut totalement chassé. L'assaut fut si puissant qu'il en perdit l'équilibre. Il n'allait pas pouvoir éviter les autres. Une seconde lame le toucha dans la cuisse, le mettant à genoux. L'odeur de l'hémoglobine emplit ses narines. Bjorn se trouvait dans une sacrée merde. Mourir ainsi n'était vraiment pas dans sa liste de choses à faire avant ses trois mille ans.

– Tss, pitoyable ! Les rumeurs sont plus qu'infondées.

Il ignorait de quels commérages Onrik parlait, mais là tout de suite, ce n'était pas la raison principale de ses préoccupations. Disons qu'il avait mieux à faire. Bjorn se redressa difficilement. Vu la mare de sang s'écoulant de sa cuisse, Onrik avait visé l'artère fémorale avec succès.

– Crève !

Son demi-frère façonna deux douzaines de shurikens et les projeta dans sa direction. Même si Bjorn essayait, il ne pourrait pas se déplacer assez rapidement pour tous les éviter. C'est alors qu'une silhouette faite d'ombre bondit du sol. Aligarth, comme tout bon assassin qui se respecte, para de ses dagues tous les projectiles. Cela faisait une éternité qu'il n'avait pas vu son ami en action. Certaines choses ne changeaient jamais, Ali demeurait une constante infaillible. Il était si rapide, si gracieux. Bjorn ne pouvait prétendre à une telle vélocité, surtout pas en ce moment même.

– Partez ! Maintenant !

Fevesh

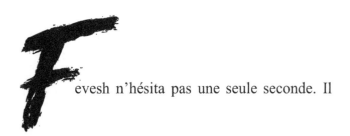

evesh n'hésita pas une seule seconde. Il

déploya ses ailes, empoigna Bjorn et effectua un décollage vertical. Il repéra rapidement une faille dans le plafond et lança un orbe de ténèbres. De gros blocs de béton et de ferraille chutèrent sur les habitations. L'eau nauséabonde des égouts se transforma en cascade immonde. Il pensa furtivement aux vies qu'il venait de sacrifier, puis continua sa route.

– Non ! Ali ! Putain, redescends ! Qu'est-ce que tu fais ?

Son incube ne cessait de gesticuler.

– Tu n'es plus en état pour l'épauler. Arrête de bouger.

Bjorn n'écoutait pas. Venir au secours de son ami assassin restait son seul désir en cet instant.

– Je dois l'aider !

Le désespoir contenu dans la voix de sa proie l'incommoda. Bjorn était à lui ! Rien qu'à lui ! Il devait le comprendre. Il s'efforçait de le protéger... et son comportement risquait de réduire ses efforts à néant. Fevesh réajusta sa prise sur le mâle et utilisa ses pouvoirs pour le plonger dans l'inconscient. Son incube lui en voudrait, mais ce n'était qu'un menu détail.

Il vola jusqu'à trouver ce que Bjorn avait nommé « plaque ». Le conduit était trop étroit pour le laisser passer, alors il détruisit simplement la structure. Il s'entoura d'un dôme miniature et s'extirpa des égouts immondes et puants.

Il ne sut pas tout de suite où se diriger et se demanda si ce n'était pas l'occasion de rapatrier sa proie en Enfer. Puis, il se ravisa.

Ce n'est pas encore le moment.

Eden

Tu es épuisé, mon ange… C'est non.

J'écartai les cuisses et commençai à me caresser. Mes mouvements lents firent luire de désir ses iris d'océan. J'aimais ce regard, tout comme je chérissais cet homme qui venait déjà de me procurer le meilleur orgasme de ma vie… jusqu'au prochain du moins. Regal me saisit le poignet.

– Mon ange… Eden…

Il se mordit la lèvre de cette façon qui me rendait fou. Ses paupières se fermèrent pour mieux se concentrer.

– Merde… dit-il d'une voix rauque tout en posant son front contre le mien et en m'écrasant de son corps nu. Es-tu sûr de ne pas avoir de sang d'incube dans les veines ?

– Certain.

– Alors, tu es une créature divine envoyée sur terre pour me torturer… J'ai tellement envie de toi… mais tu es fatigué, le pouvoir de Fevesh n'est pas inépuisable. Tu dois l'économiser. Je t'en prie.

Je fis la moue en entendant ses paroles. Mon compagnon avait raison, chaque fois que nous faisions l'amour était un pas de plus vers ma tombe.

– Dès que Bjorn rentre des Bas-Fonds, je demande une audience à Fevesh.

Je réclamai ses lèvres en un baiser passionné.

– Je ne sais toujours pas s'il est de notre côté ou pas. Es-tu certain de vouloir lui faire cette requête ? Et s'il exige la tour ?

Regal s'allongea plus près de moi, puis m'attira dans ses bras pour que nous adoptions une position plus confortable. À son habitude, mon incube commença à masser l'arrière de mon crâne. Parfois, je me disais que ce geste lui permettait de réfléchir. Je ne me sentais pas vraiment incarner le rôle du génie, mais plutôt celui de la lampe le contenant. Définitivement, je préférais quand il m'astiquait le poireau.

– Fevesh n'est du côté que de lui-même. Il ne voit que son intérêt. Il ne réclamera pas la tour. Il n'en aura aucune utilité, sa nature lui interdit de faire du profit sur terre comme dans le bas astral. Cela entacherait l'impartialité des juges. Bien qu'entre nous, nous n'allons pas nous mentir, personne en Enfer n'est intègre.

La curiosité s'éveilla en moi. Je me rendis compte que nous n'avions jamais vraiment parlé du passé de Regal et de sa vie d'antan. Je ne connaissais rien du fonctionnement des Enfers.

— Alors, il ne possède aucun territoire ?

— Lucifer si, mais c'est un endroit où les miens ne survivent pas longtemps. Les autres juges détiennent des domaines où bon leur semble. Il suffit qu'un lieu leur plaise et le démon en charge de ce territoire est tenu d'édifier une demeure digne du statut du déchu. Fevesh vivait sur mes terres. Si je ne m'abuse, il était content du palais que je lui avais fait construire. Je crois également qu'il est le seul à ne pas avoir déménagé, même après mon départ.

Je me redressai pour plonger mon regard dans l'océan.

— Parle-m'en. S'il te plaît.

Un sourire étira ses lèvres et un rire bref lui échappa.

— Tu es insatiable…

Il inspira profondément. Ses yeux se perdirent alors dans le reflet de la baie vitrée.

— Je possédais les terres de Firegorth. La plus grande partie se compose de montagnes ou de volcans et de parois abruptes en bas desquelles se fracassent les mers infinies. Tu aurais adoré le lac de Minrit, ses eaux sont noires et aussi lisses qu'un miroir. Il s'est formé sur un plateau à quelques mètres à peine d'une falaise et de la mer. On dit de ce lac qu'il révèle l'avenir à ceux qui s'y plongent.

Il rit de bon cœur.

— Mais personne n'en ressort jamais.

Je ris un peu jaune.

— Pas sûr que je l'apprécie alors…

– Il est beau à regarder, je pouvais me perdre dans sa contemplation pendant des heures.

– Pourquoi être parti ?

Regal embrassa mon front comme s'il souhaitait me rassurer.

– L'ennui. Je ne voulais plus gérer un territoire qui ne représentait aucune évolution. J'en désirais plus… comme tout bon démon. Mon père a vu en moi un rival à éliminer. Je lui ai donc offert mon domaine en échange de son autorisation pour venir sur terre. Il me l'a accordée. Il a déchanté lorsque je lui ai renvoyé la première femelle qu'il avait sélectionnée pour enfanter.

Je ris de bon cœur.

– Je compr…

Un séisme agita l'immeuble tout entier. Mon palpitant s'emballa. Dans ma tête, c'était le début de l'apocalypse. La plupart du temps, nous ne ressentions pas les secousses. Cependant la dernière fois que l'un d'eux avait dépassé la magnitude deux, le lustre du salon était tombé… avec un bout du plafond. C'était dans notre ancien appartement. O.K, il était pourri… toutefois, il ne se tenait pas aussi haut au-dessus du sol.

– Évacuons !

J'exécutai une roulade digne d'un soldat en mission – enfin… de mon point de vue, parce que de celui de mon homme, je devais juste ressembler à une chenille en train de se tortiller. D'ailleurs, Regal n'eut aucun mal à me saisir par la taille et à m'attirer contre lui. Je ne sais pas comment il avait fait son affaire, mais je me retrouvai installé sur ses genoux, lui-même assis sur le rebord du lit. Son expression amusée m'agaça presque. Tout était si aisé pour lui. Moi, je paraissais idiot la plupart du temps…

– Ce n'est pas un tremblement de terre, c'est d'origine démoniaque…

C'était donc pire que je ne le pensais… Comment pouvait-il ne pas paniquer ? Avant même que je n'ouvre la bouche, mon homme ajouta :

– On ne risque rien du tout ici. En revanche, je vais devoir mener mon enquête.

Ce qui signifiait que la fin des câlins sonnait. Soudain, une tête surgit du sol, me fichant une peur bleue.

– Aaaaaaaah ! Putain !

Je me rendis compte alors que ce n'était qu'Ali, sa figure était couverte de sang. Regal attrapa le drap pour me cacher, parce qu'évidemment, il se préoccupait davantage qu'aucun être vivant n'aperçoive mon corps plutôt que de notre sécurité.

– Pourquoi personne ne frappe à la porte ? Est-ce que vous permettez qu'on puisse faire l'amour chez nous en toute liberté ou c'est trop vous demander ? Pourquoi choisissez-vous toujours ce genre de moment ? Non, ne me dis rien… vous avez monté une brigade anti-baise.

Aligarth parut désolé.

– Je dirais que c'est davantage le syndrome du voyeur.

L'Ombre devint écarlate, et ce fut perceptible même le visage couvert de plasma.

– J'ai reçu une missive de Fevesh, une plume, et elle portait le sang de Bjorn. J'ai cherché sa présence et l'ai détectée dans les Bas-fonds.

– Ce n'est pas…

– Ce n'est pas l'aura que je décèle, juste une ombre que je connais. Si je me suis déjà faufilé dans cette dernière, il me suffit de me concentrer pour recommencer. Quand je suis arrivé, Bjorn était en difficulté. Fevesh l'a évacué.

Regal se statufia.

– Comment est-ce pos… ce connard ? Il ne s'est pas nourri ?

Ali haussa les épaules avec nonchalance, mais ne répondit pas à la remarque de mon incube. Regal m'embrassa sur la tempe, me souleva pour me remettre sur mes pieds et se leva à son tour.

– Cache-moi ce cul splendide dans un jean, on bouge. Ali, es-tu blessé ?

Le démon sortit complètement de mon ombre.

– Ce n'est pas mon sang. C'est… celui des hommes de votre demi-frère.

Regal fronça les sourcils.

– De Bjorn ?

– D'Onrik.

Je vis alors le faciès de mon incube se métamorphoser. Je connaissais trop bien ce regard. La dernière fois que je l'avais aperçu, on s'attaquait à moi.

– Prends une douche et reste avec Eden, ordonna-t-il d'une voix rauque.

– Je veux venir, je pourrais peut-être aider Bjorn comme je l'ai fait avec Fevesh.

Regal plissa les lèvres en une moue rigide, puis, pour mon plus grand soulagement, il acquiesça.

– Tu as raison. On ne sait jamais.

Chapitre 21

Regal

n silence de mort régnait dans

l'appartement de Bjorn. Le cœur de Regal s'accéléra. Un tout nouveau sentiment tordit ses boyaux. D'ordinaire, il ne l'éprouvait que lorsque Eden était en danger. Cette peur qui l'habitait trop régulièrement ces derniers temps le préoccupait. Cela devait cesser. Il devait trouver une solution concrète pour mettre ceux qu'il aimait en sécurité…

Une rafale fit vaciller Eden, le raccrochant ainsi à la réalité. Chaque fois que son compagnon expérimentait la téléportation, il était saisi de vertige, mais l'énorme trou dans l'une des baies vitrées devait jouer également son rôle.

Regal cala Eden fermement contre son torse. Puis, son regard tomba sur les taches de sang et l'angoisse revint en flèche. Il prit une inspiration tremblante qui alerta son amant.

– Va… Je te rejoins quand je me sentirai mieux.

Regal relâcha Eden avec méfiance, ce dernier s'assit fébrilement sur le canapé.

– Reste avec lui, ordonna-t-il à l'Ombre.

Dès lors, certain que son compagnon ne passerait pas accidentellement par le trou de la baie vitrée, Regal suivit les flaques d'hémoglobine. Elles le menèrent jusqu'à la chambre. Regal ne frappa pas – de toute façon la porte était ouverte – et entra. Il trouva Fevesh debout au pied du lit, ses ailes lasses tombaient dans son dos et traînaient sur le carrelage. Le déchu contemplait Bjorn comme si ce dernier était mort.

Voir une réelle expression de peur sur le visage d'ordinaire impassible de Fevesh fit naître en Regal un sentiment de panique. Il se jeta presque sur Bjorn et vérifia ses pulsations cardiaques. Ses vêtements étaient inondés par tant de sang.

– Je n'ai pas le droit de le soigner…

Si Regal n'avait possédé une ouïe plus développée que les humains, il ne l'aurait pas entendu. Le pouls de Bjorn était faible, mais présent.

Lorsqu'il arracha le t-shirt de son frangin, l'incube découvrit une vilaine coupure exsangue. Elle se régénérait, ce qui était bon signe. Cependant, une telle plaie aurait dû guérir plus vite. Il connaissait les capacités de Bjorn. Il savait que derrière ses blagues lamentables et son sourire de séducteur se dissimulait un guerrier redoutable aux pouvoirs presque aussi puissants que les siens... peut-être même deviendrait-il plus fort que lui avec l'âge.

Regal continuait son inspection à l'instant où Eden et Ali pénétrèrent dans la chambre.

– Putain de merde... qu'est-ce qui s'est passé ?

Eden le rejoignit au côté de son frère, positionna ses mains au-dessus de la plaie et attendit. Rien ne se produisit.

– Tu ne peux rien, petite chose médiumnique...

– Moi, je fais quelque chose au moins ! Ne peux...

Regal suivit le regard d'Eden, submergé soudain par un mauvais pressentiment. Critiquer ouvertement un ange déchu n'était pas une bonne idée. Alors qu'il pensait devoir plaider la cause de son Petit Lapin audacieux, il tomba des nues.

Fevesh se mordait si fort la lèvre inférieure qu'il s'en faisait saigner. Ses yeux de serpent ne quittaient pas Bjorn. Sa ride du lion se crispa.

– Tu crois que je ne le souhaite pas ?

– On ignore ce que tu veux... C'est ça le problème avec toi !

Un silence s'installa. Regal se saisit du poignet d'Eden pour attirer son attention et plongea son regard dans le sien.

– Arrête. Je ne peux pas défier un juge infernal.

Il entendit les ailes de Fevesh s'ouvrir puis se refermer dans un claquement.

– Si j'interviens... Si je le soigne, je serai répudié de mes fonctions... Je ne peux pas... pas alors que... peu importe... Je ne réclame pas ta compréhension. Je suis pieds et poings liés.

Le silence retomba, toutefois Eden continua d'observer Fevesh. Son expression venait de changer, mais Regal ne sut l'interpréter. Ne pouvant lui demander directement ce qui se passait, il se concentra sur sa besogne. Il ressentit un incontestable malaise à retirer le pantalon de son propre frère, mais c'était pour la bonne cause. Il soupira de soulagement en voyant que la lésion sur sa cuisse était quant à elle guérie. Son pouvoir s'était focalisé sur la plaie la plus létale en refermant l'artère certainement touchée.

– Sa vie n'est plus en danger… souffla-t-il avec apaisement. Mais il a besoin d'aide, rapidement. Son corps s'est amaigri…

Les épaules du déchu semblèrent s'affaisser davantage. Pour la première fois, Fevesh parut moins imposant, presque vulnérable aux yeux de Regal. L'incube connaissait cette expression. Il connaissait la sensation.

– Permettez mon interruption…

Il s'étonna qu'Ali prenne la parole en présence du juge. D'ailleurs, il sursauta quand Fevesh braqua son regard de serpent sur lui.

– Parle.

L'Ombre eut un léger mouvement de recul, mais se ressaisit très vite.

– Lorsque vous vous êtes envolé avec Bjorn… N'avez-vous pas enfreint les règles ?

Fevesh alla s'asseoir dans un fauteuil placé dans l'angle de la pièce.

– Nous venions de passer un pacte… donc non.

La fureur bouillait en lui. Son corps entier tremblait de rage. Il allait imploser tant il se sentait frustré et en colère.

– Quand vas-tu arrêter d'abuser de Bjorn ! s'énerva Eden.

– Il me doit un repas pakistanais, et c'est la raison pour laquelle j'ai pu intervenir.

La fin de la phrase coupa l'herbe sous les pieds de son Petit Lapin.

– La plume dont Ali nous a parlé… c'était la tienne ?

– Oui.

Regal observait la scène comme s'il était spectateur. Il ne parvenait plus à se calmer. Eden, quant à lui, semblait avoir compris quelque chose qui lui échappait.

– Tu… savais ce qui allait se produire ?

La voix étranglée et la lèvre tremblante de son compagnon firent gronder Regal. Il manqua de se jeter sur Fevesh pour l'égorger.

– Lucifer m'a simplement prévenu que les Bas-fonds s'agitaient, rien que vous ignoriez. J'ai seulement…

Le fait qu'il cherche ses mots agaça prodigieusement Regal.

– Parle, arrête avec ta langue de vipère.

Fevesh le transperça littéralement du regard.

– Pourtant, les termes sont importants. Toi plus que quiconque ici devrait le savoir, siffla-t-il avec colère. J'ai juste eu une envie de déguster ce plat dont Bjorn parle sans cesse avec la petite chose médiumnique. Ce doit être un mets particulièrement goûtu. Heureusement, nous n'avions pas défini ce que ce pacte apporterait à ton cadet. Une évacuation en urgence était une bonne contrepartie. Je ne transgresse aucune loi tant que notre contrat est respecté. Je ne peux pas posséder de biens, mais les juges infernaux peuvent octroyer des services si un « troc » est appliqué.

Regal en avait assez entendu. Il n'était pas en état de réfléchir, il s'accorderait ce temps de réflexion plus tard. Pour le moment, il avait mieux à faire en commençant par détruire celui qui avait osé poser les mains sur son frère.

– Fevesh. Pourquoi Bjorn ne se nourrit-il plus ?

– Pour qu'Eden jouisse de mon énergie vitale jusqu'à l'arrivée de Beorth.

Comme s'il y pensait soudain, le déchu étendit son aile gauche et arracha une tectrice secondaire abîmée. Dans le creux de sa main, le mâle souffla sur la plume qui s'envola. Le même phénomène se répéta, elle fut blanchie puis pénétra la poitrine d'Eden. Instantanément, sa peau rosit, son corps parut plus ferme, en bonne santé.

L'impuissance se mêla à la frustration et la rage. Regal réalisait une fois de plus que Bjorn s'était sacrifié pour eux. Il les protégeait alors que c'était son rôle à lui.

– Délivre-le de cet engagement. Je prendrai la responsabilité pour tes plumes. Je te donnerai ce que tu veux.

– C'est Bjorn que je désire. Je ne peux de toute façon pas rompre un pacte.

Regal feula à son encontre. La main de son homme glissa dans la sienne. Son regard inquiet tordit ses boyaux.

– Et s'il couche avec quelqu'un d'autre ?

– Je ne l'autoriserai pas.

Regal n'en revenait pas de ce qu'il allait dire…

– Parlons de tout ça à mon retour. J'ai un nouveau membre de ma famille à exécuter. En attendant… fais en sorte que Bjorn soit remis sur pied.

En son for intérieur, il se détestait… parce qu'il ne cautionnait pas les actions de Fevesh et que… à présent… il se voyait obligé d'en être complice… Ce n'était pas une pensée rationnelle qui conduisait son choix, mais la peur de contempler son frère mourir de faim.

Quelques mois plus tôt… avant Eden, peut-être n'aurait-il pas éprouvé le moindre remords. Les démons étaient habitués à ce genre de pratiques. Il y en avait toujours un pour dominer tous les autres. Le viol, l'humiliation, la contrainte étaient imposés aux plus faibles d'entre eux. Bjorn n'était pas l'un de ces êtres. Malheureusement, il avait attiré l'attention de la pire créature foulant l'Enfer.

Regal s'excuserait plus tard… Il prendrait le temps d'écouter Bjorn. Il prendrait le temps d'apprendre à connaître réellement son frère. Il assumerait sa décision. Il en subirait les conséquences. Mais avant, il devait se venger.

– Ali, emmène Eden. Vous ne pouvez pas rester là.

Le regard de son compagnon se fit vide. Il s'inclina au-dessus de lui en plaçant son front contre le sien.

– Je sais… mais je ne perdrai pas mon frère, murmura-t-il rien que pour son homme. Il a des sentiments pour lui… Je suis conscient que cela ne m'absoudra en rien, mais…

C'était comme choisir entre la peste et le choléra. Personne n'avait envie de contracter l'une de ces deux maladies.

– Je… comprends.

Regal recula d'un pas, fit un signe de tête à l'Ombre qui posa sa main sur l'épaule d'Eden.

– Je vais appeler un taxi. Mon estomac ne supportera pas un autre voyage.

Regal suivit Eden et ferma la porte de l'appartement derrière lui. Il connaissait bien trop son homme et l'imaginait parfaitement revenir pour empêcher Fevesh d'accomplir l'irréparable.

Avant de se téléporter jusqu'à City Hall, Regal s'arrêta devant le chambranle de la chambre. Fevesh se trouvait toujours dans le fauteuil et contemplait Bjorn. Brusquement, il soupira avec lassitude.

– Je t'écoute.

– Je sais que tu n'as pas de leçons à recevoir.

– En effet.

Regal imita Fevesh et recula pour s'en aller.

– Parle.

L'incube s'étonna de ce revirement de situation.

– Un jour… il en viendra à te détester. Ce jour-là, tu perdras l'un des hommes les plus formidables de ce monde.

Regal n'attendit pas de réponse de la part de Fevesh. Il fit un pas dans le couloir et disparut tel un mirage.

 on corps s'embrasait, il se consumait,

mais pas de façon désagréable.

Il était… excité.

Oui, c'était ça, cette perception délicieuse qui partait de la base de ses reins pour s'épanouir dans son membre.

Il sentait des mains sur lui, pas les mêmes que tout à l'heure. Celles-ci… étaient plus assurées, elles ne tremblaient pas. Elles savaient ce qu'elles faisaient, elles savaient où le toucher. Une impression humide et chaude s'enroula autour de son sexe, le forçant à quitter la quiétude du repos. Ses paupières étaient lourdes de fatigue. L'effort demandé lui semblait impossible. Pourtant, alors que sa vision s'éclaircissait, s'habituant aussi à la pénombre, il croisa des iris d'un bleu turquoise incroyable. Le regard de Fevesh l'ensorcela, jusqu'à ce que Bjorn le voie engloutir son membre sur toute sa longueur. La décharge de plaisir lui fit basculer la tête en arrière.

– Merde… souffla-t-il avec effort. Arrête…

C'était la plus belle et la plus effrayante vision qu'il ait jamais eue.

L'une des mains de Fevesh enserra ses testicules et joua avec sans la moindre pudeur. Le juge relâcha son membre dans un bruit de succion, lui arrachant ainsi un gémissement brisé.

– Arrête…

– Profite plutôt du moment, et nourris-toi.

La voix de Fevesh était si rauque que, s'il ne l'avait pas vu de ses yeux, il aurait pu le confondre avec quelqu'un d'autre. Bjorn redressa la tête, mais quelque chose de soyeux vint occulter sa vision.

– Ne te sers que de tes sens… concentre-toi.

– Arrê…t…

Ses cordes vocales étaient complètement bousillées. Il était si fatigué. Il ne parvenait même pas à bouger ses bras.

– Arrête… J'ai dit… aarr…

La pression sur son gland l'empêcha de terminer sa phrase. L'énergie de Fevesh s'écoulait en lui, Bjorn la bloqua aussitôt. Il ne voulait pas de son aide. Il ne désirait pas devenir comme…

Elle.

Je refuse !

— Cesse tes caprices ! feula Fevesh avec agressivité.

Sa main prit en coupe son visage, l'ange caressa de son pouce sa lèvre inférieure.

— Je te donnerai autant d'orgasmes qu'il le faudra. Alors, je t'interdis de rejeter mon énergie. C'est un cadeau inestimable, ne l'oublie pas ! D'autres que toi se prosterneraient, d'autres me supplieraient.

Bjorn secoua la tête pour retirer sa paume et le bandeau sur ses yeux. En vain…

— Je… ne…

Un doigt humide s'inséra entre ses fesses et pénétra lentement son anneau de chair. Son râle ne fut même pas audible.

— Non…

Il tenta de repousser le déchu d'un coup de pied, mais ce fut à peine s'il put bouger sa jambe.

— Tu devrais me remercier d'être si doux… Ton corps ne supporterait pas une nouvelle blessure…

Bjorn en était certain, Fevesh savait comment torturer ses proies durant des heures, des jours, des années sans que ces dernières décèdent. Aujourd'hui n'était pas différent, même s'il se détestait d'éprouver du plaisir alors qu'il n'était pas consentant.

Il entendit alors la petite voix dans sa tête lui murmurer :

Qui crois-tu tromper… tu attendais qu'il craque depuis des jours. Bien sûr que tu veux qu'il te baise. Qu'il te fasse jouir jusqu'à l'oubli.

Cela n'évita pas le goût doux-amer dans sa bouche, et le sentiment de n'être qu'une merde pour aimer un être capable de le forcer à adorer ce qu'il lui infligeait.

– Tu as failli mourir aujourd'hui, mon incube. Tu dois reprendre des forces.

La paume de Fevesh quitta sa joue pour lui écarter davantage les jambes. Bjorn tenta une fois de plus de se rebeller, de le repousser, mais son corps était plus faible que celui d'un faon.

– Stoppp…

Malgré ses demandes, Fevesh inséra un doigt supplémentaire. La piqûre alors qu'il l'étirait fit palpiter son sexe. Le plaisir menaçait de le faire basculer.

Parce que Bjorn était ce qu'il était, c'était dans sa nature.

Parce qu'il avait besoin désespérément d'obtenir l'attention de Fevesh, son intérêt… son amour. Il avait conscience de ne jamais pouvoir recevoir ce qu'il désirait ardemment… Mais, comme chaque fois qu'il craquait, il s'octroyait pour une fraction de seconde l'impression qu'il pouvait être important pour le déchu… Une illusion dangereuse qui l'avait mené à sa perte.

Les doigts de Fevesh se retirèrent, le laissant vide et esseulé. Il remercia le mauvais esprit qui l'entendrait de lui avoir volé sa voix. Au moins, il évitait l'humiliation de s'entendre gémir. Bjorn en voulait tellement plus et en même temps… Il se contemplait plonger dans les abîmes de ses ténèbres. Il se sentait perdre contre ses propres démons…

Fevesh modifia sa position. L'air frais glaça sa peau là où celle du déchu l'avait touchée. C'était inconfortable, et son être tout entier fut parcouru de tremblements.

Bjorn n'avait jamais froid… pour la première fois, il expérimentait cette sensation.

– Ton corps a pompé tellement d'énergie et tu étais déjà affamé… Ce que tu éprouves… c'est de la faiblesse. Tu as besoin de moi. Sinon, tu ne seras toujours pas guéri quand Beorth arrivera.

Contre toute attente, Fevesh le souleva légèrement pour placer sous ses fesses un coussin. L'attention le déstabilisa, parce qu'au grand jamais le juge n'avait pris soin de lui. D'ordinaire, leurs ébats étaient brutaux et parfois un peu douloureux. C'était une fois de plus déroutant.

– Enlève-le, parvint-il à articuler sans aucune conviction.

Fevesh n'obéissait à rien ni personne en ce monde. Le seul à qui il devait rendre des comptes était Lucifer lui-même. Pourtant, le tissu lui fut retiré. Alors, il put admirer le tableau que lui offrait son amant. Fevesh se tenait légèrement arqué – puisqu'il s'était penché pour arracher le bandage –, ce qui mettait ses abdominaux en valeur. Sa peau gris pâle et ses tétons noirs octroyaient une impression monochrome. Hormis ses iris, rien chez Fevesh ne possédait de couleur. Bjorn avait déjà entraperçu Lucifer tandis qu'il espionnait une réunion que son père avait exigée. Il savait donc que ce n'était pas un trait commun à tous les anges déchus. Il ignorait ce qui était à l'origine de ce phénomène, mais n'avait jamais osé le lui demander.

– Aimes-tu ce que tu vois ?

Fevesh empoignait son érection en disant cela, après quelques va-et-vient rapides pour récolter le liquide préséminal, il se positionna contre son anneau de chair.

– Non. Je ne veux pas.

L'énoncer à voix haute fut une torture autant physique que mentale. Bjorn se languissait de la jouissance que Fevesh promettait de lui procurer. Fevesh poussa, lui arrachant un gémissement douloureux. Son membre n'était pas petit et même préparé il n'était pas toujours facile de l'accueillir.

– Tsssss.

Ce sifflement inhumain et irrité l'interpella. L'expression sur son visage se fit concentrée... hésitante.

– As-tu cette chose qui... huile.

Bjorn en aurait presque ri, à la foi d'ironie, mais aussi d'amusement.

– Réponds... quoi qu'il arrive, je te prendrai.

Instinctivement, son regard se dirigea vers la table basse, là où se trouvait le lubrifiant. Puis, il se ressaisit.

– Non.

Fevesh soupira sans le quitter des yeux, descendit du lit et s'empara de la bouteille.

– Lubrifiant, lut-il. Pour une pénétration en douceur. Mummm, je suppose que c'est ça.

Il examina le contenu du tiroir, mais sans grande surprise les préservatifs qu'il utilisait quand il couchait avec des humains n'intéressèrent pas vraiment le déchu. Fevesh regagna sa place entre ses cuisses, couvrit abondamment son sexe du liquide transparent et employa le surplus pour le préparer une nouvelle fois. Bjorn déglutit.

– S'il te plaît. Ne fais... pas ça.

Son amant positionna son érection contre son intimité. Leurs regards s'accrochèrent, s'emprisonnèrent.

– Je t'en prie...

Bjorn pouvait presque percevoir physiquement son âme se scinder en deux. D'un côté, il souhaitait supplier Fevesh de le prendre si violemment qu'il ne pourrait jamais oublier ce moment. De l'autre... il se maudissait, il LE maudissait. Il ne voulait pas devenir comme elle. Il ne supportait pas l'idée de devenir l'esclave de sa nature.

Fevesh le pénétra tout en s'inclinant. Son propre sexe frappa son nombril tandis que l'érection massive l'étirait. La douleur ne fut qu'une piqûre vite oubliée. Les lèvres chaudes du juge rencontrèrent sa jugulaire, ses canines effleurèrent son épiderme brûlant de désir. Il sentit le sourire de son amant contre son pouls. Il entendit son reniflement amusé.

– Tu aimes ça… Ne le nie pas.

Non. Il n'aimait pas… il adorait. En cet instant, il était prêt à le supplier de continuer. Son corps s'abreuvait goulûment de l'énergie de l'ange déchu. Bjorn ne parvenait pas à se contrôler.

– Arrête…

Fevesh frappa rudement sa prostate. Bjorn cria de plaisir, même s'il ne sortit de sa gorge qu'un autre son éraillé.

– Non.

Fevesh se retira totalement pour le pénétrer de nouveau. Il gémit une fois de plus. Bjorn se sentait de plus en plus fort. Il réussit même à bouger les doigts. Quelques minutes de plus et il parviendrait à le repousser, sauf qu'il n'aurait pas besoin d'autant pour jouir. Il se savait proche du gouffre. L'extase menaçait de lui faire perdre la tête.

– Je peux ressentir ton plaisir.

Fevesh passa un bras sous ses omoplates et l'obligea à le chevaucher. Peut-être ne pouvait-il pas se défendre, mais il ne serait pas le seul à souffrir.

Chapitre 22

Fevesh

es nouvelles sensations qu'il ressentait

faisaient naître en lui une profonde impression de frustration. Il ne comprenait pas ce qui lui arrivait. C'était un mélange d'émotions négatives regroupant la peur et l'inquiétude, mais aussi plus positives comme du soulagement et… la constatation que Bjorn reprenait des forces le satisfaisait au point de se sentir… apaisé.

C'étaient des sentiments qu'il avait éprouvés récemment… cela faisait des siècles qu'il avait pour seule perception la colère ou l'ennui. L'amusement ne perçait jamais vraiment. Mais Bjorn… Bjorn faisait naître des sensations nouvelles en lui, et il ignorait s'il en était heureux ou non. Pour l'instant, Fevesh mit tout cela de côté. Tout ce qui comptait, c'était que son incube guérisse.

D'ailleurs, il pouvait le constater à sa masse musculaire plus abondante, comme s'il se « regonflait ». Il avait vu à de nombreuses reprises le corps de démons s'autodigérer pour régénérer les parties les plus abîmées de leur être et ainsi permettre une survie optimale. En général, lorsque ce phénomène se produisait, le moment était plus que critique. Certains de ceux qu'il avait torturés et affamés avaient terminé leur existence en ressemblant à des momies décharnées et à peine capables de bouger. Bjorn n'en était pas arrivé à une telle extrémité, mais… s'il attendait davantage, il finirait par se faire du mal.

Fevesh passa son bras sous les omoplates de Bjorn et l'aida à se redresser. Son incube parvint même à se maintenir droit tandis qu'il exerçait un mouvement de rotation du bassin et s'enfouissait plus profondément en sa proie. Le corps tout entier de Bjorn trembla.

– Je peux ressentir ton plaisir.

Le jeune démon faufila ses bras sous les siens, ses mains glissèrent sur son dos – ce qui le fit soupirer de contentement – pour s'accrocher de toutes leurs forces à ses épaules.

– Je t'ai dit d'arrêter…

La voix de Bjorn était à présent plus audible et le confortait dans ce sentiment de soulagement indésirable.

– Pas tant que nous n'aurons pas joui.

Pour faire bonne mesure, il prodigua un rude coup de reins. Les ongles de Bjorn se plantèrent si fort dans sa peau qu'il était certain de saigner. L'odeur métallique chatouillait déjà ses narines.

– Tu joues avec mes nerfs depuis trop longtemps, murmura-t-il contre l'oreille de sa proie.

Fevesh passa une main entre eux pour se saisir de l'érection de l'incube et commença à le masturber vigoureusement.

– Quand je pourrai laisser mes marques, elles seront si profondes qu'elles resteront visibles durant les trois cents prochaines années.

Elles seraient magnifiques, superbes et signe évident qu'il le possédait. Fevesh les bascula tous les deux sur le lit pour frapper plus puissamment la prostate de son amant. Son propre plaisir grondait en lui, le contenir fut une douce torture. Ses muscles le brûlaient délicieusement à cause de l'effort. Leurs peaux se firent bientôt moites de sueur. Le silence régnait dans la pièce, seulement interrompu par leurs râles de délectation.

Ce ne fut que lorsque Bjorn jouit dans sa main qu'il se libéra à son tour, balayé par le pouvoir des incubes. Fevesh en était totalement addict. Ils demeurèrent un moment ainsi, leur respiration courte. Fevesh réclama les lèvres de sa proie quand cette dernière planta ses crocs dans le creux de son cou. Fevesh se redressa, sous le choc. Le jet de sang l'obligea même à compresser la plaie durant quelques secondes.

Il feula de rage contre son ingrat d'incube.

– Je ne veux plus jamais que tu me touches ! hurla Bjorn à présent revigoré.

La fureur qui marquait son visage lui coupa l'herbe sous le pied et la sienne dégonfla pour laisser place à l'incompréhension.

– Mais qu'est-ce que tu racontes ? Est-ce ainsi que tu me remercies ?

Bjorn roula sur le côté, hors d'haleine, le ventre couvert de semence. Il trébucha et Fevesh tendit instinctivement la main pour le rattraper, ce à quoi l'incube riposta en la repoussant.

– Ne comprends-tu pas ?

Le dégoût se dessina et un mal intérieur contracta les intestins du juge.

– Je préfère mourir plutôt que de devenir ta chose ! Je crèverais plutôt que de rejoindre ton harem ! Pars et ne reviens jamais ! Trouve quelqu'un d'autre à séquestrer.

Fevesh demeura immobile. C'était comme si… Bjorn pouvait disparaître s'il bougeait.

– Je t'ai promis un statut de Favori. Tu seras adoré, choyé, tu ne manqueras de rien… Tu as raison, je ne comprends pas pourquoi tu tiens tant à rester ici alors que tu pourrais paresser dans un palais somptueux.

Et c'était vrai, beaucoup auraient souhaité sa place pour garantir simplement leur sécurité. D'une manière ou d'une autre, c'était un statut convenable pour énormément de démons.

Bjorn secoua la tête négativement, il semblait sur le point de… pleurer, mais il était bien trop fier pour se laisser aller. Cela ne contrecarra pas l'explosion de colère qui suivit.

– Parce que… parce que je t'aime putain ! Tu es la personne la plus détestable que j'ai jamais rencontrée, pourtant je t'aime.

Il marqua une pause, mais Fevesh était bien trop déstabilisé par ses propos pour répliquer quoi que ce soit.

– Parce que je ne ferai pas comme ma mère. Je n'attendrai pas avec impatience tes visites. Je ne me lamenterai pas de tes absences. Je ne te supplierai pas de me baiser jusqu'à ce qu'un jour, tu te lasses de moi et me laisse mourir seul dans une chambre, certes luxueuse, mais qui n'en demeure pas moins une prison. J'ai été traité telle une merde les trois quarts de ma vie ! Je ne t'autorise pas à me considérer comme ta chose !

Fevesh descendit avec précaution du lit, mais cela eut pour effet de faire reculer Bjorn. Il ne comprenait pas, tout ceci était totalement abstrait pour lui. Il ne connaissait pas le sens du mot amour... ou du moins, il l'avait oublié. Depuis fort longtemps.

– Pars ! Je ne serai l'esclave de personne...

Fevesh ouvrit la bouche, ne sachant pas encore ce qu'il devait dire ou faire, mais une fois de plus, Bjorn le devança.

– Si je dois mourir... ce sera en démon libre ! Tu as outrepassé tes droits en m'obligeant à coucher avec toi. Ici... on appelle ça du viol.

La colère de Fevesh fit soudainement bouillir ses veines. Il avança jusqu'à ce que Bjorn soit acculé contre le mur. Il le plaqua contre la cloison, emprisonnant sa mâchoire et l'embrassa avec avidité. Sans étonnement, son incube mordit sa langue, mettant ainsi fin à leur baiser. Il aima la vision de son sang au coin de ses lèvres et l'éventualité de s'emparer à nouveau de ces dernières l'effleura. Son sexe palpitait déjà d'anticipation.

– Essaie et je te la coupe. Quoi qu'il en soit, elle mettra du temps à se régénérer.

Malheureusement, la colère était encore plus forte. Il serra plus vigoureusement la mâchoire de sa proie qui grimaça douloureusement. Il avait son attention.

– Si je dois te violer pour que tu demeures en vie, je le ferai autant de fois qu'il le faudra[41] ! Tu resteras en vie, c'est un ordre !

---

[41] Non, on ne fait pas ça ! Le consentement, c'est important. J'ajoute que nous demeurons dans une œuvre fictive et que cette scène a été très difficile à écrire, car à l'opposé de mes principes.

Malgré le tourment, Bjorn parvint à articuler :

– Je ne te laisserai pas faire… Quitte à utiliser mes pouvoirs contre toi.

Il relâcha Bjorn, ne supportant plus son regard dégoûté et réprobateur. Pourquoi ne cessait-il pas de le repousser ? C'était incompréhensible.

Lorsqu'il passa le chambranle, il s'arrêta momentanément.

– Tu me dois un repas. C'était notre pacte.

Bjorn fronça les sourcils comme s'il ne saisissait pas les mots qui sortaient de sa bouche. Puis, il émit un reniflement ironique, enserra sa tête de ses mains et se laissa glisser contre le mur, abattu.

– Pars ! Arrête de me faire croire que je pourrais être plus que ta putain.

Fevesh savait lorsqu'une bataille était perdue. Pour le moment… il devait comprendre ce qui se passait en lui. Pourquoi souhaitait-il toutes ces choses qui auparavant ne lui importaient pas ? Depuis combien de temps se souciait-il autant de ce que désirait Bjorn ?

En fait… il ignorait depuis quand sa proie avait cessé d'en être une. Il devait obtenir des réponses. Il ne connaissait qu'une personne capable de les lui fournir…

La petite chose médiumnique.

Malheureusement, je dois aussi suivre le caractère de mes personnages et la cohérence de l'univers. Merci de votre compréhension.

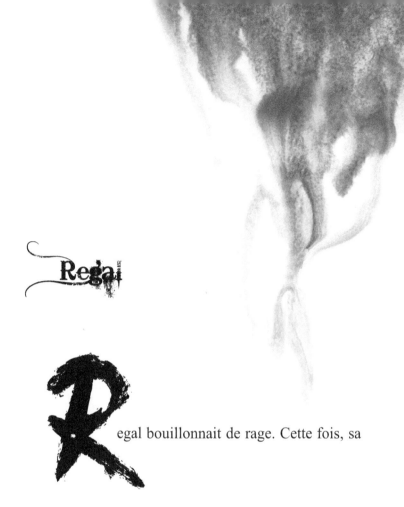

Regal

Regal bouillonnait de rage. Cette fois, sa patience était arrivée à ses limites. Eden avait considérablement augmenté sa capacité à tolérer certaines actions, mais ses frères étaient allés trop loin. Il imaginait sans trop de mal que Beorth était encore derrière tout ce merdier. Regal ne comprenait même pas ses motivations. Avec tout le pouvoir qu'il avait engrangé, Beorth était sans doute invincible. Il avait englouti tant d'âmes... une âme, pour une vie.

Regal frotta la cicatrice sur son torse, stigmate de sa dernière altercation avec Beorth. Il était plus puissant qu'à l'époque bien sûr, mais… son aîné l'était tout autant.

L'étal d'un marchand le fit revenir dans le présent. Regal avait aboli la vente d'animaux démoniaques morts ou vifs depuis plus de trois siècles.

– Toi, qui t'a autorisé à vendre une telle chair ?

Le boucher renifla avec dédain. Certains crétins des Bas-Fonds n'avaient jamais mis les pieds dans les rues de New York. Il était assez clair que le type ne le connaissait pas.

– Maître Onrik. C'est une bonne chose que Raken soit mort. Suivre bêtement les ordres d'un démon d'en haut était une connerie sans nom.

Regal commençait à avoir du mal à contenir sa fureur.

– Il n'a aucune autorité ici. Personne ne le reconnaît comme notre maître et Onrik l'a bien compris. Un émissaire est venu, il y a quelques heures… Ah, ah, ah ! Il a été répudié comme il se doit.

Le rire gras du boucher lui fit presque perdre patience. Regal créa une flamme dans sa paume et la laissa tomber sur le comptoir.

– Hééééé ! Ma boutique ! Tu vas payer pour ça.

Le boucher tenta en vain de sauver sa marchandise en étendant un drap sale pour étouffer le feu, sauf que le pouvoir de Regal avalait tout et ne s'éteignait que lorsqu'il l'avait décidé. Quand la viande ne fut que cendres, l'incube balaya l'étal du revers de la main. Les flammes prirent la forme d'un serpent ailé qui s'enroula autour de son avant-bras.

– Brûle tout ce qui n'est pas autorisé.

L'entité embrasée glissa de son bras et s'en fut en voletant sans aucun bruit dans les airs. Plusieurs brasiers ne tardèrent pas à s'allumer dans l'allée principale du marché. Apparemment, ce marchand n'était pas le seul mauvais élève. En parlant de lui, le mâle contourna son présentoir. Son intention était claire et Regal ne le laissa pas approcher. Il savait que la sclérotique de ses yeux s'était assombrie.

– Quand on est assez sot pour ne pas admettre ma juridiction, on ne mérite même pas de vivre.

Le démon recula, apeuré.

– Je vais être clément cette fois… Je te conseille de répandre la nouvelle. Je suis Regal Knight et mon autorité est suprême. J'exécuterai tous ceux qui me défieront. Les Bas-Fonds ont trop longtemps bénéficié de ma tolérance.

Le type opina du chef et s'en fut sans demander son reste. Les gens autour d'eux commencèrent à ranger leurs boutiques. Cela importait peu, son pouvoir découvrirait tout ce que Regal avait reconnu comme « illégal ». Les animaux encore en vie mourraient ou retourneraient en Enfer si leur propriétaire était assez rapide pour les préserver. La ville fut en feu et aux trois quarts ravagée avant même qu'il n'atteigne le « palais » qu'occupait autrefois Raken.

La demeure ressemblait à celle que l'on trouvait dans les pays berbères, mais plus haute et rectangulaire. Les murs semblaient faits de terre dans les tons ocre. Elle était splendide et richement décorée malgré le lieu.

Onrik et sa troupe de gros durs l'attendaient devant l'édifice. La posture du dévoreur d'âmes était fière, détendue, arrogante même. Il se tenait les mains devant son bassin comme s'il ne le craignait aucunement. Regal ne connaissait Onrik qu'à travers des récits qu'on lui avait relatés. Son Petit Lapin, lui, aurait décrit Onrik comme le fils illégitime de Deadpool et de Dark Vador, pour le côté sombre.

Lorsqu'il lui fit face, il ne put s'empêcher de renifler avec amusement.

Par les couilles de papa… tu me déteins tellement dessus.

– Eh bien, que me vaut ton hilarité ?

Ne pouvant énoncer à voix haute ce qu'il avait en tête sans passer pour un gland, Regal se contenta d'adopter une posture plus rigide et distinguée.

– Je me demande quel son produisent un dévoreur d'âmes et sa clique lorsqu'ils rôtissent. Mais avant, y a-t-il une raison pour laquelle tu as cru intelligent d'assassiner Raken ?

– Cet endroit est mon territoire. Je trouve excitant que tu oses te présenter. Beorth m'a certes interdit de m'attaquer directement à toi, toutefois, il ne m'a pas défendu de te tuer si tu pénétrais mes terres.

Regal soupira avec lassitude. Il se permit d'observer la ville en train de brûler, les démons hurler de peur et courir en tous sens pour éteindre les flammes. Son serpent ailé avait pris tant d'envergure qu'il devait atteindre vingt mètres[42] de long. Son corps commençait à être trop à l'étroit. Heureusement pour les occupants des Bas-Fonds, son feu n'engloutirait pas les structures si sa loi avait été respectée. Force était de constater que peu s'étaient montrés obéissants.

– Je ne sais pas ce que vous avez tous à vouloir vous approprier mes biens. Ce n'est pas comme si vous en ressortiez vivant… Quoique je n'aie pas eu le plaisir d'exécuter ta sœur.

Un tic nerveux agita le côté de sa lèvre supérieure.

– Fils de pute !

– Tu n'aurais pas dû pointer ton cul de viande hachée ici.

---

[42] En référence, le Titanoboa cerrejonensis aurait mesuré dans les quatorze mètres.

Onrik écarta les bras comme l'accueillant pour un câlin. Il n'en était rien, et son rire grave ne fit qu'attiser sa colère. Celle qu'Eden appelait la fureur froide.

– Et que penses-tu me faire ?

Regal montra de l'index le plafond en partie écroulé des Bas-Fonds. Le voleur d'âmes suivit la direction sans se départir de son arrogance.

Son regard tomba dans celui du serpent enflammé et un rictus affolé déforma ce sourire que Regal voulait effacer. Les gardes du corps de son demi-frère ne demandèrent pas leur reste, aucun n'était assez puissant pour combattre son pouvoir.

Le reptile ouvrit la gueule en un sifflement crépitant. Onrik créa un gigantesque javelot de glace qu'il propulsa pour contrecarrer son offensive.

Regal renifla.

Sa tentative fut aussi efficace que d'ouvrir un parapluie pour se protéger d'une éruption volcanique. La lance fut engloutie telle une crème glacée menthe-chocolat par Eden. Son serpent de flamme referma alors la gueule sur Onrik. Regal ne quitta pas un seul instant des yeux le spectacle. Dans une action désespérée, le voleur d'âmes créa un bouclier de givre. La peau du démon commença par cloquer, mais l'intensité du brasier finit par avoir raison de sa glace ainsi que de son corps qui se calcina jusqu'à devenir poussière.

Comme beaucoup de combats, celui-ci n'avait pas eu le moindre intérêt. Il ne savait pas si Beorth se moquait de lui en envoyant des êtres aussi minables. D'ailleurs, si Bjorn avait été au sommet de sa forme, Regal n'aurait pas eu besoin d'intervenir. Cela montrait à quel point son petit frère avait tiré sur la corde et il ne fit que s'en vouloir davantage de ne pas l'avoir remarqué plus tôt. Il ignorait s'il pouvait encore lui tendre la main. Il l'espérait. Il priait pour qu'il ne soit pas trop tard.

Malheureusement, il apprenait toujours… et cela grâce à son compagnon. Il ferait continuellement des erreurs, et il les réparerait. Une à une.

L'incube ferma le poing, une puissante chaleur s'en dégagea tandis qu'une boule de lave grossissait en son sein. Il lâcha cette dernière qui lévita à quelques centimètres du sol. La croûte se fissura et le liquide rougeoyant modifia sa structure pour prendre la forme d'un loup-garou. Eden lui avait fait regarder Van Helsing. Il devait l'avouer… il avait beaucoup aimé.

– Trouve-moi les mutins. Amène-les-moi.

La créature opina, puis se mit en mouvement. Le serpent de Regal, lui, diminua d'intensité jusqu'à retrouver sa taille initiale. Il n'avait pas envie de demeurer trop longtemps ici. Malheureusement, il ne connaissait plus personne de fiable… Il allait devoir chercher un remplaçant à Raken. Regal pensa tout d'abord à Aligarth. Il était suffisamment puissant pour ne pas se faire assassiner à la première occasion et sa confiance en lui était limpide. Néanmoins, ce dernier allait prendre une crise cardiaque s'il devait apparaître devant une foule.

—Knight-dono[43].

Regal tourna la tête dans la direction de la femelle agenouillée. Elle arborait des cheveux courts et ébouriffés très sombres, une corne partait de la base de son front et pointait vers le ciel. Il la reconnut comme étant un hakama[44], grâce à sa peau laiteuse, ses yeux bridés magnifiques – dont l'un était aveugle à cause

---

[43] Suffixe honorifique japonais que l'on n'applique plus de nos jours, sauf dans les mangas et pour certaines cérémonies puisqu'on l'utilise pour les seigneurs/maîtres. On utilisera davantage le terme « sama » qui est déjà très solennel.

[44] Démon en japonais.

d'une blessure récente – et les traits rouges qui marbraient son visage.

– Qui es-tu ?

– Tetsuya[45] Hakiabara.

Regal l'examina un long moment, il souhaitait la mettre mal à l'aise. Il en avait sa claque de toutes ces trahisons et mutineries. Il savait exactement qui elle était, même si elle ressemblait davantage à sa mère et en portait le nom également.

– Que veux-tu ?

– Je suis la fille de Raken. Je ne pourrai malheureusement pas obtenir vengeance, car je ne suis pas arrivée à temps pour la réclamer.

Regal ne se méprit pas pour autant. Il ne désirait plus jouer.

– Tu n'aurais pas été de taille.

– En effet.

– Tu espères la place de ton père. Est-ce pour cela que tu te présentes à moi ?

Elle secoua la tête négativement.

– Il n'a pas été assez puissant pour nous protéger, qui plus est, je suis une femelle.

Lilith possédait son propre royaume. Son propre harem. Mais, contrairement à beaucoup d'autres, elle détenait la force de se défendre contre les plus vils démons de leur monde.

– Ma mère et ma petite sœur sont retenues dans le palais. Je suis venue vous implorer de les libérer… elles… elles ont été suffisamment souil…

Regal leva la main, ne souhaitant pas entendre la suite. Il ne connaissait que trop bien les penchants de leur espèce. Si Tetsuya ne se trouvait pas actuellement aux côtés de sa famille, c'était sans doute à cause de la

---

[45] Ce prénom est davantage utilisé pour un homme.

cicatrice qui barrait sa paupière. La jeune femme s'était peut-être battue pour gagner sa liberté. Il n'en savait rien.

– J'ai manqué à ma tâche. J'aurais dû être plus à l'écoute de Raken. Tu seras la nouvelle dirigeante des Bas-Fonds.

Ses yeux s'écarquillèrent.

– Je suis une femelle.

– Oui. Et je t'octroie ma protection. Je te fournirai rapidement un portable et tout ce dont tu auras la nécessité pour régner sur ce territoire en toute quiétude. Ceux qui ne sont pas d'accord avec mon jugement n'auront qu'à quitter New York.

L'akuma se prosterna plus bas encore.

– Lève-toi ! Ton rang est pratiquement égal au mien à présent. Je viendrai te rendre visite régulièrement pour m'assurer que tu n'as besoin de rien.

Et pour vérifier qu'elle n'outrepassait pas les règles dictées par Regal. Tetsuya se redressa.

– Comment dois-je vous remercier, Knight-dono.

– Abolis l'esclavage des femmes ici aussi. Soyons progressistes. Je suis certain que tu t'entendrais à merveille avec mon compagnon.

– Je serais honorée de rencontrer le jeune homme qui partage votre vie.

Elle lui souriait avec sincérité, et cela le détendit.

– Il vous rend…

La tension revint.

– Plus fort.

Il sut en cet instant qu'il avait fait le bon choix. Il attendit que tous les mutins soient placés devant le palais, puis Regal offrit sa part de vengeance à la nouvelle responsable du bas astral.

– Tetsuya.

L'akuma, à présent couverte de sang et de viscères, pivota, rayonnante.

– Oui ?

– J'ai un service à te demander.

Chapitre 23

Edward

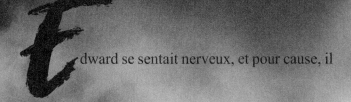

dward se sentait nerveux, et pour cause, il

était temps de passer le pas. Il quitta la sécurité de la cuisine où il avait préparé deux mugs d'hémoglobine. Un de plasma artificiel mis au point par Ox, le scientifique démon, et un second du sang que Regal offrait tous les quinze jours à Crystal. Il rejoignit son Cormentis dans son nouvel atelier. Celui-ci se défoulait à grands coups de pinceau, de spatule et autres ustensiles dont Ed ne connaissait même pas le nom, même si sa Vipère les lui avait répétés cent fois.

– Ça prend forme.

Crys se détourna du tableau en pouffant.

– Tu trouves ? Je me suis inspiré de l'entité de Bjorn et de l'effet qu'elle a eu sur les exorcistes.

Ed observa l'énorme tache rouge et les éclaboussures allant vers le haut de la toile.

– Cela explique beaucoup de choses. C'est le corps, en bas ?

– Si tu louches, rigola-t-il.

Au moins, il n'était plus déprimé à l'idée de peindre ou de dessiner des tableaux avec précision. Ed savait que de temps à autre il s'essayait à un croquis, mais abandonnait après plusieurs heures d'entêtement. Il comprenait combien cela coûtait à sa vipère, mais il était certain qu'un jour ou l'autre, avec son bras bionique ou naturel, il parviendrait à retrouver sa dextérité.

– Quelque chose ne va pas ? demanda son compagnon en se grattant la tête avec l'articulation de son poignet gauche. Son chignon tangua, puis retomba négligemment sur le côté. Ed ressentit presque physiquement le poids de l'enveloppe dans sa poche. Il posa la tasse sur une petite table tachée de peinture sèche.

– Tiens. Je ne pense pas qu'il y ait une bonne façon de te la donner… j'ai abandonné tous les plans que j'ai élaborés.

Crystal sentit la patate et fronça les sourcils. Ed plaça l'enveloppe à côté de la boisson de sa Vipère.

– Tu me fais peur…

Ce fut pourquoi Crystal prit tout son temps pour ranger le plus de matériel possible, puis sa main resta en suspens au-dessus du papier d'un blanc immaculé.

– Essaie de ne pas trop m'en vouloir.

– Ne me dis pas que Bones va nous causer des ennuis ?

Ils venaient tout juste de régler le problème Ophiuchus, tout du moins le démantèlement du clan était en cours.

– Ce n'est pas ça.

Crystal l'examina quelques secondes de plus. Sa main tremblait, puis il s'empara du cachet et le déchira rapidement. Il découvrit alors un billet d'avion imprimé.

Sa bouche s'ouvrit en un « o » qui aurait tout aussi bien pu être un « Ooooh mon Dieu ! Je pars en vacances » qu'un « Oh, c'est dommage, je t'aimais bien, mais tu vas mourir ». L'accentuation de sa ride du lion lui indiqua que la seconde option était la plus envisageable.

– Un billet aller pour l'Angleterre en date du 28 octobre…

Sa vipère demeurait stoïque, regardant le papier sans broncher. L'estomac de Ed se tordit, et il crut bon d'argumenter.

– Eden et Kate possèdent le même billet. Ali partira avec vous pour vous protéger et éventuellement vous cacher. Si tel est le cas, il vous fournira de nouvelles identités. L'Angleterre était la meilleure option. Ainsi vous n'aurez pas à apprendre une autre langue dans l'immédiat. Si… nous échouons, il vous faudra déménager tous les six mois au moins les deux premières années. Je ne pense pas que Beorth se fatiguera à vous chercher si nous sommes morts.

Il n'avait pas pris une seule inspiration durant son monologue. Les bras de Crys retombèrent le long de son corps, son visage dépourvu de la moindre émotion se braqua sur lui.

– C'est une blague ?

Edward se mordit l'intérieur de la joue. Pour la première fois de sa vie, il ne savait pas comment mener une bataille, parce qu'à cet instant, c'était une lutte contre son compagnon têtu et revêche qu'il allait affronter.

– Crystal… Je ne…

– Stop.

Ed cessa, prévoyant une explosion de colère. Son ex-chasseur attrapa alors d'un geste calme sa tasse d'hémoglobine, la but cul sec, la reposa, déchira le billet et quitta l'atelier sous le regard ébahi d'Ed. Il le suivit dans le couloir et le vit emprunter le chemin de la porte d'entrée.

– Attends, ma Vip…

– Non ! Non… Là, j'ai très ! mais alors très, très, très, très, très…

– Ça fait beaucoup de très...

– Oui ! Énormément ! Je veux te tuer ! Je n'aurai pas cette conversation, tout simplement parce que je ne partirai pas.

Il claqua la porte dans son dos et au nez d'Edward avant que celui-ci ne puisse ajouter quoi que ce soit. D'un certain côté, il était heureux que Bjorn et Regal ne soient pas présents pour assister à la scène. Sa mémoire ne se souvenait pas d'un temps où qui que ce soit lui avait parlé de la sorte… hormis l'ancienne reine Vampire.

Lui qui avait fait la morale à Regal, il se retrouvait au même point.

C'est-à-dire avec un compagnon pas content du tout, qui risquait sans aucun doute de la lui couper durant la nuit… Juste par vengeance et parce que ça repoussait…

En réalité, Ed luttait pour ne pas rejoindre immédiatement son homme. Il l'aimait tant que cette situation ne pourrait pas perdurer. Malheureusement, sa sécurité était un point sur lequel il ne pouvait se permettre de reculer.

Eden

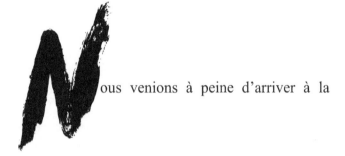

ous venions à peine d'arriver à la

maison lorsqu'on frappa à la porte. J'allai ouvrir, non sans que mon Ombre préférée m'accompagne. Quand il était de garde, je bataillai souvent pour qu'il ne me suive pas aux chiottes. Ali était devenu surprotecteur depuis que la demi-sœur de Regal et de Bjorn avait bien manqué de me zigouiller. Il avait pris très à cœur le fait qu'il avait soi-disant failli à sa mission. Ce n'était pas moi qui avais fini la jugulaire tranchée… alors, je n'allais pas me plaindre au service clientèle. Pourtant, Aligarth ne cessait de se fustiger pour ce moment.

J'ouvris à la volée en apercevant mon invité surprise par le judas.

– Crys ? J'ai loupé ton coup de fil ?

D'ordinaire, mon meilleur ami passait un appel avant de débarquer. En même temps, ce qu'il s'était produit dans l'appartement de Bjorn m'avait retourné l'estomac, et je ne me sentais pas d'attaque pour une soirée entre potes.

– Je ne t'ai pas téléphoné… Tu sais quoi ?! Ce Crétin !

Il entra dans le penthouse tout colère.

– Première dispute ? questionnai-je sans penser trop me tromper.

Ali salua timidement Crystal de la main.

– Je serai dans le coin, au besoin.

Suite à sa réplique, il disparut dans l'ombre du canapé, me laissant me débrouiller seul pour gérer la tempête qui s'annonçait.

– Écoute bien les mots qui sortent de ma bouche ! Je ne partirai pas en congé pour déguster du pudding et du thé alors que mon homme combat un démon millénaire qui va ravager le monde et très éventuellement buter MON vampire !

J'avais le moral dans les chaussettes et l'arrivée de Crys n'améliorait pas les choses puisque tout comme moi, il venait de se faire gentiment expédier en colonie de vacances par Edward.

– C'est parce qu'il s'inquiète pour toi. Attends… du pudding ?

Mon ami n'écoutait pas, il était bien trop en colère contre le bras droit de mon compagnon pour s'arrêter en si bon chemin.

– Oui ! Du putain de pudding ! Tu n'étais pas au courant ? Ils nous envoient en Angleterre !

Je soupirai avec lassitude et repris, tout aussi démotivé.

— Eh bien, c'est assez différent des cocktails et du soleil que l'on m'avait promis… Je suppose que c'est pour nous éloigner du continent.

Si je ne m'étais pas autant inquiété pour Bjorn, peut-être aurais-je été une meilleure oreille pour Crys. Mais, merde… n'avais-je pas été le complice d'un viol ? N'aurais-je pas dû intervenir ? Qu'aurais-je dû faire ? Bjorn pouvait mourir sans l'action de Fevesh, mais...

— Eh ! Tu m'écoutes ?

— Oui, et je ne sais pas quoi te dire. N'est-ce pas à Edward que tu devrais te plaindre ? Je n'ai pas eu gain de cause moi non plus…

Crystal cessa net de creuser un sillon dans le carrelage du salon. Pour la première fois depuis qu'il était arrivé, il me regardait vraiment.

— Il s'était encore produit quelque chose.

Je lui expliquai rapidement la situation.

— C'est un démon. Demain matin, il pétera le feu et me fera sans doute une blague genre : « Eh, tu veux du chocolat ? Ah bah non ! Pas de bras, pas de chocolat ! Ah, ha, ha ! »

Selon moi, cette info puait le vécu.

— Eden, tu n'as pas à te sentir coupable. Tu n'aurais pas pu intervenir.

— J'en ai tellement marre d'entendre cette réplique ! Je VEUX faire quelque chose ! Je SOUHAITE être utile.

Crystal baissa un temps le regard.

— Je ne me suis pas disputé avec Ed. Je suis parti parce que je sais qu'il a raison. Je suis… je peux bien avoir été entraîné toute ma vie à tuer, je ne ferai pas le poids contre un démon.

Ma gorge se serra en entendant toute la tristesse contenue dans sa voix.

– Tu ne peux rien faire contre Fevesh ou la façon de faire des créatures de la nuit. Je ne peux pas protéger Edward, parce que je suis un vampire trop jeune et cassé… C'est frustrant, mais c'est ainsi…

Un soupir nous fit sursauter tous les deux. Il s'agissait de Regal. Son expression reflétait autant son amour que son tourment.

– Un jour, tu seras aussi puissant qu'Edward. Ne te flagelle pas. Je ne connais aucun vampire de ton âge capable de réaliser ce que tu fais actuellement.

Mon incube nous contourna pour me prendre dans ses bras.

– Mon ange.

– Je sais.

Nous en avions parlé tant de fois qu'il était inutile d'aborder le sujet. En outre, ce n'était pas des excuses que je souhaitais entendre, mais une solution viable pour aider ma famille.

– L'Angleterre… Ça manque de cocktails et surtout de soleil.

– Edward dit qu'il est préférable de vous éloigner du pays.

Je dressai un sourcil sceptique.

– Tu es au courant qu'à sept cents ou mille milles près, nous aurions le droit aux beaux jours et aux palmiers du côté de Los Angeles. Je n'ai rien contre l'Europe, mais… c'est le genre le voyage qu'on entreprend en amoureux…

Regal m'embrassa sur la tempe, puis me relâcha pour aller se servir un verre de bourbon. Je n'allais pas apprécier la saveur qui s'attarderait sur ses lèvres…

– Justement, commença-t-il en versant le liquide ambré.

Il fronça les sourcils.

– Edward n'est pas là ?

Je levai les bras au ciel avec désespoir.

– Parti aux toilettes, il revient.

– Mumm, d'acco… hééé !

Regal avait l'habitude de me voir m'éclipser discrètement. Je lui avais aussi interdit l'accès à une certaine salle de bains. Vivre avec des créatures qui assimilaient si vite les aliments qu'elles n'avaient pas besoin de se soulager avait fait germer une espèce de complexe bizarre.

Regal me pointa du doigt, mais son air malicieux me redonna un peu de joie.

– Moque-toi, Petit Lapin.

Crystal

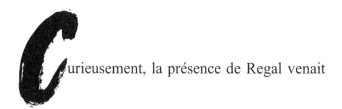

urieusement, la présence de Regal venait

d'alléger grandement la tension dans la pièce, ce qui selon Crystal était un exploit à part entière.

– Comment va Bjorn ?

L'incube haussa les épaules.

– Je l'ignore. Je ne compte pas me pointer tant qu'ils n'en auront pas fini tous les deux.

Eden baissa les yeux sur ses pieds.

– Je ne sais pas si nous avons bien fait.

– Malheureusement, il n'y a pas de bonnes actions, encore moins de solutions correctes. Tu viens d'en faire l'expérience toi aussi.

Le regard de Regal se perdit dans le dos de Crystal. Au même instant, une main se posa entre les omoplates de ce dernier.

– Aaah ! hurla-t-il en s'écartant.

Edward dressa un sourcil malicieux.

– On a déjà parlé des arrivées surprises des centaines de fois !

Le presque-immortel lui offrit un sourire sans joie. Crys supposait qu'il ignorait si leur vraie fausse dispute l'empêchait d'être aussi arrogant qu'à l'accoutumée.

– En effet.

Ed se rapprocha timidement de lui. Bien entendu, Crystal le laissa faire.

– Ma Vipère, je n'ai pas envie de t'envoyer à l'autre bout du monde. Néanmoins, je préfère que tu sois en colère contre moi et en vie, plutôt que mort et satisfait d'avoir combattu parmi nos rangs. Si nous échouons...

– Vous n'échouerez pas ! trancha Eden.

Edward opina.

– Vous êtes la seule famille que nous possédons. Si New York tombe, il ne demeurera que vous deux. Tu te dois d'être aux côtés d'Eden, tout comme Bjorn se doit d'être auprès de Regal. Cela ne signifie pas que c'est une décision juste, elle est simplement celle qui nous ferait perdre le moins.

– Tout comme je dois m'assurer que Bjorn reste en vie, je dois en payer le prix. Nous pourrons nous battre sans craindre une attaque fourbe de Beorth si vous êtes en sécurité.

Crys observa la tristesse se peindre sur le visage d'Eden. Regal versa la liqueur dans deux autres verres qu'il apporta à Edward et Crystal.

– C'est frustrant…

L'incube rejoignit son compagnon et l'emporta dans une étreinte rassurante.

– Je sais.

De son côté, le dos d'un index caressa sa main. Crys reporta son intérêt sur son vampire.

– Ne m'en veux pas, ma Vipère, je ferai tout ce qui est en mon pouvoir pour te revenir.

Profitant de l'inattention de son meilleur ami et de son amant, il s'appuya timidement contre le torse d'Edward. Ce dernier replaça une mèche tombante derrière son oreille. Ils n'étaient pas aussi démonstratifs qu'Eden et Regal.

– En fait… Je ne me suis pas enfui parce…

– Non, jamais, ricana-t-il.

Edward se moquait toujours de lui et de sa manie de le repousser sans cesse quand il était chasseur. Il leva les yeux au ciel, ce qui eut pour effet de faire rire son presque-immortel.

– Je n'étais pas vraiment en colère contre toi, enfin, un peu… mais surtout contre moi. À ta place, j'aurais agi de la même façon.

Crystal posa la tête sur son épaule.

– Ce n'est pas juste, je suis ton Cormentis. Je devrais veiller sur toi comme tu le fais pour moi…

– Tu le fais.

– Ils iront dans les Bas-Fonds.

night Corporation

Regal

ls iront dans les Bas-Fonds.

Tous braquèrent leur regard sur lui. Les iris d'Edward virèrent au rouge sang, non pas parce qu'il était en colère, mais parce que le soulagement qu'il ressentait était si intense que sa part sauvage ressortait.

– Pardon ? Et la mutinerie ?

Ed paraissait sceptique, mais il n'avait pas été mis au courant des soixante dernières minutes écoulées. Regal n'avait pas mis longtemps pour endiguer l'insurrection.

– Bjorn a été blessé par Onrik.

Voyant que tous étaient perdus, il ajouta :

– Encore un demi-frère quelconque... de la même portée que la mangeuse d'âmes qui a attaqué Eden.

L'inquiétude qui se dessina sur le faciès du vampire trahit son attachement à Bjorn. Il pouvait bien assurer à qui voulait l'entendre qu'il égorgerait Bjorn dès qu'il baisserait sa garde, lui aussi l'appréciait.

– Pour la faire courte, Fevesh s'occupe de lui. Il est sous-alimenté, mais va s'en tirer. Onrik était le chef de la mutinerie, les rumeurs sur ma vulnérabilité n'ont été que l'allumette pour mettre le feu aux poudres. Il aurait réussi à retourner les Bas-Fonds contre nous un jour ou l'autre. J'ai réglé le problème. Raken est mort, mais sa fille prendra la tête de la cité. Elle a accepté qu'Eden et Crystal y trouvent refuge durant la bataille. Les dômes qui entourent la ville empêcheront Beorth de les localiser.

Un énorme sourire étira les lèvres d'Edward.

– Parfait. S'il nous arrive quoi que ce soit, elle fera obligatoirement évacuer les Bas-Fonds.

Regal opina.

– Ali prendra le relais à ce moment-là.

Eden et Crystal les regardaient à tour de rôle, puis son homme posa la main sur son torse pour attirer son attention.

– Attends, et maman ?

Regal grimaça.

– Je suis désolé, mon ange... on va devoir droguer ta mère[46].

---

[46] Je vous vois venir... Non, non ! Soyez raisonnables ! On ne drogue pas sa belle-mère sous prétexte qu'on veut lui faire une surprise pour les vacances en famille.

Chapitre 24

Eden

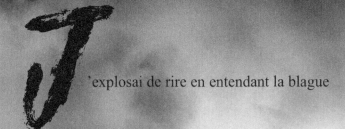

J'explosai de rire en entendant la blague

de mon compagnon.

    – Trop drôle. C'est dit avec tellement de sérieux !

    L'humour de mon amant n'était pas toujours évident à déceler, mais là c'était tellement énormissime. Crystal, lui, ne se marrait pas du tout.

    – Fais pas cette tête, il rigole.

    Mon meilleur ami pointa mon homme de l'index.

    – Je ne crois pas.

J'essuyai le coin de ma paupière tout en essayant de me ressaisir. Je jetai un coup d'œil à Regal qui pinça les lèvres. Je me figeai.

– Tu déconnes… hein ?

Je pris du recul pour avoir mon incube bien en face.

– Tu n'as pas l'air de quelqu'un qui plaisante. Pourquoi tu n'as pas…

– Mon ange, Kate ne peut pas se balader impunément dans les Bas-Fonds. Nous allons déjà avoir du mal à vous faire entrer toi et Crys. Ta mère est humaine.

– On ne drogue pas maman !

– Je ne peux l'assommer avec mes pouvoirs, car si je meurs, elle y demeurera.

Je me frottai vigoureusement le visage, comme pour effacer un cauchemar.

– On ne drogue pas maman ! On ne la plonge pas dans le sommeil de la Belle au bois dormant ! C'est niet !

Regal ouvrit les bras pour se justifier et avança d'un pas dans ma direction.

– Non ! On trouve autre chose. Elle… elle est hyper tolérante, elle pourrait comprendre.

Mon incube parut désolé et je sus que nous tournions en rond.

– Elle pourrait simplement partir en voyage, proposa Crystal. Beorth ne la cherchera pas, elle n'a aucun intérêt pour lui. Prenez-lui des vacances sur deux mois, même si elle voit aux informations que New York est en feu, elle n'obtiendra sans doute pas l'autorisation de s'y rendre tout de suite. Nous aurons largement le temps de la rejoindre.

J'acquiesçai. C'était un compromis passable, plus que de la shooter au crack démoniaque qui pourrait lui laisser je ne sais quelle séquelle ou la plonger dans le coma…

– J'ai besoin d'un verre.

Je me dirigeai dans la cuisine, parce que ma tequila bas de gamme n'avait aucunement sa place parmi les bouteilles d'alcool hors de prix de Regal.

Alors que je me détournais, je vis les yeux de mon amant s'écarquiller. Je ne compris ce qui arrivait que lorsqu'un brouillard de fumée noire occulta ma vision.

Je me sentis soudainement écrasé par un poids incommensurable.

– Eden ! cria Crys sous le choc.

Pourtant mon corps fut comme amorti avant de toucher le sol et une main immense et chaude maintenait ma nuque presque confortablement. Cherchant Crys, je l'aperçus agiter les bras pour chasser la brume, puis se heurter à une aile. Mon regard fut alors attiré vers deux perles d'un bleu irréel et fendues.

– Fevesh ?

Son sourire s'agrandit, et je ne sus dire si cela me terrifiait ou non. Fevesh ne s'amusait que lorsqu'il pouvait torturer quelqu'un. En l'occurrence, c'était moi qu'il tenait.

– Petite chose médiumnique.

Lorsque la fumée se dissipa, je remarquai la main de mon incube sur son épaule et le couteau sous la gorge de l'ange.

– Qu'est-ce que tu comptes faire ?

Le regard de turquoise et de ténèbres se tourna vers mon amant. Je me sentis alors soulevé et ballotté comme une poupée de chiffon dont on prendrait quand même soin. Fevesh me remit sur mes pieds et m'épousseta consciencieusement.

– Je me suis emporté… J'ai des questions à lui poser, et je veux des réponses maintenant.

Je me reculai. Tout du moins, Regal me tira pour me prendre dans ses bras, mais Fevesh le poussa de son chemin. Il se pencha alors, tel un énorme hibou souhaitant becqueter une toute petite souris. Je n'avais jamais prêté une réelle attention à sa taille avant aujourd'hui, parce que je vivais dans un monde de géants malgré ma carrure dans la moyenne.

Regal gronda en lui montrant les crocs. Ses yeux se tintèrent d'une couleur rouge sang qui impliquait implicitement beaucoup de souffrances et de douleurs à celui qui oserait me chercher des noises.

– Je ne suis pas ici pour lui faire du mal. Mais il est le seul à détenir la réponse.

Fevesh fondit soudain sur moi, l'appartement s'enfuma en un instant. Des bras puissants m'entourèrent et une sensation nauséeuse m'envahit.

Lorsqu'on me reposa, je manquai de tomber du toit de Chrysler Building, reconnaissable à ses gargouilles en forme de têtes d'aigles. On me tira en arrière et me força à m'asseoir le temps que je reprenne mes esprits. Je découvris alors Fevesh accroupi devant moi.

– Petite chose médiumnique, c'est quoi aimer ?

Bjorn

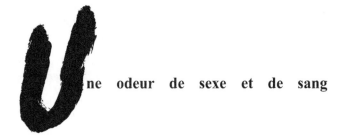

ne odeur de sexe et de sang

imprégnait chaque rideau, chaque pierre, chaque alcôve. Le lieu était richement décoré avec des objets plus somptueux les uns que les autres. Des méridiennes parsemaient les couloirs, des coussins jonchaient le sol. Chaque centimètre carré du harem était potentiellement l'endroit où Satan violerait sa prochaine concubine. Aujourd'hui, Bjorn avait été assigné à l'aile sud-est, celle regroupant les espèces sexuelles. Toutes les esclaves de son père ne vivaient pas dans le même pavillon pour éviter la jalousie ou simplement les guerres intestines. Être LA favorite de Satan possédait bien des avantages.

Arrivée devant l'entrée de l'aile, il s'immobilisa. Il se souvint alors combien ça lui coûtait de pénétrer ici. C'était l'endroit où était enfermée sa mère. Il ne se leurrait pas non plus, si on lui permettait de l'approcher… c'était seulement pour lui imposer une nouvelle torture.

Il avança, les jambes flageolantes. Deux des eunuques gardant le gynécée l'accompagnaient, il ne pouvait montrer de faiblesse. Pourtant, il était sur le point de s'écrouler. Les cris de douleur s'élevaient d'une des chambres. Il savait ce qu'il allait y voir. Il savait pourquoi on l'amenait ici.

La pointe d'une lance piqua sa peau au-dessus de ses reins.

– Bouge.

Bjorn s'exécuta, lutter était inutile. Le temps sembla alors ralentir, chaque couloir devenait à ses yeux plus sombre que le précédent. Bjorn tira le lourd rideau et découvrit son paternel baisant un succube, qui par le Mauvais Esprit merci n'était pas sa mère. Il espéra que son visage ne l'avait pas trahi, parce que si Satan apprenait qu'il était toujours inquiet pour sa génitrice, il se ferait un plaisir de la battre puis de la violer devant lui.

– Père.

– Amenez-la, ordonna Satan aux castrats.

Il se retira de la femelle sans ménagement et la repoussa sur le côté. La pauvre créature tendit le bras.

– Je t'en prie, donne-moi plus.

Satan montra un eunuque de l'index, claqua des doigts, puis désigna la concubine. Le succube fut emporté tandis qu'elle suppliait pour que son maître lui procure plus de plaisir et la nourrisse enfin.

Être un démon sexuel dans un harem pouvait de prime abord paraître idéal, mais Bjorn lui savait depuis l'enfance ce qu'il en était vraiment.

Son père s'était ennuyé de plus d'une favorite. La seule qui avait tiré son épingle du jeu fut Lilith, mais cette dernière n'avait jamais mis un orteil ici.

Pax. Arden. Emérit. Roxar. Faith. Obliv. Eldorine. Raxas. Remarion. Delila. Galatrix. Vécran. Romari. Exérex. Lorlina. Eclatariax. Zotari. Tomixiane. Yorine. Ubelia. Ijala. Om. Paraxis. Quatraxirina et tant d'autres.

Enfant, il énumérait chacune de ses concubines décédées pour satisfaire son père et cela chaque fois qu'il le contraignait à mettre les pieds dans cet endroit. Puis, la liste était devenue trop longue, même pour ses journées interminables où il passait son temps à ramasser les femelles trop blessées – quand elles n'étaient pas mortes – pour se relever seules. Il n'était pas autorisé à les soigner, c'était aux autres femmes que revenait l'obligation.

Le claquement de la chair contre la pierre le fit sortir de ses réflexions et attira son attention sur le nouveau succube qui venait d'entrer. Elle se tenait la tête baissée, ses cheveux tombaient devant son visage. Elle était d'une maigreur alarmante. Bjorn se contenta de l'observer un instant. Lorsqu'elle se redressa et qu'il aperçut sa figure, il faillit vomir. Il lui semblait qu'une éternité les avait séparés. D'ailleurs, il ne l'aurait jamais reconnue si les grains de beauté sur le côté gauche de son faciès ne possédaient pas cette forme atypique de demi-cœur.

Elle est si maigre…
Si petite…
Ses yeux sont si ternes.
Ses cheveux si… emmêlés.

Dans son souvenir, il se rappelait une femme au sourire éclatant, aux mèches de soie blondes, à l'étreinte douce et tendre et aux iris noisette lumineux.

La personne qu'il avait en face de lui ne détenait aucune de ces qualités. Elle ne le reconnut en aucune façon. En fait, elle ne le voyait même pas. Elle était si faible qu'elle ne paraissait pas alerte. L'odeur puissante des phéromones de son père satura l'air de la pièce. Bjorn porta sa main à son nez pour s'en prémunir, mais c'était comme pisser dans un violon. On pouvait bien tenter de produire des notes, cela ne créait pas pour autant une mélodie. Sa mère quant à elle émit un son entre le gémissement et le rire et commença à se traîner jusqu'à la couche. Elle tendait les bras, avide de sexe.

– Prends-moi… je t'en supplie… prends-moi !

L'horreur enserra le cœur de Bjorn. Jamais il n'aurait dû être témoin d'une telle humiliation. Il avait mal. Mal pour sa génitrice. Il s'avança pour l'empêcher de rejoindre Satan. Elle s'accrocha au col de sa tunique, comme s'il s'agissait d'une bouée de sauvetage.

– Baise-moi, s'il te plaît.

Bjorn serra les dents si fort qu'il sentit le goût métallique du sang dans sa bouche.

– Maman, c'est moi… Il faut que tu te reprennes.

Elle ne cessa pas, elle ne le reconnut pas… parce que la faim rongeait son corps depuis trop longtemps… Parce que la folie l'avait gagnée.

– S'il te plaît, c'est moi, Bjorn…

Bjorn fut obligé plusieurs fois de repousser ses mains alors qu'elle tentait de lui retirer son pantalon. Ses phéromones le rendaient malade.

– Féroé, viens.

Sa mère le rejeta pour se précipiter dans les bras de son maître. Satan ne quitta pas un seul instant son fils des yeux. Même lorsqu'il tira si fort sur les cheveux de sa concubine qu'elle en hurla de douleur, il ne détourna pas le regard.

– Arrête ! Tu lui fais mal !

Le sourire de son géniteur s'élargit d'une oreille à l'autre.

– Tu es un faible. J'ignore encore comment tu te débrouilles pour rester en vie. Tu refuses les esclaves que je t'envoie. Même le diable commence à me parler de toi… Tu dois comprendre une bonne fois pour toutes que je suis tout-puissant. Si je te dis de baiser, tu baises. Tu vas apprendre puisqu'apparemment tu ne sais coucher qu'avec des mâles.

Lorsqu'il relâcha la femelle, cette dernière était si faible qu'elle s'écroula en bas de l'escadrin entourant le lit. Bjorn fit mine de vouloir l'aider, mais Satan l'en dissuada en plaçant une lame démoniaque que seuls son géniteur et lui pouvaient créer.

– Suce-moi, montre à ton fils combien tu aimes te faire prendre comme une chienne.

Bjorn regarda sa mère ramper.

– Oui, s'il te plaît, j'ai si faim. Baise-moi.

Satan se saisit de nouveau de ses cheveux pour l'attirer entre ses cuisses.

Bjorn explosa.

Trois entités hurlantes s'extirpèrent de son corps et fondirent sur Satan pour protéger sa génitrice. Bjorn se précipita sur elle, souleva sa carcasse famélique et s'enfuit. Les deux créatures restées en arrière pour occuper son paternel ne tiendraient pas longtemps. Il fallait qu'ils décampent. Plusieurs eunuques tentèrent de le retenir, tous furent avalés par la forme hybride. Les manger lui prodigua plus d'énergie et lui permit d'atteindre les portes du gynécée. Son pouvoir fracassa les battants, mais alors qu'il allait passer le chambranle sa mère lui asséna des coups de poing. Surpris, il perdit l'équilibre et tomba.

– Arrête, sortons d'ici. Je dénicherai de la viande, quelqu'un pour te satisfaire, mais partons.

Il devait trouver quelqu'un pour les faire quitter l'Enfer. Il pouvait rejoindre le territoire de Regal. Avec un peu de chance, il accepterait de les laisser vivre sur ses terres. Il lui offrirait son âme au besoin, sauf que sa génitrice ne semblait pas du tout prête à s'enfuir avec lui.

– Mon maître est ici ! Ne me touche pas…

Le sang de Bjorn se figea.

– Maman, ça ira mieux quand tu n'auras plus faim. S'il te plaît. Viens.

– Lâche-moi ! Je ne sais pas qui tu es ! Tu n'es pas mon seigneur. Je ne veux pas de toi !

Elle lui donna un coup dans les couilles en désirant se libérer, et Bjorn ne put être que témoin de l'inévitable. La femelle rampa hors de sa portée.

– Meurs ! Sois maudit, toi qui m'arraches à mon maître !

Le rire de Satan résonna à travers le couloir, résonna dans sa tête au point que lui-même crut devenir fou.

Il ne pouvait la sauver.

Une vive douleur irradia sa poitrine.

Il était trop tard.

Sa peine brisait son âme.

Il n'était pas intervenu à temps...

– Enfuis-toi, souffla la femme.

Le temps d'une fraction de seconde. Bjorn se demanda s'il imaginait la lueur dans ses yeux. Malheureusement, celle-ci disparut aussitôt.

Bjorn se redressa et se sauva comme sa mère le lui avait ordonné. Il chassa les sanglots qui menaçaient de brouiller sa vue du revers de la main. Ce seraient ses derniers instants ici. Il savait à qui s'adresser pour partir. Il pourrait bien faire ça pour lui, à condition qu'il lui vende son âme.

Bjorn s'éveilla en sursaut, le corps moite de sueur, le souffle court et les yeux gonflés de larmes. Il chercha dans l'obscurité et fut soulagé de se trouver dans sa chambre. Seul. Bjorn s'assit sur le lit, le regard dans le vide. Personne n'était présent pour assister à sa déchéance.

Il s'autorisa alors à pleurer.

Il ne l'avait jamais fait auparavant, se contentant de refouler toutes ses émotions au fond de lui et d'oublier ce qu'il s'était produit.

Il pleura, pour sa mère, qu'il ne reverrait sans doute jamais et qui soit était morte, soit folle. Il pleura pour son incompétence, parce qu'il n'avait jamais été à la hauteur finalement.

Il pleura.

Parce qu'un jour ou l'autre, il finirait comme elle.

Chapitre 25

Fevesh

etite chose médiumnique, c'est quoi aimer ?

L'humain ne lui répondit pas tout de suite. Il semblait crispé, terrorisé même. Son dos collé à un muret minuscule qui l'empêchait de tomber du toit, les paupières closes, il paraissait sur le point de vomir ses entrailles. Par précaution, Fevesh se décala.

– Pourquoi as-tu choisi un endroit aussi haut ? Ne peut-on pas se rendre dans un bar branché comme tout le monde ? Je veux descendre !

Ces revendications lui feraient perdre beaucoup trop de temps. D'ailleurs, qu'est-ce qu'était un bar ?

– Je ne sais pas ce que c'est.

La petite chose fragile ouvrit les paupières pour l'examiner.

– C'est un endroit où l'on a les pieds sur terre…

Il réfléchit à ses paroles.

– Plus exactement, un lieu où l'on est certain de ne pas passer par-dessus bord et finir le crâne fracassé contre le trottoir.

Son souffle se faisait court, il paniquait. Fevesh avait besoin qu'il se calme.

– Quand bien même tu tomberais, je te rattraperais. Tu ne risques rien.

L'humain leva le pouce. Il n'avait aucune idée de la signification de son geste.

– Super.

Eh bien, il avait sa réponse.

– Maintenant que tu es rassuré, dis-moi ce que c'est aimer ?

La proie de Regal inspira profondément.

– Tu as la capacité émotionnelle d'une théière… C'est très vide à l'intérieur… Mon cœur ne tiendra jamais le coup.

Il poussa un son bas entre le gémissement et le râle avant de reprendre

– J'avais fait un super pitch à Ali sur le sujet, il y a quelques mois… Dommage que je me souvienne plus, j'étais plus inspiré que maintenant.

Il referma les yeux et expira avant de déglutir.

– Pourquoi tu me demandes ça ?

Fevesh se pencha au-dessus du jeune humain, se saisissant le plus délicatement possible de son menton. Une erreur de sa part et il le tuerait. Le médium se concentra sur ses iris, ce qui lui allait tout aussi bien du temps qu'il restait focalisé.

– Il… me repousse. Petite chose…

– Eden… je m'appelle, Eden.

– Eden…

Fevesh frissonna, cela lui rappelait une époque où il s'y trouvait. Ce n'était pas agréable. D'ailleurs, l'humain rejeta gentiment sa main, frotta sa mâchoire un peu rouge.

– Depuis quand est-ce que ça te pose un problème ?

– Tu ne réponds pas à ma question… Je désire des solutions.

Eden lui fit les gros yeux.

– Et je suis en train de le faire. C'est juste que j'ai besoin de te connaître davantage. Joue le jeu !

Fevesh pesa le pour et le contre. Il ne souhaitait pas s'amuser. Il voulait comprendre et retrouver Bjorn. Malheureusement, la pathétique proie de Regal était le seul détenteur d'un savoir qu'il ne possédait pas.

– Tu étais un ange avant… Comment se fait-il que tu ne sois pas capable de le distinguer ?

Fevesh se rembrunit, il n'avait rencontré aucun médium apte à lire dans les pensées. Pourtant, ses paroles faisaient écho à ses réflexions et ce constat l'incommodait.

– J'ai oublié.

Eden lui offrit un regard sceptique jusqu'à ce qu'il réalise qu'il ne lui mentait pas.

– Merde ! Alors… on part de loin quand même.

– Je ne me souviens plus de la raison de ma chute… une éternité est passée. Je suppose que je n'étais pas excellent pour des fonctions célestes.

La petite chose médiumnique se frotta le côté droit de son visage.

– O.K. ! Pourquoi le fait que Bjorn te repousse est un problème aujourd'hui et pas avant ?

– Parce qu'il va en mourir.

– Comment serait-ce possible ?

Fevesh s'accroupit devant Eden. L'exercice ne fut pas facile avec ses serres, mais il y parvint finalement. Sa part démoniaque ne voulait plus reculer, ce qui l'inquiétait. La maîtrise totale faisait partie des conditions pour être juge. Heureusement, le jeune homme ne pouvait le savoir et la situation lui convenait.

– Il a signé sa perte le jour où je l'ai aidé à venir ici. Je l'ai fait entrer sur terre, mais s'il remet les pieds en Enfer, alors il intégrera mon harem.

Eden ouvrit la bouche, toutefois il ne lui laissa pas le temps de rétorquer quoi que ce soit.

– Par la suite, il a fait un autre pacte pour te sauver, puis encore un pour que je te maintienne en vie jusqu'à l'arrivée de Beorth. Il ne devait se nourrir que de moi. Je pensais que la faim le ferait craquer, mais cet imbécile a tenu et tu connais la suite. Il a été blessé, et même ainsi, il n'a pas voulu de moi…

Un court silence plana, vite interrompu par l'humain.

– Tu es une personne détestable… Tu es au courant ?

Fevesh pencha la tête sur le côté.

– C'est aussi ce qu'il a dit avant d'affirmer qu'il m'aimait… Je ne comprends pas ce qu'il attend de moi.

Il n'apprécia pas le regard désolé que lui lançait Eden.

– Eh bien, si tu es aveugle à ce point, je ne suis pas sûr de pouvoir t'aider. Bjorn t'adore alors que tu ne sais que le blesser autant physiquement que moralement.

La colère fut subite, incontrôlable. Elle sortit en un feulement alarmant qui fit sursauter l'humain.

– Je le préserve ! Depuis des siècles, je le protège ! S'il n'intègre pas mon harem, il sera immédiatement exécuté par Satan. Il n'aurait aucun besoin de s'inquiéter de l'avenir à mes côtés, il obtiendrait tout ce qu'il désire. Qu'y a-t-il de mal à vouloir le garder pour moi seul ? Tu as exigé la même chose de Regal !

La peur sur le visage d'Eden se métamorphosa en surprise.

– Tu l'aimes… Tu l'aimes toi aussi, mais tu t'y prends comme un manche.

Fevesh se rembrunit. Personne n'osait lui parler de la sorte ! Cet enfant était dépourvu d'instinct de survie. Il lui montra les crocs, mais Eden pouffa.

– La liberté est le plus beau cadeau que tu puisses lui faire. Connaissant Bjorn, il ne souhaitera jamais intégrer ton harem, ce que je comprends… je ne l'aurais pas fait non plus. Si tu le veux pour toi seul, ce sera de même pour lui. Il ne te partagera pas avec une ribambelle de… comment vous dites en Enfer ? Peu importe, il ne te partagera pas ! Je n'affirme pas que ce genre de relation libre ne fonctionnerait pas, hein… Mais plutôt que dans votre cas, aucun de vous deux ne l'acceptera. Quand on aime, on ne souhaite pas un rapport de force. Il ne veut pas que tu le domines, mais que tu sois son égal.

Fevesh eut un léger mouvement de recul.

– Mais, je SUIS plus puissant que lui, d'un point de vue hiéra…

– On s'en branle ! Regal pourrait me tuer juste en me prenant dans ses bras. Je suis conscient qu'il n'y a rien chez moi qui pourrait faire penser que nous sommes sur un pied d'égalité. Pourtant, quand je lui parle, il écoute… Il ne fait pas qu'entendre les mots qui sortent de ma bouche. C'est ça aussi l'amour. C'est de pouvoir vivre en sachant que quoi que l'on décide, on pourra compter sur l'autre parce qu'il nous soutiendra.

La liberté. Être mon égal ?

Était-ce cela que Bjorn désirait ?

– Je ne saisis pas. Ce concept est trop humain, je ne le comprends pas.

Cette conversation faisait naître toujours plus de frustration en lui. Ça lui déplaisait.

– Mais, c'est parce que Bjorn se comporte comme tel que tu t'es intéressé à lui. Il ne ressemble à aucun autre démon de ta connaissance. C'est pour ça qu'il t'attire, que tu ne peux pas détacher ton regard de lui. En fait, tu comprends très bien. Tu ne désires juste pas l'avouer, car cela te rappelle une époque où tu n'étais pas déchu.

La voix de son incube résonna dans son esprit, rappel cuisant du rejet de Bjorn.

Parce que je ne ferai pas comme ma mère. Je n'attendrai pas avec impatience tes visites. Je ne me lamenterai pas de tes absences. Je ne te supplierai pas de me baiser jusqu'à ce qu'un jour, tu te lasses de moi et me laisse mourir seul dans une chambre, certes luxueuse, mais qui n'en demeure pas moins une prison. J'ai été traité telle une merde les trois quarts de ma vie ! Je ne t'autorise pas à me considérer comme ta chose !

Maintenant qu'il « écoutait » les mots de Bjorn… peut-être que les paroles de l'humain n'étaient pas si insensées. L'agacement lui prodiguait des envies de meurtre. Ses ailes se déployèrent nerveusement. Le jeune homme leva les mains devant son torse.

– Ne me menace pas chaque fois que je te dis quelque chose qui te contrarie. Tu m'as demandé des réponses. Je te les donne. Aimer, c'est vouloir le meilleur pour celui qui fait battre notre cœur. Cependant, c'est aussi se rendre compte que parfois on ne fait pas partie de ce « meilleur ».

Fevesh se redressa et commença à faire les cent pas.

– Tu suggères que je devrais m'éloigner de lui ?

– Non. Disons que c'est ce que tu devrais être capable de sacrifier si tu tiens à lui.

Ses serres produisaient un bruit strident sur la surface en pierre. Il stoppa.

– Alors, ce n'est pas le cas. Je ne me séparerai pas de lui. Je le désire. Ce n'est pas de l'amour.

– Je pense que malgré tes actes, Bjorn espère que tu fasses partie de son existence. Mais, tu dois accepter de lui offrir une relation plus saine.

Le dernier mot de la petite chose le fit frémir.

– Tu ne veux pas qu'il meure.

– Non.

– Tu ne veux pas qu'il ait des sentiments pour quelqu'un d'autre que toi.

– Non.

– Tu ne veux pas qu'il couche avec…

– Non !

– Tu veux passer l'éternité à ses côtés ?

– OUI ! Cesse maintenant ! Je le veux en entier ! Qu'est-ce que toutes ces questions ont à voir ?

Ses propres paroles le surprirent. Jusqu'à présent, il n'avait pas réalisé. Pourtant, s'il se montrait honnête… Il souhaitait contempler son regard malicieux chaque jour de sa vie. Son sourire lui manquait. Sa vulnérabilité aussi.

– Elles me confirment que j'ai visé juste.

Étrangement, l'entendre de la bouche d'un être si faible lui fit du bien.

– Si tu désires qu'il reste avec toi, tu dois d'abord comprendre qu'il ne t'appartient pas. C'est lui qui choisira de te confier son cœur ou non.

Fevesh s'accroupit de nouveau, totalement subjugué.

– Comment faire ?

– Il va falloir lui prouver que ce que tu ressens pour lui va au-delà de tes fonctions, au-delà de la hiérarchie, au-delà des conventions démoniaques.

Fevesh attendit un moment, mais les paroles d'Eden étaient trop vagues.

– Je… t'écoute.

C'était le terme qu'il avait utilisé.

– Démantèle ton harem, tu n'en auras plus besoin. Assure-toi que Bjorn n'ait jamais à retourner en Enfer. Traite-le comme ton égal.

– Et s'il me repousse toujours ?

– Il faut demander avant de prendre. Ça s'appelle le consentement… et puisque tu vas le dire, oui c'est un concept humain, mais il lui tient à cœur. Montre-lui que tu veux passer l'éternité avec lui.

Fevesh plissa le front en une expression incertaine.

– Cela implique-t-il des rapports plus conventionnels ? Bjorn aime pourtant nos jeux…

Le jeune homme ferma les yeux en haussant les sourcils.

– Ce sont des informations que j'aurais préféré ne pas entendre. « Vos jeux »…

Venait-il de mimer des guillemets ?

– … ne sont pas un souci, si vous les acceptez tous les deux. Il me semble que certains couples utilisent un mot de sécurité pour ne pas aller trop loin.

Fevesh s'étonnait qu'un humain soit aussi… éclairé.

– Comme ?

Eden parut surpris, puis ses joues prirent une teinte rose qui lui indiquait qu'il était gêné.

– Je ne sais pas… pakistanais par exemple. Non, pas ça… Bjorn va tellement rire que rien ne se passera… Trouve un mot qui pourrait lui correspondre.

Fevesh baissa les yeux, il y avait malheureusement un problème majeur.

– Je ne peux intervenir si mon action joue un rôle dans la bataille qui oppose Regal et Beorth.

Eden haussa les épaules.

– À d'autres, un repas contre une vie… Nous savons tous les deux que même si tu en as l'obligation, tu n'es pas contraint de réclamer un asservissement total de sa personne. Essaie les ramens, c'est un plat japonais, je suis sûr que tu pourrais aimer.

Fevesh se redressa.

– Je dois te remercier. Tes conseils sont plus sages que je l'avais pensé.

Fevesh déploya ses ailes, prêt à décoller.

– Woooooh, woooh, woooh ! Tu ne pars pas sans moi ! En plus, j'ai une question moi aussi.

Fevesh dressa un sourcil. L'humain l'amusait beaucoup. Peut-être l'appréciait-il tout simplement… en tout cas, il ne voulait pas le voir mourir.

– Vas-y. Je répondrai au mieux.

night Corporation

Eden

Fevesh se tenait droit, fier, ses ailes en

partie déployées. Le jean qu'il portait était en lambeaux jusqu'au niveau des cuisses, son torse était nu et s'il avait été pourvu naguère d'un t-shirt, il n'en restait plus rien.

– Que puis-je faire pour être utile à Regal et ma famille ? Puis-je même espérer l'être ?

Fevesh demeurait immobile.

– Cela dépend de ce que tu es prêt à sacrifier pour lui.

Sa voix avait repris sa froideur, son visage une neutralité absolue.

— Tout, je suis prêt à tout pour Regal.

— Puisque je ne peux octroyer gratuitement d'informations, je vais troquer mon conseil contre celui que tu m'as donné.

Maintenant que je comprenais pourquoi tout était échange, j'acceptai son offre avec moins de réticence.

— Retire cette pierre que tu portes autour du cou.

— Si je le fais, les Résidus d'âmes me verront.

Fevesh opina d'un simple signe de tête.

— Ils repéreront la lumière de ton aura. Toutefois, tu pourras entendre les voix.

Plus je parlais avec le déchu, plus mes sourcils s'accentuaient. J'étais certain que lorsque je retrouverais Regal, je posséderais une nouvelle ride.

— Je ne peux t'en dire davantage, je ne me souviens pas d'avoir rencontré beaucoup de médiums. Les anges ne se soucient pas des êtres comme toi. Tout ce que nous désirons reste l'équilibre des forces. Vous êtes une sorte de…

— Réservoir d'émotions et donc d'énergie.

— Oui. Il n'existe plus d'humains comme toi… Peut-être que je me trompe, mais… peu importe. Écoute les voix !

Je portai ma main à l'obsidienne œil céleste qui pendait autour de mon cou. C'était ma mère qui me l'avait offerte. Ce caillou était le seul rempart qui me protégeait des Résidus d'âmes. La dernière fois que je l'avais enlevé, Ron, l'esprit de l'ex-repas de Regal, avait pompé une bonne partie de mon énergie pour quitter ce monde et rejoindre l'au-delà.

— Attends, j'ai besoin de…

— Puis-je récupérer mon compagnon ?

La voix de Regal me fit sursauter. Fevesh replia ses ailes, ce qui me permit de voir mon incube. J'espérais qu'il n'avait rien écouté de notre petite conversation. Si Regal apprenait que je mijotais quoi que ce soit visant à ne pas me rendre dans les Bas-Fonds avec Crystal, j'allais en entendre parler pendant des mois. Un et demi exactement…

– As-tu obtenu les réponses que tu désirais ?

Je crus un instant que mon homme s'adressait à moi. Puis, je suivis son regard tandis qu'il me rejoignait.

– Oui. Je dois vous laisser à présent.

Je me levai pour me jeter dans les bras de mon compagnon. Moi qui ne pensais pas avoir le vertige, je venais tout juste de comprendre que peut-être je n'étais pas prêt pour le saut en parachute. Ce n'était pas du tout la même sensation que dans le penthouse.

– Nous devons parler tous les deux, insista Regal.

– Lorsque je rentrerai. Si c'est pour me demander une solution au problème concernant un certain frangin, sache que tu es le seul à pouvoir lui tenir tête. Tiens.

L'ange offrit plusieurs plumes d'un noir d'encre.

– Je les ai recueillies durant ces quelques jours. Un cadeau de ton frère. Une plume, un jour. Mange, gorge-toi de sexe jusqu'à l'overdose. Ta petite chose médiumnique ne risquera rien.

Sur ce, une brume noire encercla Fevesh, puis celui-ci disparut. Mon incube cloua son regard dans le mien.

– Pour un homme qui ne possède aucun instinct de survie, je trouve que tu ne te débrouilles pas si mal.

Je gonflai les joues comme un poisson rouge.

– Ce n'est pas comme si je me portais volontaire pour me faire kidnapper par un ange déchu. Je crois que c'est inné chez moi.

Regal rigola tout bas.

– On dirait bien.

Chapitre 26

Bjorn

—Bjorn.

La voix d'Ali lui fit redresser la tête. Par le Mauvais Esprit merci, il avait cessé de chialer depuis longtemps. Bjorn s'était contenté de rester assis, le regard braqué sur ses mains sans rien faire d'autre.

– Tu n'es pas avec Eden ?

– J'ai profité que Regal soit revenu pour m'éclipser, l'informa-t-il à voix basse.

Bjorn lui offrit un sourire tandis que l'Ombre sortait de l'obscurité. Il le vit plisser le nez, et cela le fit renifler avec ironie. La pièce était saturée de l'odeur de sexe, cela déplaisait à son ami.

– Allons dans le salon. Je…

Bjorn regarda son ventre où sa semence avait séché. Il s'était écroulé après le départ de Fevesh et n'avait pas pris soin de se débarbouiller.

– Je n'en ai pas pour longtemps.

– C'est bon, je m'en fiche.

Bjorn savait combien parler coûtait à Aligarth.

– Merci pour ton aide. Sans toi, je serais mort.

– Sans Fevesh, tu le serais. J'ai reçu sa plume, elle était gorgée de ton sang. J'ai tout de suite compris que tu avais des problèmes. Je suis en colère.

Bjorn capta son regard sombre. Il ne paraissait pas désappointé, mais ce serait mal le connaître. Quand Ali en voulait à quelqu'un, cette personne le regrettait souvent amèrement. Bjorn essuya tant bien que mal les preuves de sa jouissance avec le drap puis le repoussa à ses pieds. La présence d'Ali ne l'avait jamais dérangé. Ils veillaient toujours l'un sur l'autre depuis tout petits. Il n'éprouvait aucun sentiment de vulnérabilité. Pourtant, l'Ombre détourna le regard lorsqu'il se leva.

– Habille-toi. Je t'attends dans le salon.

Moins de cinq minutes plus tard, Bjorn examinait avec attention l'expression étrange qui déformait légèrement le beau visage de son ami.

– Comment tu te sens ? demanda Ali en premier.

– Je n'ai pas faim. C'est déjà ça.

Pour le reste, Bjorn ne pouvait assurer que c'était le cas. Il avait l'impression qu'un putain de gobelin s'était amusé à danser la polka sur son torse. Ali opina silencieusement.

– Pourquoi es-tu fâché ? Est-ce contre moi ?

Il avait la sensation que tout ceci lui tenait à cœur. Ali ne l'observait plus, croiser son regard était déjà difficile de prime abord.

– Évidemment.

– Pourquoi ?

Aligarth lui lança une œillade avant de plonger dans la contemplation de la table basse.

– Parce que tu ne cesses de te mettre en danger inutilement.

Bjorn soupira, non parce que la conversation ne l'enchantait pas – il y avait tout de même une part de vérité – mais parce qu'Ali avait raison. Il alla chercher deux bières dans le frigo, dont une au miel. Il l'avait achetée dans l'intention de la faire goûter à son ami, mais ces dernières semaines, leur emploi du temps ne leur permettait presque plus de se voir. Fevesh y était également pour quelque chose. Ali était terrorisé par le juge pour une raison que Bjorn ignorait.

– Je ne voulais pas m'alimenter de Fevesh… j'ai essayé de résister le plus possible…

– Tu n'aurais pas dû accepter ces pactes alors, trancha Ali. Depuis le début… tu n'aurais pas dû l'approcher. Il… Il te détruit… et je ne peux rien faire… je ne peux pas t'aider.

Le cœur de Bjorn tomba dans son estomac. C'était quoi ça ? Pourquoi Ali paraissait aussi triste ? Il posa les bières sur la table basse, contourna cette dernière pour s'accroupir devant son ami. Mauvaise idée, il ne s'était pas lavé.

– Mais qu'est-ce qui te prend ? Tu as inlassablement été là pour moi ! Ne raconte pas n'importe quoi.

Bjorn se saisit des mains de l'Ombre pour attirer son attention. Le démon ne les retira pas, mais seulement parce qu'il s'agissait de lui.

– On s'est toujours serré les coudes. D'ailleurs… c'est moi qui t'ai entraîné dans cette merde.

Lorsqu'il avait échoué à sauver sa mère, il s'était tout simplement précipité chez Fevesh pour lui demander son aide. Il en avait profité pour réclamer une seconde place pour Ali… Parce que l'un n'allait nulle part sans l'autre.

– Je ne voudrais être nulle part ailleurs… j'ai essayé… j'ai essayé vraiment très fort… Je sais que tu l'as choisi… j'aurais aimé qu'il en soit différemment.

Bjorn s'assit sur le divan, inquiet.

– Il te fait peur et je comprends. Je suis désolé.

– Ce n'est pas ça ! s'énerva Ali.

Bjorn écarquilla les yeux sous la prouesse. Ali n'élevait jamais la voix. C'était quoi ce bordel ?

– Ooooo.Kkkk, alors… si ce n'est pas Fevesh…

– Tu prends systématiquement les décisions qui vont te détruire. Tu le choisiras toujours. Il est puissant, charismatique, je ne peux pas lutter dans son ombre.

Bjorn entrouvrit les lèvres, mais aucun son n'en sortit immédiatement.

– Est-ce que… tu es en train de me… de me dire que tu es attiré par moi ?

L'assassin se leva subitement, comme s'il était monté sur ressort. Bjorn le regarda mettre de la distance entre eux.

– Si Eden ne m'avait pas expliqué… peut-être que j'aurais pu faire semblant plus longtemps. Je sais que je dois passer à autre chose. Je… je comprends qu'il n'y a que lui qui te rendra heureux.

– Il ne reviendra pas. Je lui ai dit de partir.

Aligarth lui lança un regard mauvais.

– Et tu mourras ? Tu crois que je ne suis pas au courant des pactes que tu conclus avec lui ? On a l'impression que tu souhaites te suicider…

Bjorn se mordit la lèvre, coupable. Il s'en voulait de ne pas avoir compris plus tôt. Malheureusement, l'Ombre avait raison. Il ne pourrait jamais lui donner ce qu'il désirait.

– Je t'ai toujours vu comme un frère, je suis navré de t'avoir blessé. En fait, je suis désolé d'avoir détruit ta vie.

Aucun d'eux ne se leurrait. Aligarth était, tout comme Bjorn et Regal, coincé sur terre. Cela impliquait beaucoup de sacrifices, dont celui de trouver un compagnon.

– J'ai pris mes propres décisions. Je pouvais aller et venir jusqu'à mon intervention contre Krata.

Puis, il était entré dans le collimateur de Satan. Un assassin sous les feux des projecteurs devenait inutile. Un rictus étira ses lèvres.

– Je ne regrette pas mes choix, juste de ne pas être ce qu'est Fevesh pour toi. Je ne pourrai jamais te rendre heureux, faire naître cette fossette quand tu lui souris. Enfin, lorsque tu souriais encore.

– Ali…

– Je ne veux pas de ta pitié…

Bjorn voulut le rejoindre. Aligarth était sa première famille, le seul sur lequel il avait pu compter lorsque personne ne croyait en lui. Ils avaient tant vécu de choses… Il ne l'abandonnerait jamais, même si leurs sentiments l'un envers l'autre divergeaient.

On frappa à la porte, ce qui attira momentanément son attention. Quand son regard se tourna de nouveau vers son ami, ce dernier n'était plus là.

– Bjorn ?

– Je suis ici…

Il soupira avec amertume. Il se sentait tellement naze…

– Ça va ?

La voix de Regal s'était rapprochée. Il se trouvait dans son salon à présent.

– Ouais, d'une certaine manière.

Il fit face à son frère, tout en espérant qu'il n'entendrait pas une autre mauvaise nouvelle.

– Eden n'est pas avec toi ? s'étonna-t-il.

– Il escomptait venir. La fatigue a eu raison de lui, il est quatre heures du matin.

Maintenant qu'il y pensait, la journée avait été longue et celle entamée s'annonçait tout aussi… pénible.

– Comme tu peux le constater, je me sens mieux. Tu devrais rester avec Petit Lapin. Il a plus besoin de toi que moi.

Un blanc s'attarda, ce qui lui mit un nouveau coup de pression.

– Je suis venu m'excuser.

Bjorn fronça les sourcils, ne comprenant pas ce que son frangin racontait. Il était particulièrement émotif ces derniers temps, c'était un peu flippant.

– Pour… quoi ?

– Pour ne jamais m'être mêlé de ta vie avant ton arrivée sur terre. J'avais entendu des rumeurs sur toi. Je n'ai rien fait pour améliorer ton existence… je ne m'y suis même pas intéressé.

Bjorn haussa les épaules avec nonchalance. Il n'en avait jamais voulu à Regal pour ça. Il avait des centaines de frères et sœurs, et aucun n'avait levé le petit doigt pour lui. Ce n'était pas ainsi que les choses se passaient en Enfer.

– Je suis devenu résistant par la force de ma volonté à survivre. Je ne t'en tiendrai jamais rigueur. En fait… tu aurais simplement pu refuser ma présence sur ton territoire. Tu m'as offert la possibilité d'entamer une nouvelle vie. Je suis chanceux.

Pourtant, malgré ses paroles, Regal ne se déridait toujours pas et cette attitude commençait à l'inquiéter.

– J'ai autorisé Fevesh à… Mummffff… Faire ce qu'il… Je suis désolé. Je voulais trouver un autre mâle qui serait apte à te satisfaire, mais il m'a dit que tu ne pourrais pas à cause du pacte dont vous étiez convenus. Je ne pouvais pas rester sans rien faire, tu avais besoin d'aide.

Le cœur de Bjorn se serra dans sa poitrine. Un sourire ironique étira ses lèvres. Il pointa la bouteille qu'Ali n'avait pas touchée.

– Soit tu as la bière au miel, soit je te sers un truc plus fort.

– Bjorn.

Il secoua la tête négativement.

– J'ai vendu mon âme à Fevesh pour venir sur terre. JE comprends pourquoi tu te sens mal, mais moi… ce que je remarque, c'est que tu me tiens suffisamment en estime pour refuser de baisser les bras et de me laisser mourir. Je ne voulais pas qu'il couche avec moi… Je… O.K, c'est totalement faux. Je ne souhaitais juste pas que cela se passe ainsi. Ça n'a rien à voir avec toi. Arrête de te remuer le foie. Je vais crever que tu le veilles ou non. Papa finira bien par découvrir un moyen de me faire rentrer, et à ce moment-là, je n'aurai pas d'autre choix que d'intégrer le harem de Fevesh. Un jour, il trouvera un autre incube ou je ne sais quoi qui l'intéressera mieux que mon cul et il m'oubliera.

Regal redressa la tête avec fierté. La sclérotique de ses yeux prit une coloration noire tandis que ses iris se teintaient de sang.

– Parce que tu crois vraiment que je vais laisser une telle chose arriver ?

Fevesh

evesh quitta sa forteresse.

Une étrange sensation l'envahissait et il ne sut la reconnaître. Il hésitait entre du regret, de la nostalgie ou peut-être du soulagement. Un mélange des trois sans doute. Il ne s'était jamais cru sentimental, un effet secondaire dû à la proximité qu'il entretenait avec Bjorn et la petite chose médiumnique.

– J'ignorais que tu jouais à la poupée.

La voix grave et vibrante d'arrogance de Beorth le fit sortir subitement de ses pensées. Ses yeux tombèrent sur l'ignoble peluche qu'il tenait dans sa main gauche. Ce truc ressemblait à une poupée vaudou créée à partir de vieux chiffons. Son ancienne propriétaire n'étant aucunement capable d'utiliser cette magie, il ne pouvait s'agir de ce genre d'artefact aussi rare que coûteux. Fevesh voulut répliquer en lui disant qu'ils étaient tous ses marionnettes et que sa dernière acquisition était sans doute son bien le plus précieux. Il ne le fit pas. Ce type de paroles pouvait le faire radier de sa profession. Il se contenta donc de ne pas répondre et de contempler l'incube sans broncher.

– Tu quittes mon territoire ?

– En effet.

Beorth sembla s'en amuser. Pour quelqu'un qui hurlait comme un porc quelques mois auparavant… il se la racontait beaucoup trop.

– Je me demande bien pourquoi ?

– Le climat.

Beorth trouva sa réplique de toute évidence hilarante. Il se bidonna durant un laps de temps qui lui parut trop long. Fevesh se détourna du mâle. Il en avait fini ici.

– Comment penses-tu pouvoir le protéger de moi ? ricana l'incube dans son dos.

Fevesh se contorsionna pour le défier du regard. Beorth ne broncha pas, ce qui témoignait de sa puissance. Il n'était pas le fils de Satan pour rien.

– Qui crois-tu que je préserve ?

Fevesh s'était relâché au cours des dernières semaines et son comportement risquait d'éveiller des soupçons.

– Eh bien, pas Onrik.

– Il a provoqué Regal et il est mort, conclut Fevesh en continuant son chemin.

– Je ferai en sorte que Bjorn ne revienne pas ici. Tu ne pourras pas le cloîtrer dans ton harem pour le protéger. Je le tuerai avant ! Je l'enfermerai dans un lieu que tu ne pourras dénicher et le laisserai crever comme une merde.

Chacune des plumes de Fevesh frémit très légèrement. La tension dans ses membres était telle qu'il sentait ses tendons sur le point de lâcher. Il savait à qui il avait affaire, il ne devait pas craquer inutilement.

– J'ai hâte de voir ça.

Sur ce, il déploya ses ailes et quitta l'incube.

Trois jours après la disparition de Fevesh

Eden

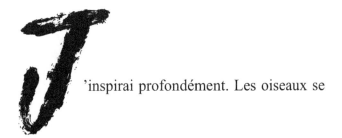

'inspirai profondément. Les oiseaux se

montraient beaucoup moins téméraires maintenant que les toutes dernières chaleurs de septembre s'estompaient. Sauf les canards, eux me gueulaient dessus parce que je ne leur offrais rien à daller. Un joggeur passa devant moi, profitant des rayons paresseux du soleil.

– Crâneur…

C'était gratuit, mais franchement, qui courait en short et t-shirt moulant par ce temps ? Personne ayant un tant soit peu d'esprit. Bon, O.K, je n'étais peut-être pas très objectif, là tout de suite, mais j'étais stressé.

Une brise fraîche me fit frissonner sur mon banc. J'avais choisi un coin tranquille dans Central Park pour réaliser mes petites affaires. Il fallait juste que je me décide. Ma main posée sur le bijou que maman m'avait offert, je pinaillais depuis un certain temps maintenant. Fevesh m'avait dit d'écouter les voix. Je supposais qu'il parlait de celles des Résidus d'âmes.

Je me tenais en un endroit un peu éloigné de la foule, alors peu d'entre eux m'entouraient, ce qui ne m'empêchait pas d'atermoyer. Grâce au pouvoir de la pierre, ils ne me calculaient pas, ou plus exactement, ils percevaient une source de vibrations dans le coin, mais ne la trouvaient pas. Quand je l'enlèverais… ce serait une autre paire de manches. Leur attention se braquerait entièrement sur ma personne.

– Allez, avec toutes les plumes que tu t'envoies comme un drogué, tu es gonflé à bloc.

J'aurais souhaité que Regal soit avec moi pour me soutenir. Malheureusement, les démons faisaient fuir les Résidus d'âmes. En outre, mon incube ne devait pas être au courant de mon plan. Rester dans les Bas-Fonds à attendre que le monde s'écroule me rendait malade. Je ne désirais pas non plus que Crys se mette en danger pour moi. J'étais certain que si je lui révélais mon plan, il serait soit très en colère, soit motivé pour ravaler la façade de Dark Regal, seigneur Sith, alias Beorth mes roubignoles.

Je soupirai.

Pour finir, je voulais croire que si Fevesh m'avait poussé ainsi vers les voix, c'était sans doute parce que je pouvais faire quelque chose d'utile, de constructif pour aider ma famille et éventuellement la population de New York.

– Tu peux le faire.

Je retirai mon collier et le posai à côté sur le banc. Je ne devais pas le toucher, mais je ne comptais pas non plus m'en séparer au cas où les choses tourneraient mal.

Au début, rien ne changea. Puis, les têtes des Hurleurs commencèrent à se braquer dans ma direction. Contrairement aux Veilleurs qui suivaient une personne en particulier – souvent comme un guide –, les Hurleurs vaquaient à leurs occupations, trouvant des humains bourrés de vibrations négatives.

Je tentai de refouler ma peur, sachant que c'était ce qui les attirait. Je m'apercevais aujourd'hui que je ne leur avais jamais fait réellement face, pas depuis que je portais ma pierre de protection en tout cas. Voir des gens démembrés, atteints de maladies qui pourrissaient leurs chairs ou juste squelettiques était une chose, les contempler se diriger vers moi en était une autre.

Comme le dit si bien maman, on s'accoutume vite au bien-être d'une existence tranquille. Vivre auprès de Regal m'apportait énormément de facilités, et je ne parlais même pas financièrement. Hormis Ron, aucun défunt ne m'avait approché depuis des lustres. J'essayai de me recentrer, me forçant à demeurer indifférent face à leur marche funèbre.

Tu dois écouter.

Je ne parvenais pas à fermer les yeux. J'avais trop peur qu'un Résidu d'âme ne me touche et draine toute mon essence. Ron avait bien failli me tuer.

Je me concentrai pour entendre chaque timbre, les dissociant les uns des autres. Si les Veilleurs ne parlaient pas, les Hurleurs eux se lamentaient.

Sans cesse.

Tout le temps.

Mal. J'ai mal. Aaaaaaaaahhhh ! Lumière. Faim. Lumière. Mal. Mal. Lumière. J'ai mal. Faim. Lumière. Mal. Lumière. Mal. Aaaaaaahhh ! J'ai mal. Faim. Lumière. Mal.

Très vite, mon stress grimpa en flèche. Ils souffraient tellement. Malheureusement, je ne pouvais leur venir en aide. Ron ne s'était pas trouvé dans un aussi mauvais état qu'eux, raison pour laquelle il avait réussi à passer de l'autre côté.

Un Résidu d'âme tendait déjà la main dans ma direction. J'allais attraper ma pierre et partir en courant lorsque son regard se leva sur un point au-dessus de moi. Sa mâchoire tomba bien trop bas pour qu'elle ne soit pas déboîtée, puis il se recula en hurlant, tantôt menaçant, tantôt apeuré. Je me dressai d'un bond et me retournai pour faire front au danger qui approchait. Le soulagement m'envahit en constatant qu'il ne s'agissait que de Regal.

– Je pensais te trouver à la maison.

Je soupirai et me rassis. Je n'étais pas surpris que mon incube me retrouve. Notre lien lui permettait… de me géolocaliser. C'était parfois déstabilisant, quoique bien utile.

– J'avais besoin de m'aérer la tête.

– Tu as faim ? me demanda-t-il avec inquiétude.

Mon compagnon s'installa à mes côtés. Sa ride du lion se prononça lorsqu'il remarqua que je tenais ma pierre au lieu de la porter.

– Je… il m'arrive de la retirer et de la garder dans ma main. Je ne me sens pas fatigué. J'ai l'impression de m'être goinfré tellement les plumes de Fevesh sont chargées en énergie.

Regal se baissa pour réclamer mes lèvres.

– Je connais un endroit qui nous offrirait un peu d'intimité, susurra-t-il.

Mon corps frémit d'anticipation, ce qui le fit sourire avec arrogance. Il s'inclina encore pour déposer un baiser sous ma mâchoire.

– Rien que mes paroles suffisent à te rendre dur. Je discerne ton excitation. Elle couvre ta peur.

Je me reculai légèrement, alors… il l'avait perçue.

– J'ai fait tomber ma pierre et les Hurleurs ont commencé à avancer. Ça m'a fichu les pépettes.

Les créatures de la nuit ne voyaient pas les Résidus d'âmes. Ces êtres vaquaient entre deux mondes, pas tout à fait sur terre, mais pas non plus dans le haut ou le bas astral. De ce fait, il n'y avait que les médiums pour les ressentir.

– Alors, nous devrions rapidement remédier à cette grosse frayeur.

Regal se redressa soudain, je compris qu'il ne l'avait fait que parce que mon ami le joggeur revenait sur ses pas. Nous nous trouvions dans un parc et même si nous nous fichions des préjugés, des enfants risquaient de nous apercevoir. Mon amant prit ma main dans la sienne.

– À la maison ?

– Non, ce sera une activité en plein air.

Je me sentis rougir tandis que les iris de mon homme faisaient de même.

– Si quelqu'un voit mes fesses, tu te débrouilles avec les fli…

– Je les inviterai à la cantine de la tour.

Je déglutis, mon compagnon pouvait être quelque peu terrifiant.

Chapitre 27

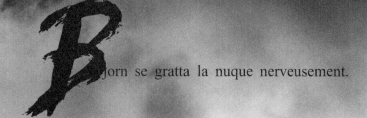

jorn se gratta la nuque nerveusement.

Depuis ce matin, une sensation étrange l'empêchait de travailler convenablement sur son dossier. Il mit cela sur le compte du manque d'intérêt de ce dernier, même si son petit doigt lui disait qu'il se voilait la face. Un vide creusait sa poitrine depuis quelques jours, mais bien entendu il se refusait à explorer cette piste. Elle puait la merde.

Alors qu'il approchait du bureau de son aîné, Bjorn perçut des vibrations négatives, qu'il reconnut comme de la tristesse et une sorte de détermination désespérée. Elles étaient à la fois familières et totalement étrangères.

– Très bien, j'accepte. C'est une entente convenable.

Il n'avait pas souhaité écouter aux portes, il ne l'avait pas fait exprès. Toutefois, la phrase de Regal, qui au premier abord semblait anodine, lui fit froid dans le dos. Bjorn pénétra dans la pièce sans frapper, certain que Fevesh se trouvait en compagnie de son frère et qu'il lui soutirait il ne savait quel accord déloyal. Les yeux de Regal s'ourlèrent de surprise en le voyant. Lui ne découvrit aucune trace du juge. Son cœur s'était emballé et cognait si fort sa cage thoracique qu'il allait lui péter une côte.

– Bjorn ?

– Il était là, n'est-ce pas ?

– Qui ?

– Ne fais pas le malin ! s'énerva-t-il. Ne me dis pas qu'il a passé un pacte avec toi.

L'incube demeura si stoïque que Bjorn sentit immédiatement la pépite arriver.

– Que lui as-tu promis ?

Sa voix tremblait tant l'angoisse le rongeait. Fevesh ne les aidait pas. Ce connard calculateur ne faisait que servir ses propres intérêts. Regal ne devait pas faire les mêmes erreurs que lui. Il ne devait pas laisser Fevesh l'enchaîner à son tour.

– Si je décède, Eden ne survivra pas à la dépendance causée par notre lien.

Bjorn avait complètement oublié ce détail.

– Notre relation ne se base pas sur ce sentiment. De ce fait, nous avons tendance à l'omettre, consciemment ou non.

– Ton pouvoir d'incube l'asservit…

Petit Lapin allait sombrer dans la démence avant de mourir.

– Je me suis dit que si une personne était capable de le guérir, ce serait Fevesh.

Leurs regards se croisèrent, mais l'étrange impression collait toujours à la peau de Bjorn. Son frère ne semblait ni ravi ni soulagé.

– Il ne le peut pas… c'est ça ?

– Il vivra… mais… Eden pourrait avoir des séquelles. Il pourrait bien devenir fou. Il souffrira physiquement du manque. Il n'y a qu'une infime chance… Raison pour laquelle Fevesh avait refusé d'explorer la piste avant.

Regal ne parlait que du côté technique, parce que moralement, Eden s'écroulerait. Bjorn serra les poings, sachant que ses phalanges blanchissaient sous la pression exercée.

– Pourquoi ai-je l'impression que tu ne me dis pas tout ?

Regal haussa les épaules comme s'il voulait éluder la question.

– Même si je… nous remportons la bataille contre Beorth… Eden sera celui qui en payera les conséquences. Fevesh continuera de lui procurer des plumes, cela lui offrira une longévité descente, mais encore courte pour un homme.

Le regard de Bjorn dévia sur la baie vitrée dans le dos de Regal.

– Eden s'en contentera du moment que vous passez ce temps ensemble.

Il comprenait combien la frustration et le chagrin bouleversaient son aîné. Il savait que Regal aurait souhaité qu'Eden partage leur éternité, sauf qu'il était le seul humain allergique au venin de vampire et que rien sur terre ou en Enfer ne pourrait changer ça.

– Beorth viendra avec ses plus redoutables guerriers, continua Bjorn. Je m'inquiète pour Edward.

– Il est plus puissant que beaucoup de démons.

– Ça fait longtemps que tu n'as pas mis les pieds dans le bas astral, Regal. Il a beau être le presque-immortel le plus imposant de la ville, il ne survivra pas contre l'un des généraux. Ils possèdent tous des pouvoirs qui font frémir leurs adversaires.

Regal grimaça.

– Nous avons déjà parlé de tout cela un nombre incalculable de fois. Je n'ai pas changé d'avis. Crystal a négocié avec Melicendre. Elle a réussi à obtenir des balles bénites, les munitions seront limitées. Il faudra surveiller vos arrières et travailler en équipe. Je m'occuperai seul de Beorth.

– Tu as choisi un quatrième soutien ?

C'était l'unique question sur laquelle Regal hésitait.

– Aligarth sera de la partie.

Ce fut à son tour de faire la moue. Ali était un assassin, pas un guerrier. S'il ne bénéficiait pas de l'effet de surprise, il se ferait tout simplement tuer.

– Il s'est proposé de lui-même, je n'ai rien exigé.

Bjorn pinça les lèvres avec force.

– Je… je ne veux pas qu'il se sacrifie pour nous.

Regal soupira.

– Comme je souhaite vous mettre tous à l'abri, je n'ai pas beaucoup d'options qui s'offrent à moi, Bjorn. Je n'ai plus d'appuis en Enfer.

– Je sais.

Beorth le comprenait parfaitement lui aussi. Peut-être s'était-il imaginé que Regal bénéficiait de plus de soutiens, raison pour laquelle il avait envoyé Onrik et Krata.

– Fevesh t'a-t-il donné des solutions ?

– Ce n'est pas à lui de le faire.

Bjorn soupira. Il luttait pour repousser le sentiment qui broyait ses tripes. Malgré les mots qu'il avait balancés au visage de Fevesh, il aurait pensé que l'ange déchu s'entêterait. Ce n'était pas le cas. Le réaliser lui faisait mal. Il inspira profondément, tout ceci prendrait fin dans un avenir proche.

– Que faisons-nous maintenant ?

– La fête pardi !

Bjorn braqua son regard sur son frère. Ce dernier souriait à présent.

*I*l ne leur restait que deux semaines. Deux

putains de semaines. Et pourtant ils se trouvaient dans l'un des établissements les plus renommés qu'il connaisse. Regal n'avait pas menti.

Merde, on va faire la fête !

Pas sans raison, bien entendu.

L'Errance était l'une des quelques rares boîtes de nuit à démons de New York. Ici, aucun humain n'y mettait jamais les pieds.

Aucun...

Sauf un.

Eden.

L'irréductible Petit Lapin.

À présent compagnon officiel de Regal Knight.

Sa seule présence attirait tant l'attention qu'un champ de force l'entourait telle une barrière protectrice sur la piste de danse.

Exhiber Joli Cul était un gros doigt d'honneur à leurs détracteurs, quels qu'ils soient. Eden était la preuve que Regal ne redoutait personne et que son partenaire était en sécurité, peu importe le lieu où il se trouvait. Il fallait dire qu'ils étaient sortis en famille. Les démons et vampires les plus dangereux de l'État surveillaient Eden et Crys comme le lait sur le feu.

Tous doivent comprendre que je suis le maître incontestable de ce territoire.

Beorth arrivait et cela ne les empêchait pas de s'amuser. Ainsi, Regal asseyait une bonne fois pour toutes sa notoriété. Il montrait à leurs congénères qu'il n'était pas inquiet de la menace qui pesait sur la tour. C'était une stratégie que Bjorn lui avait suggérée alors qu'ils buvaient un verre dans son appartement. Cela avait eu pour but de détendre les esprits et avertir ceux qui tenteraient de se dresser contre Regal. En outre, Fevesh devait avoir rempli sa part du contrat, car le patron de Knight Corporation irradiait de puissance. Eden, quant à lui, était branché sur le trois cent quatre-vingts et semblait avoir pris une trop grosse dose de LSD – sans l'effet indésirable de l'overdose. Retrouver un Eden en forme avec un teint rosé agréable et des yeux lumineux lui faisait plaisir et le consolait un peu d'avoir passé ce pacte avec Fevesh. Il se sentait utile.

Bien entendu, et même si Petit Lapin allait très bien, Regal n'avait pas laissé son compagnon seul sur la piste de danse. Ali se cachait sans doute dans l'ombre d'Eden. Le sourire qui s'était attardé sur ses lèvres alors qu'il regardait ses beaux-frères s'éclater au milieu des démons – ce n'était pas leur lieu de prédilection, mais contrairement à deux autres vieux ronchons, ils jouaient le jeu – s'effaça lentement. Ali n'avait pas souhaité lui adresser la parole depuis qu'il lui avait avoué ses sentiments. À présent, il comprenait pourquoi l'Ombre évitait Fevesh comme la peste. Il aurait voulu s'expliquer, rassurer Aligarth… faire n'importe quoi du temps qu'il retrouvait un peu de gaieté.

– Pourquoi as-tu l'air si triste ? Je savais que je te manquerais… mais pas à ce point.

Le souffle chaud contre sa nuque fit naître un frisson incontrôlé qui le traversa de part en part. Il ferma d'abord les paupières et inspira profondément pour s'imprégner de la fragrance appétissante. Un rire bas et sensuel l'aida à retrouver ses esprits.

Ressaisis-toi.

Le regard de Bjorn se braqua sur sa gauche, en direction de la table VIP que son frère et Edward occupaient. Sans grande surprise, les deux mâles paraissaient s'être enfoncés par inadvertance un balai dans le cul en s'asseyant sur la banquette. Bjorn se tendit lorsque le corps dur comme le granit de Fevesh se plaqua contre son dos.

– Je pensais avoir été clair.

Fevesh recula pour le contourner et lui faire face, bloquant ainsi toute tentative de dérobade.

– Danse avec moi.

Bjorn plissa les paupières, mauvais.

– S'il te plaît.

La demande déstabilisa Bjorn. Il savait qu'il devait résister. Ce n'était qu'un stratagème pour qu'il abdique et que Fevesh puisse exercer toujours plus d'emprise sur sa personne. Il était préparé, il ne se laisserait plus embobiner, quand bien même son histoire ne se terminerait pas bien.

– Je n'insisterai pas si tu refuses, ajouta-t-il, le surprenant davantage.

Bjorn se mâchouilla la lèvre inférieure, ce qui fit naître un rictus appréciateur sur le visage de Fevesh.

– J'ignorais que tu aimais l'électro.

– Ce n'est pas le cas, mais toi si.

Fevesh tendit sa main, paume vers le haut et attendit que Bjorn s'empare de cette dernière. Il hésita.

– Je t'assure que tu ne le regretteras pas.

Il accepta donc la proposition, abandonna le whisky qu'il venait tout juste de commander tout en sachant qu'il ne le reverrait jamais. Fevesh l'emporta à travers la foule, sa stature fit reculer les moins téméraires. Personne hormis Regal, Ed, Ed 2 et Crissy ne pouvait reconnaître Fevesh. D'un, peu de démons croisaient un jour le chemin d'un juge infernal, et de deux, Fevesh avait fait l'effort de prendre forme humaine, son aura réduite au minimum pour ne pas attirer l'attention sur lui.

Bjorn entraperçut du coin de l'œil Eden lui lancer un regard de cocker anglais qui signifiait « je suis inquiet ». Le corps de Fevesh lui cacha rapidement la vue, comme s'il voulait que Bjorn ne se focalise que sur lui. L'une de ses mains se posa sur sa hanche, l'autre, celle qui tenait toujours la sienne, le guida. Il ne fallut que quelques pas avant que Bjorn explose de rire. Ils valsaient. Fevesh et lui valsaient. La musique ne s'y prêtait pas, les gens autour non plus, mais le déchu ne les remarquait pas. La raison était simple, ses yeux de turquoise étaient plongés dans les siens et de ce fait, plus rien au monde n'existait.

Hormis eux.

L'humeur de Bjorn s'allégea, et une fois de plus… une fois de trop, il souhaita que cet instant ne s'arrête jamais. L'ultime moment où il avait admiré ce même regard, c'était avant que Fevesh désire l'enfermer dans une cage dorée. C'était avant qu'il ne le manipule à travers les chaînes de ses pactes.

– Pourquoi es-tu revenu ?

Bjorn se dit que Fevesh n'avait pas entendu. La musique était forte et sa voix presque aussi faible qu'un murmure. Il priait qu'il ne l'ait pas remarqué. Le déchu s'inclina, rapprochant leurs visages l'un de l'autre.

– Je ne veux pas me passer de toi.

– Je ne te laisserai plus me toucher comme tu l'as fait. C'est inutile d'espérer.

Aucun tic irrité ne vint distordre ses traits magnifiques.

– Allons dans un endroit plus tranquille.

– Pour que tu puisses me contraindre ? se rembrunit Bjorn.

Fevesh secoua la tête négativement.

– Non. Je ne le ferai pas. J'ai quelque chose pour toi. Je ne veux pas te le donner ici. Je désire que ce moment n'appartienne qu'à nous.

Bjorn se figea, qu'importe si l'on risquait de les bousculer, Fevesh avait fait de la place autour d'eux. L'ange stoppa à son tour, se contentant de le contempler.

– Tu… quoi ?

– Accompagne-moi. Je t'en prie.

night Corporation

Eden

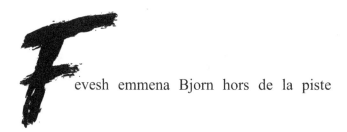

Fevesh emmena Bjorn hors de la piste

jusqu'à un couloir réservé. L'écriteau en était la preuve.
J'allai rejoindre la table qu'occupait tranquillement Ed et
mon incube, Crys sur les talons.

– Tu as vu ?

Mon homme opina simplement.

– On fait quoi ?

Je me faisais un sang d'encre pour Bjorn. Même
si Fevesh et moi avions eu une conversation très sérieuse

sur le consentement, j'avais peur qu'il n'ait rien retenu de ce qu'un pauvre humain sans valeur avait à lui dire.

– Tu t'inquiètes peut-être un peu vite, tenta mon ami pour m'apaiser. Il n'avait pas l'air en mauvaise posture. Hein ?

Sa dernière question s'adressait à Edward. Le presque-immortel pinça les lèvres en une moue hésitante.

Regal ferma momentanément les paupières, leva légèrement la tête comme s'il profitait d'un bain de soleil inexistant. Depuis une semaine, mon amant se nourrissait copieusement et une aura bouillonnante crépitait autour de lui. Il rayonnait littéralement.

– Il me dit qu'il va bien.

Ah oui… c'est vrai qu'ils pouvaient communiquer par la pensée, ces deux-là. Je grimaçai, parce que ce n'était pour moi pas suffisant.

– On pourrait peut-être envoyer Ali pour surveiller.

– Sûrement pas.

Mon compagnon se décala pour me prendre dans ses bras. Il me tendit ensuite un verre de jus de fruits comme si ça allait m'aider à me calmer. Aucune boisson n'avait été pensée pour les humains à l'Errance, même le whisky avait ce quelque chose de surnaturel qui faisait fumer le liquide. Un je ne sais quoi me disait que si j'en avalais, je déféquerais du sang durant la prochaine quinzaine.

– Je me suis assuré que tu puisses l'ingurgiter.

Je trempai mes lèvres avec précaution. Heureusement que je n'avais pas bu cul sec, car mon jus de fruits était à base de vodka.

– C'est tout ce qu'il a trouvé pour toi dans ses stocks.

Regal resserra sa prise sur ma hanche.

— Ça ira. Au pire, on déboulera tous pour sauver Bjorn tout en priant pour qu'on ne retrouve pas Fevesh enfoncé en lui… ou inversement.

Je reniflai, à moitié rassuré.

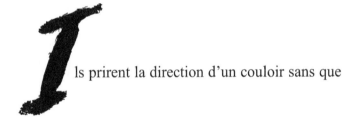

ls prirent la direction d'un couloir sans que

personne les arrête. Ce dernier menait à un escalier puis
à une terrasse réservée pour les soirées privées. Par
chance, elle n'était pas utilisée aujourd'hui. La météo ne
le permettait plus vraiment. En cet instant, il ne pleuvait
pas, mais ils n'étaient pas à l'abri d'une averse.
Néanmoins, le salon de jardin luxueux n'avait pas encore
été rangé pour la saison automnale. Le patron de
l'Errance avait sans doute souhaité profiter de l'endroit

le plus possible. Fevesh le poussa sans le forcer à s'asseoir. Ses ailes se déployèrent dans son dos, déchirant le t-shirt qu'il portait. Un soupir de soulagement lui échappa et procura à Bjorn un sentiment de normalité étrange.

– Qu'est-ce que tu désirais me donner ?

Son cœur balançait. D'un côté, il redoutait ce qui allait se passer, de l'autre, il voulait encore espérer. C'était horriblement idiot et destructeur.

Fevesh posa un genou à terre, ce qui fit accélérer bêtement son rythme cardiaque. Bjorn s'humecta les lèvres.

– Je ne suis plus un être bienveillant, cela remonte à trop longtemps. Je ne sais même plus pourquoi j'ai chuté. J'ignore comment me comporter. Néanmoins. La pe… Eden m'a… appris certaines choses que je pense pouvoir assimiler.

Les muscles de Bjorn se contractèrent, son front se plissa. Un orbe chaleureux menaçait d'exploser dans sa poitrine. Il luttait. Il se débattait, car l'espoir était vain. Il devait se le rappeler, ne pas le perdre de vue.

Le déchu sortit de la poche arrière de son jean une petite poupée. Elle était sale, elle puait le chacal. Le tissu râpeux en jute était raccommodé un nombre incalculable de fois. Ses yeux n'étaient faits que de deux croix en fil. Il se souvenait d'elle. Sa gorge se serra si fort que lorsqu'il prit la parole son timbre fut comme étouffé.

– Méduse.

Son pouce caressa la tête de la peluche, puis il craqua et la serra plus fort contre lui. Il ne put garder toute cette peine plus longtemps. Des larmes silencieuses se mirent à couler sur ses joues. Il n'avait pas revu cette poupée depuis le jour où on l'avait séparé de sa mère. Il pensait l'avoir égarée, tout comme il avait perdu sa génitrice.

Deux mains immenses prirent en coupe son visage, les pouces de Fevesh essuyèrent ses pleurs.

– J'ai réussi à la faire sortir du gynécée de Satan. Elle est en vie, elle se trouve actuellement dans ma forteresse.

Le cœur de Bjorn manqua un battement.

– Comment ? Par le Mauvais Esprit… comment va-t-elle ?

Sa voix était si rauque qu'elle ne semblait pas humaine. Sa main droite se serra sur ce qu'il restait du haut du juge.

– Elle doit être sevrée. Nous avons de la chance que Satan ne soit pas un incube ou le processus aurait été compliqué. Son rétablissement prendra cependant du temps. Parfois, elle a des moments de lucidité, elle m'a donné ceci lors de l'un de ces instants.

Les yeux de Bjorn s'écarquillèrent, sa rétine le brûlait à cause des pleurs.

– Est-ce que… tu…

Il n'était pas certain de vouloir l'entendre. Si Fevesh avait commis l'irréparable…

– Plusieurs mâles s'occuperont d'elle pour qu'elle ne développe plus aucune dépendance. Je ne l'ai pas touchée, si telle est ta question. Elle n'est pas toi.

Fevesh caressa sa joue avec une délicatesse qui ne lui ressemblait pas.

– Si je dois choisir entre toi et mon empire, ma décision est prise. Il n'y a dans mon harem plus aucun concubin. Je l'aurais démantelé si cela n'avait pas éveillé de soupçons. Si tu es à moi, j'accepterai de t'appartenir.

Bjorn se figea. Trop d'émotions l'assaillaient.

– P… Pardon ?

– Je préfère te prévenir. Je vais encore faire des erreurs qui te meurtriront. Je suis un être profondément mauvais. Je ne me souviens plus de ce que c'est qu'aimer. Toutefois, il y a une chose dont je suis sûr. Je ne désire qu'une seule et unique personne en ce monde. C'est toi. C'est sans doute ce que je peux faire de mieux pour l'instant. Je ne peux être relevé de mes fonctions pour le moment, mais, quand tu seras à l'abri... quand Regal et Beorth en auront terminé... je m'installerai avec toi sur terre, si tu veux toujours de moi à tes côtés.

Bjorn le regarda, bouche bée. Il ne parvenait pas à y croire. C'était si soudain. C'était tout simplement...

Fou.

– J'écouterai... je ne ferai pas qu'entendre. Je ne prendrai plus par la force. Mais, je t'en prie, ne me repousse plus. Ne te laisse pas mourir de faim.

Écouter, pas entendre ? Bjorn était perdu, tout autant qu'excité.

– Est-ce que tu es en train de me dire que... tu ne m'enfermeras pas dans ton harem ?

– Je sais que tu ne souhaites pas l'intégrer. Je ne t'y forcerai pas et notre pacte ne donnait aucun laps de temps. Je ne le ferai donc pas sauf en cas de force majeure et uniquement si Satan m'y oblige. Tu vivras avec moi, tu ne seras pas mis à l'écart et surtout tu seras le seul. Je ferai en sorte que tu puisses aller et venir sur terre comme bon te semble. Tout le reste ne sera qu'une façade.

Soudainement, Fevesh émit un sifflement bas et menaçant.

– Et j'accepterai que tu... partes si un jour ce que tu éprouves pour moi change. Tu ne seras jamais mon esclave.

Bjorn fit glisser sa main de son torse jusqu'à sa joue. Fevesh s'y appuya comme si ce geste le soulageait.

– Mais qui es-tu ?

Il ne pensait pas que ce jour arriverait. Il lui était même difficile d'y croire. Ses membres tremblaient sous l'émotion. L'euphorie qui le gagnait menaçait de le transformer en adolescente de treize ans.

– Votre Petit Lapin m'a dit que parfois on n'était pas « le meilleur » dans la vie de ceux qu'on aime. Je veux être ce… terme… pour toi, même si je ne le comprends pas. Je souhaite revoir ce sourire sur tes lèvres, parce que j'ai conscience à présent que c'est moi qu'il l'ait éteint.

Fevesh galérait, les déclarations n'étaient clairement pas son fort. Malgré tout, il essayait. C'était la première fois qu'il lui témoignait un intérêt sans contrepartie.

– J'aimerais que tu sois ce meilleur pour moi. Tu as toujours été le seul à mes yeux. Tout ce que je souhaitais, c'était que ce soit réciproque.

Un sourire sensuel étira les lèvres de Fevesh.

– J'ai mis du temps à le comprendre. Pardonne-moi.

L'ange s'avança avec une lenteur parfaitement maîtrisée. Ce qu'il espérait, c'était que Bjorn comble la distance qui persistait encore entre eux. Alors, il céda.

Juste encore une fois.

Parce que Fevesh était bien des choses, mais il n'était pas un menteur. Jamais il n'aurait ployé le genou devant quelqu'un. Pourtant, il lui avait ouvert son cœur. Il ne s'attendait pas à une déclaration d'amour digne des téléfilms de Noël. Fevesh était Fevesh.

Leur baiser l'enflamma. Son corps produisit plus de phéromones qu'il ne voulait en libérer. Alors, quand son déchu inspira, ses pupilles fendues se dilatèrent sous l'excitation.

– J'ai encore une autre surprise, ronronna Fevesh au creux de son oreille. Mais elle ne se trouve pas ici.

Bjorn allait prendre feu. Il désirait plus que tout découvrir ce que l'homme devant lui était prêt à lui faire subir.

Car, cette fois.

Ils ne baiseraient pas.

Ils feraient l'amour.

Chapitre 28

Bjorn

Fevesh ouvrit sa main, paume vers le haut

et attendit patiemment que Bjorn y glisse la sienne. Cette facette de l'ange lui était totalement inconnue. Il n'avait jamais ne serait-ce qu'entraperçu une once de délicatesse en lui. Son estomac le picotait et il était certain de rougir comme un gamin.

— Tu te fais prier…

Le timbre de Fevesh était moqueur, mais pas arrogant.

– J'ai hâte de t'entendre crier mon nom. De te voir jouir. De t'écouter me demander de continuer encore et encore jusqu'à ce que tu sois totalement satisfait.

En réponse, le corps de Bjorn ne produisit que plus de phéromones. Il se consumait de l'intérieur. Il effleura sa paume de ses doigts. Le déchu en profita pour les porter à ses lèvres et les embrasser. Bjorn n'avait jamais rien contemplé de plus sensuel. Il ignorait comment Fevesh se débrouillait pour offrir ce spectacle si chaste et pourtant si décadent. Un râle appréciateur lui échappa. Deux perles de turquoise se braquèrent sur lui.

Fevesh le prenait en chasse.

– Il faut que… je prévienne les autres.

– Fais vite ou je te kidnappe.

Bjorn renifla, amusé. Il restait à Fevesh pas mal d'efforts à fournir, mais il notait tout de même que l'intention y était. Il ferma momentanément les yeux et chercha l'esprit de Regal. Ce dernier le lui ouvrit.

– *Tout va bien ?*

Des lèvres effleurèrent les siennes. Un frisson parcourut ses reins, tandis que son membre commençait à être à l'étroit dans sa prison de tissu.

– *Arr…*

– *Hé ! Il est hors de question de me faire partager ça… Dégage de mes pensées !*

– *Je rentre en avance.*

– *Oui, c'est mieux. Éclate-toi bien.*

Bjorn ne pouvait le voir et pourtant il entendait le sourire dans la voix de Regal. Cela lui fit chaud au cœur, car quoi que Regal et Fevesh se soient dit plus tôt, apparemment, son frère était au courant du changement.

– C'est bon, déclara Bjorn.

Fevesh se leva en le poussant à faire de même, puis il fondit sur lui. Une épaisse fumée noire les encercla. Deux secondes plus tard, ils se trouvaient dans l'appartement de Bjorn. Fevesh assaillait ses lèvres, l'empêchant presque de respirer. Ses mains habiles le déshabillaient avec une fièvre égale à leur désir. Leurs peaux se rencontrèrent et un râle de soulagement leur échappa à tous deux. Leurs jeans les séparaient encore. Bjorn s'essaya à le lui retirer, mais contrairement à son amant, ses mouvements étaient trop précipités.

– Tss.

Fevesh se recula contre le dossier d'un canapé en cuir qui… n'aurait pas dû se trouver dans cette pièce. Bjorn se figea pour constater par lui-même l'ampleur des changements.

– Si Regal apprend que tu as aménagé un plateau de film X dans son penthouse, je ne survivrai pas à l'année. C'est une balançoire et une barre de pole dance…

Mais quand avait-il installé tout ça ? Maintenant qu'il y pensait, il n'était pas rentré à l'appartement après le travail. Il avait emprunté les douches de la tour pour ne pas perdre de temps. Il fallait dire qu'entre les dossiers à traiter avant les congés exceptionnels étaient nombreux. Regal avait prévu de fermer l'entreprise une semaine pour être certain que les créatures de la nuit soient toutes à l'abri de Beorth.

– Je savais que ça te plairait, susurra l'ange à son oreille.

Fevesh retira les doigts de Bjorn de sa ceinture, pour les embrasser de nouveau.

– Ce soir, je vais tester ta confiance en moi.

Il avait beau chercher une réponse dans le regard de Fevesh, il n'y trouva rien. Pourtant, il se laissa aller quand le juge le fit grimper sur un lit de soie noire. Bjorn manqua de se ridiculiser en tombant du matelas. Fevesh lui se recula pour atteindre une armoire. Il ne le quitta pas un seul instant des yeux.

– Déshabille-toi.

Bjorn n'avait jamais eu de problème avec les jeux de rôle. Il savait ce que valait son corps. Alors, il défit chaque bouton lascivement. Fevesh le contemplait avec une telle intensité qu'il pouvait pratiquement l'éprouver sur sa peau. Il s'humecta les lèvres, ce qui provoqua chez Fevesh un grondement d'approbation. Bjorn libéra son membre qui frappa son ventre. Il était si dur qu'il en avait mal.

Il vit alors que Fevesh sortait d'un des tiroirs de longues cordes rouges. Il ne sut pas quoi en penser. L'idée l'excitait, car être à la merci du déchu était toujours une expérience exaltante et en même temps… son esprit se révoltait. Être de nouveau enchaîné était exactement ce qu'il se refusait.

– Je n'ai pas trouvé de code pour stopper nos jeux si je vais trop loin. Alors, tu n'auras qu'à me dire d'arrêter. Je m'exécuterai.

Ce n'était pas possible, il ne s'agissait plus du même mâle. Eden avait-il une sorte de super pouvoir qui lobotomisait les cerveaux des créatures de la nuit ?

– Ce… n'est pas dans ma nature d'offrir autant de liberté, informa l'ange comme s'il avait entendu ses pensées. Mais la petite chose médiumnique a été claire, si je ne te considère pas comme mon égal, tu m'échapperas. Ce n'est pas cher payé si je peux te garder pour moi le reste de l'éternité.

Bjorn en demeurait bouche bée, ce qui fit pouffer Fevesh.

– Viens là, mon incube, que je te ligote.

Fevesh jeta les cordes sur le matelas, attrapa un bandeau de satin et de dentelle noir et le lui présenta. Bjorn inclina légèrement son visage pour que Fevesh puisse attacher le tissu derrière sa tête.

– C'est bien, susurra l'ange contre la courbe de sa mâchoire.

Il comprit au délicat bruissement de sa peau que le juge se penchait. Pourtant, il tressaillit quand sa langue titilla l'un de ses tétons. Bjorn chercha une prise où s'accrocher, mais ne trouva que le vide. Une main puissante et ferme s'empara alors de son poignet, puis de l'autre. Le lit bougea sous le poids de Fevesh. L'incube blond éprouva la texture étrangement soyeuse de la corde épaisse sur son épiderme. Son amant tressa les sangles avec autant d'habileté que de délicatesse ou de lenteur. Le cœur de Bjorn gonfla dans sa poitrine tandis que ses bras furent liés. Fevesh n'était pas un homme doté de patience. La plupart du temps, il se contentait de le prendre là où ils se tenaient. La dernière fois que Bjorn s'était retrouvé attaché, cela avait été bâclé, douloureux et presque humiliant.

La pulpe d'un doigt joua avec la fente de son gland, lui faisant pousser un gémissement étouffé. Un souffle chaud caressa son épaule, puis une langue goûta sa peau au creux de son cou. Bjorn bascula la tête en arrière, trouvant ainsi un appui contre Fevesh.

– Tu m'exposes ta gorge si facilement.

La luxure imprégnait le timbre du déchu, lui promettant délices, extase et décadence. Sa bouche s'assécha. La chaleur du corps de son amant le faisait bouillir. Il avait beau s'humecter les lèvres, déglutir, rien n'y faisait. Fevesh le consumait. Alors, quand il parla, ce fut d'une voix rocailleuse.

– Tu… m'as demandé de te faire confiance. Je l'ai systématiquement fait… même lorsque je voyais que ce n'était pas pour mon bien. J'ai toujours espéré…

La soie douce de sa bouche effleura l'hélix de son oreille.

– Je le sais, ronronna l'ange.

Un frisson incontrôlable secoua son corps. Bjorn en désirait plus. Son besoin devenait si pressant qu'il en avait mal. Son âme était à l'étroit dans son enveloppe charnelle. Il sentit alors la friction d'une nouvelle corde sur son épiderme. Elle le caressa comme une amante, se noua, l'enlaça, l'effleura, l'irrita. Des soupirs étouffés lui échappaient parfois et il se demandait si Fevesh en était insensible.

– À genoux, trésor.

Un souffle.

Un ordre.

L'incube blond s'exécuta, non sans réticence.

Autrefois, il avait accepté la brutalité de Fevesh comme une rédemption, pour sa passivité, parce qu'il n'avait jamais levé le petit doigt contre les maltraitances que son père exerçait sur ses concubines. Endurer les mêmes traitements lui avaient permis de s'offrir une conscience.

Aujourd'hui.

Tout était différent.

Il ne cherchait pas l'absolution.

Fevesh n'usait d'aucune brutalité qu'il ne désirait pas. Son attitude était autre, saine, faite dans un consentement total. Bjorn n'avait jamais apprécié le sexe doux, Fevesh non plus et c'était sans doute la raison pour laquelle ils se complétaient. Il leur manquait seulement des bases stables qui ne reposaient sur aucune autorité.

Fevesh en avait pris conscience et avait modifié son comportement.

Bjorn, quant à lui, avait changé. Il n'était plus une victime collatérale. Il s'était pris en main en se forgeant une place sur terre.

Maintenant qu'ils s'étaient trouvés eux-mêmes, ils pouvaient tous deux donner à l'autre.

Évidemment, il était facile de le dire, il ne serait pas aussi simple d'appliquer leurs nouvelles résolutions. Ils retomberaient dans leurs travers, mais feraient des efforts pour y remédier. Parce que...

– Je ne pourrai jamais me lasser de toi.

Sa gorge se serra, son cœur gonfla à en exploser. Ce n'était peut-être pas la déclaration qu'il aurait souhaité entendre, mais pour Fevesh, c'était comme lui avouer qu'il l'aimait.

– Je ne vivrai pas sans toi.

– Bien.

Il pouvait percevoir la satisfaction dans sa voix.

– Je ne permettrai rien d'autre, continua Fevesh.

Pour la peine, ses crocs éraflèrent son épaule, lui arrachant un râle surpris. Son sexe palpita.

– Si tu m'abandonnes après ça. Je te jure de te retrouver et de te vider de tes entrailles.

Fevesh renifla, narquois.

– Je n'attends rien de moins de toi.

L'une des paumes de Fevesh prit en coupe ses testicules, la seconde passa la corde sur sa cuisse, puis son genou et relia le tout à sa cheville. Il fit de même avec son autre jambe. Son amant se recula et l'air sur sa peau se fit glacial. Il entendit quelque chose grincer sur le carrelage, puis attendit. Il ne savait pas à quoi jouait Fevesh, le bandeau ne lui permettait que de distinguer les sons. Il commençait à appréhender.

La poigne ferme de l'ange tira sa tête en arrière et ses lèvres percutèrent les siennes sans ménagement. La langue de son amant fut inquisitrice et leur baiser passionné. Le satin caressa ses paupières puis ses joues en glissant. Ses prunelles plongèrent alors dans deux lacs spectaculaires.

– Regarde-toi... mon trésor.

Il fallut un moment à Bjorn pour détourner les yeux. Il était bien trop chamboulé par le nom que Fevesh usait à son égard. Il avait été bien des choses.

Sa proie.

Son incube.

Son trophée.

Jamais son trésor.

— Regarde comme ton corps est splendide.

Fevesh se décala en retrouvant sa place dans son dos et Bjorn se contempla alors dans un miroir immense. Il se tenait accroupi, la corde formant de superbes rosaces autour de ses genoux, ses jambes, son torse et ses bras. Son sexe n'avait pas été épargné.

— Merde…

Son érection tressaillit. Fevesh caressa sa peau nue, s'arrêtant sur ses tétons durcis par le désir. Il les pinça rudement et observa une fois de plus le membre de Bjorn frapper son ventre.

— Magnifique.

Sa paume longea ses abdominaux pour prendre en coupe sa verge, la corde l'entourant lui donnait l'impression d'être un cadeau. Les doigts de son amant jouèrent encore avec ses testicules. Bjorn chercha à ruer dans sa main, mais échoua. L'index de Fevesh traçait déjà des cercles contre son anneau de chair.

— Putain ! Fais quelque chose.

Mais Fevesh se contenta de le plaquer contre son torse et de lui écarter les cuisses pour que son reflet dans le miroir leur offre une vue parfaite sur les méfaits qu'il lui prodiguait. Bjorn bascula, c'en était trop.

— Utilise du lubrifiant.

Fevesh lécha ses doigts, puis inséra son majeur entre ses fesses. Bjorn cria, le plaisir qui s'abattait en lui manqua de le faire jouir sans plus attendre, heureusement la piqûre douloureuse l'aida à tenir bon. Il apercevait des étoiles tout autour de lui. Fevesh stoppa soudainement.

– Souhaites-tu que je cesse ?

– AAAh… Bordel…

Bjorn tenta de s'empaler sur l'index et le majeur de son amant, mais sa liberté de mouvement l'en empêchait.

– Tu n'arrêtes pas…

Son corps était moite de transpiration, ses muscles commençaient à le brûler doucement à cause de la position peu confortable.

– Regarde-toi… Regarde comme mes doigts s'enfoncent facilement en toi.

Bjorn s'exécuta, mais tout ce sur quoi il pouvait se concentrer restait la dilatation des pupilles de Fevesh, les lacs s'étaient teintés de ténèbres. Il distingua même une légère rougeur sur ses joues, signe que lui aussi était à bout.

– Arrête de me torturer ! Donne-moi du plaisir, exigea Bjorn.

– Mais je n'ai encore utilisé aucun jouet…

Il ne parcourut pas longtemps la pièce du regard, il avait déjà repéré les innombrables cravaches, menottes, plugs anaux et urétraux, colliers, harnais, martinets et ball gags.

– Il nous reste quinze jours pour tout essayer. Je ne veux pas d'accessoires, je te désire TOI.

Fevesh frémit, ses ailes se déployant dans son dos sous l'effet de sa supplique.

– Entendu. Que toi et moi.

Fevesh coupa de ses griffes les nœuds autour de ses genoux et ses chevilles, puis tira sur la corde qui ficelait ses mains. Il le souleva avec une facilité qui était propre aux créatures de la nuit. Bjorn fut contraint de constater que le déchu ne comptait absolument pas le détacher. Ses bras étaient coincés entre lui et la tête de lit, son pouce lui rentrait dans le dos.

– Dans cette position, on ne risque pas de faire grand-chose.

Il était assis après tout. Fevesh déposa un baiser à la commissure de ses lèvres. Son sourire carnassier le fit frissonner d'anticipation. C'était le rictus de quelqu'un qui manigançait un plan foireux.

– Vraiment ?

Fevesh retira la ceinture qui ceignait sa taille, puis reproduisit des gestes identiques avec son pantalon. L'ange lui offrit une vue magnifique sur son corps splendide, ses abdominaux parfaitement dessinés, ses cuisses fermes et son sexe imposant. Puis, Bjorn cligna plusieurs fois des paupières. Il ne s'en était pas rendu compte auparavant, il ignorait même si l'effet était dû à l'éclairage, mais…

– On dirait… que ta peau est plus… colorée…

Elle arborait une teinte porcelaine, certes, mais légèrement plus rosée. Fevesh posa sa main sur son torse.

– Tu l'as remarqué… Je ne sais pas si… c'est dû à une sorte de mutation en moi ou…

– Tu as pris un coup de soleil.

Le juge pouffa du nez.

– Je ne porte plus de chiton pour mieux me fondre parmi les humains, donc cela m'étonnerait.

Bjorn avait envie de croire qu'un changement en Fevesh s'opérait, qu'il retrouvait la lumière qui l'avait habité alors qu'il était un ange et pas un déchu. L'absolution pour Fevesh était impossible. Toutefois, peut-être, sur un malentendu ou un miracle, son amant appréhendait ce qu'était l'amour. Il n'avait pas besoin de le comprendre totalement. N'était-ce pas irréalisable d'ailleurs ? Il aimait à penser que son âme s'éveillait de nouveau et que le froid quittait sa peau. Il se lécha les lèvres avec appétit.

– Je ne peux plus tenir.

Fevesh attrapa enfin un sachet de lubrifiant et le balança à la droite de Bjorn qui bien évidemment ne pouvait s'en saisir. Il grimpa sur le lit, son corps massif le surplomba. Alors qu'il s'attendait à ce qu'il tire brutalement par les chevilles et l'allonge sur les draps, Fevesh le chevaucha. Il récupéra la petite pochette, déchira l'enveloppe de ses crocs et récolta le liquide dans sa paume. Il enduisit le sexe turgescent de Bjorn qui poussa un soupir approbateur.

– Qu'est-ce que tu fais ?

Il observa Fevesh le masturber vigoureusement, et sa patience arriva à bout. Il rua, cherchant plus de pression. Il était si proche de la félicité. Il redoutait de jouir à la première pénétration.

Fevesh le délaissa brusquement. Bjorn gémit, désespéré.

– Ne t'arrête pas… Prends-moi.

Mais son amant se contorsionnait pour étaler le surplus entre ses fesses. L'incube écarquilla les yeux, n'y croyant pas un seul instant jusqu'à ce que le déchu s'empale de lui-même sur son gland. Ils crièrent à l'unisson, à la fois de plaisir et de douleur. La main de Fevesh s'était refermée sur sa cuisse, Bjorn était certain qu'un bleu marbrerait bientôt sa peau. Cela importait peu, la jouissance menaçait de le faire basculer.

– Merde…

Quand il rencontra le regard fiévreux de Fevesh, Bjorn serra les dents pour ne pas se libérer directement en son amant. Il expira par la bouche, et posa son front moite contre l'épaule du déchu.

– Qu'est-ce qui te prend ? Tu n'as jamais…

L'ange bougea son bassin, ce qui lui arracha un gémissement étouffé. Fevesh s'empara de son menton avec férocité.

– Car tu seras le seul. Parce que tu seras attaché. Parce que je choisirai quand, comment et où. J'imposerai le rythme que je désire, je te chevaucherai, jamais l'inverse.

Maintenant, Bjorn comprenait pourquoi ses mains étaient liées. Fevesh ne parvenait pas à s'abandonner complètement. Son besoin de contrôle était si puissant qu'il ne l'autoriserait pas à mener la danse.

Ce n'était pas si important. Aujourd'hui était déjà un grand pas en avant. S'il survivait à Beorth, ils pourraient même continuer à avancer petit à petit.

– D'accord, accepta-t-il simplement.

Alors Fevesh se souleva et le sexe de Bjorn se retira presque totalement avant que son amant ne s'empale de nouveau. Très vite, le rythme augmenta. Les ailes de Fevesh lui servirent de balancier. Ce spectacle était le plus beau cadeau qu'on puisse lui faire.

Ses bras testèrent la résistance de la corde.

– Tu ne les dénoueras pas, inutile d'essayer, Trésor.

Ne pouvoir toucher Fevesh, caresser son torse superbe le rendait fou de frustration. La brûlure mordante dans son bas-ventre menaçait de l'engloutir. Leurs souffles étaient courts, et la vue décadente du membre de son ange frappant son nombril tandis que ses va-et-vient se faisaient chaotiques le fit basculer.

– Je vais jouir.

Son amant lui sourit, révélant ses canines. Il se prit en main, se masturbant tout en imposant plus de pression autour du sexe de Bjorn. Il n'avait jamais ressenti pareils délices. Chaque mouvement de leur corps, chaque frottement était comme amplifié. Le monde pouvait s'écrouler, ils ne remarqueraient rien. Ils étaient seuls. Cela en fut trop.

Bjorn se recroquevilla, sa bouche trouva la naissance du cou de Fevesh et cria sa jouissance contre sa peau. L'énergie de Fevesh s'écoula en lui tel un torrent. Il nota alors une infime différence dans sa fréquence vibratoire. L'essence était plus légère, toujours aussi puissante, mais plus… joyeuse. L'amour qu'il ressentait pour Fevesh explosa dans sa poitrine, accroissant de façon démesurée son plaisir.

Peu de temps après, un liquide chaud gicla sur son torse. La main de Fevesh empoigna ses cheveux et le força à basculer la tête en arrière pour l'embrasser. Bjorn ne parvenait plus à rouvrir les yeux, il était comme assommé par la violence de son orgasme… Non… pas que le sien…

Sous le choc, il ouvrit les paupières et plongea dans les lacs turquoise.

– Tu… Tu as accepté le lien ?

Bjorn s'était toujours demandé si Fevesh était immunisé ou s'il le repoussait simplement. Aujourd'hui, il avait sa réponse.

– Si tu m'appartiens, je t'appartiendrai. C'est un pacte plutôt équitable.

Bjorn tenta de se libérer, mais les liens tenaient bon. Fevesh le contempla faire avec amusement. Il se retira, puis tira légèrement sur la corde qui tomba comme si aucun nœud n'avait été tissé. Bjorn se jeta sur son amant, le surplombant pour la toute première fois.

– Ne vas-tu pas avoir des problèmes avec Lucifer ?

– Il ne m'est pas interdit de prendre un compagnon. Je dois juste me montrer impartial lors de l'affrontement contre Beorth. Ce dont je ne doute pas.

Fevesh posa sa main sur son torse. Son doigt traça un chemin sur sa peau en étalant ainsi la preuve de sa jouissance.

– J'aime voir ma marque sur toi. Elle deviendra indélébile après la bataille.

En d'autres mots, il le mordrait et l'imprégnerait d'une manière ou d'une autre afin que personne ne le revendique plus jamais. L'aile de Fevesh vint couvrir son corps.

– Allonge-toi avec moi. Je crois que je peux le supporter.

Une fois encore, Bjorn fut stupéfait.

– Tu es sûr qu'Eden ne t'a pas ensorcelé ? Il t'a fait boire une potion, quelque chose ?

Fevesh eut un rire bref.

– N'est-ce pas ce dont tu as envie ?

– Si ! s'emporta Bjorn. Si… mais c'est un changement tellement radical que… c'en est suspect.

Fevesh emprisonna sa nuque, et Bjorn se laissa aller contre l'épaule de son amant.

– Profite, je ne l'accepterai pas à chacun de nos ébats.

Il marqua une courte pause avant de reprendre :

– Cet humain est… étrangement convaincant. Il possède cette lumière qui attire les ténèbres. Il est dangereux.

Bjorn renifla avec amusement. Il était vrai qu'Eden avait ce « truc », cette étincelle qui le rendait différent. Il supposait que pour un être comme Fevesh, un déchu, Petit Lapin devait être effrayant de bonté.

Les paupières de Bjorn se firent lourdes, les endorphines post-coïtales jouant leur rôle. Il allait s'assoupir. C'était une première. Il n'aurait jamais pensé qu'une telle chose arriverait un jour. D'ailleurs, il avait peur de s'endormir. S'il se réveillait et qu'en réalité tout ceci n'était qu'un rêve… il…

– Je ne m'attendais pas à me sentir en paix… avoua Fevesh dans un murmure.

Bjorn entoura sa hanche de son bras pour rapprocher leurs corps. Les doigts de son amant caressèrent distraitement la courbe de ses reins. Remarquait-il combien ce geste anodin était révélateur ?

– Tu as lutté longtemps.

Un index redressa son menton et des lèvres s'emparèrent des siennes.

– Je ne m'excuserai pas de t'avoir fait attendre… mais merci de n'avoir jamais abandonné.

– Mumm… Tu ne m'as pas laissé le choix.

– Parfois, cela a du bon, alors…

Bjorn frappa son torse. Fevesh gronda.

– Ne retombe pas déjà dans tes travers.

Le regard du mâle se concentra sur le plafond.

– Il faut que je me lave… ça coule.

Bjorn rit.

– Charmant…

Chapitre 29

Le lendemain

Eden

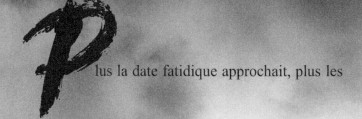

lus la date fatidique approchait, plus les

visages se fermaient. Nous redoutions ce moment depuis un an maintenant et même si de nombreux plans de bataille avaient été pensés, aucun ne nous satisfaisait vraiment.

— Tu vas passer ton anniversaire dans les Bas-Fonds. Tu parles d'une fête, bougonna Crystal.

Le 31 octobre à 23 h 59… ouais… Pas le meilleur anniv' de ma vie. Mon ami était à moitié assis sur le rebord de mon bureau, les bras croisés, et ne semblait pas du tout vouloir me donner un coup de main pour réorganiser les rendez-vous de Regal. Ce n'était pas un moment plaisant pour moi non plus, en partie parce que je devais – à la demande de mon homme – prendre en compte le fait que peut-être il serait mort d'ici quelques jours. Je n'aimais pas y penser, je ne le supportais pas, mais Regal désirait se montrer prévoyant. J'encaissais la douleur, serrais les dents et l'aidais au mieux. Je ne voulais pas être un caillou dans sa chaussure. Au moins n'avait-il pas fait de testament…

Ou alors, tu n'es juste pas au courant.

Ce qui, connaissant mon compagnon, était tout à fait plausible. J'avais déjà refusé que nous nous mariions en coup de vent. J'appréciais vraiment que mon incube souhaite à tout prix me mettre à l'abri du besoin. Néanmoins, je préférais encore dormir sous les ponts plutôt que de profiter de son décès. Une mort de laquelle, de toute façon, je ne me relèverais pas.

– Nous le fêterons mieux une fois tout ceci derrière nous.

Je voulais me montrer positif, pourtant, le silence qui s'installa démontra que nos cœurs ne parvenaient plus à trouver la joie nécessaire pour garder la tête hors de l'eau.

– Il reste moins de deux semaines… finit par lâcher Crys avec résolution.

Son regard tomba sur sa main bionique. Il replia ses doigts, les déploya et recommença l'opération plusieurs fois d'affilée.

– Je…

Je me saisis de son poignet de chair et d'os pour attirer son attention.

– Je sais… et je te comprends. J'aimerais vraiment pouvoir faire quelque chose moi aussi. On ne les perdra pas… Tu m'entends ?

Crystal se pinça la lèvre durement, puis acquiesça silencieusement. J'allais continuer ma tirade d'encouragement, mais les portes de l'ascenseur s'ouvrirent et Bjorn pénétra dans le couloir. Mon ami et moi nous redressâmes comme un seul homme. Nous nous étions fait un sang d'encre pour le petit frère de mon compagnon. Ce crétin des îles resplendissait. Nous en restâmes bouche bée.

— Coucou ! nous salua tranquillement l'incube blond.

— Tu es… en forme !

Ses sourcils se haussèrent comme si je venais de prononcer une aberration. Bjorn s'ausculta en levant à moitié les bras et contrôla que rien ne lui manquait. Il m'offrit alors un sourire.

— Si tu veux vérifier que mon oiseau se trouve toujours dans son nid, je suis open.

Je lui balançai la première chose qui me tomba sur la main. C'est-à-dire mon agenda. Cet imbécile ne l'évita même pas. Il se contenta de protéger son visage, puis de simuler une blessure grave.

— Merde… mon carnet.

— Aaaaaaahhhh je suis meurtri ! Eden me bat !

Je contournai le comptoir de l'accueil pour récupérer mon matériel. Bjorn chouinait comme un enfant. Il me montra son épaule.

— Bisou magique.

Je le frappai avec mon agenda.

— Je… ne suis p… pas une putain de Magical Girl [47] ! Je me suis inquiété pour toi !

---

[47] Magical Girl est un sous-genre de la fantasy japonaise. On peut définir plus précisément la Magical Girl comme une fille possédant des pouvoirs magiques pour faire le bien. Tout le monde connaît Sailor Moon.

L'expression de Bjorn se modifia, l'arrogance s'effaça pour devenir affection. L'incube m'attrapa soudain par le bras pour m'attirer dans son étreinte.

– Merci de t'être fait du souci pour moi, dit-il d'une voix douce.

– Je vieillis prématurément... et ce n'est pas seulement à cause de ton frère, bougonnai-je.

Bjorn rigola, redressa la tête pour agiter les sourcils en direction de Crys.

– Viens me faire un câlin toi aussi.

Le cadet de Regal renifla et je fus certain que Crys lui adressait un doigt d'honneur.

– Je note ! Je ne t'offrirai pas de chocolats.

– J'ignore si je préfère le Bjorn nostalgique ou celui qui s'est fait baiser, renchérit mon ami.

Je levai les yeux au ciel. Il n'y en avait pas un pour rattraper l'autre. Je repoussai gentiment le bras qui me maintenait encore contre son torse et le tapotai une fois libéré.

– Eh bien, pour ta gouverne...

– Où est Fevesh ?

Je me mis à hurler de frayeur alors que mon regard tombait sur des iris d'un vert poison scandaleux. Je me sentis tiré en arrière puis en avant.

– Lâche-le ! somma Bjorn.

orn aimait tout particulièrement

emmerder Eden et Crystal. Avec les récents événements, il n'avait pu s'adonner à son petit plaisir. Il ne se souvenait presque plus de la dernière fois où il s'était marré en leur compagnie.

Alors, il avait décidé de remédier à la situation. Toutefois, le plus gratifiant fut de savoir que les deux jeunes hommes s'étaient inquiétés pour lui. Cela lui faisait chaud au cœur et renforçait le sentiment qu'il n'était plus seul désormais.

Il trépignait de se glisser dans le bureau de son frère et de lui faire la misère. Il avait hâte d'entendre Regal bougonner. Il souhaitait aussi connaître sa réaction vis-à-vis de ce qu'il s'était produit hier soir. Il était certain que son frangin aurait son grain de sel à saupoudrer.

– Eh bien, pour ta gouverne…

Un épais nuage de fumée envahit soudain une partie du couloir. Bjorn crut d'abord qu'il s'agissait de Fevesh, puis comprit à la fréquence vibratoire divergente qu'il se trompait.

– Aaaaaahhh !!! cria Petit Lapin sous la surprise.

Il tenta de rattraper Eden alors que le déchu aux yeux dorés s'approchait de son ami. Malheureusement, le pull du jeune humain se déchira et l'ange l'emporta dans son étreinte. Bjorn n'avait jamais croisé un autre être avec des iris différents. En même temps, il n'avait jamais rencontré un second juge. Il aurait sans doute préféré que cela ne change pas. Il avait bêtement imaginé que seul Fevesh possédait de telles prunelles.

– Lâche-le ! somma Bjorn en montrant les crocs.

Deux épées démoniaques apparurent dans ses mains. Dans son dos, deux portes s'ouvrirent au même instant. Regal et Edward les rejoignirent avec précaution.

– Lucifer ? déclara Regal avec stupéfaction.

Bjorn lança un regard interrogateur à son frangin, puis au déchu. Ses armes réintégrèrent immédiatement son corps.

– Lucifer ? répéta Bjorn encore plus ébahi.

L'ange ne s'intéressait pas du tout à eux. Maintenant qu'il était certain que Bjorn ne récupérerait pas Eden par la peau du cou, il l'avait repoussé légèrement tout en lui tenant les épaules pour l'examiner des pieds à la tête. Cela devenait pourtant une habitude qu'ils auraient dû intégrer. Eden attirait comme des papillons les créatures les plus dangereuses.

– Ne lui fais pas de mal, Eden est mon compagnon.

Lucifer jeta une œillade succincte à son aîné puis se concentra de nouveau sur Joli Cul.

– Petite chose médiumnique, énonça le juge suprême.

Eden reprit pied en entendant le sobriquet que lui donnait ordinairement Fevesh.

– Fevesh venait juste d'accepter de m'appeler par mon vrai prénom… S'il vous plaît, faites un effort ! je suis Eden. Eden White. Enchantier. Eup…

Le monde s'arrêta… littéralement. Lucifer écarquillait les yeux sous la surprise.

– En… chantier ?

Bjorn vit les hélix des oreilles du jeune homme rougir violemment.

– Ma langue a fourché…

– Oh ?

L'ange ne relâcha pas Petit Lapin, au contraire, il continua à l'observer avec intérêt. Puis, d'un coup, le juge suprême braqua son attention sur Bjorn. Ce dernier faillit reculer sous le poids de son regard. Son aura était soigneusement contenue pour ne pas tuer d'un seul coup l'ensemble des humains de New York.

– Où est Fevesh ? Cela m'étonne qu'il ne soit pas avec toi.

Une sueur froide longea le dos de Bjorn… qu'avait-il fait ?

Chapitre 30

Bjorn

— Où est Fevesh ? Cela m'étonne

qu'il ne soit pas avec toi.

Bjorn haussa les épaules.

– Aucune idée… À l'appartement peut-être, je peux l'appeler par contre.

Lucifer plissa les paupières avec mécontentement.

– Puis-je demander ce que le juge suprême de l'Enfer fait sur terre ? questionna Regal. Je ne me souviens plus de la fois où c'est arrivé.

Bjorn reconnaissait volontiers que son frangin en jetait du lourd. Là où il paniquait, Regal lui possédait des cojones en acier trempé avec armature blindage maximum comme les Transformers[48].

– Satan requiert mon intervention. Il semblerait que Fevesh n'ait pas honoré les lois de notre monde. Il réclame une sentence.

Une pierre tomba dans son estomac… Bjorn en avait parlé pas plus tard qu'hier soir avec son amant… à priori, aborder le sujet leur avait porté malheur. Fevesh paraissait pourtant sûr de ne pas se soucier d'une telle éventualité… lui aurait-il menti ? Non, il n'aurait pas risqué de les pénaliser en vue du combat qui s'annonçait…

Une aura tout aussi lourde que celle de Lucifer apparut soudain, rendant l'atmosphère dans le couloir oppressante, même pour lui.

– Cela m'étonnerait ! Mais soit, je suis ici.

Personne ne sursauta sauf Eden. Inconsciemment, Lucifer resserra son étreinte sur sa prise qu'il ne voulait pas voir s'échapper.

– Aaah ! Doucement, vous me pressez comme un citron. Je pourrais peut-être vous proposer un café à la place…

---

[48] Transformers est une série de films américains inspirés des jouets du même nom de la marque Hasbro. Ce sont les robots qui se transforment en voitures. Le dessin animé renferme des scènes mémorables du style : le cyborg a un bazooka sur le bras, mais va utiliser son pote qui s'est métamorphosé en petit pistolet… Parce que la logique est allée se faire fou…e. Toujours avec beaucoup d'amour bien sûr.

Regal avança, la main tendue en direction de son compagnon. Lucifer, qui remarqua l'action de l'incube, relâcha Eden et l'épousseta.

– Diantre ! J'avais oublié combien vous étiez cassables.

Regal récupéra son amant en un seul morceau. Petit Lapin parut lui aussi soulagé. Le silence s'installa, chacun se regardant en chiens de faïence. Ils commençaient à être à l'étroit dans l'accueil, surtout avec les deux déchus. Leurs ailes rendaient l'espace trop restreint.

Bjorn n'en revenait pas que Lucifer se déplace jusqu'à leur monde. D'ailleurs, ce dernier semblait ravi, ce qui n'était pas le cas de toutes les autres personnes présentes. Crystal retenait son souffle depuis quelques minutes déjà, ce qui restait un exploit pour un jeune vampire comme lui. Heureusement, son Edward aux dents longues s'était discrètement glissé derrière le comptoir pour venir le soutenir.

– Peut-être pourrions-nous nous installer dans mon bureau.

Regal décala Eden dans son dos, le mettant ainsi hors de portée de Lucifer. Cette action était inutile, car Lucifer était l'être le plus puissant de l'Enfer. Il était le premier déchu. S'il voulait Eden, son frère ne pourrait l'arrêter. Regal pivota pour montrer la pièce à Lucifer et l'inciter à y entrer.

– Cela me convient.

Le juge suprême s'engagea dans le couloir, ses yeux parcoururent Bjorn avec intérêt avant de le dépasser. Fevesh imita son supérieur non sans s'incliner pour redresser son menton et frôler ses lèvres des siennes. Son geste fut fugace, au point qu'il aurait pu l'avoir imaginé.

– Je vais faire du café, déclara dans un murmure Eden pour que Regal l'entende sans trop attirer l'attention sur lui.

– Non, reste avec Crystal. Rentrez à la maison.

Son compagnon fragile se crispa, décidément, Petit Lapin n'aimait pas être mis à l'écart. Bjorn vit aussitôt les épaules d'Edward s'affaisser de soulagement.

– Non, ils demeureront, ordonna Lucifer.

La tension dans les muscles de Regal et Ed manqua de faire exploser leur veste de costume comme dans un dessin animé. Bjorn n'était pas plus à l'aise qu'eux. Au moins était-il heureux d'être la créature la plus faible dans son couple – s'il pouvait l'appeler ainsi. Il n'aurait pas supporté que le juge fasse peser une telle menace sur son compagnon. Bon... Fevesh n'était pas sorti d'affaire et une petite voix dans sa tête lui assurait qu'il en était en partie la cause.

Quelques minutes plus tard, Lucifer s'asseyait dans le fauteuil de son frère. Regal ne devait pas du tout apprécier la démonstration de force. En tout cas, Bjorn saluait l'implacabilité sur son visage.

– À quoi doit-on s'attendre ? questionna le patron de Knight Corporation.

– Tu ne devrais pas être sur terre, trancha Fevesh sans la moindre once de nervosité dans son timbre.

Un sourire narquois étira les lèvres de son supérieur.

– Ton outrecuidance[49] m'a toujours fasciné. Dois-je commencer par les faits qui te sont imputés ou par les sanctions que tu encours ?

---

[49] Depuis le temps que je voulais le placer celui-ci... C'est bon, je suis satisfaite.

Bjorn promena son regard sur l'assemblée qui buvait les paroles de Lucifer. Fevesh demeurait stoïque.

L'ange soupira.

– La vieillesse m'opprime, je n'ai plus l'âge pour ces balivernes. J'ai beau être le juge suprême, je n'ai plus eu à intervenir depuis... quoi, dix... douze millénaires. Même la chute de Gzénos n'a été qu'une formalité. Satan exige que je rende mon verdict... donc, faisons cela rapidement.

Bjorn déglutit. Lucifer ne semblait pas du tout fâché, mais cela ne signifiait pas pour autant qu'il était de leur côté.

– Cite-moi ces accusations, je t'apporterai les preuves de mon...

Il renifla avec amusement.

– Innocence.

Lucifer examina très sérieusement Fevesh, puis soudain, il éclata de rire. Bjorn supposait que seuls les déchus devaient trouver la blague amusante, un défaut du métier, sans doute. Lucifer se rencogna dans le siège de Regal et fit apparaître un parchemin. Fevesh bomba le torse, s'approcha du bureau et utilisa la griffe de son index pour s'entailler la main. Lucifer aplatit son palimpseste sur le secrétaire. Le sang macula le papier avant d'être absorbé. Ainsi, Fevesh ne pourrait mentir sans que la vérité soit révélée sur le manuscrit.

– Il est fait mention du soin apporté à la proie de Regal.

Son regard se posa sur Eden qui émit une sorte de son mi-étouffé, mi-dégoûté. L'angoisse lui tordait les boyaux. Il avait de la chance de ne pas posséder le système digestif d'un humain ou il se serait chié dessus.

– Nous avons passé un pacte, intervint Bjorn trop brusquement pour que cela ne paraisse pas suspect.

Bjorn grimaça quand les pupilles de Lucifer se rétrécirent comme celles d'un serpent.

– Vraiment ? Tu es le chef d'accusation le plus important de ma liste. Satan soutient que Fevesh ne serait pas impartial parce qu'il… je cite : te baise.

Le déchu croisa ses doigts pour appuyer son menton sur ces derniers. Ses ailes d'un noir luisant traînaient sur le carrelage. Le siège de Regal n'était pas conçu pour les appendices des anges. Bjorn avait remarqué que, contrairement à Fevesh, la peau de ce juge était hâlée.

– Il est mon compagnon depuis peu, c'est vrai, mais cela n'influence en rien mon travail. Bjorn a payé une contrepartie pour le soin que j'ai donné à la petite… à Eden.

– Soit, et les plumes que tu fournis à la petite Eden ? se moqua Lucifer.

– Bjorn a remboursé en nature.

L'intéressé sentait planer le malaise ambiant. Bjorn savait que les autres se doutaient de ce qu'il se passait entre Fevesh et lui. Ils n'étaient pas bêtes. Mais aujourd'hui, tout était balancé sur le tapis, et la culpabilité remontait à la surface.

– Toutes n'ont pas été rémunérées ainsi, me semble-t-il, continua Lucifer.

Bjorn s'étonnait que le déchu possède autant de données sur les agissements de Fevesh. Les juges infernaux ne plaisantaient pas avec les lois.

– Le médium m'a sauvé la vie lorsque j'ai été malencontreusement blessé par une balle bénite. Je ne m'attendais pas à ce que des exorcistes soient encore capables de pénétrer dans nos dômes. J'ai été négligent, et nos barrières de protection doivent être repensées. Je lui ai offert une plume en échange de son intervention.

Lucifer opina.

– Bien, et le meurtre de Krata ?

– Elle avait enfreint les règles que j'ai imposées à Beorth. Il n'avait pas à l'envoyer en tant qu'assassin. Il savait affaiblir Regal en tuant son compagnon humain. Les termes de la bataille étaient pourtant très clairs.

Lucifer parcourut le palimpseste, ses sourcils se haussèrent, mais lorsqu'il leva de nouveau les yeux, il arborait un sourire en coin.

– Les testicules de Beorth lui ont été arrachés par tes soins, ricana Lucifer.

– Il m'a défié. Rien à voir avec ma mission. Il s'était montré imprudent et arrogant. Je lui ai rappelé où était sa place.

– Et dire que je n'ai pas assisté à ce spectacle… se lamenta le juge.

Bjorn ignorait si ces paroles étaient de bon augure. On ne pouvait jamais être totalement assuré de la loyauté des déchus de toute manière.

– J'ai une nouvelle mention concernant tes plumes. Tu vas finir par ne plus pouvoir voler…

– Bjorn a de nouveau payé en nature.

Les lèvres du juge suprême s'étirèrent. Ses prunelles d'or liquide se tournèrent sur lui.

– Tu donnes énormément de ta personne.

Bjorn voulut répondre qu'il ne l'offrait qu'à Fevesh et pour sa famille, mais se reprit très vite, car cet argument ne ferait qu'étayer les soupçons de Satan.

– Tu es intervenu dans un combat entre Onrik et ton compagnon. Tes attributions ne te le permettent pas.

– Cette accusation est entièrement fausse. Aligarth venait de remplacer Bjorn pour affronter Onrik. Peu de temps avant, nous avions passé un pacte tous les deux. Il me doit toujours un mets pakistanais d'ailleurs.

Lucifer dressa un sourcil.

– Un repas… pour une vie ?

– Seulement une évasion, il s'est soigné par lui-même.

Même si Fevesh s'était assuré qu'il reprenne des forces en le baisant. Regal lança un regard à Bjorn, mais ce dernier ne sut comment l'interpréter. Il pouvait tout aussi bien dire « on est dans la merde » que « ça va le faire ». Bjorn, quant à lui, commençait à comprendre. Il n'avait jamais douté des travers calculateurs de son amant, mais jusqu'à présent il ne s'était jamais rendu compte qu'il avait constamment fait en sorte d'avoir un coup d'avance pour l'aider… l'aider lui ou sa famille. Il avait pensé à tort que Fevesh avait bien plus à gagner. Le jugement d'aujourd'hui était la preuve du contraire. Fevesh pouvait tout perdre d'une seconde à l'autre. Il le comprenait maintenant.

Derrière cette relation toxique qu'ils avaient si longtemps entretenue, il saisissait que Fevesh avait toujours tenté de le protéger de Satan, de sa mère, mais aussi de lui-même. Fevesh n'avait simplement pas su comment agir. Peut-être que sa fierté de juge ne lui avait pas permis d'accepter ses sentiments auparavant… qu'il ne les avait pas compris. Sans doute les avait-il connus lorsqu'il était un ange. Les avait-il rejetés pour ne pas se souvenir de cette époque ? C'était un sujet qu'ils n'aborderaient pas tout de suite, principalement parce qu'ils avaient mieux à faire pour le moment, mais aussi parce que leur relation devait évoluer pour instaurer une toute nouvelle confiance.

– C'est le meilleur de Manhattan, renchérit adorablement Eden, une pointe de nervosité dans la voix.

Perdu dans ses pensées, il lui fallut quelques secondes pour se souvenir qu'Eden parlait du repas. Regal blêmit à vue d'œil suite à son intervention. Ed entrouvrit la bouche et Crystal paraissait en état de choc, prêt à tomber dans les vapes. Fevesh offrit un sourire à

Petit Lapin puis adressa un regard entendu à son supérieur.

– Ce n'est pas moi qui le dis.

– Puisque le médium l'assure, inutile de tergiverser davantage. J'ai aussi pris note que les résidents de ton harem ont été soit replacés en tant que domestiques, soit libérés de leurs obligations.

Fevesh fronça les sourcils.

– Et ?

Le parchemin prit feu.

– Rien ! Tu as repris des couleurs. C'est bien.

Bjorn n'avait donc pas halluciné, Fevesh changeait.

Le juge suprême frappa la surface du bureau de ses paumes avant d'y prendre appui et de se lever. Ses ailes se déployèrent dans son dos, faisant rouler la chaise contre la baie vitrée.

– Nous en avons terminé.

Tous attendirent la sentence. Bjorn avait l'impression que ses jambes étaient en coton, qu'il suffirait d'un souffle pour qu'il tombe à la renverse.

– Je n'ai rien à redire sur ta façon de travailler ou les pactes que tu conclus. Quoi qu'il en soit, aucune règle n'a été enfreinte… à moins que Bjorn ne t'offre pas ce repas.

– Il sera commandé ce midi, annonça Bjorn du tac au tac et avec précipitation.

Lucifer acquiesça silencieusement, satisfait.

– Bien ! Ah ! et Fevesh, tu me feras le plaisir de prendre de longues vacances une fois la bataille terminée. Satan m'importune énormément. Je commence à être profondément désappointé. Il n'est pas dans mon intérêt de quitter mon palais. Il fait froid sur terre.

Lucifer délia ses muscles comme s'ils étaient tout endoloris.

– Qu'en dit le diable ? demanda Fevesh.

– Pour l'instant rien. Toutefois, s'il sent une perturbation entre leurs forces, il placera ses pions. Si Regal avait été son fils… nous n'aurions même pas eu à lever le petit doigt. Mais peu importe, nous ne changerons pas le cours des événements maintenant.

– Devrais-je m'entretenir avec le diable ? questionna son frère soudainement intéressé.

Lucifer contourna le bureau, s'approchant ainsi de Regal et de son compagnon.

– Non, il ne risquera pas d'ouvrir les hostilités lui-même en prenant parti pour toi.

L'ange se pencha au-dessus d'Eden.

– Je ne puis demeurer plus longtemps. Je ne pourrais donc goûter ce mets que vous nommez Pakistanais.

Par le Mauvais Esprit merci, Eden ne trouva pas nécessaire de lui préciser que ce n'était pas vraiment le nom d'un plat. Il ne lui proposa pas non plus de revenir pour le prochain Thanksgiving. Le dernier Noël qu'ils avaient passé tous ensemble avait déjà été quelque peu agité…

– Donne-moi ta main, Petite Eden.

– Sérieusement ? Petite Eden… allez, faites un effort. Je comprends que vous êtes le grand manitou des juges, mais quand même.

Regal rapprocha son compagnon de lui. Lucifer ne lui en tint pas rigueur et attendit que le jeune homme pose sa paume dans la sienne. Son ami s'exécuta, non sans une hésitation.

– Juste Eden. S'il vous plaît. Ne me mangez pas les doigts, je suis certain de ne pas être agréable en bouche.

Lucifer ne se départit aucunement de sa bonne humeur. La différence entre les deux déchus était flagrante… Lucifer paraissait tellement avenant comparé à Fevesh. De prime abord, il n'aurait pas su dire lequel était le plus dangereux des deux.

– Très bien, juste Eden. Je te préviens, cela va te meurtrir un peu.

Le juge suprême plaça sa griffe contre la peau de l'humain et la piqua. Eden siffla entre ses dents et Regal gronda en montrant les crocs. Le déchu trouva son comportement risible.

– C'est ravissant… de mièvreries.

Regal se vexa, son expression parlant pour lui, mais ne répliqua aucunement. L'ange lécha le sang d'Eden sur son ongle pour le goûter.

– Qu'est-ce que vous faites ?

– Je vérifiais l'une de mes interrogations. Nous ne voyons plus beaucoup de médiums sur terre.

Eden semblait perdu, comme tout le monde dans la pièce.

– La…quelle ? Dites-moi que vous n'êtes pas en train de vous assurer que je suis comestible.

– Tu ne l'es que pour un incube. Pour le reste… il est dans ton intérêt d'ignorer les faits.

Lucifer se recula, salua Fevesh d'un mouvement de tête, puis reporta son attention sur le jeune homme.

– Souviens-toi, juste Eden. Il y a deux types de personnes, celles qui fuient face à la tempête, et celles qui dansent sous la pluie.

Petit Lapin serra la main de Regal comme s'il cherchait du soutien.

– Euh… oui, merci.

Quelques secondes plus tard, Lucifer était parti.

– Bordel, mais c'était quoi ça ! Tu avais dit qu'on n'aurait pas de soucis ! s'énerva Bjorn.

Fevesh pivota sur lui-même pour rejoindre son amant. Il déploya ses ailes pour leur offrir un semblant d'intimité. Fevesh redressa son menton et l'embrassa avec passion.

– C'est le cas. Je serais mort autrement.

Bjorn plongea dans les lacs de ses iris et sa colère se calma immédiatement.

– Je ne m'étais pas rendu compte que tu…

– Je le sais.

Pour la première fois depuis des siècles, Fevesh lui offrit un vrai sourire. Ce dernier illumina son regard de turquoise et fit même naître de petites ridules au coin de ses yeux.

– Merci.

Fevesh pouffa du nez.

– Ne le fais pas tout de suite, il se pourrait que tu m'en veuilles dans pas longtemps.

Chapitre 31

Quelques jours plus tard

Bjorn

u devrais penser à reprendre ton travail de forgeron. Segour est un nom qui commence à ne devenir qu'une légende, un mythe. L'Enfer a besoin de tes créations.

Bjorn le regarda se lever du lit. Il ne pouvait s'empêcher d'admirer son corps splendide se mouvoir avec une grâce qu'il ne posséderait jamais.

– Pour qu'un connard s'en prenne à nous avec mes lames ? J'ai eu ma dose.

Tout comme les couteaux qu'il avait offerts à Crystal, les œuvres que fabriquait Bjorn étaient spéciales. Elles contenaient toujours un fragment de son pouvoir qu'il combinait à une partie quelconque du futur propriétaire de l'outil. Ce n'était pas lui qui choisissait la forme ou son utilité. L'arme décidait d'elle-même en fonction de ce qui correspondait le mieux à son porteur.

Voilà pourquoi Segour, alias Bjorn, était réputé, presque vénéré dans le bas astral.

Bjorn se leva à son tour en s'emparant de son sous-vêtement échoué sur le carrelage.

– Comme tu l'entends. Je dois partir à présent, déclara Fevesh tandis qu'il passait gracieusement son jean.

– Quoi ?

Bjorn sautilla pour garder l'équilibre tandis qu'il enfilait son caleçon. Ne faisant pas attention où il mettait les pieds – la faute au déchu qui comptait quitter le navire avant la bataille –, il marcha sur le paddle[50] que Fevesh avait utilisé plus tôt durant leurs ébats. Il en avait encore le cul rouge et la peau irritée sous le tissu en coton.

– Comment ça, tu te barres ?

– Je me dois de vérifier que Beorth est fin prêt et s'il a, éventuellement, une nouvelle réclamation ou s'il souhaite tout simplement hisser le drapeau blanc. Ton frère m'a fait remonter ses attentes. Je dois faire de même avec Beorth.

Bjorn se redressa pour faire face à Fevesh, il avait le sentiment qu'il l'abandonnait encore…

– Il ne reste que dix putains de jours ! Je serai peut-être mort d'ici là. Tu ne veux vraiment pas profiter de ce cul plus longtemps.

---

[50] Tapette à fessée. En faisant des recherches, je me suis amusée du nom d'une marque de paddle, elle s'appelait « Ouch ! ».

Un sourire malicieux naquit sur les lèvres pécheresses de son amant, dévoilant ainsi le bout de ses canines. Fevesh parcourut le peu de distance qui les séparait pour l'embrasser avec passion.

– Tu parles de ce postérieur que j'ai malmené ?

Il palpa ses fesses, ravivant l'excitation de Bjorn. Il n'avait jamais fait autant l'amour de sa vie. Fevesh serra son érection à travers son sous-vêtement.

– Maudit incube… Toujours insatisfait, ronronna pourtant l'ange contre sa jugulaire. Combien de fois vais-je devoir te faire jouir avant que tu ne sois à sec ?

Pour dire la vérité, Bjorn était certain que s'ils baisaient de nouveau, ce serait de la poussière qui sortirait de ses couilles.

– Tu me nourris chaque fois que nous couchons ensemble, c'est un cercle vicieux qui pourrait bien ne jamais s'arrêter. À moins que je ne pompe toute ton énergie ou que j'implose à force de l'engranger.

Bjorn posa son front contre l'omoplate de Fevesh.

– Ne m'abandonne pas.

Se mettre à nu devant lui était encore très dangereux, mais Bjorn en avait fini de se cacher.

– Mon statut de juge m'interdit de côtoyer intimement ou non les participants au combat. Je ne peux prendre contact avec personne sept jours avant le 31 octobre à minuit. Le temps que Beorth me reçoive, puis me casse les pieds, je ne pourrai sans doute pas revenir sur terre.

Bjorn comprenait mieux.

– Alors, c'est peut-être un adieu.

Des mains immenses prirent en coupe ses joues. Leurs regards se croisèrent.

– Ce n'est qu'un au revoir. Tu ne périras pas, je te le promets.

Bjorn posa sa paume contre les doigts de son compagnon.

– Je n'ai pas peur de mourir. Je suis terrorisé de perdre ma famille.

Le déchu opina du chef.

– Je le sais, et il te faudra te montrer fort.

Fevesh assaillit ses lèvres, ne lui laissant pas le temps de répliquer quoi que ce soit. Puis, il se recula, son regard fut si triste que l'estomac de Bjorn se retourna.

– Qu'est-ce que tu ne me dis pas ?

– Quoi qu'il se passe lors de la bataille… n'oublie pas que je ferai n'importe quoi pour que tu restes en vie.

Bjorn comptait se saisir de son poignet, mais une fumée noire enveloppait déjà Fevesh. Même s'il referma sa poigne sur son amant, il n'attrapa que de l'air.

– Attends, attends ! qu'est-ce que tu me caches ! Fevesh !

Le corps du juge n'était plus qu'un fantôme intangible.

– Je crois que… c'est ça qu'Eden appelle « Amour ».

Bjorn continua à contempler l'endroit où Fevesh se trouvait durant de longues minutes. Ses rétines le piquaient, les larmes menaçaient de couler. Il les ravala courageusement. Il se laissa alors tomber sur le matelas, riant de lui-même. C'était bien sa veine, le monstre qu'il chérissait lui avouait ses sentiments en guise d'adieu.

– Impossible que j'autorise Beorth à m'abattre après une si mauvaise déclaration.

Y a pas moyen, connard…

Trois jours plus tard

Edward

a Vipère était de mauvaise humeur.

Il le savait à la façon dont Crystal peignait. Il n'utilisait qu'une seule et unique couleur – le noir – et ses gestes amples lui indiquaient qu'il essayait tant bien que mal d'évacuer sa frustration. D'ordinaire, Edward le laissait faire sans le déranger. Son ex-chasseur finissait toujours par le rejoindre dans le salon. Il l'aurait fait aujourd'hui encore, mais Edward ne supportait plus qu'il

402

s'enferme dans sa bulle. Il savait être en partie la cause de sa douleur et de sa colère.

– Nous pourrions aller au restaurant, proposa-t-il.

Crystal se retourna subitement. De toute évidence, il était si plongé dans ses réflexions qu'il ne l'avait pas entendu arriver. Du coup, lorsque le regard d'Edward rencontra celui de son Cormentis, il se rendit compte que ses yeux étaient rouges et gonflés, son souffle court et ses lèvres souillées de sang coagulé à force de se les mordiller. Sa raison céda, son instinct sauvage prit le dessus. Il se hâta pour rejoindre son ex-chasseur, le heurtant dans sa précipitation. Il l'attira contre lui au point que leurs corps fusionnèrent presque, ses doigts s'emmêlèrent dans les mèches décoiffées. Il sentit même le pinceau que tenait toujours son amant tacher sa chemise hors de prix.

– Ma Vipère… Je ne laisserai personne nous séparer.

Il n'avait pas besoin de lui demander ce qui le bouleversait. Crystal avait commencé à cauchemarder quelques semaines plus tôt en se réveillant chaque nuit en sursaut. Jusqu'à présent, ils s'étaient contentés de s'enlacer, parfois de chercher l'oubli dans le sexe. Ce soir, ce ne serait pas suffisant et Edward en avait conscience.

– J'ai peur, chuchota Crys d'une voix éraillée.

Depuis combien de temps pleurait-il ainsi ? Il n'aurait su le dire.

– Moi aussi.

Crystal le repoussa, tâchant de dénicher un indice qui lui prouverait qu'il mentait parce qu'il avait besoin de quelque chose, d'un roc sur lequel trouver appui. Voir une telle vulnérabilité sur le superbe visage de sa Vipère lui fendit le cœur. Son pouce caressa les lèvres de son compagnon. Il ne le leurrait pas.

– J'ai peur de te perdre. J'ai peur de ne pas être à la hauteur de ma mission. J'ai peur de ne pas parvenir à te protéger, toi et notre famille. J'ai peur de ne plus te revoir. Ce sentiment hante mes jours comme mes nuits. J'essaie de ne pas y penser. Toutefois, Regal est notre meilleur espoir. J'ai foi en lui. Il n'abandonnera jamais Eden. Je ne te délaisserai jamais.

Edward essuya une larme au coin de l'œil de son compagnon. La vérité était plus douloureuse à avouer qu'il ne l'aurait imaginé. Elle révélait ses failles, mettait à nu sa propre fragilité.

– Je t'aime, ma Vipère, aie foi en moi.

Un sourire timide apparut et le cœur du vampire s'allégea un peu.

– J'ai confiance en toi… plus qu'en quiconque. Tu sais… si tu oses crever, je viendrai moi-même en Enfer te botter le cul.

Edward emporta son compagnon dans une étreinte passionnée, riant de ses paroles. Des mots que seule sa Vipère pouvait prononcer, l'unique personne qui ait le droit de le formuler ainsi en sa présence.

– Je crains qu'un presque-immortel mort le reste. Nous ne finissons dans le bas astral que si la reine ou le roi Vampire demande à un démon de nous y envoyer. Ce qui n'est pas un bon présage pour le concerné, et la condition reste qu'il soit en vie. Personne ne sait ce qu'il advient des âmes des humains allant dans le bas ou le haut astral. Peut-être se réincarnent-elles ? Nous n'en savons rien. Par contre, il est certain que celle des créatures de la nuit disparaît tout simplement.

– Merde… C'est vraiment de la merde. Je ne pourrais même pas proposer à Eden un petit voyage dans les pays chauds de l'Enfer. J'étais presque motivé pour m'y rendre.

Ed frotta son nez contre la jugulaire de Crystal. Par pur réflexe, le jeune homme dévoila sa gorge.

– Putain… ne compte pas sur moi pour vivre sans toi.

Parce qu'il était son Cormentis.

Parce qu'il n'avait rien à craindre de lui.

Il lui offrait la plus belle preuve de confiance que l'on pouvait donner à un vampire.

Sa Vipère si magnifique, si dangereuse.

– J'ai envie de toi, susurra Edward en léchant sa peau.

Il l'aimait tant.

Son cœur battait pour cet homme.

Son corps vibrait pour lui.

Son âme vivait pour Crystal.

– Baise-moi si fort que je ne puisse jamais l'oublier.

Le t-shirt de Crystal ne résista pas longtemps à sa force, son pantalon non plus.

30 octobre[51]

Eden

on cœur tambourinait dans ma

poitrine. J'avais même l'image de mon palpitant possédant des bras, une bouche et de petits yeux ronds comme dans les dessins animés. Ce connard s'amusait à jouer de la batterie sur mes côtes. En plus, la musique ne me plaisait pas du tout. Elle me semblait en arythmie,

---

[51] Hé ! Vous commencez à sentir la patate arriver ? Je vous rassure – ou pas –, moi aussi.

irrégulière et particulièrement triste. J'avais envie de chialer sa race. Je n'aimais pas les adieux, tout le monde l'aura compris. C'était encore plus dur de dire au revoir à ma mère sans que mes émotions fassent surface.

Parce que si j'avais le malheur de dévoiler quoi que ce soit, elle se douterait que je lui cachais quelque chose d'important et annulerait son voyage.

– Amuse-toi bien. On se téléphone quand tu seras arrivée.

Je n'étais pas certain de pouvoir répondre à ce moment-là, j'avais donc programmé un message dans quatorze heures et trente minutes en espérant que maman n'y verrait que du feu. Nous ignorions quand exactement Beorth montrerait sa frimousse adorable de gremlin bodybuildé ayant mangé après minuit.

– Évidemment ! Je vais ouvrir tous mes chakras et plus particulièrement le Racine[52]... si tu captes la chose.

Elle agita les sourcils dans ma direction. Quant à moi, je me pinçai l'arête du nez pour chasser l'image avant qu'elle ne me parvienne à l'esprit.

– Je ne veux rien entendre là-dessus. Je suis trop jeune pour savoir que ma mère a une vie sexuelle.

Elle me prit dans ses bras et me serra fort.

– Moi aussi, je t'aime. Je suis déçue que vous ne partiez pas avec moi.

Elle se tourna vers Regal et ce dernier lui offrit un baise-main digne des plus grands films romantiques. Contrairement à tous ceux qui se trouvaient dans l'aéroport et qui observaient mon compagnon avec rêverie, je ne me leurrais pas. Regal Knight était un incube accro au sexe, plus particulièrement entre

---

[52] Le chakra Racine est situé au niveau des organes génitaux.

testicouilles et n'était pas aussi gentleman qu'il voulait bien le montrer en ce moment même.

Haa ! Et toc !

– Prenez du bon temps, Kate. Reposez-vous bien. Évitez les réseaux sociaux, les chaînes d'information déprimantes et tout ce qui pourrait de près ou de loin gâcher vos vacances.

Il était prévoyant, mon homme… Ma mère tapota gentiment le dos de sa main. Elle rayonnait d'enthousiasme.

– Fais attention à mon fils. Développe son chakra Racine, parfois il est bloqué.

Elle gratifia mon compagnon d'un clin d'œil espiègle qui le fit rire.

– Je vous assure qu'il n'y a rien de coincé chez lui, mais je n'y manquerai pas.

Mon cœur se crispa plus fort et ma gorge se serra. Peut-être ne reverrais-je jamais maman…

– Ne fais pas cette tête !

Je lui offris un sourire que j'espérais être convaincant.

– Tu mérites ces vacances. Je suis content que tu puisses enfin te détendre. Ça me fait juste bizarre.

Depuis la disparition de mon géniteur, ma mère et moi n'étions jamais partis en voyage. Quelquefois, nous rendions visite à une tante éloignée, uniquement durant deux ou trois jours. Cela nous permettait de souffler un peu, mais les dettes de mon père ne se payaient pas toutes seules alors nous travaillions souvent pendant les vacances également.

Elle m'embrassa sur le front.

– C'est vrai que nous n'avons jamais été séparés aussi longtemps. Tu dois prendre ton envol, mon cœur.

Elle recommença l'opération sur chaque joue, puis se détourna. Maman fit trois pas, traînant sa valise derrière elle, s'arrêta, se retourna, revint vers nous.

– Dans le congélateur, vous trouverez assez de nourriture pour tenir les trois prochaines semaines. Je ne pouvais pas supporter de vous laisser en sachant que personne ne vous ferait de bons plats. Te connaissant, tu risques de brûler l'appartement, et connaissant Regal, vous allez manger chaque soir au restaurant. Bref, je m'en vais.

Elle me fit pencher pour m'embrasser une fois de plus sur le front et nous quitta d'un pas sautillant. Nous saluâmes maman de la main, tandis qu'elle présentait son billet à l'hôtesse. Un bras puissant s'enroula alors autour de mes côtes. Je soupirai bruyamment, à la fois soulagé de savoir que ma mère serait bientôt à l'abri et terrorisé à l'idée que peut-être je ne la reverrais plus jamais.

– Elle ne risquera rien à Cuba.

Je posai ma tête contre son épaule robuste, son contact me rassurait.

– J'espère.

– C'est certain ! Viens… J'ai une surprise.

Chapitre 32

Regal

—Mais où est-ce que tu m'emmènes ?

Regal traîna son amant vers le McDonald's de l'aéroport. L'heure n'était pas assez avancée pour que le restaurant soit rempli, cela n'empêchait aucunement les voyageurs de manger sur le pouce après ou avant leur vol.

– Va dans les toilettes, je te rejoins dans exactement six minutes maximum.

L'expression sceptique et les lèvres pincées d'Eden manquèrent de le faire exploser de rire.

– Je t'aime, hein… Je t'aime énormément très fort… Grand comme l'espace et l'univers tout ça, tout ça… mais il est hors de question qu'on fasse quoi que ce soit dans des chiottes publiques où sans déconner des milliers de personnes ont déjà uriné, voire posé leur crotte. Je pense que tu as atteint ma limite en termes d'ouverture d'esprit. Vraiment, c'est non !

Son visage commença à rougir comme une tomate.

– Ce que tu viens de dire est le pire tue-l'amour que j'ai jamais entendu, déclara Regal très sérieusement.

Eden le montra de l'index puis abaissa son pouce pour mimer un pistolet… même si, en fait, cela n'y ressemblait pas vraiment.

– C'était le but ! Pas de crac crac boum boum ici.

Cette fois, Regal pouffa.

– Va, on doit rester discrets, j'arrive… Et promis, pas de cracotte boum boum.

Son homme soupira.

– Crac crac, pas cracotte ! J'ignore ce que tu mijotes, mais c'est super suspect. Tu sais qu'il y a des caméras quand même ?

– Vraiment ?

En réalité, cela faisait déjà quelques minutes que Regal augmentait petit à petit les vibrations de son aura. Eden n'y prêtait même pas attention. Toutefois, le système de sécurité du fast-food serait bientôt HS à cause des perturbations engendrées. Il était bien plus facile de se concentrer sur une seule zone. En outre, les vigiles ne se formaliseraient pas immédiatement du problème de caméras dans un restaurant. Les images reviendraient après son départ, donc personne n'aurait le temps de faire venir un technicien et cela permettrait à Regal de ne pas attendre un second taxi qui les conduirait jusqu'à une ruelle sombre ou devant chez eux. Il ne restait que peu d'heures avant l'arrivée de Beorth et il voulait offrir à son compagnon un moment inoubliable. Beorth n'attaquerait pas alors que leur défi débuterait le lendemain. Ses employés se trouvaient dans les Bas-Fonds ou en voyage, loin du territoire. Bones avait accepté d'ouvrir les portes de Hashima qu'elle avait fait réhabiliter, octroyant ainsi un refuge sain aux jeunes vampires et à présent aux démons.

Regal commanda un soda en caisse qu'il obtint presque immédiatement. Comme il l'avait dit à Eden, il ne mettrait pas plus de six minutes à le rejoindre et l'opération en avait déjà pris cinq. Il avala d'une traite la boisson obscure et grimaça lorsqu'une bulle se coinça dans son œsophage, puis descendit jusqu'à son estomac. Regal détestait cette sensation. Il porta son poing devant sa bouche pour se donner un semblant d'élégance alors qu'il rotait. La moitié des humains ici devaient de près ou de loin le connaître. Quand il était en public, il se devait de faire perdurer cette image sophistiquée qu'ils imaginaient de lui. Il posa le verre dans le bac approprié et longea le couloir jusqu'aux toilettes où Eden l'attendait à côté des lavabos. Il ouvrit la bouche, mais Regal plaça son doigt sur ses lèvres pour lui signifier de rester discret. Eden fronça les sourcils, mais ne parla pas. Regal le prit dans ses bras et l'embrassa avant que son amant ne hurle au scandale hygiénique. Une fraction de seconde plus tard, ils se trouvaient sur une plage splendide, un endroit qui offrait un goût de cocktail et de détente.

C'était le lieu parfait.

Parfait pour se dire au revoir.

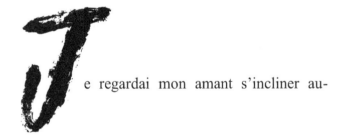

Eden

J e regardai mon amant s'incliner au-

dessus de moi. Ses bras m'entourèrent de son étreinte. Je
paniquai à l'idée de faire quoi que ce soit ici. D'ailleurs,
ce genre de délire ne ressemblait pas vraiment à Regal.
J'ouvris la bouche, mais sa langue intrusive vint savourer
la mienne. Je fermai les yeux par réflexe. J'eus alors
l'impression que le monde vacillait, sous mes pieds le sol
se fit moelleux, instable. Les bruits autour de nous
changèrent. Les sons des machines avaient disparu,

remplacés par les cris des mouettes, goélands et autres oiseaux. Je rouvris les paupières trop brutalement, ce qui me donna le vertige. Les bras de Regal me maintenaient droit, m'évitant ainsi une chute.

– Inspire un bon coup ou tu vas encore être malade.

Cette sensation se produisait chaque fois que mon amant nous téléportait. Je pris un moment pour appliquer les exercices de respiration que maman m'avait enseignés, puis un autre pour tenter de me repérer. Nous nous trouvions sous un pont immense, la plage s'étendait à perte de vue. Nous étions seuls, le soleil se levait à peine, ce qui... était impossible puisqu'il était presque dix heures.

– Où sommes-nous ?

– Découvrons-le ensemble.

Regal me tendit sa main libre que j'acceptai sans la moindre hésitation. Nous quittâmes la discrétion des piliers en béton pour nous aventurer sur le sable humide. Je remarquai alors que quelques courageux marchaient au bord de l'eau. Il ne faisait pas très chaud, mais nous étions fin octobre après tout. Mon regard se braqua vers les palmiers et les buildings au loin. J'étais certain de connaître l'endroit, et tout aussi sûr de ne m'y être jamais rendu.

– Tourne-toi.

Je m'exécutai, ne sachant à quoi m'attendre. Mes yeux s'écarquillèrent au point que mes globes oculaires en sortirent de leurs orbites. Était-ce possible ?

– C'est... La grande roue de Santa Monica ?

Je rivai mon regard ébahi sur mon amant. Ce dernier m'offrit un sourire splendide.

– J'étais certain que ce paysage te plairait.

Je me jetai à son cou, réclamant ses lèvres avec une passion dévorante.

– Ça ne me plaît pas ! Je suis tout bonnement ravi ! J'adore ! Merci !

Je n'en croyais pas mes yeux. Regal m'avait emmené à Los Angeles pour admirer un magnifique lever de soleil. C'était un cadeau merveilleux dont je n'avais pas pensé avoir besoin jusqu'à présent, sauf que se retrouver tous les deux dans un endroit si idyllique m'offrait un peu de répit.

Peut-être parviendrais-je à repousser le temps de quelques heures, cette angoisse constante qui me broyait les tripes depuis des jours.

Je n'en pouvais plus d'attendre la mort, je voulais vivre.

Regal

Il n'était pas compliqué de faire plaisir à son

amant. La plupart du temps, son Petit Lapin se contentait de sushis. Aujourd'hui, Regal voulait sortir le grand jeu. Et puisqu'il n'avait pas besoin de prendre l'avion, il n'allait pas se priver. Tout ce qu'il avait eu à faire avait été de passer un coup de fil à Obran, le démon qui régnait sur cette partie du pays. Ce dernier n'avait vu aucun problème à l'accueillir, en particulier parce que Regal ne demandait pas asile, mais seulement quelques heures de détente.

– Nous vous souhaitons la bienvenue chez KnightAirCorporation. Il est actuellement sept heures sept, heure locale à Los Angeles. La température est de 10 °C, mais nous pouvons espérer qu'elle augmente un peu durant la journée.

Eden pouffa, très amusé, ce qui lui donna envie de le serrer plus fort encore.

– Regarde comme c'est beau.

Son amant tourna la tête en direction du lever du soleil. Les rayons de l'astre l'éblouirent en répandant leurs couleurs orangées sur son visage. Regal n'avait jamais rien observé d'aussi splendide. Il adorait contempler le sourire d'Eden s'épanouir. Il chérissait ces moments, lorsque ses yeux brillaient d'amusement.

Sa poitrine se serra à l'idée qu'il pourrait le perdre dans quelques heures à peine. Bien entendu, il avait fait en sorte que son compagnon soit à l'abri du besoin. Avec les soins que lui apporterait Fevesh, le jeune homme ne le rejoindrait pas dans la tombe. Regal ne lui avait rien dit, parce qu'il redoutait la réaction d'Eden.

– Mon ange, l'interpella Regal. Nous en avons parlé, alors je ne le ferai pas aujourd'hui. Mais un jour, je t'emmènerai sur une plage encore plus belle, vierge du passage des hommes. Je poserai un genou à terre et je te demanderai en mariage.

Les prunelles de son compagnon se noyèrent de larmes. Ce fut d'une voix tremblante qu'il répliqua :

– Tu n'as pas intérêt à rompre ta promesse !

Regal essuya les perles humides du revers de son index. Il voulut lui répondre que malgré tout, il était peu probable qu'il survive à demain, sauf qu'il ne souhaitait pas y penser. Il préférait encore se leurrer ou plus exactement se montrer optimiste, quand bien même ce serait utopiste de sa part.

— Entendu, murmura-t-il contre les lèvres d'Eden. Vivons cette journée comme si c'était la dernière.

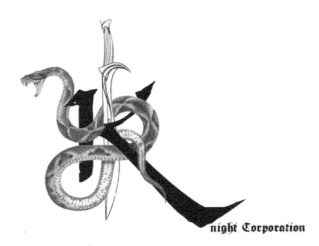

night Corporation

30 Octobre 23 h 30

Regal

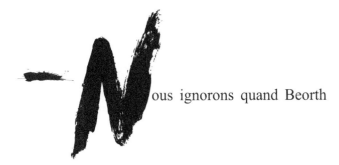

ous ignorons quand Beorth se montrera. Je préfère que tu sois déjà à l'abri à ce moment-là. Tu comprends.

Eden lui offrit un sourire triste qu'il aurait désiré effacer. Dans leur dos, Crystal et Edward se disaient également au revoir. Bjorn les avait accompagnés pour les encourager. Fevesh l'avait laissé pour s'occuper de ses responsabilités de juge infernal. Son cadet ne parlait point, se comportant aussi fièrement que possible. Regal comprenait que dans son cœur, il aurait souhaité le soutien de son déchu. Tout n'était pas encore rose bonbon pour Bjorn et Fevesh. Peut-être ne le serait-ce jamais.

Enfin, ils le sauront bien assez tôt...

– Oui, déclara Eden en s'accrochant au pan de sa chemise blanche. Mon âme se déchire.

Regal l'embrassa avec ce qu'il espérait tout l'amour dont il était capable. Il désirait plus que tout qu'Eden sache, se souvienne combien son cœur lui appartenait. Qu'importe ce qu'il se passerait dans les prochaines heures. Rien ni personne ne changerait ça.

– Pardonne-moi.

– Il n'y a rien à excuser. Je t'aime, mon incube. Ne meurs pas. Je crois… que… je suis rassuré de ne pas survivre longtemps si tu… Je ne veux pas vivre sans toi.

Un raclement de gorge les interrompit, arrangeant grandement les affaires de Regal. Ce n'était autre que Tetsuya. Elle se tenait fièrement devant son palais, à ses côtés deux femelles l'accompagnaient.

– Eden, je te présente Tetsuya Hakiabara, la fille de Raken. Elle est à la tête des Bas-Fonds, c'est elle qui vous cachera le temps de la bataille.

Malgré la douleur et la tristesse, Eden se montra avenant et salua les trois démones.

– Merci pour votre aide inestimable.

Tetsuya examina le jeune humain.

– J'avoue que je vous imaginais… autrement.

Eden eut un rire bref, qui ne contenait aucune joie.

– On me le dit souvent.

– Vous êtes… resplendissant.

L'akuma ne connaissait pas bien Eden… Parce qu'actuellement, il était loin d'étinceler comme à son

420

habitude. Son adorable amant rougit violemment sous le compliment.

– Eh bien… merci… mais je peux vous retourner l'éloge. Vous êtes splendide.

Elle lui offrit un sourire aux canines saillantes.

– C'est un honneur pour les Bas-Fonds d'accueillir le compagnon de Knight-dono.

Regal acquiesça d'un signe de tête respectueux.

– Je suis satisfait que tu aies si rapidement pris tes marques. Je n'étais pas un ami de ton père, j'escompte me rattraper avec sa fille… ses filles et son épousée.

Les deux femelles au teint pâle et aux yeux maquillés de rouge exécutèrent une courbette distinguée.

– Ce serait un grand honneur. J'espère que nous n'aurons pas à fuir New York.

La commissure des lèvres de Regal s'ourla d'un sourire en coin.

– Je ferai de mon mieux.

Tetsuya ne répondit pas, se contentant d'opiner. Étant elle-même un démon de rang inférieur, elle savait ce que représentait la bataille qui l'attendait et surtout, ce qu'il risquait d'arriver.

– Si Eden-dono et son ami…

– Crys, l'informa le concerné.

– Et Crys-san veulent bien me suivre. Nous serons ravis de leur montrer leurs appartements, puis de leur offrir des victuailles et de la compagnie s'ils le souhaitent.

Regal embrassa la tempe d'Eden, ce qui attira son attention.

– Je t'aime, mon ange.

Les yeux de son amant s'imprégnèrent de larmes.

– Souris-moi.

Eden s'exécuta.

– Je t'aime, mon incube. Reviens-moi.

Leur baiser fut passionné, leur adieu déchirant. Regal contempla son amant prendre Bjorn dans ses bras, puis tendre ces derniers à Edward. Celui-ci hésita momentanément, mais accepta un léger câlin.

Le regard d'Eden se braqua une dernière fois sur lui.

Ils ne se dirent rien de plus.

Ils n'en avaient pas besoin.

Ils savaient.

Ils s'aimaient.

Le reste n'était pas important.

Chapitre 33

Bjorn

—Et si nous jouions à « je pense à un super-héros vous devinez lequel » ?

L'atmosphère dans la pièce était trop lourde, trop oppressante, trop triste, trop coléreuse, trop trop. Il fallait qu'il trouve un moyen de dérider tout le monde le temps que l'apocalypse démarre. Si Beorth avait la bonne idée de débarquer ce soir, ils n'allaient pas demeurer assis sur le canapé du bureau de Regal et se regarder dans le blanc des yeux.

– Non, trancha net Edward.

D'ordinaire, le visage du presque-immortel ne reflétait que neutralité, enfin quand son Cormentis ne traînait pas dans les parages. Aujourd'hui, son faciès n'était que noirceur, ses iris rouges étaient la preuve de sa tension intérieure.

– Tu t'es vu quand t'as faim ? J'en connais un qui n'a pas assez baisé hier soir.

Ed braqua son regard sur lui, mauvais.

– Tu parles de toi.

Bjorn marqua une hésitation. Heureusement que Fevesh l'avait gavé durant des jours parce qu'il ne s'était pas alimenté depuis les sept derniers.

– Oui… aussi. Ha ! C'est bon ! J'ai mon super-héros en tête.

– Deadpool, dirent en chœur Regal et Edward.

Bjorn leva les bras au ciel.

– Vous faites chier ! Ce n'était même pas celui-là.

Regal le pointa du doigt.

– Ne mens pas, c'est toujours lui. En outre, on a mieux à faire que de jouer…

– Quoi ? se rembrunit-il. T'as peur que Beorth débarque et trouve ton super-héros en premier ?

Regal se rencogna dans son siège, le faisant tourner sur lui-même pour pouvoir regarder par la baie vitrée.

– Il ne me connaît pas si bien. De toute façon, il n'y a qu'Eden et Crystal pour te tenir tête. Tu pars avec beaucoup trop de bonus.

Bjorn décroisa ses jambes pour les étirer le plus possible en gênant par la même occasion Edward qui dressa simplement un sourcil. L'interlude méritait au moins d'avoir allégé l'atmosphère de la pièce.

– Bon, tu as prévu quelque chose pour l'anniversaire de Petit Lapin ?

– Oui, une bataille démoniaque.

Il croisa ses bras sur son torse. Que son frère pouvait être rabat-joie parfois !

– Ooooh... allez ! Même moi, j'ai acheté un cadeau. Il faut que tu arrêtes d'être chafouin comme ça, ce n'est pas recommandé pour la peau.

Regal soupira, se contentant de contempler le panorama sur l'Hudson.

– Crys m'a traîné dans l'une de ces librairies spécialisées en bandes dessinées.

Regal pivota légèrement, son sourcil se dressa. Ils étaient parvenus à attirer l'attention du prédateur.

– Moi, j'ai acheté un t-shirt avec un chat sans poils, la patte tendue en avant et les coussinets écartés. Il est déguisé en bébé Yoda, et dit : « Tu ne passeras pas. »

Bjorn frappa son genou en explosant de rire.

– Tu ne passeras pas, répéta-t-il.

Son frère et Ed le lorgnèrent comme s'il lui avait poussé une bite sur le front.

– Vous n'avez pas compris la blague ? Sérieux ?

Bjorn laissa tomber sa tête en arrière en soupirant.

– Le chat essaie d'imiter Yoda, mais balance une réplique cultissime de Gandalf[53].

Regal continua de l'observer quelques instants supplémentaires, puis avoua :

– Je voulais l'emmener en voyage. J'hésitais encore entre Tahiti, Hawaï, Paris ou Venise. Je souhaitais qu'Eden en prenne plein les mirettes.

---

[53] Depuis le temps que je vous parle du Seigneur des Anneaux et de Star Wars. Je pense qu'il y a prescription sur les explications. Oh ! Vous saviez qu'il y avait un dessin animé le Seigneur des Anneaux ? Ne vous embêtez pas à regarder celui-ci... conseil d'amie.

– Anse Source d'Argent, aux Seychelles. Leurs plages sont splendides, déclara soudainement Aligarth.

Tous sursautèrent, ne s'attendant pas à ce que l'assassin participe à la conversation. Ali était devenu de plus en plus discret depuis cette fameuse nuit où il lui avait avoué ses sentiments.

Un sourire nostalgique étira les lèvres de Regal. C'était comme s'il réfléchissait à ce moment. Bjorn espérait que cela le motiverait à rester en vie. Avoir un objectif aussi important qu'Eden ne pouvait que lui donner une raison d'en finir une bonne fois pour toutes avec Beorth.

– Je vais faire du café, puisque Eden n'est pas…

Il se racla la gorge en apercevant le rictus douloureux de Regal puis quitta la pièce. Bjorn se leva pour le suivre. Il attendit d'être seul dans la salle de repos pour parler.

– Je suis désolé, Ali.

Sans grande surprise, l'Ombre ne fut pas étonnée par sa présence, il en fallait beaucoup pour leurrer l'assassin.

– Il n'y a rien à pardonner. Je suis heureux que Fevesh ait enfin décidé d'honorer comme il se doit l'amour que tu lui portes.

Ali appuya sur le mauvais bouton de la cafetière, faisant couler un liquide jaune clair peu ragoûtant. Bjorn alla à sa rescousse.

– Il manque la dosette.

Il s'attela à préparer les boissons pour tout le monde, plus un sachet de sang qu'il passa au micro-ondes.

– Je suis désolé de ne m'être rendu compte de rien.

– Peu importe.

426

– Je t'aime d'une manière qui certes n'implique pas de sexe. Tu es mon frère, je ne souhaite pas qu'on s'éloigne l'un de l'autre.

Enfin, les yeux d'Ali se posèrent sur lui, un sourire timide apparut, et bien que le moment ne s'y prête pas, le cœur de Bjorn s'allégea un peu.

– J'ai juste besoin de temps pour accepter la situation. Je ne veux pas que nous restions en froid moi non plus.

Bjorn eut envie de le prendre dans ses bras, mais s'abstint. En plus de ne pas être tactile, il allait simplement rouvrir des plaies pas tout à fait cicatrisées.

– Ne crève pas aujourd'hui.

– Et perdre mon pari ? Jamais.

Quand ils étaient gamins, ils avaient dissimulé leurs biens les plus précieux dans un endroit où personne n'irait fourrer son nez, l'un des recoins du centre d'éducation où ils étaient placés. Bjorn faisait beaucoup d'allées et venues entre l'établissement et le gynécée de son père. À chaque nouvelle mission, Bjorn comme Ali n'étaient pas sûrs de revenir. Alors ils avaient parié, le butin irait au survivant. Cet enjeu n'était qu'une sorte de promesse pour rester en vie le plus longtemps possible.

– Tu me sous-estimes, se moqua Bjorn en posant les tasses sur le plateau qu'Eden utilisait pour servir le café de Regal.

Dommage pour son aîné, il n'aurait pas les fesses d'Eden en prime.

Ali et Bjorn retournèrent dans le bureau. Le silence y régnait, Regal et Edward ne trouvaient pas nécessaire d'entretenir la conversation.

Le temps continua de défiler.

Ils récapitulèrent une énième fois le plan qu'ils avaient élaboré.

Les minutes s'égrenèrent.

L'ennui et la tension grandissante les firent débattre de la stratégie qu'utiliserait Beorth. Pour le moment, il mettait à vif leur patience.

L'atmosphère s'alourdit davantage chaque heure écoulée.

Et bientôt, le silence s'imposa.

Eden

J'adorais les sushis. L'univers entier devait certainement connaître ma passion pour les sushis. Pourtant, il m'était impossible d'en avaler une bouchée. Chaque fois que mes yeux se posaient sur la petite portion de riz agrémentée de poisson, mon cœur se soulevait. Je pensais à toutes ces fois où Regal m'en avait offert, lorsque j'étais triste, joyeux ou simplement épuisé par ma journée de travail. Mon compagnon savait combien j'affectionnais ce mets. Il devait en avoir parlé à Tetsuya, car cette dernière m'en avait apporté pour le repas de midi. À présent, elle attendait que nous nous alimentions, Crystal et moi, sauf que l'un comme pour l'autre, l'appétit nous désertait. Nous ne pouvions avaler quoi que ce soit alors que nous nous inquiétions de l'avenir de notre famille. Nous n'avions même pas fermé l'œil de la nuit.

– Knight-dono m'avait pourtant assuré que vous aimiez ce plat. Je peux vous en faire concocter un nouveau s'il n'est pas à votre goût.

Je secouai la tête négativement.

– Il est parfait. Ce n'est pas un souci de préparation… juste… Je ne me sens pas assez… en forme pour avaler quoi que ce soit.

Je lançai une œillade interrogatrice à Crystal. Ce dernier sembla recommencer à respirer lorsqu'il éprouva le poids de mon regard s'attarder sur sa personne. Son sourire n'atteignit pas ses paupières. Je savais que s'il n'avait pas été un vampire nourri au sang de créatures de la nuit, de grosses poches s'étendraient sous ses yeux.

– Avez-vous des nouvelles de la tour ?

Je ne pouvais pas tenir davantage. Ma dignité pouvait bien aller se faire foutre. Regal m'avait dit de rester fort, de ne jamais montrer aucune faiblesse en présence d'autres démons que lui et Bjorn… mais, je n'arrivais pas à garder la tête haute.

Tetsuya dissimula son sourire derrière ses doigts tendus, inclina légèrement son visage pour le cacher alors qu'elle émettait un son tellement trognon que je l'aurais adoptée comme un bébé chat… Un petit minou[54] capable de m'arracher la tête ou de me couper en deux avec son katana posé à sa droite… Je compris un peu tardivement qu'elle avait ri.

---

[54] Sans arrière-pensée.

– Vous êtes si adorable. Je ne suis presque pas étonnée que Regal vous ait choisi.

Ne venais-je pas de la comparer à un chaton tromignon ? Nous inversions maintenant les rôles.

– Eh bien… merci… je crois.

C'était bien beau, mais je n'avais pas reçu de réponse concrète à ma question. Dans mon dos, Crys bouillonnait lui aussi.

– Je n'ai pas eu directement de nouvelles. Mais j'ai des espions qui me tiennent au courant. Bien que nous nous trouvions dans les Bas-Fonds, et qu'une barrière nous protège… je pense que nous aurions détecté l'arrivée de Beorth. Elle ne passe pas inaperçue.

Je déglutis difficilement.

– Alors, rien n'a encore commencé.

– Non.

Le silence retomba, tandis que je me contentais d'examiner de nouveau mes sushis.

Je soupirai avec lassitude, puis portai ma main à ma pierre. Je ne la trouvai pas, me souvenant que j'y avais renoncé consciemment pour écouter les voix. Je n'avais évidemment rien perçu de plus que d'habitude, et puis dans les Bas-Fonds, aucun Résidu d'âme n'entrait. J'éprouvais seulement cette étrange sensation, celle qui me collait à la peau chaque fois que je prenais une année dans la tronche. Elle était plus puissante cette fois. C'était sans doute à cause de ce qui allait arriver.

– Avec un peu de chance, continuai-je avec espoir, il a complètement oublié quel jour nous sommes.

– Cela m'étonnerait, répondit très sérieusement la petite sœur de Tetsuya.

En d'autres circonstances, je l'aurais beaucoup appréciée. Aujourd'hui, j'avais envie de tordre le cou de tout le monde.

– Bon baaaaahhhh… il a une grosse gastro. Il est cloué sur les chiottes.

– Qu'est-ce donc ? me questionna la démone en fronçant les sourcils.

– Une maladie.

– Alors, c'est également impossible.

– Il s'est tranché les doigts en affûtant sa dague.

– Impossible.

– Il s'est fait croquer par un chien des Enfers !

J'ignorais s'il en existait et je n'en avais strictement rien à foutre.

– Impossible, il les déteste. Rien ne pourra l'empêcher de venir.

– Rosaline, coupa Tetsuya.

La jeune femme stoppa, trop tard. Je soupirai de nouveau.

– Merci de briser un à un tous mes espoirs.

Une main réconfortante frotta mon dos. Crystal m'offrit un sourire fébrile.

– On va surmonter ça ensemble.

Nous n'avions aucunement le choix de toute façon.

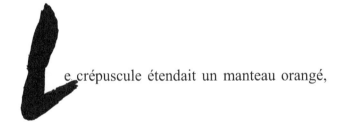

Le crépuscule étendait un manteau orangé,

violet et gris au-dessus de la ville. New York semblait plus agité encore que d'ordinaire.

Normal.

Le 31 octobre était une date très particulière. Samhain, Nouvel An des sorcières, sabbat en l'honneur des défunts, voilà quel jour il était. Il n'existait plus de

« vrais » mages depuis des années. Toutefois, leurs traditions perduraient, et cela au-delà des croyances païennes. Le voile entre le monde des vivants et celui des morts était si fin que même Regal était capable de sentir la présence de ce que son compagnon appelait Résidus d'âmes. Il ne les voyait pas, pas vraiment. Parfois, il avait l'impression de capter une image subliminale, un mirage.

Regal renifla avec ironie, il n'avait jamais prêté attention à ce genre de détails auparavant. Il se contentait de travailler comme si c'était un jour comme un autre. Eden métamorphosait son quotidien. C'est pourquoi il ne remarquait que maintenant les centaines de défunts s'agglutinant autour des humains telles des putains de sangsues. Bien entendu, il éprouvait la fragilité des portails entre la terre et les deux mondes astraux. Beaucoup de démons renégats profitaient de ce jour pour s'incruster. Ils prenaient souvent de gros risques, car si quelqu'un les surprenait à partir de l'Enfer sans approbation, ils seraient exécutés sur-le-champ. Ceux qui pénétraient sur son territoire étaient regroupés par l'un de ses hommes de main. Il leur demandait de jurer obéissance et surtout de respecter ses règles, puis il les autorisait à vagabonder à leur gré. Il n'avait aucunement besoin de laquais, juste d'employés suffisamment bien dans leurs bottes. S'il imposait les mêmes règles qu'en Enfer, les démons feraient obligatoirement tout pour quitter son domaine.

– Ça y est, on l'a perduuu, chouina Bjorn… j'aurais mieux fait d'allumer la téloche et de mater une série en attendant.

Edward affûtait sa lame ou la bichonnait, il n'en savait plus rien. On ne l'avait jamais fait patienter aussi longtemps.

– Et si nous invoquions Fevesh. Il doit bien être au courant de ce qui se passe.

Une présence lourde attira l'attention de Regal sur le milieu de la pièce, l'épaisse fumée et les grandes ailes noires se déployant lui donnèrent envie de sourire. Enfin, quelque chose bougeait. Regal avait bien redouté de mourir d'ennui.

– Belle invocation.

Il vit Bjorn froncer les sourcils et se redresser tel un ressort.

– Je… n'ai rien fait.

– En effet.

Fevesh se secoua en agitant ses ailes avant de les replier. Il autorisa son regard à se poser plus longtemps que nécessaire sur l'homme qui était devenu très récemment son compagnon. Regal, quant à lui, ne put s'empêcher de se dire que leur relation était vraiment… spéciale – et pas vraiment dans le bon sens du terme –, mais ils finiraient bien par trouver un juste équilibre. Il l'espérait sincèrement.

– Beorth attend que la nuit tombe. Ses généraux sont fin prêts.

– La nuit ? répéta Regal.

– Oui.

Fevesh n'ajouta rien. Sa fonction ne lui permettait pas d'en ajouter davantage. En même temps, aucun d'eux n'était assez idiot pour ne pas connaître les intentions de son frère.

– Il va utiliser les âmes qu'il a ingurgitées.

Regal soupira.

Ce combat n'était qu'une mission suicide.

Il le savait bien.

Fevesh également.

C'était pourquoi ils avaient passé ce pacte.

Parce tout ce qui comptait, c'était de mettre ceux qu'ils aiment à l'abri du danger.

Fevesh fit tomber sa tête en arrière tout en inspirant profondément.

– Je vous souhaite bonne chance.

Son regard parcourut la pièce pour se figer sur Bjorn.

– Il arrive.

Chapitre 34

Regai[55]

Le ciel s'obscurcit, l'électricité statique lui procurait comme une sensation de chair de poule. Le tissu de sa chemise irritait sa peau. Les poils de ses bras s'accrochaient entre les fibres, accentuant son malaise. Un éclair illumina momentanément l'ensemble du bureau. Il réalisa alors qu'il n'avait pas allumé la pièce. Eden n'était pas là pour le faire et leur vision leur permettait à tous de voir dans la nuit.

---

[55] Vous êtes en train de trépigner et de vous dire : mais c'est quand qu'elle envoie du pâté ! C'est bon ? Vous êtes en stress ? O.K. c'est parti mon kiki.

– Il arrive.

Eden dirait que c'était dingue comme deux petits mots pouvaient faire basculer un monde. Son adorable compagnon n'avait jamais eu autant raison. Regal inspira profondément, se repositionnant dans son siège. Il savait combien les apparences pouvaient jouer en sa faveur ou a contrario en sa défaveur. Il devait donc se montrer aussi assuré que possible.

Son rythme cardiaque était tout à fait régulier. On ne lui avait jamais appris à craindre la mort. Lorsque Beorth surgit au côté de Fevesh dans un nouveau nuage de fumée sombre, Regal se demanda ce que les siens avaient avec toute cette brume. D'accord, cela donnait un air mystérieux et pourquoi pas effrayant lorsqu'il s'agissait d'un déchu… mais Beorth… Il se souvenait très bien de son côté mélodramatique.

Putain de diva.

Enfin, la diva n'était vêtue que d'un pantalon de combat noir, de ceintures de cuir ceignant sa taille, son torse et sa cuisse gauche, ainsi que de canons à chaque bras. Quelques secondes plus tard, deux mâles et une femelle apparurent tels des mirages dans le désert. Leur entrée fut bien entendu plus discrète pour ne pas éclipser la toute-puissance de leur maître. Regal les connaissait tous les trois puisqu'ils étaient les généraux de son frère. Leur réputation les précédait et s'il ne s'inquiétait pas trop pour Bjorn, ce n'était pas le cas pour Edward. Les soldats de Beorth possédaient des pouvoirs effroyables dont Ed ne pourrait se défendre avec des lames ou avec l'hypnose. Ali pourrait leur tenir tête, mais une fois l'effet de surprise passé, il serait vulnérable.

Eh bien, eh bien… pas de regret.

– Mes frères ! Quel bonheur de vous voir ! beugla Beorth en écartant les bras.

Son sourire narquois l'agaça profondément.

– Plaisir non partagé, répondit du tac au tac Bjorn, ce qui manqua d'arracher un soupir à Regal.

Au moins avait-il été moqueur.

– Oh ! Eh bien, rien que de penser que je vais pouvoir prendre mon temps pour vous tuer me remplit de joie… Tiens ! mais où est l'humain qui t'accompagnait la dernière fois ? Je désirais tant le revoir, le serrer si fort contre moi que ses globes oculaires en sortiraient de leurs orbites.

Regal se tança mentalement pour ne pas succomber à la colère. Il devait garder l'esprit clair, se focaliser sur son objectif.

Quelque chose attira son attention sur le corps de Beorth. Il remarqua alors que, par instants, sa peau « ondulait », donnant l'impression qu'un énorme ver tentait de s'extraire de son être sans y parvenir. C'était le moment ou jamais de rendre la pareille à son aîné. Regal renifla, moqueur.

– Je n'en reviens toujours pas qu'il t'ait fallu avaler des âmes humaines pour me faire face. C'est si…

Il ricana tout bas, et la tension dans les épaules de Beorth augmenta. Monsieur était susceptible. Certaines choses ne changeaient jamais.

– Pitoyable.

La générale siffla comme un serpent à son encontre et Regal lui octroya un doigt d'honneur. Elle dégaina son arme, mais Beorth la repoussa d'une claque retentissante.

– Ai-je ordonné quoi que ce soit ?

Il se reprit assez rapidement en lui offrant un rictus mauvais.

La femelle se redressa fièrement, même si elle se frottait toujours la joue.

– Pardonnez-moi, maître. Son insolence m'a fait perdre le contrôle.

Beorth la frappa encore, mais cette fois, il lui asséna un coup de poing dans la tempe, fracassant une partie de son crâne. Le corps de la démone heurta le sol dans un bruit sourd. Le sang macula alors le carrelage tandis qu'elle se vidait.

– Il le fait exprès pour que vous l'attaquiez avant que le combat commence ! vociféra Beorth sans faire face à ses guerriers.

Les soldats observaient leur camarade, une lueur sombre dans le regard.

– Ce n'est pas moi qui crèverai ici même, continua Beorth, s'adressant cette fois à Regal. Ris temps que tu le peux, parce que toi… sous peu, tu n'existeras plus.

Fevesh soupira avec lassitude. Regal nota alors qu'il s'était décalé sur le côté de la pièce, certainement pour éviter les éclaboussures de sang. Il avait croisé les bras autour de son torse et s'était positionné de telle façon qu'il pouvait voir tous les participants.

– Nous pouvons peut-être commencer. Je suis ici pour juger un affrontement au corps-à-corps, pas pour une altercation verbale entre enfants.

La générale, à la plus grande surprise de tous, tenta de se relever. Regal devait avouer que sa puissance était impressionnante.

– Beorth m'a fait part d'une nouvelle requête concernant le combat.

Il manqua de déglutir. Bjorn et Edward, qui se tenaient dans le dos de leurs ennemis, s'assombrirent. Beorth pouvait tout aussi bien réclamer l'exécution de l'un d'eux.

– J'écoute.

– Il souhaite qu'aucun dôme ne soit créé sur le champ de bataille.

Sale connard…

Si Regal refusait, il serait considéré comme disqualifié et Beorth obtiendrait sans se battre son territoire. Son aîné savait que détruire New York risquait fortement de tuer son compagnon et que Regal désirait à tout prix le mettre à l'abri. Heureusement, un détail jouait en sa faveur. New York lui appartenait.

– Je ne suis pas contre… Toutefois, une bataille en plein milieu de la ville sera forcément remarquée. Nous ne pourrons plus cacher la vérité alors qu'ils possèdent une technologie significative pour nous démasquer. Nous romprons l'équilibre.

Il avait sciemment tourné son regard en direction de Fevesh. C'était lui le juge après tout.

Le déchu était concentré sur Beorth. Ce dernier fronçait si fort les sourcils qu'ils n'en formaient plus qu'un.

– Je suis d'accord. Nous ne pouvons risquer une guerre avec le haut astral. Ta demande est refusée.

Beorth rugit tel un lion enragé, ce qui fit naître un rictus amusé aux coins des lèvres de Regal.

– Tu penses que je m'arrêterai après t'avoir tué. Je prendrai mon temps pour baiser cet humain, puis je l'égorgerai pour boire son sang !

Regal haussa les épaules en un geste désintéressé. C'était de la comédie. Il bouillonnait d'une envie de lui tordre le cou.

– Faudrait-il qu'il soit encore en vie.

Beorth ricana.

– Ne me considère pas comme un imbécile.

– Je crois que Regal a également une demande, coupa Fevesh.

Beorth le foudroya, et le juge lui rendit son regard, attendant que le démon détourne les yeux. Il ne le fit pas, se rebellant ainsi contre l'autorité qu'exerçait Fevesh.

– Peut-être devrais-je te tuer moi-même ?

– Tu n'en as pas le pouvoir.

– Bien sûr que je l'ai, je le ferai simplement après la bataille. N'oublie pas qui je suis.

Beorth se détourna, sa poitrine se soulevait violemment sous le coup de la colère.

– Regal, présente ta demande, ordonna Fevesh.

– Je souhaite que nous nous battions en duel, pas de généraux, pas d'autres créatures de la nuit que nous deux.

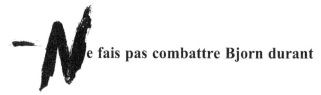

Deux semaines auparavant

e fais pas combattre Bjorn durant

la bataille qui vous opposera Beorth et toi, en échange de quoi, je t'offrirai ce que tu désires.

Le déchu l'observait en attendant sa réponse. Regal, quant à lui, avait du mal à réaliser ce que lui demandait Fevesh. Voilà qu'il lui donnait une solution à ses problèmes, tel un miracle propulsé tout droit du trou du cul de l'Enfer. Il n'avait pas non plus imaginé que le juge chérissait suffisamment Bjorn pour se présenter à lui et exprimer une requête claire le concernant.

– Cela signifie-t-il que tu nous penses perdants ?

Fevesh promena son regard sur le panorama qu'offrait New York.

– Il y a une infime possibilité pour que tu gagnes… Une seule chance en réalité.

Regal lâcha le stylo qu'il tenait en main et se rencogna dans son siège.

– Si j'accepte, je désire que tu soignes Eden du lien de dépendance. Je souhaite qu'il vive. Je veux que tu t'arranges pour mettre ma famille en sécurité. Elle comprend Edward et Crystal… toi, par extension.

Les yeux de serpent de Fevesh plongèrent dans les siens. Regal remarqua alors que les dernières bribes de méfiance qu'il avait pour l'ange s'étaient envolées à un moment ou à un autre. Il lui faisait confiance…

– Personne n'a jamais guéri de la connexion entre un incube et un humain. Il pourrait devenir fou. Il souffrira.

Regal ne baissa pas les bras.

– De toute façon, je ne peux éviter le combat. Si je meurs, Eden périra également. Je ne veux pas me sacrifier en vain.

Fevesh ouvrit ses ailes pour réajuster leur position dans son dos. Il avait remarqué ce tic quand le déchu souhaitait dissimuler son malaise.

– Contre toute attente, j'apprécie la petite chose médiumnique. Je n'aspire pas à le voir succomber, sa mort rendrait Bjorn encore plus triste. Je ferai donc de mon mieux pour le désintoxiquer. Je ne peux t'assurer d'y parvenir. Je mettrai également Edward et son compagnon en lieu sûr. Pour que notre arrangement fonctionne, tu devras présenter avant le combat la sollicitation suivante : « Je souhaite que nous nous battions en duel, pas de généraux, pas d'autres créatures de la nuit que nous deux. » Ne te trompe pas !

Le visage de Regal s'obscurcit... Fevesh et son diktat implacable... Ce type était un maniaque du contrôle. Il faudrait qu'il se détende s'il voulait que Bjorn ne le fuie pas de nouveau...

Eden... pardonne-moi.

Il soupira en comprenant l'ampleur de la merde qui lui tombait dessus. En définitive, ce n'était qu'une maigre consolation. Toutefois, le nombre de ses options ne lui permettait pas de faire la fine bouche. Soit il se sacrifiait et emportait Beorth avec lui, soit il prenait le risque que Bjorn, Ed et Aligarth trépassent durant la bataille. Eden les rejoindrait aussi vite, laissant Crystal seul.

— Très bien, j'accepte. C'est une entente convenable.

Fevesh acquiesça d'un signe de tête, puis tourna son regard en direction de la porte.

— Je suis navré que les choses se passent ainsi, dit-il à voix basse. Prions pour une intervention divine.

Fevesh disparut au moment où le battant de son bureau s'ouvrait sur Bjorn. Merde, il espérait que son cadet n'avait rien entendu.

night Corporation

Beorth se bidonna, cela ne dérangeait pas

Regal qu'il se moque de lui. En revanche... les deux mâles dans le dos de son aîné ne semblaient pas contents du tout. Il s'en était douté. Il comprenait même leur colère.

— Quoi ? répliqua Edward, un grondement dans la voix.

— Te fous pas de notre gueule ! rétorqua Bjorn. C'est quoi cette connerie ?

— J'accepte la condition, déclara Fevesh. À Beorth de choisir s'il se plie ou non aux règles du duel.

Son aîné stoppa net sa crise d'hilarité. Bjorn et Ed n'en menaient pas large non plus.

— Non ! N'autorise pas cette absurdité ! s'énerva son cadet.

Fevesh adopta une posture altière et toisa Bjorn.

– Je ne vois pas ce qui m'en empêcherait, c'est une clause tout à fait acceptable.

– Pourquoi sa requête serait accordée et pas la mienne !

Décidément, ses exigences irritaient beaucoup de monde.

– C'est hors de question ! répliqua Bjorn à l'encontre de Regal. Tu n'as pas le droit de nous… de nous… Merde ! Mais, c'est quoi l'idée ?

– *De tous vous protéger,* déclara mentalement Regal. *Trouvez Eden et Crystal. Quittez New York.*

– *Non ! Ne me mets pas à l'écart.*

Regal plissa les paupières en espérant que son frangin comprendrait.

– *Je ne te mets pas à l'écart, je te confie la personne la plus chère à mon cœur. Je sauve ma famille, nous ne gagnerons pas aujourd'hui.*

Le rugissement de Beorth déconcentra momentanément leur conversation.

– *Ne me fais pas ça… je t'interdis de mourir.*

Le rictus déchiré de Bjorn compressa sa cage thoracique. Il lui fallut tout son courage pour repousser le sentiment de regret qui l'animait.

Avec le recul, il aurait aimé être un frère plus investi. Un ami plus fidèle. Regal sourit à Bjorn, l'attention d'Edward se posant à tour de rôle sur les deux incubes.

– Parce qu'elle ne risque aucunement de déclencher une guerre démonico-céleste, continua Regal pour dissimuler leur conversation mentale.

– *Je te l'ai dit, je ne te perdrai pas.*

– *Ne fais pas ça…*

Même si son visage ne reflétait aucune émotion, Regal pouvait éprouver et entendre la tristesse de son cadet.

– *Ne m'en veux pas.*

– Très bien. Ce ne sera que plus facile de te tuer.

Les généraux de Beorth ne cachèrent aucunement leur stupéfaction.

– Mais, maître… tenta l'un d'eux.

L'expression assassine affichée sur son visage suffit à le faire taire. Regal se leva.

– Bien, alors… commençons.

Bjorn

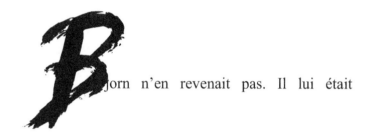

jorn n'en revenait pas. Il lui était

complètement inconcevable que Regal se sacrifie pour eux. Il se tourna vers Fevesh, le suppliant du regard.

— Non, attendez ! N'avons-nous pas la possibilité d'avoir des requêtes nous aussi ?

Les pupilles de Fevesh se rétrécirent.

— En aucune façon. Je suis juge infernal, mon travail consiste à être impartial. Beorth... ta réponse.

— Et si je refuse ?

– Alors, le combat n'aura pas lieu et tu perdras ton territoire. À moins que Regal ne te le réattribue.

– Je le ferai… je n'ai pas le temps de m'occuper des affaires du bas astral.

Le corps de Beorth se mit à trembler de rage.

– Tu crois que j'ai peur de toi ? Je me plierai aux règles. Tu n'as aucune chance contre moi. C'est pour cela que tu souhaites éviter la confrontation… Je ne suis pas dupe !

Regal lui offrit un sourire narquois.

– Serais-je démasqué ?

Son arrogance agaçait Bjorn au plus haut point. Comment pouvait-il lui faire une chose pareille ?

– Bien, acquiesça Fevesh, réduisant à néant ses espoirs. Je décrète qu'aucune autre créature surnaturelle que vous deux ne pourra intervenir dans le conflit qui vous oppose. Le gagnant se verra attribuer les terres de son rival. Vous pourrez utiliser n'importe quelle arme à votre disposition.

L'ange frappa dans ses mains, lorsqu'il les décolla, un orbe de ténèbres grandit entre ces dernières. Il grossit, grossit.

– Attends ! s'exclama Bjorn, les doigts tendus en direction de son compagnon.

La sphère les engloutit. Une étrange clarté noire et aveuglante l'obligea à placer son bras devant ses paupières. Il ressentit comme une pression énorme dans sa poitrine. C'était comme si un mur le repoussait, puis la lueur se dissipa. Ses yeux mirent un moment à s'adapter à l'obscurité ambiante. Il se trouvait dans une venelle sale et puante dont le lampadaire ne fonctionnait que par intervalles irréguliers. Un grondement bas attira son attention. C'était Edward. Il caressait la surface du pouvoir nébuleux devant lui, créant des ondulations lumineuses. Si en apparence il semblait calme, Bjorn savait qu'il fulminait.

Au loin, sur la rue principale, l'incube blond vit une voiture pénétrer dans le dôme comme si de rien n'était. Il réalisa alors qu'ils étaient en dehors du champ de bataille.

– On est… Non !

Bjorn fit appel à toute sa puissance. Deux entités sanglantes transpercèrent sa peau, puis s'attaquèrent à la barrière surnaturelle qui les empêchait de rejoindre Regal.

– Noooon ! Bordel ! NON !

Bjorn invoqua des dagues démoniaques, frappa, encore et encore. Son pouvoir tentait de mordre, de mâchouiller, de griffer, de percer cette foutue sphère. Rien ne fonctionnait. Le mur demeurait infranchissable.

– Bjorn.

– Il faut qu'on y retourne ! Aide-moi !

Sa gorge était sèche et compressée. Il avait la sensation d'être sur le point de pleurer.

– Bjorn !

Une main attrapa son poignet et l'obligea à arrêter. Il rencontra alors le regard sans vie d'Edward. À côté d'eux, Aligarth demeurait silencieux, la tête basse.

– On ne peut plus rien faire pour lui, c'était… son choix.

Bjorn repoussa Edward avec violence tout en secouant la tête négativement. Il ne voulait pas entendre de telles inepties. Il y avait forcément un moyen. Ils avaient établi des plans. Ils pouvaient gagner ! Il en était certain ! Mais pour ça, Regal avait besoin d'eux.

– Putain ! Mais c'est ton ami ! Pourquoi tu l'abandonnes ? Connard !

Le poing du presque-immortel s'abattit sur sa joue, le faisant tomber à la renverse. Au-dessus de lui, ses entités le mataient d'un air désolé sans trop savoir comment agir. Elles reconnaissaient le vampire comme un camarade, un frère – c'était ainsi que Bjorn voyait Ed –, alors elles ne comptaient pas l'attaquer.

– Redis encore une fois que je l'abandonne et je te frappe jusqu'à faire de ta tête un nouveau Picasso !

Bjorn s'assit, il était presque sûr d'avoir le cul dans un résidu de poubelle… Il se frotta la mâchoire. Cette dernière l'élançait, Ed n'y était pas allé de main morte. Il fallait avouer qu'il avait abusé. Il entendait combien la voix du vampire tremblait. Une chose était certaine, ils étaient tous absurdement mauvais pour exprimer leurs sentiments…

– Ce que j'en dis, reprit-il plus calmement, c'est que Crissy chéri te déteint dessus…

Bjorn examina tristement le dôme.

– Il va se sacrifier.

– Je sais.

– Il ne peut pas gagner.

– Je sais.

– On fait quoi maintenant ?

– On respecte ses volontés. On va chercher ma Vipère et Eden et on se barre loin de New York.

Chapitre 35

Regal

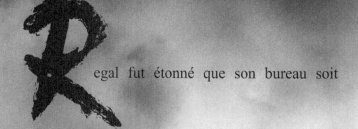

egal fut étonné que son bureau soit intact. Tout paraissait à sa place. La seule différence entre la distorsion de la réalité et cette dernière était le manque évident de couleurs. C'était comme si elles avaient toutes été volées. Son écran d'ordinateur semblait avoir été modifié pour apparaître en monochrome. Les quelques livres anciens aux reliures rouges étaient à présent gris.

— Nous y sommes, conclut Fevesh.

Regal quitta sa veste de costume et la jeta négligemment sur son bureau. Il fit de même avec sa cravate et sa chemise. Ses vêtements le gêneraient dans ses mouvements. Regal se mit alors en garde et Beorth dégaina son épée.

Il inspira profondément, se recentrant sur lui-même. Il se remémora le sourire d'Eden, sa façon de le rendre chèvre ou ses blagues idiotes qui ne manquaient jamais de le faire rire. Il était l'heure de dire au revoir à tout ce qu'il chérissait.

Pour leur bien à tous.

Comme l'avait souligné son compagnon, il était responsable de la vie de milliers de démons et de vampires. Au moins avait-il eu le temps de connaître Eden.

Adieu, mon Ange.

Le vide s'empara de son cœur.

– Que le meilleur gagne.

La voix du déchu retentit comme un glas funèbre. Le corps de Fevesh ne s'était pas entièrement désintégré que Beorth passait à l'offensive. Sa lame s'électrifia et un éclair en jaillit lorsqu'il l'abattit. Regal l'esquiva avec aisance. L'attaque détruisit son secrétaire et explosa la baie vitrée. Les bruits de la ville ne l'interpellèrent aucunement, car rien ne vivait dans cette dimension. Il n'y régnait que le silence et les sons du combat qui se répercutaient contre des parois invisibles.

Ce dôme était bien plus puissant que ceux déployés pour la revente de chair humaine. C'était indéniable.

– Fuis ! Fuis ! Mon frère. Fuis, car je n'aurai aucune pitié pour toi.

Regal esquiva tandis que Beorth tentait une estocade de sa lame. Cette fois, il n'avait pas utilisé ses éclairs pour le terrasser, ce qui pouvait être le signe que ce pouvoir lui était limité. Il n'en était pas doté lors de leur premier duel.

— Ne t'inquiète pas ! Je n'abîmerai pas ton visage. Je montrerai à ton esclave ta tête plantée sur une pique. Je le baiserai en l'obligeant à te regarder.

Ces mots firent rugir l'incube. La colère incendia ses veines, exactement comme l'avait espéré Beorth. Il le remarqua à son sourire en coin. Malgré les paroles de son aîné, il s'exhorta au calme. Trop de gens comptaient sur lui pour se précipiter.

— Je te pensais plus combatif, se moqua Beorth en tournant autour de lui. Mais je comprends ta peur...

Regal leva les yeux au ciel en un geste ennuyé.

— Tu as toujours aimé parler.

Son frère explosa d'un rire tonitruant. À une époque lointaine, Beorth et lui se ressemblaient comme deux gouttes d'eau. Ils possédaient le même faciès, les mêmes muscles lourds et une stature qui imposait un certain respect, même pour des démons. Beorth était le tout premier fils de Satan, Regal le second. Ils avaient constamment été en concurrence. Cependant, la jalousie avait fini par ronger son aîné, en particulier quand Regal s'était montré plus puissant que lui lors des entraînements.

— Et alors ! N'est-ce pas amusant ? Ce sera notre dernière conversation avant que tu ne meures.

Connaissant leur père, il s'était vraiment appliqué pour insuffler la graine de perversion dans l'âme déjà pourrie de Beorth. Il l'avait vu se métamorphoser. Il avait observé l'océan de ses iris se teinter de sang. Sa carrure était devenue encore plus impressionnante et son caractère passablement mauvais avait évolué en totalement imbuvable. Comme il en avait fait la démonstration un peu plus tôt, il ne se préoccupait aucunement de qui il tuait, ce qu'il visait restait le pouvoir.

Son aîné marchait dans les traces de leur père, il ne pouvait le nier. Sauf que contrairement à Satan, à Lucifer et au diable, Beorth ne connaissait rien des Guerres démonico-célestes. Regal était même persuadé que s'il parvenait à obtenir un siège à la tête de l'Enfer, il finirait par en provoquer une lui-même.

– Tu parles trop.

Regal bondit, se contorsionna avant d'être fauché par la lame, et asséna un coup de pied dans le ventre de son frère qui recula de plusieurs mètres sans pour autant perdre l'équilibre. Il n'avait pas pu bénéficier d'un bon angle de frappe, son assaut ne pouvait être considéré comme tel. Beorth se frotta les abdominaux comme pour en chasser la poussière. À savoir qu'il était si tatillon sur la propreté, Regal aurait dû marcher dans une merde en prévision du combat. L'odeur aurait été désagréable, certes, mais son frère lui aurait offert un spectacle du tonnerre.

– C'est tout ce dont tu es capable ? Merde, je n'aurais même pas dû me donner la peine d'avaler toutes ces âmes.

Regal agita les doigts pour lui signifier d'avancer.

– Amène-toi.

Beorth ne se fit pas prier. Il se jeta dans la bataille, son épée fendant l'air. Regal évitait avec beaucoup trop d'aisance ses assauts. Il se doutait que quelque chose clochait. Ils continuèrent ainsi un temps qu'il lui semblait être une éternité. Parfois, son rival tentait une percée en projetant ses éclairs meurtriers sur lui, cependant ses offensives restaient vaines. Il comprit qu'il s'épuisait pour rien. C'était le moment de modifier le cours du combat. Même s'il se maintenait en forme pour ne jamais être en difficulté lors d'une telle situation, Regal ne consacrait pas toutes ses journées à guerroyer et à conquérir de nouveaux territoires. Il n'était pas dupe, il possédait un lourd désavantage sur l'endurance physique.

Il devait changer de tactique.

Regal fit mine de laisser une ouverture dans sa garde. Son aîné se précipita la tête la première dans son piège. La lame passa à quelques centimètres de ses côtes. Regal en profita pour effectuer une clé de bras et brisa net ce dernier. Le cri de Beorth résonna dans la pièce comme une douce mélodie à ses oreilles. Pourtant son adversaire ne lâcha pas son épée, même lorsque l'arme commença à irradier d'une lueur dangereuse. Regal recula avec vélocité et évita de justesse l'électrocution.

– Tss. Minable ! Tu n'as toujours été qu'un pitoyable cancrelat. Je ne sais pas ce que papa voyait en toi.

Alors qu'il écoutait son ennemi discourir, Regal regarda le bras de son aîné se régénérer à une vitesse phénoménale. C'était trop rapide, même pour un démon. Soudain, Beorth tendit sa main libre en direction de Regal et des éclairs jaillirent de ses doigts. Ils frappèrent le patron de Knight Corporation avant même qu'il ne puisse esquiver. L'attaque ne fut pas aussi puissante que la toute première. Cependant, elle crispa ses muscles, l'immobilisant. Beorth se saisit de l'opportunité pour en finir définitivement.

Regal regarda la lame s'abattre sur lui.

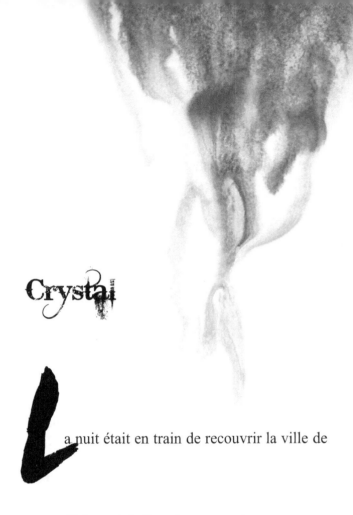

Crystal

La nuit était en train de recouvrir la ville de

son manteau d'obscurité. Pour le moment, personne ne les tenait au courant de ce qu'il se passait au-dessus de leur tête. Ils ne pouvaient que supposer que le combat entre Regal et Dark Regal n'avait toujours pas débuté.

En fin d'après-midi, Tetsuya s'était excusée et avait pris congé, comprenant que sa compagnie leur pesait plus qu'autre chose. Crystal devait reconnaître qu'ils ne se montraient pas très polis envers leur hôte, mais… ni lui ni Eden ne souhaitait parler. Attendre sans agir leur était insupportable. Ils ne pouvaient de toute manière rien faire d'autre que de prier pour que la chance leur sourie.

Le regard de Crystal se posa sur son ami, il l'observa longtemps. Assis en tailleur sur la couche voisine, le jeune homme triturait le pan de son pull. Il allait l'élargir à force de tirer dessus. Eden se comportait souvent ainsi lorsqu'il était vraiment nerveux.

Crystal ouvrit la bouche, mais avant qu'un seul son ne sorte de cette dernière, une aura maléfique manqua de l'assommer. L'air contenu dans ses poumons s'échappa, respirer lui fut presque insupportable.

Eden plaqua ses mains sur ses oreilles en criant et en se tordant de douleur. Crys tenta maladroitement de le rejoindre, mais sa prothèse dérapa dans son empressement.

– Ed...den... qu'est-ce... qui... se passe ? réussit-il à articuler.

Son meilleur ami se roula en boule, hurlant de plus belle à la mort.

– Eden !

– Je les entends !

Un rictus douloureux déformait les traits de son visage.

– Quoi ?

– Les voix ! Je les entends ! Elles crient !

Regal

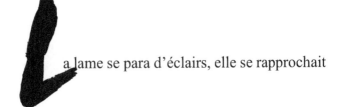

a lame se para d'éclairs, elle se rapprochait

dangereusement de son visage. Si elle atteignait son but, il serait tout bonnement désintégré. Le pouvoir de son aîné toucherait sans conteste son cœur ainsi que son cerveau, ce qui l'annihilerait définitivement.

Il n'avait pas le choix. Beorth avait réussi à le pousser dans ses retranchements. Déjà…

Il invoqua son propre don. La chaleur de son corps grimpa en flèche et un orbe de feu surgit de sa paume. Elle frappa le fil de l'épée et la fit voler au loin. Regal se servit de l'effet de surprise pour une contre-offensive en propulsant son poing libre dans le ventre de son ennemi. Beorth l'évita en riant à gorge déployée.

– Ce combat va être terminé en moins de temps qu'il en faut pour le…

Regal insuffla, puis souffla une gerbe de flammes. Le brasier fut si puissant que l'entièreté de son bureau fut calcinée. Il avait gardé cette attaque pour le moment propice, parce qu'il ne pourrait pas l'utiliser plus de quatre fois.

Il contempla le corps de Beorth noircir puis cloquer, son pouvoir consuma ses chairs. La peau de ses paupières disparut, lui prodiguant l'impression que son adversaire le regardait tandis que son don le dévorait goulûment. Le Mauvais Esprit merci, ses globes oculaires explosèrent sous la chaleur. Sa mâchoire tomba en un cri qu'il aurait trouvé déchirant en d'autres circonstances. Les flammes léchèrent bientôt les os exposés. Le palpitant de Regal tambourinait si fort dans sa poitrine qu'il semblait ne plus rien entendre. La fatigue commençait à gagner trop de terrain alors il baissa l'intensité de son brasier.

Puis, il réalisa que la chair calcinée se reconstituait à une vitesse qu'il n'aurait pas cru possible.

Il se sert des âmes…

Il disposait d'autant de vies qu'il en avait ingurgité au cours des dernières années. Il lui était même utopique de les quantifier.

Regal se précipita sur l'épée, l'attrapa et l'abattit sur le cou de son propriétaire. La tête de Beorth roula au loin. Lorsqu'il se retourna pour la plonger dans le cœur de son frère, un nouveau crâne lui avait poussé. La lame le transperça, mais n'atteignit pas l'organe visé. Son rival s'était décalé de justesse. Beorth se saisit du tranchant pour la maintenir en place, se fichant complètement que ses paumes soient meurtries.

Ce fut idiot, mais Regal ne lâcha pas immédiatement le manche de l'arme. Beorth eut juste le temps d'électrifier le métal. La puissance de cette simple offensive l'envoya s'écraser contre le mur. Les cloisons étant fragilisées par le feu, Regal passa au travers et se retrouva dans le bureau d'Edward.

Un râle douloureux lui échappa alors qu'il tentait de se remettre sur pied. Le bruit des décombres foulés lui fit réaliser que Beorth approchait déjà. Il se releva avec effort, pour lui faire face. Depuis combien de temps combattaient-ils ?

– Ha, ha, ha ! Mon frère, mon frère… comme tu es crédule. Les humains te rendent faible. TON esclave t'a lobotomisé le cerveau.

Beorth l'engloba d'un geste de la main, un rictus dégoûté déformait sa bouche.

– Regarde-toi.

Contrairement à Regal, Beorth ne respirait pas comme un bœuf. Il n'était même pas fatigué.

– Facile à dire alors que tu serais déjà mort… sans toutes ces âmes que tu sacrifies.

Si Eden apprenait qu'il avait éliminé des humains pour venir à bout de Beorth, il en serait horrifié. Son ennemi rit de sa réplique.

– Fevesh n'a pas interdit d'utiliser toutes les armes que nous avons en notre possession. Ces âmes sont des instruments pour moi, des outils bien pratiques. Si tu avais été malin, tu n'aurais jamais accepté de me combattre seul.

Beorth retourna sa main et des éclairs jaillirent une fois de plus de ses doigts. Regal bougea… mais trop lentement. Son corps heurta une nouvelle cloison, puis une autre et encore une autre avant de se sentir tomber dans le vide.

Il chutait de la tour.

night Corporation

Eden

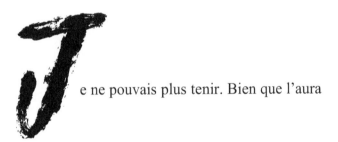

e ne pouvais plus tenir. Bien que l'aura

maléfique se soit atténuée, les voix, elles, perduraient.
J'avais l'impression de devenir fou.

AIDE-NOUS ! Je brûle ! MAMAN, PAPA ! AIDE-NOUS ! ON SOUFFRE ! J'ai mal ! AIDE-NOUS ! JE VEUX MOURIR !

Chacune possédait un timbre propre. Je pouvais entendre des femmes, des hommes, mais aussi des enfants. Cela me rendait malade parce que je me souvenais d'elles. Je les avais déjà écoutées hurler alors que Beorth se trouvait dans le bureau de Regal.

Elles étaient des milliers.

Mon cerveau allait exploser.

– Eden, reprends-toi.

Je ne le pouvais pas.

– Il faut qu'elles cessent… Il faut qu'elles cessent.

AIDE-NOUS ! Je brûle ! MAMAN, PAPA ! AIDE-NOUS ! On souffre ! J'AI MAL ! AIDE-NOUS ! JE VEUX MOURIR !

J'avais beau avoir les yeux ouverts, c'était comme si j'étais plongé dans un autre monde. Je voyais bien le visage pâle de Crystal refléter son inquiétude, mais elle ne m'atteignait pas. C'était comme regarder à travers une vitre ou simplement la télé.

Mon ami demanda de l'aide, enfin, c'est ce que je crus entendre. Les hurlements couvraient sa voix. Mon estomac se retourna et je manquai de vomir.

– Merde !

Heureusement que je n'avais rien avalé.

Mes joues furent bientôt baignées de larmes. C'était si douloureux, je me sentais si triste, si coupable.

– Je ne peux rien faire ! criai-je.

J'éprouvai des mains sur mon front, sur mon corps. Je ne parvins pas à faire la différence entre ce qui était réel ou non. Alors, je me contentai de fermer les paupières.

– Faites quelque chose !

AIDE-NOUS ! Je brûle ! MAMAN, PAPA ! AIDE-NOUS ! On souffre ! J'AI MAL ! AIDE-NOUS ! JE VEUX MOURIR !

– Mais quoi ?

La panique sembla envahir l'entièreté de la salle. Était-ce dû à moi ou aux voix ? Qu'est-ce qui était vrai…

Sauve-nous !

Fevesh

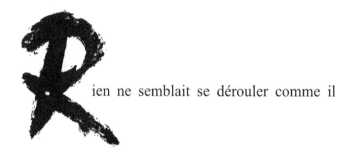

ien ne semblait se dérouler comme il

l'avait espéré. Regal n'arrivait pas à la cheville de Beorth, pas alors que ce dernier bénéficiait de toutes ces âmes à sa disposition. Il pouvait bien avoir interrompu son festin quelques mois plus tôt, cela ne changeait rien au fait que Regal ne détenait qu'une seule et unique vie et Beorth des milliers.

Si le combat était équitable, l'aîné des frères serait mort. Malgré l'entraînement de Beorth, Regal possédait une puissance de frappe supérieure. Son feu ravageait toute existence, là où les éclairs ne faisaient que toucher leur cible. Suivant ses estimations, Regal ne pourrait utiliser son brasier infernal que deux ou trois fois avant de se retrouver à court d'énergie. C'était insuffisant, même si Eden lui avait donné énormément de forces. C'était insuffisant. Regal allait perdre et Fevesh était en train de réaliser qu'il ne réussirait sans doute pas à emporter Beorth dans la tombe.

Son plan ne fonctionnait pas...

Il avait pourtant tenté à de nombreuses reprises d'influencer le cours des événements. L'arrivée de Lucifer semblait avoir joué en sa faveur. Il ne comprenait pas. Il pensait y être parvenu... mais... se serait-il trompé ?

Vraiment ?

Ce n'était pas bon signe. Il espérait que Bjorn et Edward avaient rejoint la petite chose médiumnique et son ami. Ainsi il n'aurait plus qu'à les cueillir avant l'avènement de Beorth. Les cacher serait une plaie...

Un grondement bas lui échappa.

Il regretterait ce connard d'incube.

Chapitre 36

Regal

Il dégringola, et durant ce laps de temps, il
se demanda comment il allait s'y prendre pour tuer son
frère. Oh… il n'espérait plus survivre, néanmoins, il
devait au moins parvenir à lui occasionner suffisamment
de dommages pour que quelqu'un, n'importe qui, puisse
finir le travail. Cela lui paraissait compliqué.

Le sol se rapprocha et Regal se téléporta pour
amortir sa chute. À présent, il se tenait au pied de la tour
et observait avec un pincement au cœur les dégâts qu'elle

avait subis. Même s'ils n'étaient pas réels, l'incube se doutait que Beorth ne mettrait pas longtemps à détruire tout ce qui représentait un tant soit peu sa réussite.

Son ennemi apparut soudain du vide. Il se trouvait dans le plus simple appareil. Son attitude altière agaça profondément Regal. Il avait planté son épée dans la dalle de béton entre deux étages. Son brasier avait consumé ses vêtements, mais Beorth ne paraissait pas du tout gêné par sa nudité. Ils restèrent un long moment à se regarder dans le blanc des yeux – simple expression, de là où il se tenait, il ne discernait même pas les burnes de son frère. Peut-être attendait-il que Regal le rejoigne. Il n'en fit rien. La tour lui était peut-être chère, mais celle-ci demeurait une distorsion de la réalité.

Regal fit apparaître dans le creux de sa paume une toute petite bille sombre qu'il projeta en direction de son ennemi. Beorth tendit la main pour la rattraper. Il pensait à tort qu'il s'en servait de projectile. La minuscule boule explosa à quelques centimètres de Beorth, le gaz ardent contenu à l'intérieur fit fondre tout le buste du mâle jusqu'à ses os. La carcasse tomba comme Regal l'avait fait quelques secondes plus tôt.

– Tellement arrogant.

Malgré tout, il ne fut pas surpris quand la chair se régénéra. Beorth fut guéri avant même d'avoir heurté le sol. Le problème restait qu'il ignorait combien d'âmes humaines étaient nécessaires pour maintenir son frère en vie… Ce combat pouvait s'éterniser des semaines sans que Beorth en sente le moindre épuisement. Regal remarqua alors une silhouette se redresser au loin.

– Tu ne t'en sortiras pas aussi facilement !

Il ne laissa pas le temps à Beorth de se relever complètement. Il inspira profondément, puis expira son souffle infernal. Au lieu de s'éparpiller, le brasier prit la forme d'un immense serpent ailé. Le cri de son aîné transperça le silence du dôme. Le hurlement dura quelques secondes à peine, puis le corps de Beorth tangua avant de marcher dans sa direction. Son tissu cutané brûlait, tombait en cendre et se régénérait à une vitesse hallucinante. Chaque pas laissait dans son sillage des lambeaux de chair collés au bitume. Regal ne savait quoi faire pour stopper son frère. Il était invincible.

Pense comme Eden.

Il devait se mettre dans sa peau. Son si fragile compagnon, lui, aurait eu une idée farfelue, mais efficace pour l'arrêter.

Mais noooon ! Qu'il est bête ! Rooooh ! Moi, je l'aurais scellé. Il est imbattable, ce n'est pas la peine d'essayer de le tuer ! Si tu l'enchaînes par magie en revanche...

Le souvenir de cette fois où ils avaient regardé un film ensemble lui revint en mémoire. Son adorable amant s'était énervé comme un fou parce que le héros était un imbécile.

Un sourire en coin étira sa lèvre.

– Oui, moi aussi je suis un idiot.

Il modifia la structure de son pouvoir et les écailles du serpent se solidifièrent au contact de l'air. Le brasier devint flammes, les flammes mutèrent en magma et le magma en pierre incandescente. Beorth fut emprisonné sous des tonnes de roches volcaniques et de lave pure. Devant lui, sa bête ailée s'était enroulée sur elle-même, endormie.

Il attendit, mais rien ne se produisit.

Il patienta encore, juste pour être certain qu'il en avait réellement fini avec Beorth.

Quelques minutes plus tard, alors que rien ne bougeait, Regal relâcha son souffle. Il ne s'était pas rendu compte qu'il le retenait.

Il ne se souvenait plus du temps où son corps s'était autant fatigué. Il fallait dire qu'il combattait depuis des heures maintenant. Sa respiration était courte, sa gorge en feu, ses jambes flageolaient sous son propre poids. Chacun de ses muscles irradiait douloureusement et son cœur était sur le point de s'envoler de sa poitrine.

À aucun moment lors de l'élaboration de leurs nombreux plans, ils n'avaient songé à tout bonnement sceller Beorth. C'était pourtant une idée simple et de toute évidence efficace.

— Fevesh ! appela Regal, pour mettre un terme à ce combat.

Il avait gagné… contre toute attente, il avait survécu. Il tourna sur lui-même cherchant un endroit où le dôme était plus fin. Il devait bien y avoir une porte, un passage quelque part qui lui permettrait de quitter ce lieu.

— Fevesh ! C'est terminé…

Il fronça les sourcils tandis que l'ange demeurait invisible. Un craquement dans son dos le fit tressaillir. Ce fut alors qu'il le vit, le bras de Beorth sortant de la statue de pierres volcaniques. Il s'était servi de ses éclairs pour briser l'épaisse couverture rocheuse. Regal n'en croyait pas ses yeux… Le magma suintait par la fissure. Son adversaire baignait dans la lave, mais ne mourait pas. Il était au bout de ses capacités… Beorth, lui, renaissait sans cesse de ses cendres tel un phénix maudit.

L'espoir qui faisait battre son cœur le déserta, ne laissant dans son sillage que le découragement. Il ne suffit que d'un éclair supplémentaire pour que le démon s'extirpe de sa cellule volcanique.

— Allons, mon frère… et si tu te décidais à mourir maintenant, ricana Beorth avec arrogance.

Merde…

Cette fois… c'était la fin.

Et il avait échoué.

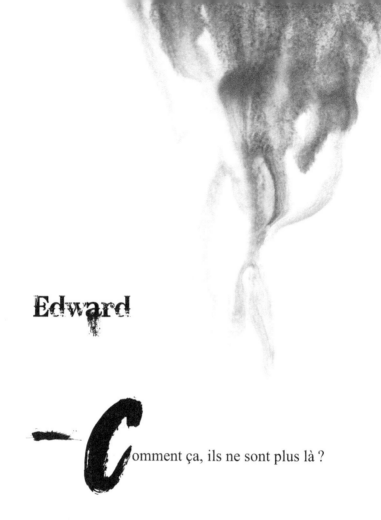

Edward

— Comment ça, ils ne sont plus là ?

Il ignorait comment sa voix pouvait rester aussi calme, parce qu'à l'intérieur, il bouillonnait. Il était prêt à arracher les magnifiques yeux bridés de la femelle pour s'en faire un collier.

— Eden a… comment je pourrais l'expliquer…

— Faites vite ! s'énerva Bjorn en grondant, ou je vous scalpe. Vous aviez une seule consigne, bordel… C'était de les surveiller ! Où est votre supérieure ?

L'akuma toisa le mâle blond. L'incube, qui d'ordinaire était d'une gentillesse mielleuse avec les femmes, ne reflétait que colère insondable. Ses iris n'arboraient plus leur couleur noisette doré et s'était teintés de rouge. Sa part démoniaque ressortait davantage, ses canines avaient légèrement poussé ce qui l'aurait presque fait passer pour un vampire. Son ami ne parvenait plus à canaliser tout le stress provoqué par les derniers événements.

– Eden entendait des voix. Il est tombé dans une sorte de transe.

Bjorn gronda, mais Edward leva la main pour l'arrêter.

– Une… transe ? Des voix ? De qui ?

Edward commençait lui aussi à ressentir le contrecoup de sa frustration et de son impatience. Son compagnon et Eden étaient en danger et ces crétins s'étaient volatilisés dans la nature. Il leur couperait les jambes et les priverait de prothèses puisqu'ils n'écoutaient pas les grandes personnes.

– Je n'en sais rien. Il hurlait, puis d'un coup il a cessé. Il s'est levé et est parti. Il a exprimé son souhait de quitter les Bas-Fonds. Tetsu a refusé bien évidemment, mais il a dit que c'était un ordre.

La démone baissa la tête.

– C'est le compagnon de Knight-dono, nous ne pouvions faire fi de ses injonctions. Tetsuya est avec eux.

– Savez-vous où ils sont en ce moment même ?

Une femme plus âgée, vêtue d'un kimono et au regard sévère, s'avança pour poser sa main sur l'épaule de l'akuma plus jeune.

– L'aura de Beorth s'est amoindrie. Ma fille a emmené sa garde rapprochée pour protéger vos amis. Vous les trouverez facilement. Prenez la sortie d'urgence du palais. Elle vous conduira en plein milieu de Manhattan.

Ed acquiesça vivement avant de se détourner.

– Si mon enfant venait à mourir pour cet humain suicidaire…

Ed et Bjorn s'immobilisèrent, attendant que la démone termine sa tirade.

– Je vous tiendrai pour responsables.

Ce n'était pas le moment d'exploser, Ed savait que sa patience était arrivée à bout depuis fort longtemps et que les paroles de l'akuma n'étaient que l'écho de sa propre angoisse. Tous étaient à cran. C'était compréhensible, le monde ne risquait pas l'apocalypse tous les jours.

Edward se contorsionna pour avoir la femme dans son champ de vision.

– Ne rendez pas les actes de bravoure de votre fille vains. Soyez fière d'elle.

Le visage de la femelle demeura impassible.

– Gardes ! Accompagnez ces hommes au portail d'urgence.

Eden

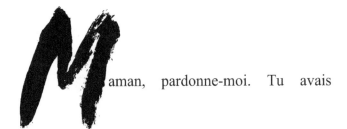

aman, pardonne-moi. Tu avais raison, j'aurais dû me mettre au sport depuis bien longtemps ! Ma gorge me brûlait, mes poumons étaient en combustion spontanée. Mes cuisses devaient être rongées par une sorte d'acide mangeur de chair et pour couronner le tout, j'étais trempé jusqu'aux os. Une tempête s'abattait au-dessus de New York. C'était comme si la météo elle-même ressentait la présence de Dark Regal et souhaitait le chasser.

– Je ne comprends toujours pas ce que tu vas faire quand nous serons arrivés au dôme.

AIDE-NOUS ! JE ME CONSUME ! MAMAN, PAPA ! AIDE-NOUS ! ON SOUFFRE ! J'AI MAL ! AIDE-NOUS ! JE VEUX MOURIR !

Je repoussai les voix tandis qu'elles essayaient de prendre le dessus sur mon esprit. Il fallait que je reste lucide pour trouver la source de leur émanation. Même si au fond de moi…

– Moi non plus…

Et je ne mentais pas. Le pouvoir de Fevesh, qui s'étendait telle une barrière infranchissable, n'autorisait aucun intrus. J'ignorais encore comment je pourrais y pénétrer. J'ignorais ce que je devrais accomplir. J'ignorais la raison pour laquelle je ne respectais pas la requête de mon compagnon et me lançais à la rencontre du danger. En définitive, je ne savais rien. Tout ce qui m'importait restait de trouver la source des cris, parce qu'il devait y avoir une explication au conseil de Fevesh.

AIDE-NOUS ! Je brûle ! MAMAN, PAPA ! AIDE-NOUS ! ON SOUFFRE ! J'AI MAL ! AIDE-NOUS ! JE VEUX MOURIR !

– Nous ne pouvons aller plus loin, nous avertit Tetsuya.

La jeune femme, qui revêtait actuellement une apparence humaine pour se fondre dans le décor, s'arrêta net. Ses guerriers l'imitèrent. Nous ne nous trouvions plus qu'à cinq cents mètres de la barrière. Quand je me retournai, je compris immédiatement où était le problème. La crainte de s'approcher davantage les statufiait. Je ne pouvais que saluer leur courage de nous avoir accompagnés jusqu'ici. Tetsuya avait insisté, mais à présent, il était temps pour elle de nous laisser nous débrouiller.

Nous finîmes par arriver devant la barrière noire. Crystal appuya sa main sur la surface et des vaguelettes huileuses se propagèrent lentement.

– Et maintenant ? cria Crys pour couvrir le son du déluge et de la circulation.

Je tournoyai lentement sur moi-même en cherchant une idée. Mon regard tomba d'abord sur un Résidu d'âme qui sortait du dôme pour fuir les démons combattant à l'intérieur. Le pauvre défunt semblait terrorisé. Puis, je vis du mouvement sur ma droite et remarquai deux visages familiers parmi la foule.

– Crystal ! Eden ! nous interpella le compagnon de mon ami.

Mais que faisaient-ils ici ? Ne devaient-ils pas se tenir auprès de Regal ? Crystal courut en direction d'Edward pour le prendre dans ses bras. Le presque-immortel le souleva en répondant à son étreinte avec une avidité inattendue. Les quelques téméraires qui affrontaient la pluie les observaient avec surprise. Bjorn continua son chemin dans ma direction.

– Eden, nous devons quitter New York !

Lui aussi criait, il était encore loin de moi. Puis, mon cerveau fit tilt. Regal était sur le point de se sacrifier. Si nous devions partir, c'était que le combat était perdu d'avance.

SAUVE-NOUS !

Je plaquai mes paumes sur mes oreilles tandis que les voix s'accordaient.

SAUVE-NOUS ! SAUVE-NOUS ! SAUVE-NOUS ! SAUVE-NOUS ! SAUVE-NOUS ! SAUVE-NOUS ! SAUVE-NOUS ! SAUVE-NOUS ! SAUVE-NOUS ! SAUVE-NOUS ! SAUVE-NOUS ! SAUVE-NOUS ! SAUVE-NOUS !

– Eden !

Bjorn approchait, je devais prendre ma décision… mais j'ignorais quoi faire. Si j'acceptais sa main tendue, tout serait terminé.

SAUVE-NOUS ! SAUVE-NOUS !

Je fermai un instant les paupières pour écouter les complaintes. C'étaient elles qui possédaient la réponse. Sur ma droite, une voiture entra dans le dôme. Crys lui n'avait pu que s'y appuyer… Voilà, c'était pourtant si simple.

Je ne peux te dire adieu. Pardonne-moi, mon incube.

– Désolé.

Les yeux de Bjorn s'ourlèrent de stupéfaction, de peur et d'inquiétude tandis que je reculais. Une main sortit alors d'une flaque dans le sol, Ali se servait de ses pouvoirs pour tenter de me retenir.

– Eden ! Non !

Crystal se mit en mouvement. Edward s'était déjà rué sur moi, mais par mégarde un citadin l'avait heurté dans son élan. Pauvre type, s'il n'avait pas l'épaule démise, je me faisais moine.

Mon corps ne rencontra aucune résistance quand j'entrai dans le dôme.

En réalité, j'étais l'unique être humain à

pouvoir pénétrer la barrière, car j'étais le seul à la voir. La voiture m'avait montré la voie, mais cette dernière se trouvait actuellement sur un autre plan physique que le mien. La preuve, ici il ne pleuvait pas.

Les feux de signalisation n'étaient qu'un dégradé de gris et de noir, les rues étaient vides. Aucun son – sauf les voix dans ma tête – ne venait rompre la quiétude de cette dimension. Cet endroit était vraiment étrange, si je devais imaginer les limbes[56], ils ressembleraient à ce lieu.

Je me retournai pour regarder Crystal frapper la paroi huileuse. Je ne discernais pas le bruit de ses coups. Je pouvais voir mes amis comme à travers un écran diffusant une chaîne en noir et blanc. La bouche de Crys remuait, mais je ne compris que mon nom en lisant sur ses lèvres. Les gens autour de ma famille les observaient comme s'ils étaient déments, eux ne percevaient pas la barrière. Bjorn et Crystal me contemplaient avec chagrin, me donnant l'impression de les avoir trahis.

– Je suis désolé. Je dois agir.

Crystal secoua la tête et reprit la parole en montrant son oreille. Lui non plus ne m'entendait pas. Je lui offris un sourire triste, me contentant de répéter :

– Pardon.

Crystal continua à agiter la tête, les larmes au bord de ses prunelles. J'étais certain qu'il me traitait de tous les noms d'oiseaux les plus fleuris. Il continuait à frapper plus fort encore, se meurtrissant. Ed posa alors sa main entre les omoplates de son homme en s'approchant le plus possible de la barrière. Crys s'arrêta net, ses yeux remplis d'espoir. Il pensait sans doute que le presque-immortel parviendrait à me faire changer d'avis. Son regard sévère me fit froid dans le dos. Je le vis se mordre l'index puis étaler le sang sur le dôme.

« VA LE REJOINDRE »

---

[56] Pour une fois que mes notes de pages ne servent pas à vous raconter des blagues… Je suis presque triste. Bref, « les limbes » sont un endroit entre le paradis et l'enfer où les âmes sont sauvées ou non par la rédemption.

Crystal effaça l'inscription de sa manche comme si son geste me ferait changer d'avis. Ses yeux rencontrèrent les miens et il sut que c'était inutile, alors il se mit à crier sur Ed en frappant violemment son torse. Le presque-immortel répondit en enlaçant son Cormentis et mon cœur se gonfla de bonheur. Quoi qu'il arrive aujourd'hui, Edward prendrait toujours soin de Crystal. Ils seraient heureux pour l'éternité. C'était déjà un beau cadeau.

Bjorn, lui, avait baissé les bras et se contentait de me regarder, ses sourcils formaient des vagues tristes. Je ne voyais plus Ali, mais je savais qu'il était caché dans l'ombre. Lui aussi devait être chagriné. Il était plus sensible que ce qu'on croyait. J'étais désolé de leur faire de la peine.

Toutefois, une étincelle en moi me disait que je ne pouvais rester les bras croisés à attendre que mon compagnon trépasse.

Je finis par opiner, agitai la main en guise d'au revoir puis me détournai, un sourire accroché aux lèvres.

Chapitre 37

Regal

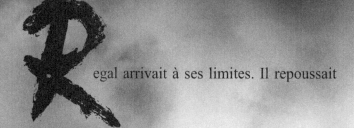

egal arrivait à ses limites. Il repoussait

comme il le pouvait les assauts létaux de son aîné. Il était épuisé. Beorth, lui, semblait sortir d'une grosse sieste. Il ne respirait même pas un peu fort, même s'il y eut un moment où son adversaire n'usa plus de ses éclairs.

Regal ne se leurrait pas, Beorth s'amusait de lui.

– Tu comptes esquiver encore longtemps ?

– Peut-être bien, répondit-il pour la forme.

En réalité, il n'y parviendrait bientôt plus. Beorth fit tournoyer son épée dans sa main, puis tenta de pourfendre Regal. Il évita de justesse l'assaut ravageur. Le patron de Knight battit en retraite en plaçant assez de distance entre eux pour lui laisser le temps de préparer sa prochaine attaque. L'hilarité de son ennemi explosa alors que du magma s'écoulait de sa paume et prenait la forme d'un sabre. Il ne semblait même plus ressentir la douleur.

– Tu devrais mourir tout de suite, je gagnerais quelques minutes.

Regal se mit en garde.

– Je t'ai déjà tué plusieurs fois. Je recommencerai jusqu'à ce que tu aies sacrifié toutes les âmes humaines.

La poitrine de son frère s'agita violemment, il riait à gorge déployée.

– Tu n'as toujours pas compris ? J'en ai ingurgité tellement qu'il te faudrait des années pour venir à bout de moi.

Un sentiment d'injustice broya ses tripes. En Enfer, il était interdit de consommer des damnés pour son propre intérêt. Satan avait pourtant décidé de contourner la loi, créant une nouvelle punition pour les âmes. Être avalé et digéré par un démon était un châtiment cruel, qu'importe si ces maudits étaient relâchés une fois leur purge terminée.

Une variation étrange dans le dôme se fit soudainement ressentir et Beorth se figea. Cette dernière était même visible, car la surface noire au reflet huileux vacilla. Regal profita de son inattention pour passer à l'offensive. Beorth le regarda plonger sa lame dans sa poitrine sans même bouger.

– Tu vois, tes efforts ne servent à rien.

Regal recula, évitant que l'épée de Beorth le tranche en deux.

– Mon frère, mon frère, mon frère, le réprimanda l'autre mâle. Tu es si pitoyable !

Regal changea la roche en lave. Une fois de plus, la chair de son adversaire fut consumée. Beorth émit un râle sourd, tandis qu'il mettait un genou à terre sous le coup de la douleur. Une veine palpita sur son front. Son ennemi se recroquevilla sur lui-même, puis, brusquement, il lança un orbe d'éclairs sur Regal. Ce dernier n'eut pas la rapidité nécessaire pour l'esquiver. L'attaque fut si puissante qu'il fut projeté à plusieurs mètres. La souffrance l'empêchait de reprendre son souffle. Il sentit un liquide chaud s'écouler sur son torse avant de comprendre que son épaule droite avait tout bonnement explosé. Il ne survivait que grâce à ses gènes démoniaques.

– Merde, loupé, se moqua Beorth en s'approchant de lui.

Regal roula sur le côté valide de son corps et commença à se redresser.

– Cela ne sert plus à rien. Capitule !

Regal inspira en grimaçant. Il devait cautériser la plaie avant qu'il ne perde trop de sang. Il s'exécuta, non sans manquer de tomber dans les pommes.

Beorth s'approchait inlassablement.

– J'attends ce moment depuis si longtemps. Tu ne peux pas savoir comme je suis… satisfait. Je vais prendre tout ce qui t'appartient.

Regal regarda la lame de son frère aîné se poser contre son torse. Il devait patienter, juste encore un peu.

– C'est fini !

Une douce chaleur l'envahit. Il avait l'impression que son compagnon se tenait à ses côtés. Ce n'était qu'une illusion, mais au moins partirait-il le cœur léger.

L'épée fondit sur lui.

Elle ne l'atteignit jamais.

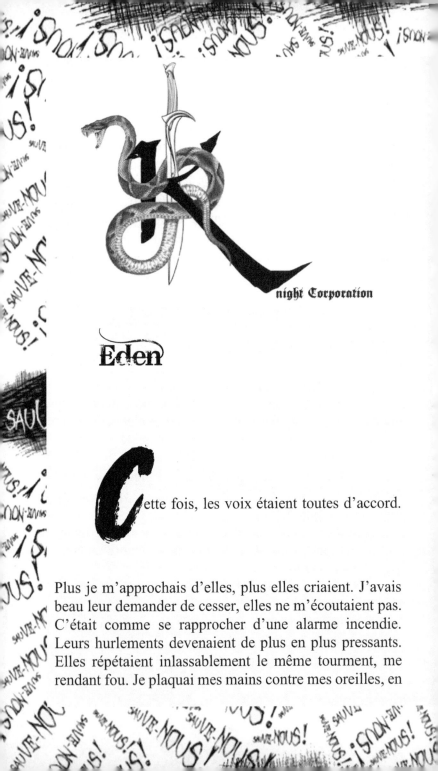

night Corporation

Eden

Cette fois, les voix étaient toutes d'accord.

Plus je m'approchais d'elles, plus elles criaient. J'avais beau leur demander de cesser, elles ne m'écoutaient pas. C'était comme se rapprocher d'une alarme incendie. Leurs hurlements devenaient de plus en plus pressants. Elles répétaient inlassablement le même tourment, me rendant fou. Je plaquai mes mains contre mes oreilles, en vain. Sans relâche, leurs complaintes vrillaient mes tympans.

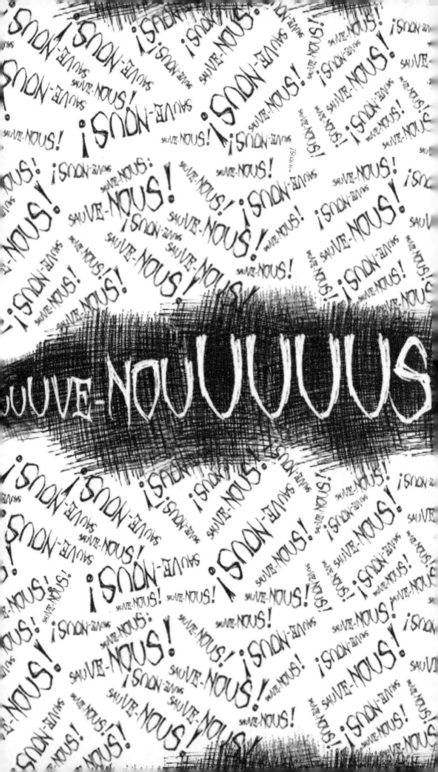

Parfois, il m'arrivait de percevoir des sons métalliques ou le crépitement d'un brasier, mais ils étaient très vite couverts par les voix. Je savais que si je les suivais, je le trouverais.

Plus j'approchais de mon but, plus les lamentations me semblaient familières. Je les reconnaissais, je me les rappelais. Leur détresse me poussa bientôt à courir. Puis, au détour d'un immeuble, je tombai nez à nez avec l'impensable.

Mon compagnon était à terre, son épaule droite n'était plus qu'un trou béant suintant du sang. De sa main gauche, je le vis cautériser la plaie, et je crus perdre connaissance. Son visage reflétait tant de souffrance.

Beorth explosa d'un rire empli de jouissance. La colère vrilla ma raison. Il était en train de tuer mon incube. Ce fut en foudroyant son dos que je les vis enfin… les voix qui me suppliaient de les sauver. Je me souvins de la première fois que je les avais perçues. C'était lors de la première visite du barbare démoniaque. Leurs hurlements désincarnés m'avaient tant ébranlé que j'avais manqué de perdre connaissance. Il me semblait qu'elles étaient moins nombreuses, mais leur peur et leur souffrance me retournaient l'âme. J'ignorais comment leur venir en aide et je commençai à paniquer tandis que la version monstrueuse de mon amant s'avançait vers lui.

Beorth dit quelque chose à mon compagnon, mais je ne pus rien entendre. Je plaquais toujours les mains sur mes oreilles.

Mais, donnez-moi un indice !

J'avais besoin d'assistance moi aussi. Je ne savais pas quoi faire.

Libère-nous !

Je me figeai. Cette voix. Elle ne hurlait pas. Elle était belle, limpide, douce et gentille… Elle était tellement différente… Elle n'aurait pas dû être là où elle se trouvait. Elle avait fait taire toutes les autres.

Elle était la clé.

Beorth se tenait à présent devant mon démon. Il posa la pointe de son arme sur son torse.

– C'est fini !

Le barbare sanguinaire leva son épée, mon incube souriait.

Seulement, tu n'es pas prêt à faire face à cette tempête.

Les mots de Bjorn résonnèrent dans mon esprit. Puis, ceux de Lucifer les couvrirent.

Souviens-toi, juste Eden. Il y a deux types de personnes, celles qui fuient face à la tempête, et celles qui dansent sous la pluie.

Je m'élançai. Je n'étais pas si loin.

Je ne fuirai pas, je ne danserai pas non plus sous la pluie. Parce qu'aujourd'hui...

Je suis la tempête.

Un moment d'hésitation, comme si notre ennemi avait senti ma présence, me permit de me glisser juste à temps entre la lame et Regal.

– Edeeeeenn !

Le fer plongea dans ma cage thoracique. Jamais de ma vie je n'avais éprouvé pareille douleur. Même lorsque je m'étais écarté de Regal, je n'avais pas tant souffert.

Libère-nous !

Je ne fus plus vraiment conscient de ce qu'il se passait autour de moi. Je voyais juste les âmes des défunts tenter de sortir du corps de Beorth. Je percevais des visages hurlant silencieusement. Je ne les entendais plus, car un bourdonnement les avait remplacés. Le faciès du démon exprimait toute sa surprise, puis sa jubilation. Je me penchai, enfonçant ainsi un peu plus la lame dans ma poitrine. De toute façon, la souffrance ne pouvait être plus forte. Ma vision se brouillait déjà. Je devais agir rapidement.

– Quel retournement de situation ! Ha, ha, ha !

Je posai ma main tremblante sur le cœur de notre ennemi. Ce dernier n'essaya même pas de se dégager. Je me souvins soudainement de Ron.

Je venais de comprendre.

Maman avait toujours eu raison.

Je n'étais pas qu'un médium.

J'étais un passeur d'âmes.

– Je vous libère.

J'eus l'impression de regarder des milliers d'êtres fantomatiques sortir du corps de Beorth, telle une nuée d'oiseaux à qui l'on aurait fait peur.

Sauf qu'aucune n'était plus terrifiée.

Je ressentais…

Leur joie.

Merci ! Libre ! Adieu ! Papa !

MERCI ! ADIEU ! Libre ! Maman !

Merci ! Libre ! Maman ! Merci ! Libre !

Libre ! Maman ! Merci ! Libre !

Libre ! Merci ! Libre !

Libre !

Merci !

Libre ! Maman ! Merci ! Maman !

MERCI ! Papa ! Merci ! Merci !

Maman ! ADIEU ! Libre ! Papa ! Libre !

Merci ! ADIEU ! Merci ! Papa !

Chapitre 38

Regal

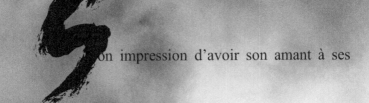

on impression d'avoir son amant à ses côtés s'avérait être plus qu'une simple sensation. Il le regarda avec stupéfaction se faufiler entre l'épée de Beorth et lui. La peur enserra son cœur. Son compagnon si adorable, si faible… si courageux.

Que faisait-il ici ? Comment était-il possible qu'il ait percé le dôme ?

Je souhaite que nous nous battions en duel. Pas de généraux, pas d'autres créatures de la nuit que nous deux.

Il s'aperçut alors qu'il avait lui-même exprimé la demande. Il avait bêtement mis Eden en danger. Eden était un humain et un médium, non seulement, il pouvait pénétrer la barrière de Fevesh, mais également contourner les règles de leur joute. Son amant était tout comme les âmes dont usait Beorth. Il était son arme.

– Ede**eeeen !**

La lame transperça son bien-aimé. Il était tétanisé par l'horreur. Lui qui souhaitait tant protéger sa famille… son compagnon.

Il avait… échoué.

Lamentablement.

– Noonn ! hurla-t-il d'une voix à peine humaine.

Un filet de sang suintait sur le fil de l'épée, se répandant en fines gouttelettes sur le sol dépourvu de couleurs. Taches rouge-carmin. Elles étaient la preuve que la vie d'Eden touchait à son terme.

– Quel retournement de situation !

Beorth pouffa du nez sous la surprise, puis son hilarité explosa en un rire tonitruant qui débecta Regal. Sa colère le submergea. Son frère venait de porter un coup fatal à l'être qu'il chérissait le plus au monde, mais en plus il se moquait de sa bravoure. Il exultait à la contemplation de sa souffrance. Un feulement s'extirpa de sa gorge. Regal se redressa. Il comptait bien en finir une bonne fois pour toutes avec leur ennemi, mais il se figea devant le sourire qui étirait les lèvres d'Eden. Ses iris autrefois aigue-marine étaient déjà ternes, aveugles à ce qu'il se passait. Beorth était tout comme lui, hypnotisé par le jeune humain qui lui tenait tête.

Son tendre compagnon avança encore d'un pas, enfonçant un peu plus l'instrument de son trépas.

– Non, arrête.

Regal n'osait bouger ou le toucher de peur de lui infliger plus de dégâts. Son homme posa délicatement la main sur le cœur de Beorth. Le sourire de jubilation du démon se métamorphosa en rictus de terreur. Apparemment, quelque chose échappait à Regal.

– Je vous libère, déclara Eden d'une voix rauque.

Beorth lâcha son arme comme si elle l'avait brûlé. Il porta ses paumes à ses tempes, bascula la tête en arrière et hurla en direction du ciel. Sa mâchoire sembla se disloquer. Regal aurait pu croire qu'une créature invisible tentait de s'extraire de son cor…

Les âmes…

Il ne les voyait pas… il n'était pas médium. Cependant, et s'il se concentrait bien, il pouvait entrapercevoir des ombres sous la peau de Beorth se diriger vers sa bouche.

Eden les avait délivrées.

Regal comprit soudain. Eden était la chance dont parlait Fevesh. Il avait toujours été la clé de leur destinée. Depuis le début. Maintenant qu'il y pensait, son amant n'avait-il pas libéré l'esprit de son ex-secrétaire de la même manière ? Il était un idiot de ne pas avoir cru en lui. Il réalisait combien il s'était leurré. Eden était plus puissant qu'il ne l'avait imaginé. Pourtant, il restait humain et sa vie était tout aussi fragile que celle d'un papillon.

Fevesh avait-il omis de lui parler de cette capacité en sachant que Regal ne permettrait pas à Eden de les sauver ? Ou n'avait-il pas appréhendé l'étendue de sa force ? Regal l'ignorait, et pour être franc, ce n'était pas ce qui lui importait.

Son compagnon était en train de sacrifier sa vie pour qu'il soit épargné.

– Regal… gémit Eden.

Il fut à ses côtés avant même qu'il n'ait terminé de l'appeler.

– Mon ange. Ne meur…

– Finis… le trav…ail, parvint-il à articuler.

Regal redressa la tête et remarqua que la masse musculaire de son frère s'était amoindrie. Il demeurait un guerrier aguerri, mais quelque chose dans son aura avait changé. Elle n'était plus… effrayante. Elle n'était même pas impressionnante. Il venait tout juste de perdre toute cette énergie qu'il avait obtenue en avalant des âmes. Leur différence de puissance était considérable, mais cette fois, ils avaient échangé les rôles. Vivre parmi les humains ne l'avait pas affaibli, bien au contraire. Aimer son doux Petit Lapin ne l'amoindrissait aucunement.

Il le rendait plus vigoureux.

Il lui donnait un but.

C'était donc le moment ou jamais.

Regal inspira profondément, invoquant les dernières forces qu'il lui restait et souffla son brasier infernal. Beorth fut englouti par les flammes. Cette fois, sa chair fut calcinée, ses os tombèrent en poussière et son cri se perdit dans les limbes du dôme.

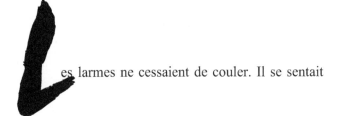 es larmes ne cessaient de couler. Il se sentait

tellement impuissant. Il n'avait pas réussi à protéger son ami. Il espérait qu'Eden savait ce qu'il faisait, car il n'accepterait pas de le voir mourir. Il ne serait pas celui qui l'enterrerait. Ses rétines le brûlaient.

– Ma Vipère. Nous devons partir. Nous avons déjà trop attendu.

Crys frappa de son poing la poitrine de son compagnon.

– Je ne veux pas ! Pourquoi tu lui as dit d'intervenir ! Cet idiot ! Il imagine faire quoi avec ses bras trou frêles ?

– Trou frêles ? répéta Bjorn.

Crystal renifla, sachant pertinemment que l'incube tentait vainement de lui faire penser à autre chose. Cela aurait pu marcher si la voix de Bjorn ne tremblait pas de chagrin et si son meilleur ami n'était pas sur le point de rejoindre des êtres capables de ravager le monde.

– Tais-toi !

Crystal ravala à grand-peine ses sanglots.

– Regal ne laissera pas Eden se mettre en danger. Crois en eux.

– Le... dôme disparaît, murmura Edward avec étonnement.

Crystal se retourna, délaissant son crétin de compagnon. Il regarda la barrière s'effriter depuis le sommet. Elle était comme rongée.

Bjorn fit un pas en avant, puis se figea. Ses yeux s'écarquillèrent.

– Qu'est-ce qu'il y a ?

– Devons-nous partir ? questionna Edward avec un pragmatisme inquiétant.

– Je ne... ressens plus l'aura d'Eden.

Eden

Mes jambes lâchèrent, ne supportant plus mon poids. Le froid me gagnait. D'ailleurs, je ne ressentais plus grand-chose d'autre. Regal me retint, m'évitant de m'étaler face contre terre. Il m'attira dans ses bras avec une extrême délicatesse, posa ma tête sur son épaule et commença à me bercer doucement.

Autour de nous, le décor changea. Nous nous tenions dans son bureau. Je savais que nous étions de nouveau dans la réalité, car les murs étaient intacts. Plus aucune trace de Beorth ne subsistait hormis cette fichue épée qui me traversait. Regal prit une inspiration tremblante et emplie de sanglots.

– Je crois… que c'est ici que ça se termine, réussis-je à articuler.

Regal émit un son entre le râle et le sifflement.

– Non… non. Je te l'interdis… Garde espoir. Feveeesh !

Nous devions nous rendre surtout à l'évidence, j'étais empalé sur une épée. La retirer causerait une hémorragie qui me tuerait en moins de temps qu'il en fallait pour dire « sushi ».

– Feveeeesh !

Entendre mon compagnon pleurer me déchirait le cœur.

– Prends soin… de maman pour moi… elle n'a pas… eu une vie facile.

Mon amant étouffa un gémissement empli de sanglots.

– On le fera tous les deux. Arrête… je t'interdis de me quitter.

Je lui souris, remarquant la présence de Fevesh non loin. Regal braqua son attention sur le juge.

– Fais quelque chose. Je te donnerai ce que tu désires ! Fais quelque…

Je sus que c'était la fin. Il était temps pour moi de tirer ma révérence. Mes yeux se dirigèrent sur la baie vitrée et la vue qu'elle offrait. La nuit régnait toujours sur New York. La tempête avait cessé, et un étrange arc-en-ciel nocturne parcourait d'un bout à l'autre la ville. Ma tête glissa de l'épaule de mon compagnon et nos regards se capturèrent. L'océan de ses iris était noyé dans ses larmes. Malgré tout, je n'avais jamais rien admiré d'aussi beau. C'était comme les découvrir pour la première fois.

– Re…gal…

– Mon ange.

Tant de douleur contenue dans un souffle. Tant de tendresse renfermée dans un murmure.

– Merci de m'aimer.

Chapitre 39

Bjorn

Bjorn les téléporta en urgence dans le

bureau de son frère. L'appréhension lui broyait les côtes, mais ce ne fut que lorsqu'ils arrivèrent que l'horreur les frappa de plein fouet. Regal et Eden étaient à terre, une épée massive transperçait le corps frêle de Petit Lapin.

Son regard se porta immédiatement sur Fevesh qui observait le couple avec… tristesse. La sincérité de son expression asséna un nouveau coup à Bjorn. Il comprit un peu tard que ce qui se passait sous ses yeux était bel et bien réel.

– Re…gal…

Sa gorge se serra, son cœur fut réduit en charpie. L'aura d'Eden était si diminuée que… eh bien… c'était comme s'il était déjà parti. Ils assistaient à ses derniers instants.

Personne n'osait bouger.

Personne n'osait parler.

Personne n'osait plus respirer.

Parce que c'était la fin.

La fin d'une amitié.

La fin d'une famille.

La fin d'un amour…

La fin d'une vie.

Tout simplement.

– Mon ange.

Bjorn n'avait jamais vu son frère pleurer. C'était la première fois que Regal montrait son vrai visage devant eux.

– Merci de m'aimer.

Une larme unique caressa sa joue tandis que son aîné dissimulait sa figure dans le cou de son partenaire pour sangloter en silence tout en berçant son corps avec tendresse.

Regal

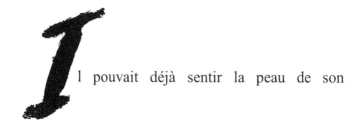

I
l pouvait déjà sentir la peau de son

compagnon se refroidir. Regal se rendit compte de tout ce qu'il avait tu jusqu'à présent. Toutes ces paroles qu'il ne lui avait pas dites. Il s'était aperçu trop tard de ce qu'il ressentait.

Plus fort que de l'attachement.

Plus fort que de l'amour.

Il comprenait que sa vie n'avait de sens que parce qu'Eden existait. Il était âgé de milliers d'années et pourtant, il semblait réellement vivre depuis l'arrivée de ce petit humain aux yeux ni totalement verts ni totalement bleus. Cette boule d'énergie explosive et souriante. Cet homme qui avait appris à un démon à aimer.

À présent, cet espoir disparaissait avec son ange…

Et son existence à lui prenait fin également.

Regal se recroquevilla en serrant plus fort la dépouille de son compagnon. Il ne risquait plus de lui faire mal. Il inspira son odeur, mais tout ce qui s'attarda dans ses narines fut l'effluve du sang. Ses épaules se soulevèrent violemment en écho à ses sanglots silencieux.

Il venait de combattre, pourtant les blessures physiques que lui avait infligées Beorth n'étaient rien en comparaison de la souffrance qu'il ressentait actuellement. Il était en train d'égarer une grande partie de lui-même. Il perdait pied. Il mourrait en même temps qu'Eden. Plus rien n'avait et n'aurait d'importance à présent.

Tout était fini.

– Qu'est-ce que….

La voix de Bjorn le ramena dans l'instant présent. Il ne s'était pas aperçu de l'arrivée de son frère. Puis, le sifflement de Fevesh le fit tressaillir et redresser la tête. Une lumière dorée et aveuglante l'éblouit. Il porta son bras devant ses yeux pour se protéger. C'était comme regarder le soleil en face. Regal resserra davantage sa prise autour d'Eden…

N'en avait-il pas fini avec les malheurs ? Qu'allait-il devoir encore affronter ?

Deux immenses ailes blanc et or se déployèrent devant la lueur et un mâle de grande stature se posa dans son bureau. Les baies vitrées de cet étage ne s'ouvraient pas, mais cela ne semblait pas importuner l'homme. L'être céleste s'avança.

– Recule !

La créature de lumière ne lui prêta aucune attention. Il se contenta de saluer son congénère déchu.

– Fevesh.

– Quelque chose en « el ».

L'ange renifla.

– Tu ne te souviens donc pas de moi.

– Je ne te ferai pas ce plaisir.

Regal s'impatienta devant leur prise de bec. Il désirait être seul ou qu'on lui rende son compagnon. Il ne possédait plus le courage de les écouter. Finalement, l'illuminé haussa les épaules puis s'inclina au-dessus de l'incube en tendant la main. Regal gronda, ce qui n'eut aucun effet sur l'ange. Il le regarda toucher du bout de l'index la pointe de l'épée qui explosa en centaines de petites lucioles dorées.

– Il n'aurait jamais dû venir au monde de toute façon… pas sur terre en tout cas.

La voix de l'être était à la fois douce et autoritaire, grave et légère. Son sourire était une ode à la beauté et à la grâce. C'était la première fois que Regal rencontrait un ange, et pourtant, il avait l'impression de le connaître. Ces êtres étaient si lumineux. Le céleste se recula alors de plusieurs pas.

L'esprit de Regal revint soudain à la réalité lorsque le corps d'Eden fut soulevé par une force invisible. Regal invoqua son feu et un orbe miniature germa entre ses doigts. C'était tout ce qu'il pouvait encore produire, rien qui ne blesserait l'homme. La sphère enflammée mourut avant même d'avoir quitté sa main et un pouvoir psychique lui fit lâcher prise.

– Rends-le-moi !

Le cadavre de son compagnon lévita, puis se positionna au-dessus des paumes tendues de l'ange. Le mâle soupira en examinant la plaie.

– Tu as toujours été trop gentil... Pour des démons en plus.

Les lucioles se regroupèrent sur la blessure. Elles s'y agglutinèrent, puis intégrèrent la dépouille. Elles ressortirent dans le dos de son bien-aimé sous la forme d'ailes lumineuses.

Au même instant, Eden prit une grande inspiration. Sa poitrine se souleva violemment. Ses paupières s'ouvrirent brusquement.

Regal fut alors partagé entre l'émerveillement et la peur que tout ceci ne soit qu'une illusion de sa psyché brisée. Eden bascula, ses pieds entrant délicatement en contact avec le carrelage. Le jeune homme observait avec ébahissement ses mains luire d'un pouvoir céleste.

– E... Eden.

Interpellé par sa voix anéantie, Eden braqua son regard sur lui et comme si rien ne s'était produit, il se jeta dans ses bras.

Regal le réceptionna, la chaleur du corps de son bien-aimé se répandant jusqu'à son âme. C'était comme pouvoir inspirer de nouveau.

Il avait du mal à le croire.

Eden respirait.

Son compagnon rigolait comme s'ils venaient de se retrouver après une journée de travail.

Son cœur battait contre sa poitrine.

Eden était vivant !

Les ailes d'un blanc immaculé de son adorable, mais puissant Petit Lapin traînaient sur le sol. Il l'avait toujours su.

Eden n'était pas un simple humain lumineux et rayonnant de gentillesse. Pas juste un médium. À moins que ce ne soit ses actes qui l'aient fait « s'élever ». Il ignorait ce qu'il s'était passé. C'était trop brusque. Eden le repoussa pour prendre en coupe ses joues et poser son front contre le sien.

— Merci de m'aimer autant, répéta Eden.

Son bonheur déflagra dans sa poitrine. Il chérissait tant cet homme splendide. Regal ne put retenir plus longtemps son euphorie. Il plaça ses mains sur celles d'Eden.

— Non, merci à TOI.

Regal réclama ses lèvres, Eden répondit à sa requête avec plaisir et passion. Sa bouche possédait le goût de l'hydromel, de la félicité et du miel. Dans son dos, leur famille émettait des soupirs de soulagement. Dans celui de son amant, l'ange poussait un gémissement dégoûté.

— Eden, l'interpella le mâle.

Son superbe compagnon se contorsionna sans pour autant quitter ses bras. Le mouvement fit traîner ses ailes immenses et l'une d'elles cogna ses côtes. La position n'était pas très agréable, mais Regal s'en fichait du temps qu'Eden était en vie, qu'il pouvait sentir son rythme cardiaque.

L'être de lumière tendit la main à son amant qui se contenta de la contempler.

— Woooaaaah, vous êtes un vrai ange ?

— Merci, grommela Fevesh avec rancune.

Eden lui lança un regard d'excuse.

— Ce n'est pas ce que je voulais dire. Désolé.

L'être céleste leva les yeux au ciel en soupirant impatiemment.

— Cela suffit ! Il est temps de partir, Eden.

Les rugissements des créatures de la nuit vibrèrent à l'unisson.

Chapitre 40

Eden

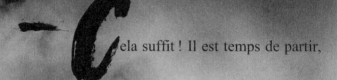

— Cela suffit ! Il est temps de partir,
Eden.

Le rugissement menaçant de ma famille fit reculer la créature ailée. La fierté que j'éprouvais pour eux gonfla mon cœur. L'ange, quant à lui, ne paraissait pas craindre leur réaction. Il semblait seulement las de leur comportement.

– Les nôtres n'ont pas le droit de vivre sur terre. Tu dois m'accompagner à présent. C'est ton destin.

Je me rembrunis à ces paroles. Personne hormis la mort ne m'obligerait à quitter Regal. C'était hors de question.

– Je n'ai pas demandé à devenir un ange, répondis-je du tac au tac. C'est non. D'ailleurs, je n'en suis pas un. Je suis médium.

Fevesh pouffa dans sa barbe. Le type ailé, inconnu et finalement pas super sympa, foudroya son congénère obscur, puis reporta son attention sur ma personne en me faisant les gros yeux. J'avais l'impression d'avoir de nouveau six ans. J'allais me prendre une déculottée cosmique parce que je n'avais pas fait mes devoirs de chérubin.

Ce n'était pas bon… pas bon du tout.

– Je descends sur terre pour te sauver et c'est ainsi que tu me remercies ! Les humains… vous pensez tous être si supérieurs… je croyais que tu serais différent. Me suis-je trompé ?

Je resserrai ma prise sur les épaules de mon incube, lui me tenait toujours fermement par la taille. Mon corps tremblait légèrement. Je n'avais pas froid, j'étais terrorisé. Je n'étais évidemment pas de taille à lutter contre cette nouvelle menace. Si Fevesh agissait avec des pincettes, c'était sans doute un mauvais présage.

– Je vous remercie de m'avoir sauvé la vie…

Je fronçai à mon tour les sourcils pour demander à mon compagnon :

– Il s'est passé quoi ?

Je ne m'en souvenais plus très bien. Je me rappelais l'épée de Beorth enfoncée dans ma poitrine, mon amant pleurant au-dessus de moi, mais ensuite… c'était le néant.

– Tu as…

– Tu es mort en libérant des milliers d'âmes, coupa l'ange avec impatience. Je ferai comme si je n'avais pas remarqué que tu avais protégé des démons. Mes supérieurs m'ont autorisé à t'épargner seulement parce que ton aide a été précieuse pour notre camp.

J'étais complètement perdu. Cela devait se lire sur mon visage, car la créature ailée reprit.

– Les âmes ont purgé leur peine en étant ingurgitées par ce démon répugnant. Lorsque tu les as libérées, elles étaient vierges de tout vice. Elles ont toutes rejoint le haut astral, elles poursuivent actuellement leur chemin à travers la rivière de la vie.

D'accord, donc j'étais une sorte de superman qui sauve les défunts maltraités, O.K…, cependant, une dernière chose m'échappait.

– Je suis reconnaissant pour votre intervention. Maiiiiiisssss, juste pour ça… Je veux dire… Je croyais que les créatures de là-haut se fichaient des humains, dis-je en pointant mon index vers le plafond.

Cette fois, le mâle se redressa fièrement et réajusta nerveusement le col mao de sa chemise parfaite et blanche. Tout était très immaculé chez lui, seuls ses cheveux châtain clair et ses yeux bleu-vert donnaient un peu de couleur. Le doré parsemé de ses ailes ne comptait pas. Il était le prototype même de l'idée ennuyeuse que je me faisais de son espèce.

– Je suis ton père.

La mâchoire m'en tombait. Je ne savais comment réagir. Mon cerveau vrilla et ma langue s'activa avant que je ne puisse me ressaisir.

– Vous pouvez répéter la même phrase d'une voix asthmatique et légèrement robotique ?

Je n'avais pas dit que je sortirais un truc intelligent. J'étais bien trop choqué par sa déclaration, qui d'ailleurs était complètement loufoque. Je secouai la tête autant pour me reprendre que pour nier en bloc ses paroles. Le pouce de mon compagnon me caressa tendrement le bas du dos, ce qui calma les battements effrénés de mon cœur.

– C'est impossible. J'ai connu mon père, c'était un connard de la pire espèce. Vous ne lui ressemblez en rien... hormis sur le kidnapping... là, c'est moyen... même si mon vrai paternel ne voulait pas de moi.

Je devais sérieusement retrouver mes esprits. Je merdais un peu à l'insulter ainsi à moitié. L'ange acquiesça cependant, ne semblant pas du tout m'en porter rancune.

– Il est peut-être celui qui t'a élevé, mais ce n'est pas lui qui t'a conçu. Il y a quelques décennies, j'ai été envoyé pour vérifier si les démons ne mettaient pas la terre à feu et à sang. J'ai rencontré ta mère au détour d'une rue, elle a été la seule à apercevoir mes ailes. Cela aurait dû être impossible. Je n'avais pas le droit de... m'enticher d'une humaine, encore moins de procréer. Nous ne l'avons fait qu'une unique fois avant que je sois rappelé. Les anges ne sont pas connus pour être prolifiques et pourtant... tu es né de notre passion éphémère. J'ai été sévèrement puni pour mes actes.

Peu importe le donneur de sperme dont j'étais issu, quoi qu'il en soit, je n'étais pas désiré. Le savoir me blessait un peu, j'aurais presque aimé que cet homme qui se disait mon géniteur ait réellement chéri maman et qu'il ait bravé sa hiérarchie pour que leur amour prenne l'apparence d'un petit être. Ce n'était pas le cas, et cela me donnait envie de m'assurer que son crâne rencontre le rebord du bureau en pierre de Regal.

– Je crois que nous n'avons pas la même définition du châtiment, se moqua Fevesh tout sourire.

Maintenant qu'il avait dévoilé son secret... je voyais émerger toutes nos similitudes, la couleur de ses iris ou de ses cheveux, la forme de sa bouche. Dommage pour moi, je ne possédais ni sa taille ni sa musculature. Là-dessus, je ressemblais à ma mère.

– Petit cornu, répliqua l'ange.

– « El » quelque chose…

La créature ailée pinça les lèvres de mauvaise humeur. Il fit mine d'ignorer le déchu, ne regardant que moi.

– Je suis Guema.

J'avais des difficultés à imaginer maman tromper mon paternel, mais j'avais aussi du mal à songer que mes parents pouvaient avoir une vie sexuelle active. Bon, peut-être avais-je eu raison, du coup… Je me demandai alors si mon prénom avait un lien avec l'homme qui voulait me kidnapper.

– Je suis donc à moitié ange ?

– Il n'existe plus de vrais médiums depuis des siècles. Même les capacités de ta mère étaient négligeables. Maintenant, viens !

Le type ailé tenta de se saisir de mon bras, mais Regal me poussa dans son dos afin de me protéger. J'eus tout de même le temps d'entrapercevoir l'océan de ses iris virer au rouge et ses crocs se dévoiler.

– Inutile, démon ! Je l'emmènerai avec moi. Tu n'es pas suffisamment puissant pour m'arrêter !

– Père ou non, cela n'a aucune espèce d'importance, rugit mon compagnon.

Mon cœur cognait comme un dératé contre mes côtes. J'étais à la fois heureux que mon incube me réclame, mais aussi terrifié à l'idée de devoir les quitter.

La seconde suivante, on me tirait par le poignet. Guema s'était téléporté derrière moi.

– Tu ne peux vivre parmi ces bêtes ! Je ne te le permettrai pas. Tu es un être céleste, tu ne peux les côtoyer.

Une lumière commença à jaillir de sa personne, mais une poigne ferme se referma sur mon autre bras. Un nuage de fumée noire empiéta sur l'éclat. J'en profitai pour me défaire de la prise de l'ange. Je ne pensais pas que cela marcherait, pas avec une créature aussi puissante qu'un ange ou un démon. Pourtant je me dégageai avec une facilité déconcertante.

— Eden doit être jugé par Lucifer pour être intervenu dans un affrontement infernal, annonça Fevesh avec autorité.

— C'est un être céleste ! Il ne peut être revendiqué par l'Enfer.

La colère gronda en moi, frappa mes tempes.

— Je ne t'accompagnerai pas ! Tu peux reprendre mes ailes ! tranche-les ! Je m'en fiche, mais je ne viendrai pas ! Je n'abandonnerai pas ma famille, je ne quitterai pas Regal !

— Tu dois me suivre, tu n'as pas le choix.

— Pourquoi écouterais-je un type que je ne connais pas ? Parce que je suis éventuellement sorti de tes couilles ? Non ! Je préfère choir ! Regal, coupe-les !

Je vis mon compagnon se tétaniser à l'idée de me faire du mal. Puis, je sentis une soudaine piqûre dans mon bras. Mon regard se braqua alors sur la griffe de Fevesh. Un liquide noir suintait de la petite plaie qu'il avait percée. Le déchu me retourna, dos à mon prétendu géniteur. Mes ailes que je ne savais comment bouger traînèrent lamentablement sur le carrelage. Elles étaient un poids lourd et inerte, leurs muscles inexistants.

— Il ne peut entrer dans le haut astral alors qu'il n'est pas totalement pur.

Je remarquai dans mon champ périphérique que Guema reculait, son expression dégoûtée m'en apprit beaucoup sur ce qu'il voyait.

— Tu l'as souillé… Tu as sali de ta perversion l'une de ses plumes !

L'ange tira une épée d'un fourreau invisible. L'avait-il sortie de son cul ? Ou étais-je tout simplement à l'ouest ?

– T'attaquer à un être du haut astral, c'est vouloir déclencher une guerre. Il guérira, la turpitude de cette plume sera drainée en quelques jours. Son enveloppe humaine n'a pas accepté le venin de vampire… Son corps céleste ne se soumettra pas à ta vilenie.

Fevesh ricana.

– Sans doute, mais il me suffit de le contaminer encore et encore. À proprement parler, il n'est qu'à moitié ange. Il n'est pas obligé de rejoindre le haut astral s'il parvient à dissimuler ses ailes aux yeux du commun des mortels. Ne pense surtout pas que j'ai oublié toutes les lois angéliques. Ce n'est pas parce que j'ai aimé les enfreindre que je ne m'en souviens pas.

Fevesh m'avait soutenu qu'il ne se rappelait pas la raison de sa chute. Bluffait-il ? Peut-être. Un énorme sourire étira ses lèvres.

– J'ai tout mon temps pour lui apprendre à déchoir.

– Je ne te laisserai pas faire !

Les ampoules clignotèrent violemment, nous éblouissant par à-coups. La lumière émanant de Guema diminua, tandis que la lourdeur de l'atmosphère devenait presque étouffante…

– Comme l'a expliqué Fevesh, je le jugerai.

La créature céleste recula encore jusqu'à se rendre compte qu'elle était cernée de toutes parts.

– Tu ne devrais pas te trouver sur terre.

– Toi non plus, répliqua Lucifer en dévoilant des crocs acérés.

La nervosité de mon géniteur présumé se fit enfin palpable. Il m'observa un instant supplémentaire.

– Je me demande ce que tes supérieurs penseront d'un ange qui fornique avec un démon. Mumm, je sens que ce tout nouvel épisode céleste va me plaire.

Guema se rembrunit.

– Gabriel n'autorisera pas l'un des nôtres à se promener sur terre.

– Il n'a qu'à venir à ma rencontre, cela fait une éternité que je ne l'ai pas revu. Il me manque tellement.

Lucifer fit mine d'être triste, mais son sourire revint trop vite pour que ce soit sincère.

– Nous nous amusions tant à une époque. Je me demande s'il est devenu sourd à force de se branler tout seul.

Guema baissa la tête, mais ses yeux ne quittèrent pas Lucifer, le foudroyant du regard.

– Nous n'en resterons pas là.

Lucifer pouffa.

– Pour le fruit défectueux d'une mortelle et d'un ange… un être qui aime plus les créatures de la nuit que sa propre espèce ? Il est né humain, son cœur l'est également, si tu l'emmènes, tu es certain qu'il mettra un bordel sans nom dans votre royaume barbant. Il a déjà fichu une sacrée pagaille ici… Remarque, il ne tardera pas à tomber en disgrâce auprès de tes supérieurs qui nous le renverront.

– C'est toi qui le dis.

Lucifer ricana. Fevesh en profita pour me lâcher et me pousser dans les bras de mon compagnon qui m'enlaça aussitôt.

– Ne me fais pas rire. Va. Rentre chez toi, Guema, et va pleurer dans les jupons de Gabi si telle en est ton envie. Eden reste sur terre tant que son jugement n'est pas prononcé.

Mon géniteur m'examina avec cette expression de répugnance accrochée sur le visage. Son avis sur ma personne m'importait peu.

– Voilà que tu as un point commun avec l'homme qui m'a élevé. Il portait sur moi le même regard, crachai-je. Ne prends pas la peine de revenir. Jamais je n'accepterai de te suivre.

Un tic nerveux agita la paupière de Guema.

– Ce n'est pas aussi simple. Mais soit, je ne possède pas les accréditations pour m'opposer à Lucifer. Je m'en vais pour le moment.

Guema déploya ses ailes pour s'en entourer, formant ainsi un cocon de plumes et de lumière. La seconde d'après, il tombait en poussière dorée.

Nous relâchâmes tous notre souffle.

– Bordel, Eden ! Tu es un ange ! s'écria mon meilleur ami.

Je fus alors englouti par une nuée de bras et de corps.

– Tu nous as fait peur ! dit Bjorn. Et toi ! Crétin, tu m'as évincé du combat ! Je te déteste !

– Vous n'avez pas fini de subir ma vengeance, ajouta Edward.

Mais, la voix qui surpassa toutes les autres fut celle de mon compagnon. Elle n'était qu'un murmure et pourtant, elle résonna en moi.

– Je t'aime, mon ange.

Mon cœur entama une combustion spontanée. Mon euphorie comparable à un tsunami balaya toute crainte, toute colère, toute douleur.

Nous avions réussi.

Nous étions en vie.

Chapitre 41

Fevesh

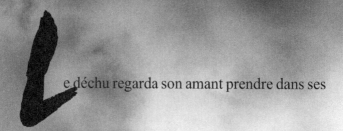

Le déchu regarda son amant prendre dans ses

bras son frère et Eden. Maintenant que la menace était écartée, la pression redescendait et la joie comme le soulagement remplaçaient la peur et la douleur.

– Tu as été particulièrement perspicace sur l'enfant. Dire qu'il a sans doute sauvé nos mondes d'une guerre est…

– Un goût amer envahit ma bouche rien que de t'écouter.

Lucifer renifla avec amusement.

– Tout se termine bien, n'est-ce pas ce qui compte ?

– Si.

Mais Fevesh aurait souhaité plus d'attention de la part de Bjorn.

Comme s'il l'avait entendu, son incube se retourna pour lui sourire. Il n'osa pas approcher à cause de Lucifer.

– Tu retrouves des couleurs, annonça de but en blanc son supérieur.

Fevesh regarda ses mains, le bout de ses extrémités arborait toujours la même couleur goudron, mais sa peau ne semblait plus aussi blanche qu'avant, ses ailes ne paraissaient plus absorber la lumière, elles ressemblaient à de l'eau noire.

– Ne souhaiterais-tu pas te reconvertir ?

Fevesh dressa un sourcil interrogateur. Lucifer, lui, continuait de contempler les créatures de la nuit qui… par extension étaient devenues sa famille. Le juge suprême donnait l'impression d'un père aimant observant ses enfants jouer. À bien des égards, le déchu ne rappelait pas vraiment un être démoniaque.

– C'est-à-dire ?

– Si tu gardes ta fonction, tu devras demeurer en Enfer la plupart de ton temps. Si je t'assigne à un poste de formateur, tu devras rester sur terre pour façonner notre recrue.

Lucifer pointa Eden du menton. Si la scène ne se déroulait pas sous ses yeux, Fevesh n'aurait jamais cru qu'un tel événement puisse se produire.

– Des démons qui dorlotent un ange…

– Un déchu qui entraîne un être innocent. Ce ne sera pas gagné pour qu'il choie. Il est… extraordinairement pur pour un homme qui baise un incube. Fais attention qu'il ne te pousse pas à la rédemption, se moqua Lucifer.

Fevesh feula contre le sourire mesquin de son supérieur.

— Il est dangereux, avertit de nouveau Lucifer. Il ne doit pas faire pencher la balance. Tu devras y veiller.

Eden saisit la main de son compagnon et le tira dans son sillage. Sans grande surprise, il réussit à se prendre les pieds dans ses ailes. Lucifer s'inclina légèrement.

— Et à lui apprendre à voler, dit son supérieur sur le ton de la confidence.

Fevesh gémit douloureusement.

— J'ai hâte de voir ça.

Lucifer ricanait tout bas quand Eden se présenta devant eux.

— Merci à vous deux.

— Ne le fais pas tout de suite. Je n'ai pas décidé de ton sort.

L'expression triste d'Eden lui octroya un air de chiot battu. Regal, lui, pâlissait. Le pauvre démon en avait bavé au cours de ces dernières heures.

— Pour quand dois-je m'y préparer ?

— Quelques siècles, sans doute, je dois y réfléchir convenablement. En attendant, Fevesh sera ton tuteur. Bon courage, l'angelot.

Lucifer donna une tape à Eden, le coup aurait dû le faire tomber, mais le très jeune ange ne broncha pas. Il se frotta tout de même douloureusement le bras en ricanant nerveusement. Les yeux de Regal s'écarquillèrent, ce qui étira les lèvres de Fevesh. L'incube venait de comprendre lui aussi dans quoi il mettait les pieds. Son Petit Lapin était ou deviendrait très vite plus puissant que lui. Peut-être que son métissage ne creuserait pas un trop grand gouffre entre eux.

Seul l'avenir le dirait.

Son regard accrocha celui malicieux de son compagnon.

Oui, le futur pouvait attendre encore un peu. Pour le moment, il devait se faire pardonner. D'ailleurs, il avait un joli cadeau pour son amant.

night Corporation

Bjorn

Tu es sérieux, là ?

Bjorn tourna et retourna le cockring en forme de serpent dans sa paume. L'objet était magnifique, sculpté avec minutie, deux rubis constituaient ses yeux.

– Malgré son alliage en métal, il est enchanté. Il s'enroulera donc à la perfection autour de ton membre et de tes testicules.

Un frisson parcourut son échine et son sexe s'éveilla. Ses vêtements encore trempés révélèrent immédiatement son excitation.

— Non, la dernière fois…

— Nous baisions. Je vais te faire l'amour pendant des jours, jusqu'à l'épuisement.

Impossible qu'il le soit, Fevesh lui donnerait autant d'énergie qu'il en perdrait. L'anneau l'empêcherait de jouir durant des heures… son déchu lui promettait la décadence éternelle.

La main de l'ange prit en coupe son érection à travers son pantalon, faisant gémir Bjorn de frustration.

— Tu es déjà prêt… T'ai-je manqué ?

— Non… je me suis fait plaisir seul durant ton absence, se rebella Bjorn.

Fevesh le poussa violemment contre la table de la salle à manger et arracha la fragile fermeture éclair. Son amant mordit sa clavicule, laissant de petites marques sanguinolentes. Il avait bien fait de retirer sa chemise une fois à la maison.

— N'aurions-nous pas dû demeurer auprès d'Eden et Regal ? s'inquiéta-t-il finalement.

Fevesh le croqua de nouveau, le ramenant dans le présent.

— Regal a besoin de se nourrir de son ange. À présent, ne pense qu'à moi. Ne vois que moi. Sois tout à moi.

Les pupilles fendues l'hypnotisèrent. Fevesh s'empara du serpent argenté, tira sur le tissu de son caleçon qui libéra son membre dur comme du granit. Le cockring cessa de se mordre la queue pour serpenter de lui-même jusqu'à la base de sa verge. Bjorn étouffa un râle de plaisir alors que le jouet s'enroulait autour de ses testicules et de son érection qu'il serra plus fort.

— Haa, merde…

– Il te plaît. Ne le nie pas.

Bjorn se pinça très fort les lèvres. L'index de Fevesh redressa son menton pour réclamer un baiser.

– Accroche-toi, mon incube, car je risque de te dévorer.

Épilogue

Eden

ous étions enfin rentrés à la maison.

Un soulagement incommensurable m'envahit et tous mes muscles se relâchèrent. La fatigue m'accabla.

Silencieusement, Regal me conduisit dans la salle de bains. Je le regardai me défaire avec douceur de mes vêtements. Il perdit patience lorsqu'il tenta de m'enlever mon pull, il se contenta alors de le déchirer tout simplement. Il retira ensuite les siens, les abandonnant sur le carrelage.

— Viens.

Je le suivis, mes ailes traînaient par terre sans que je puisse faire grand-chose pour les redresser. Apparemment, les muscles étaient atrophiés, il me faudrait les aguerrir avant de pouvoir maintenir ces dernières dans mon dos ou même voler… Quoique Fevesh m'ait interdit toute balade aérienne non accompagnée. Je devais attendre de développer « mes pouvoirs » pour me dissimuler à la vue des humains. L'idée était complètement folle. Moi, pauvre petit mec sorti d'une école merdique, puis d'un quartier miteux… je possédais des dons divins ? Je ne parvenais pas à y croire. C'était encore trop récent.

Regal s'assit sur le lit et me fit le rejoindre. Nous nous allongeâmes simplement l'un contre l'autre, ma tête reposant dans le creux de son épaule, mon aile étendue sur une grande partie de son corps.

Je soupirai de bien-être. C'était comme rentrer à la maison après une longue absence.

– Comment te sens-tu, mon ange ?

Je me demandai alors…

– Tu étais au courant ?

– Non… pas vraiment. Je crois qu'au fond de moi, je m'en doutais… Maintenant, je comprends pourquoi tous les démons sont irréductiblement attirés par toi. Nous sommes tous séduits par le halo des créatures de lumière comme si nous cherchions la rédemption ou la vengeance. Nous voulons l'engloutir, toucher un bout de l'Éden.

Ce fut à cet instant précis que la fatigue s'empara de moi.

Nous étions à l'abri.

Nous étions vivants.

Mon amant caressait mes cheveux, me dorlotait, alors je me sentis partir. J'étais épuisé. Regal devait l'être tout autant après son affrontement avec Beorth.

– Tu dois avoir faim.

– Oui, me répondit-il avec sincérité. Mais reposons-nous avant. Moi aussi, j'ai sommeil.

C'était inhabituel, mais on ne combattait pas des démons tarés tous les jours.

– D'accord.

Quelques secondes de silence s'imposèrent, puis :

– Ne me fais plus jamais peur comme ça.

Sa réplique me fit sourire tristement.

– Je ne te promets rien… Tu as entendu Guema et Lucifer… On est loin d'en avoir fini avec les épreuves.

Je m'éveillai soudain.

– Merde… Je suis le fils d'un ange et d'une humaine.

Regal pouffa du nez, mais continua à me choyer.

– Tu ne réalises que maintenant ?

– Mon cerveau a tout mis dans des boîtes pour faire face à la situation… mais du coup… je comprends que… est-ce que…

La panique enserra mon cœur.

– Je me fiche de ce que je suis. Ange ou non, je veux être à tes côtés.

Le sourire rassurant de Regal m'apaisa légèrement.

– Je ne laisserai personne te voler à moi. Fevesh t'aidera à choir… même si… l'idée me déplaît fortement.

Je fronçai les sourcils.

– Pourquoi ?

– Parce que tu es Eden et Eden est pur, même s'il apprécie un être tel que moi. Si tu deviens un déchu, peut-être que tu ne m'aimeras plus comme aujourd'hui.

Je réclamai ses lèvres en un baiser tendre.

– Je serai égal à moi-même, qu'importe ce que je suis. Je te chérirai toujours. Et cette fois, nous le ferons pour l'éternité.

Il nous restait tant de choses à accomplir, tant d'épreuves à surmonter. Nous étions à présent deux êtres diamétralement opposés l'un à l'autre. Néanmoins, j'avais foi en nous, en notre amour.

Un jour, il nous faudrait faire face à ce que l'union d'un ange et d'un démon représentait pour le haut et le bas astral.

Mais ce temps n'était pas encore venu.

Ou pas

Signé : Eden.

MOT DE L'AUTEUR

I Tout d'abord, merci de m'avoir lue.

Si vous souhaitez me soutenir, n'hésitez pas à poster un
commentaire sur la plate-forme de vente.

En tant qu'auto-éditée, votre avis est très important.

Vous pouvez me retrouver sur les réseaux sociaux pour suivre
l'actu et les prochaines sorties.

À très vite !

Noémie

Printed in France by Amazon
Brétigny-sur-Orge, FR